SOPHIE IRWIN

EINE LADY HAT DIE WAHL

ROMAN

Aus dem Englischen
Kristina Koblischke

KNAUR

Die Originalausgabe erschien 2023
unter dem Titel »A Lady's Guide to Scandal« bei HarperCollins, London.

Besuchen Sie uns im Internet:
www.knaur.de

Aus Verantwortung für die Umwelt hat sich die Verlagsgruppe
Droemer Knaur zu einer nachhaltigen Buchproduktion verpflichtet.
Der bewusste Umgang mit unseren Ressourcen, der Schutz unseres
Klimas und der Natur gehören zu unseren obersten Unternehmenszielen.
Gemeinsam mit unseren Partnern und Lieferanten setzen wir uns
für eine klimaneutrale Buchproduktion ein, die den Erwerb von
Klimazertifikaten zur Kompensation des CO_2-Ausstoßes einschließt.
Weitere Informationen finden Sie unter: www.klimaneutralerverlag.de

FSC
www.fsc.org
MIX
Papier | Fördert
gute Waldnutzung
FSC® C083411

Deutsche Erstausgabe Juli 2023
Knaur Taschenbuch

Redaktion: Hannah Brosch und Catherine Beck
Das Zitat am Romananfang stammt aus: Jane Austen,
Überredung, Kapitel 4. Übersetzt von Wilhelm Adolf Lindau,
Leipzig 1822, unter dem Titel *Anna. Ein Familiengemählde.*
Covergestaltung: Carola Bambach
Coverabbildung: Lee Avison / trevillion.com
Satz: Adobe InDesign im Verlag
Druck und Bindung: CPI books GmbH, Leck
ISBN 978-3-426-52920-1

2 4 5 3 1

Für Freya
(und den Alkohol in unseren Cocktails)

Man hatte sie in ihrer Jugend gezwungen,
der Klugheit ihre Neigung zu opfern;
sie wurde romanhaft, als sie älter ward;
eine natürliche Folge eines unnatürlichen Anfanges.

Überredung, Jane Austen

1

Harefield Hall, 1819

»Also bitte, Eliza, wenigstens eine Träne wirst du doch wohl zustande bringen!«, flüsterte Mrs Balfour ihrer Tochter zu. »Das wird von einer Witwe erwartet!«

Eliza nickte, aber ihre Augen blieben so trocken wie eh und je. Ganz gleich, wie viele Jahre sie damit zugebracht hatte, die folgsame Tochter und pflichtschuldige Ehefrau zu spielen, das Weinen auf Kommando entzog sich ihr noch immer.

»Denk daran, dass uns möglicherweise ein Streit bevorsteht«, zischte Mrs Balfour mit einem bedeutungsvollen Blick durch die Bibliothek dorthin, wo die Verwandtschaft des verstorbenen Earl of Somerset saß. Neun Monate nach der Beisetzung waren sie für die Testamentseröffnung erneut in Harefield Hall zusammengekommen, und den eisigen Blicken nach zu urteilen, die man ihnen zuwarf, schien Mrs Balfour nicht die Einzige zu sein, die sich auf einen Streit vorbereitete.

»Elizas Witwenversorgung wurde im Ehevertrag festgelegt: fünfhundert Pfund pro Jahr«, versicherte Mr Balfour seiner Frau im Flüsterton. »Somerset hat keinen Grund, das anzufechten, es ist nur ein winziger Bruchteil des Nachlasses.«

Bitterkeit lag in seiner Stimme, denn weder er noch Mrs Balfour hatten bisher ihren Frieden mit Elizas grundlegend veränderter Lebenssituation gemacht. Vor zehn Jahren war die Heirat der schüchternen, siebzehnjährigen Miss Eliza Balfour und des strengen Earl of Somerset – der ihr fünfundzwanzig Lebensjahre voraus hatte – die Partie der Saison gewesen, und die Balfours hatten den Lohn der

Verbindung vollumfänglich ausgekostet. Innerhalb eines Jahres nach der Hochzeit hatte ihr ältester Sohn eine Erbin geheiratet, ihr Zweitgeborener sich die Führung des Zehnten Infanterie-Regiments gesichert, und Balfour House war bis unter das Dach mit neuem Samtteppich ausgelegt worden.

Aber niemand hatte damit gerechnet, dass der Earl, der in so guter körperlicher Verfassung war, im vergangenen Frühling so rasch von einer Lungenentzündung dahingerafft werden würde. Und nun war Eliza mit siebenundzwanzig Jahren verwitwet, und ohne Kind, das den Titel erben würde, war ihre Stellung weit weniger begehrenswert. Fünfhundert Pfund pro Jahr … man konnte wohl mit deutlich weniger leben, aber was das anging, war Eliza mit ihrem Vater einer Meinung. Zehn Jahre mit einem Mann verheiratet zu sein, der seinen Pferden mehr Zuneigung hatte zuteilwerden lassen als seiner Frau, zehn Jahre der Einsamkeit im kalten, unfreundlichen Harefield Hall, zehn Jahre Sehnsucht nach dem Leben, das sie hätte leben können, wenn nur die Umstände ein bisschen anders gewesen wären … in Anbetracht dessen – in Anbetracht *desjenigen* – den Eliza hatte aufgeben müssen, erschienen fünfhundert Pfund wie ein Hungerlohn.

»Hätte sie ihm nur einen Sohn geschenkt …«, beklagte Mr Balfour wohl zum fünften Mal.

»Sie *hat es versucht!*«, fauchte Mrs Balfour.

Eliza biss sich auf die Zunge. Unter dem Tisch drückte ihre Cousine, Miss Margaret Balfour, ihre Hand, und die Uhr schlug halb eins. Seit einer halben Stunde warteten sie jetzt auf den neuen Earl, dessen Anwesenheit erforderlich war, um die Testamentseröffnung zu begehen. Elizas Magen zog sich in nervöser Erwartung zusammen. Sicherlich – *sicherlich* – würde er bald eintreffen.

»Skandalös«, murmelte Mrs Balfour, ihre Miene noch immer ein friedlich lächelndes Abbild innerer Ruhe. »Erst neun Monate zu spät und jetzt schon wieder. Ist es nicht ein Skandal, Eliza?«

»Ja, Mama«, antwortete Eliza automatisch. Es war immer am einfachsten, zuzustimmen, auch wenn die unerwartete Verspätung in Wahrheit dem alten und nicht dem neuen Earl zuzuschreiben war. Schließlich war er es gewesen, der vertraglich festgelegt hatte, sein Testament möge erst verlesen werden, wenn alle darin genannten Parteien anwesend wären. Da der neue Earl of Somerset – der Neffe von Elizas Ehemann, Captain Courtenay, auf den der Titel aufgrund ihrer Kinderlosigkeit zurückfiel – zum Zeitpunkt des Todes seines Onkels im vergangenen April in Westindien stationiert gewesen und der Seeweg im Jahre '18 von einer bespiellosen Flaute heimgesucht worden war, war seine verspätete Ankunft verständlich. Quälend, aber verständlich.

Alle, die heute in der Bibliothek zusammengekommen waren, warteten also bereits viele Monate, und die erneute Verspätung forderte ihren Tribut: Die ehrenwerte Mrs Courtenay (Schwägerin des alten Earl und Mutter des neuen) starrte unaufhörlich zur Tür, ihre Tochter Lady Selwyn trommelte ungeduldig mit den Fingern, während Lord Selwyn seine Nerven dadurch zu beruhigen versuchte, dass er den Anwesenden endlose Erzählungen seiner eigenen Überlegenheit aufzwang.

»Und ich habe ihm gesagt: Byron, alter Junge, Ihr *müsst* das einfach aufschreiben!«

Neben ihm, in der Mitte des Raums, ordnete der Anwalt der Somersets, Mr Walcot, mit einem gezwungenen Lächeln zum hundertsten Mal seine Papiere. Alle waren ungeduldig, aber ganz sicher niemand mehr als Eliza, die spürte, wie ihr Puls mit jedem Ticken der Standuhr in neue, gefährliche Höhen getrieben wurde. Nach zehn Jahren – zehn langen Jahren – würde sie ihn heute wiedersehen. Es erschien ihr unwirklich.

Vielleicht kommt er gar nicht. Ein Leben voller Enttäuschungen hatte sie die Tugend gelehrt, stets das Schlimmste zu erwarten: Vielleicht hatte er sich im Datum geirrt, oder seine Kutsche hatte einen schrecklichen Unfall gehabt, oder er hatte beschlossen, lieber nach Westindien zurückzukehren, als ihr noch einmal ins Gesicht sehen zu müssen. Die Verspätung passte gar nicht zu ihm, er war immer so pünktlich gewesen. Zumindest war der Mann, den Eliza einst gekannt hatte, pünktlich gewesen. Vielleicht hatte er sich verändert.

Endlich, als die Uhr Viertel vor schlug, öffnete sich die Tür.

»Der Right Honourable Earl of Somerset«, verkündete Perkins, der Butler der Familie.

»Meine aufrichtige Entschuldigung für die Verspätung«, sagte der neue Lord Somerset, während er den Raum betrat. »Der Regen hat die Straßen tückisch werden lassen …«

Elizas Reaktion erfolgte unmittelbar. Ihr Herzschlag beschleunigte sich, sie bekam kaum noch Luft, ihr Magen zog sich zusammen, und sie stand auf, nicht weil es höflich war, sondern weil die Macht des Wiedererkennens, die sie durchströmte, sie dazu zwang. All die Monate, die sie damit zugebracht hatte, sich diesen Moment vorzustellen – und doch fühlte sie sich nicht im Geringsten darauf vorbereitet.

»Oliver, Liebling!« Mrs Courtenay eilte mit strahlenden Augen hinüber zu ihrem Sohn, dicht gefolgt von Lady Selwyn, und Somerset schloss seine Mutter und seine Schwester nacheinander in die Arme. Mrs Balfour schnalzte missfällig mit der Zunge ob dieses Bruchs mit der Etikette – eigentlich hätte es sich gehört, zuerst Eliza zu begrüßen –, aber Eliza schenkte dem keine Beachtung. Im Großen und Ganzen wirkte er unverändert. Er war noch immer sehr groß, sein Haar noch immer hellblond, die Augen hatten dasselbe kühle Grau wie das seiner Familienmitglieder, und er bewegte sich mit dieser Aura der ruhigen Selbstsicherheit, die ihm schon früher zu eigen gewesen war. Aber die zehn Jahre bei der Marine hatten seine Schultern breiter werden lassen, und seine helle Haut war in der Sonne dunkler geworden. Es stand ihm gut. Es stand ihm sehr gut.

Somerset ließ die Hände seiner Schwester los und wandte sich an Eliza. Plötzlich war sie sich der Tatsache bewusst, dass die Jahre an ihr nicht ebenso spurlos vorübergegangen waren. Sie war schon immer der Meinung gewesen, dass ihre zierliche Figur, das braune Haar und die ungewöhnlich großen und dunklen Augen ihr das Aussehen eines erschrockenen Nachttiers verliehen, aber während der letzten Monate der Unsicherheit hatte sie noch mehr an Gewicht verloren und befürchtete plötzlich, in dem schwarzen Ensemble ihrer Witwentracht tatsächlich etwas Rattenhaftes an sich zu haben.

»Lady Somerset«, sagte er und verbeugte sich vor ihr.

Auch seine Stimme war unverändert.

»Mylord«, erwiderte Eliza. Sie spürte, wie ihre Finger zitterten, und schloss sie krampfhaft um den Stoff ihrer Röcke, während sie unsicher in einen Knicks sank und sich wappnete, seinem Blick zu begegnen. Was würde sie in seinen Augen sehen – Zorn vielleicht? Schuldzuweisungen? Sie gestattete sich nicht, auf Wärme zu hoffen. Sie hatte sie nicht verdient. Gleichzeitig erhoben sie sich aus ihrer Verbeugung, und endlich, nach so langer Zeit, sahen sie einander an. Und als sie ihm in die Augen blickte, sah sie … nichts.

»Mein aufrichtiges Beileid für Euren Verlust«, sagte er. Seine Worte waren freundlich, sein Tonfall neutral. Seine Miene konnte allenfalls als höflich beschrieben werden.

»D-danke«, antwortete Eliza. »Ich hoffe, Ihr hattet eine angenehme Reise?«

Die Höflichkeiten gingen ihr von der Zunge, ohne nachzudenken, was auch gut war, denn im Moment war sie nicht in der Lage, auch nur einen einzigen Gedanken zu fassen.

»Soweit es möglich war bei dem Wetter, das derzeit herrscht«, erwiderte er. Weder in seiner Stimme noch in seinem Gebaren lag auch nur die Andeutung, er könne Elizas inneren Aufruhr teilen.

Tatsächlich wirkte er vollkommen ungerührt, sie zu sehen. Als hätten sie einander nie zuvor getroffen.

Als hätte er damals nicht um ihre Hand angehalten.

»Ja …«, hörte Eliza sich wie aus weiter Ferne sagen. »Der Regen … ist wirklich entsetzlich.«

»Allerdings«, stimmte er ihr mit einem Lächeln zu – aber es war ein Lächeln, das sie nicht erkannte. Höflich. Formell. Aufgesetzt.

»Schön, Euch zu sehen, alter Freund, wahrlich schön.« Selwyn war vorgetreten, und Somerset ergriff dessen ausgestreckte Hand mit einem Lächeln, das plötzlich wieder herzlich war. Er wandte sich von den Balfours ab und trat in den Raum hinein – blinzelnd sah Eliza ihm hinterher.

War es das gewesen? Nach all den Jahren, all der Zeit, in der sich Eliza den Kopf darüber zerbrochen hatte, wo er war und wie es ihm ging, all den Stunden, die sie damit verbracht hatte, jeden Moment ihrer gemeinsamen Zeit in Gedanken zu wiederholen und jedes der Ereignisse zu bedauern, die zusammengewirkt hatten, um sie auseinanderzubringen – war dies hier ihr Wiedersehen? Ein einzelner, kurzer Austausch nichtssagender Höflichkeiten?

Eliza zitterte. Die Januarkälte lag schon den ganzen Morgen über in der Luft – die Anordnung ihres verstorbenen Ehemannes, dass vor Anbruch der Dunkelheit kein Feuer in den Kaminen gemacht werden durfte, hatte ihn überlebt –, aber plötzlich erschien es Eliza wirklich eiskalt. Ein volles Jahrzehnt hatten ganze Ozeane zwischen ihnen gelegen, und doch hatte sie sich Oliver – *Somerset* – nie ferner gefühlt als in diesem Moment.

»Sollen wir anfangen?«, schlug Selwyn vor. Schon bevor Selwyn die Nichte des verstorbenen Earls geheiratet hatte, waren die beiden Männer enge Freunde gewesen, schließlich grenzten ihre Ländereien aneinander – aus demselben Grund war ihre Freundschaft allerdings mitunter recht temperamentvoll gewesen. Tatsächlich hatte ihre letzte Zusammenkunft vor dem Tod des alten Earls zu einem so lauten Streit geführt, dass der ganze Haushalt Zeuge geworden war – und trotzdem verriet der Eifer in Selwyns Gesicht, dass er heute eindeutig mit einer großen Hinterlassenschaft rechnete.

Mit einem Nicken breitete Mr Walcot seine Unterlagen vor sich aus, und die Balfours, Selwyns und Courtenays sahen jeweils von ihren Seiten des Raums mit wölfischen, gierigen Mienen zu. Die Szene hätte ein dramatisches Gemälde abgegeben. Ölfarben vielleicht, mit viel Rot. Elizas Finger sehnten sich nach einem Pinsel.

»Dies ist der Letzte Wille Julius Edward Courtenays, des zehnten Earl of Somerset …«

Elizas Aufmerksamkeit schwand, als Mr Walcot die zahllosen Hinterlassenschaften aufzulisten begann, die den neuen Earl sehr, sehr reich machen würden. Mrs Courtenay sah aus, als würde sie gleich vor Verzückung in Tränen ausbrechen, Lady Selwyn unterdrückte ein Lächeln, aber Somersets Miene war finster. Überraschte ihn das Ausmaß des Vermögens etwa, überforderte ihn gar? Das sollte es nicht. Trotz der Enthaltsamkeit des verstorbenen Earls war Harefield Hall doch das reinste Zeugnis des Reichtums der Familie: Von den Porzellantassen über die Stühle aus indischem Palisander, die Wände voller Geweihe, Pelze und Jagdtrophäen bis zu den Ölgemälden der Zuckerrohrplantagen, die ihnen einst gehört hatten, stellte Harefield seine Beute stolz zur Schau. Und mit ein paar wenigen kurzen Sätzen gehörte alles diesem neuen Somerset. Er war jetzt einer der reichsten Männer des Landes und einer der heiratswürdigsten darüber hinaus. Von diesem Moment an würde jede alleinstehende Lady in ganz England ihm zu Füßen liegen.

Eliza hingegen … nach dem heutigen Tag könnte sie bis zur Hochzeit des neuen Earls entweder als Hausherrin in Harefield Hall selbst bleiben, ins Dowager House am Rande des Anwesens umziehen oder in ihr Elternhaus zurückkehren. Keine der Aussichten war sonderlich erfreulich. Nach Balfour zurückzuziehen, um unter dem wachsamen Blick ihrer Eltern zu leben, wäre furchtbar, aber hierzubleiben, dem Mann so nahe, der eindeutig nichts für sie empfand, während sie sich ein ganzes Jahrzehnt lang nach ihm verzehrt hatte? Das wäre eine ganz eigene Art der Folter.

»Eliza Eunice Courtenay, Right Honourable Countess of Somerset …«

Nicht einmal die Erwähnung ihres Namens ließ Eliza aufhorchen – doch die Art, wie sich Mr Balfour auf seinem Stuhl zurücklehnte, wie sich sein Schnurrbart entspannte, verriet, dass alles, was Mr Walcot vorlas, mit dem Ehevertrag übereinstimmte. Ihre Zukunft – soweit man davon sprechen konnte – war gesichert. Vor ihrem geistigen Auge erstreckten sich die Jahre, die vor ihr lagen, in endlosem Grau.

»Darüber hinaus hinterlasse ich ihr in Anerkennung ihres Pflichtbewusstseins und ihrer Gehorsamkeit …«

Wie elend, beschrieben zu werden wie ein treuer Jagdhund, aber ihre Mutter merkte sichtlich auf, ein gieriges Leuchten in den Augen. Ganz eindeutig hoffte sie, der alte Lord hätte Eliza etwas Zusätzliches hinterlassen – eines der kostbaren Juwelen aus seiner Sammlung vielleicht.

»… und unter der Bedingung, dass sie dem Namen Somerset keine Schande bereitet …«

Wie typisch von ihm, der fraglos unbedeutenden Hinterlassenschaft, die er als angemessen für sie erachtet hatte, noch eine derartige Sittlichkeitsklausel hinzuzufügen – knauserig bis in den Tod.

»… all meine Anwesen in Chepstow, Chawley und Highbridge zu ihrer persönlichen und alleinigen Verfügung.«

Plötzlich war Eliza hellwach. *Was* hatte Mr Walcot da gerade gesagt?

Auf einmal wurde es in dem Zimmer, in dem bislang Ruhe und Schweigen geherrscht hatten, sehr laut.

»Würdet Ihr bitte den letzten Punkt noch einmal wiederholen, Walcot? Ich muss mich verhört haben!«, donnerte Selwyn und trat einen Schritt vor.

»Ja, Mr Walcot, ich bin mir sicher, das kann nicht stimmen!«, erklang Mrs Courtenays Stimme schrill und stechend, während sie sich von ihrem Stuhl erhob. Auch Mr Balfour stand auf und streckte die Hand aus, als wollte er einfordern, das Dokument selbst zu lesen.

»Eliza Eunice Courtenay«, wiederholte Mr Walcot gehorsam, »hinterlasse ich in Anerkennung ihres Pflichtbewusstseins und ihrer Gehorsamkeit und unter der Bedingung, dass sie dem Namen Somerset keine Schande bereitet, all meine Anwesen in Chepstow, Chawley und Highbridge zu ihrer persönlichen und alleinigen Verfügung.«

»Lächerlich!« Selwyn wollte nichts davon hören. »Julius wollte diese Ländereien unserem jüngeren Sohn Tarquin hinterlassen.«

»Das hat er mir auch gesagt!«, bestätigte Lady Selwyn. »Er hat es mir *versprochen*.«

»Lady Somersets Erbteil wurde im Ehevertrag festgelegt, oder nicht?«, fügte Mrs Courtenay hinzu. »Darin war von nichts dergleichen die Rede!«

»Sind nicht alle Ländereien der Somersets an den Titel gebunden?«, fragte Margaret verwirrt, woraufhin Mrs Balfour sie aufgeregt zum Schweigen brachte.

»Wenn dies das Vermächtnis des verstorbenen Earls ist, wenn es in seinem Testament steht, kann doch niemand etwas dagegen einzuwenden haben!«, verkündete Mr Balfour in den Raum hinein.

Elizas Anwesenheit hatten offenbar alle vergessen.

»Die Ländereien in Chepstow, Chawley und Highbridge wurden dem Earl über die mütterliche Linie vererbt, daher konnte er über sie ganz nach seinen Wünschen verfügen.«

»Lächerlich!«, wiederholte Selwyn. »Das kann nicht das korrekte Dokument sein!«

»Ich versichere Euch, das ist es«, erwiderte Mr Walcot.

»Und ich sage Euch, es ist das falsche!«, rief Selwyn erhitzt. Alle vorgetäuschte Herzlichkeit war verschwunden. »Ich habe das Testament gelesen – und darin stand Tarquins Name, ich habe es selbst gesehen!«

»So war es«, bestätigte Mr Walcot. »Aber der verstorbene Earl wies mich noch vierzehn Tage vor seinem Ableben an, genau diesen Eintrag zu ändern.«

Selwyns puterrotes Gesicht wurde blass.

»Euer Streit«, flüsterte Lady Selwyn.

»Wir haben über ein Darlehen diskutiert – es war rein geschäftlich«, keuchte Selwyn. »Er kann doch nicht, er hätte niemals –«

Ach, *das* also war der Grund des Streits gewesen: Selwyn hatte um ein Darlehen gebeten. Vor einer solchen Narretei hätte Eliza ihn warnen können – tatsächlich musste Selwyn verzweifelt gewesen sein, denn sicherlich hatte er gewusst, dass der unheilbar sparsame und außerordentlich stolze Earl Anfragen an seine Geldbörse für den Gipfel der Dreistigkeit hielt.

»Ich kann Euch versichern, der Earl war, was diese – und alle anderen Angelegenheiten – betraf, sehr deutlich«, sagte Mr Walcot ruhig. »Die Ländereien gehen an Lady Somerset.«

Selwyn trat an Eliza heran.

»Welche Lügen habt Ihr ihm eingeflüstert?«, fauchte er.

»Wie könnt Ihr es wagen –« Mrs Balfour schwoll an vor Entrüstung.

»Selwyn!«, erklang Somersets Stimme, kalt und gebieterisch, und Selwyn trat einen Schritt zurück.

»Ich bitte um Entschuldigung – ich wollte nicht … ein – eine bedauerliche Entgleisung meiner Manieren …«

Lady Selwyn dagegen ließ sich nicht einschüchtern. »Was ist mit der Sittlichkeitsklausel? Hat mein Onkel irgendwelche Angaben gemacht – irgendeine Andeutung, welche Art von Verhalten gemeint ist?«

»Ich sehe nicht, warum das relevant sein könnte«, erwiderte Mrs Balfour, »schließlich ist der Ruf meiner Tochter vollkommen tadellos.«

»Die Tatsache, dass mein Onkel es für angebracht hielt, den Punkt in sein Testament aufzunehmen, macht es äußerst relevant, Mrs Balfour«, entgegnete Lady Selwyn scharf.

»Natürlich wollen wir ihren Ruf nicht infrage stellen«, unterbrach Mrs Courtenay. »Lady Somerset weiß, wie sehr wir sie ins Herz geschlossen haben.«

Das wusste Lady Somerset ganz und gar *nicht*.

»Der verstorbene Earl hat einzig festgelegt, dass die Interpretation dieser Klausel dem Ermessen des elften Earl of Somerset unterliegt – und niemandem sonst«, sagte Mr Walcot.

Selwyn, Lady Selwyn und Mrs Courtenay öffneten alle die Münder, um zu widersprechen, aber Somerset unterbrach sie.

»Wenn dieses Erbe dem Wunsch meines Onkels entspricht, so habe ich gewiss nichts dagegen einzuwenden«, sagte er mit fester Stimme.

»Natürlich, natürlich.« Selwyn rang sich mit Mühe wieder etwas Freundlichkeit ab. »Aber, mein lieber Junge, ich denke, es würde sich gebühren, zu besprechen, welche Art von Verhalten als –«

»Da bin ich anderer Meinung«, erwiderte Somerset ruhig und souverän. Die finsteren Blicke seiner Familie schienen ihn nicht im Geringsten zu bewegen. »Und wenn Lady Somerset sich nicht über alle Maßen verändert hat, seit ich das letzte Mal Fuß auf britischen Boden setzte, ist sie gar nicht fähig, auch nur für eine einzige hochgezogene Augenbraue zu sorgen.«

Eliza blickte zu Boden, Schamesröte stieg ihr in die Wangen. Während sie in der Vergangenheit voller Bewunderung für Somersets Hingabe gewesen war, hatte er sich über das Gegenteil beklagt.

»So ist es«, stimmte Mrs Balfour zufrieden zu.

»Aber in Anbetracht der ungewöhnlichen Natur einer solchen Klausel«, fuhr Somerset fort, »denke ich, ihr Bestehen sollte unter uns bleiben. Schließlich möchte ja niemand von uns Anlass zu Gerüchten geben.«

Die Anwesenden nickten – die Balfours begeistert, die Selwyns zögerlich, und Mrs Courtenay sah wieder aus, als würde sie gleich in Tränen ausbrechen.

Es trat eine lange, lange Pause ein.

»Welchen Ertrag generieren die Ländereien jährlich?«, fragte Selwyn.

Mr Walcot konsultierte kurz seine Unterlagen.

»Durchschnittlich«, antwortete er, »generieren sie einen Ertrag von etwas über neuntausend Pfund. Zusammen mit ihrer Witwenversorgung liegt das Einkommen also bei etwa zehntausend Pfund pro Jahr.«

Zehntausend Pfund pro Jahr.

Zehn*tausend* Pfund. Jedes Jahr.

Sie war reich.

Sie war *sehr* reich.

Reicher als Lady Oxford oder Lady Pelham, jene gefeierten Erbinnen, Juwelen der Saison; reicher als viele der Lords in Whitehall. Konnte das wirklich wahr sein? Ihr Ehemann hatte sie nie auch nur andeutungsweise spüren lassen, dass sie mehr war als eine beständige Enttäuschung. Seiner ersten Frau in jeder Weise unterlegen und doch genauso unfähig, ihm einen Sohn zu schenken. Und nun hatte ausgerechnet seine Boshaftigkeit – sein Zorn über Selwyns Verhalten – ihn dazu veranlasst, Eliza gegenüber eine Großzügigkeit an den Tag zu legen, die ihr zu seinen Lebzeiten nie zuteilgeworden war. Zehntausend Pfund pro Jahr. Er hatte Eliza zu einer sehr reichen Frau gemacht.

Eliza fühlte sich, als sei der Faden, der sie mit der Realität verband, gerade durchtrennt worden, und sie trieb immer weiter ab.

Sie hätte kein einziges Wort des weiteren Verlaufs der Testamentsverlesung wiederholen können und bemerkte erst, dass sie vorbei war, als alle begannen, sich zu erheben. Mechanisch tat sie es ihnen gleich. »Zehntausend Pfund pro Jahr«, hallte es noch immer in ihrem Geist wider, ein Echo so laut, dass es ihr unmöglich war, einen anderen Gedanken zu fassen.

»Zehntausend Pfund!«, flüsterte Margaret ihr aufgeregt ins Ohr, während sie den Raum der Reihe nach verließen. »Begreifst du, was das heißt?«

Eliza zuckte mit dem Kopf, ob es ein Nicken oder ein Schütteln war, wusste sie nicht.

»Das verändert *alles,* Eliza!«

2

Am darauffolgenden Nachmittag stand Eliza auf den Eingangsstufen von Harefield Hall, um ihre Gäste zu verabschieden. Nur Margaret, die Eliza seit dem Tod des Earls als Gesellschafterin zur Seite stand und dies noch weitere vierzehn Tage tun würde, sollte bleiben, und Eliza konnte es kaum erwarten, Harefield wieder für sich zu haben. Eliza hörte ihre Eltern, bevor sie sie sah. Mr Balfour bellte den Dienern Befehle zu, Mrs Balfour schimpfte mit den Zimmermädchen, und als die beiden durch die große Eichentür traten, holte sie tief Luft, um sich Mut zu machen.

»Du schaffst das«, flüsterte Margaret ihr ins Ohr. In den Stunden nach der Testamentseröffnung war schnell klar geworden, dass Mr Balfour fest davon ausging, Elizas neues Vermögen höchstselbst zu verwalten. Dies hier war vorerst Elizas letzte Chance, ihre Eltern von diesem Irrtum zu befreien.

»Wir sehen uns ja in ein paar Wochen schon wieder«, sagte Mrs Balfour.

»Beeilung bitte, die Straßen werden nur schlechter«, wies Mr Balfour seine Frau an.

»Ich habe überlegt, ob –«, begann Eliza zögerlich.

»Bis dahin werden deine dringlichsten finanziellen Angelegenheiten bereits geregelt sein«, sagte Mrs Balfour. »Nicht wahr, mein Gatte?«

»Ja, ich habe bereits mit Mr Walcot gesprochen.«

Da dies der wärmste Abschied war, den Mr Balfour sich abringen konnte, nickte er Eliza knapp zu, verschwand die Stufen hinunter und ließ Eliza mit ihrer Mutter, der furchteinflößenderen Gegnerin, zurück.

»Ich dachte, ich könnte vielleicht …«, setzte Eliza an.

»Wir halten es für das Beste, Hectors Jungen als deinen Erben einzusetzen«, sagte Mrs Balfour eilig.

Hector war Elizas jüngster Bruder.

»Ich weiß nicht, ob –«

»Ich denke einfach, Rupert hätte am meisten davon«, sprach Mrs Balfour einfach weiter.

Von all den eingebildeten Wieseln, die ihr Bruder großzog, war Rupert das Schlimmste.

»Ich glaube, ich würde es vorziehen, wenn –«

»Mr Balfour kann den Papierkram erledigen, sobald du wieder zu Hause bist.« Mrs Balfour tätschelte ihr zum Abschied die Wange.

Es gehört Euch nicht, hätte Eliza ihrer Mutter entgegnet, wenn sie mutiger gewesen wäre. *Es ist nicht Euer Vermögen, das Ihr ausgeben, verplanen oder mir sonst irgendwie wegnehmen könnt.*

»Ja, Mama«, seufzte Eliza geschlagen.

»Dann ist ja alles besprochen. Auf Wiedersehen – wir erwarten dich in Bälde. Und denk daran, du bist noch immer die Countess, Liebling, du darfst nicht zulassen, dass diese Selwyns dich mit Füßen treten.«

Die Ironie, dass ausgerechnet Mrs Balfour Eliza einen solchen Rat erteilte, blieb Eliza nicht verborgen – auch Margaret nicht, die nur mit Mühe ein Lachen unterdrücken konnte –, und mit dieser letzten Anweisung an ihre Tochter wandte sich Mrs Balfour ab und ging.

»Ich weiß, sie ist deine Mutter und meine Tante«, sagte Margaret, während sie zusahen, wie Mrs Balfour in die Kutsche stieg. »Aber wenn ich sehen würde, dass sie schwankend am Rande eines Abgrunds steht und ins Meer zu stürzen droht, würde ich zögern. Ich würde sie nicht stoßen, aber ich würde ganz sicher *zögern.*«

Anders als Eliza sagte Margaret stets genau das, was sie dachte, sobald es ihr in den Sinn kam. Ein Charakterzug, den ihre Familie als den Grund dafür betrachtete, dass sie nie geheiratet hatte. Eliza verspürte einen kurzen Moment der Erleichterung darüber, dass Mrs Balfour zumindest nicht mehr in Hörweite war, als ein leises

Hüsteln sie beide herumfahren ließ. Somerset war im Türrahmen aufgetaucht, und seiner amüsierten Miene nach zu urteilen hatte er Margarets überaus unhöfliche Bemerkung mit angehört. Stellvertretend für Margaret färbten sich Elizas Wangen grellrot.

»Oh«, sagte Margaret ohne besondere Besorgnis.

»Ich werde so tun, als hätte ich das nicht gehört«, erwiderte Somerset belustigt. In ihrer Jugend waren Margaret und er befreundet gewesen, und es schien, als hätte er sich seine Toleranz gegenüber ihren Respektlosigkeiten erhalten.

»Ach bitte, das wäre sehr freundlich«, sagte Margaret.

Somerset grinste, sein Lächeln durchbrach seine Reserviertheit wie ein Sonnenstrahl die Wolken, und Eliza schnappte nach Luft – aber dann wandte er sich ihr zu, und die Wärme in seinem Blick verschwand genauso schnell, wie sie gekommen war.

»Euer Vater hat mir mitgeteilt, dass Ihr wünscht, nach Balfour zurückzukehren, Mylady«, sagte er, und obwohl er ihr direkt in die Augen sah, fühlte sich Eliza, als blicke er durch sie hindurch.

Sieh mich an!, wollte sie schreien. *Ich bin hier, sieh mich an!*

»Ja«, sagte sie stattdessen, ihre Stimme kaum hörbar.

Eine Lady schrie nicht, ganz egal, aus welchem Grund.

Somerset nickte, seine Miene verriet nichts. War er erleichtert? Wahrscheinlich.

»Wenn das Euer Wunsch ist«, sagte er.

Das war es nicht. Das war es ganz und gar nicht. Aber welche Wahl hatte sie?

»Ihr könnt selbstverständlich eine der Kutschen für die Reise nehmen«, fuhr er fort. »Und solltet Ihr einen Teil der Dienerschaft mitnehmen wollen …«

»Das ist sehr nett«, sagte Eliza.

»Es ist nichts weiter«, erwiderte er und klang dabei, als meine er es auch so. Konnte es irgendetwas geben, das schmerzhafter wäre als seine Gleichgültigkeit?

»Nichtsdestoweniger, habt Dank«, sagte Eliza trotzdem.

Eine kurze Pause trat ein.

»Ihr müsst mir nicht danken«, sagte Somerset ruhig. »Ich erfülle lediglich meine Pflicht als Familienoberhaupt.«

Diese Bemerkung übertraf seine Gleichgültigkeit tatsächlich. *Pflicht. Familie.* Die Worte brannten wie Feuer.

»Auf Wiedersehen, meine liebe Lady Somerset!«, flötete Lady Selwyn mit falscher Freundlichkeit, während sie durch die Tür rauschte. »Wir können Euch nicht genug für die Gastfreundschaft danken.«

»Auf Wiedersehen, Mylady.« Mrs Courtenay, keine so begabte Schauspielerin wie ihre Tochter, lächelte nicht.

»Und benehmt Euch!«, sagte Selwyn und wedelte mit dem Finger vor Elizas Gesicht herum. »Wir wollen ja nicht, dass Ihr Euer Vermögen verliert, nicht wahr?«

»Selwyn!«, sagte Somerset scharf.

»Lady Somerset weiß, dass ich nur scherze!«

»Natürlich tut sie das«, bekräftigte Lady Selwyn. Sie sah von Somerset zu Eliza, und ihr Blick verfinsterte sich. »Somerset – dürfte ich Euch um Euren Arm bitten, um die Kutsche zu besteigen?«

»Reicht der Arm Eures Ehemannes nicht aus, Augusta?«, erwiderte Somerset freundlich. »Ich muss noch ein paar Angelegenheiten mit Lady Somerset besprechen.«

Lady Selwyn warf Eliza einen stechenden Blick zu, als sei das ihre Schuld, zog aber widerwillig mit ihrem Mann und ihrer Mutter von dannen.

»Ich werde die nächsten zwei Wochen in der Stadt verbringen«, sagte Somerset zu Eliza. »Sollte es irgendetwas geben, bei dem ich Euch behilflich sein kann, bitte zögert nicht, mir zu schreiben. Guten Tag, Lady Somerset«, sagte er und beugte den Kopf über ihre Hand.

»Lord Somerset«, erwiderte sie. Es lag eine schmerzliche Ironie in der Tatsache, dass sie jetzt denselben Namen trugen. Des Schicksals grausamer Spott über das, was sie einst hätten teilen können, wäre Elizas Mutter nicht so erpicht darauf gewesen, ihrer Tochter einen Titel zu sichern – und Elizas Wille nicht so furchtbar leicht zu brechen.

Als Somerset den Kopf wieder hob, trafen sich ihre Blicke. Und vielleicht lag es daran, dass seine Wachsamkeit nachgelassen hatte, nun, da sie bald abreisen würde. Vielleicht war er auch einfach überrascht davon, dass sich ihre Gesichter auf einmal so nah waren, aber als sie einander in die Augen sahen, geriet seine ausdruckslose Maske ins Rutschen. Sein höflicher Gesichtsausdruck wurde plötzlich befangen, betroffen sogar, und seine behandschuhten Finger schlossen sich unwillkürlich kurz fest um die ihren. Und Eliza fühlte sich, endlich, wirklich gesehen.

Nicht, als blicke er durch sie hindurch wie durch irgendeine Fremde, oder von oben auf sie herab, als sei sie eine etwas lästige Pflicht, sondern *gesehen:* sie als Eliza und er als Oliver, zwei Menschen, die einander einst so gut gekannt hatten, wie man einen Menschen nur kennen kann. Und obwohl der Moment nicht länger gedauert haben konnte als zwei Sekunden – drei schnelle Herzschläge –, war es, als hätte jemand eine Hand um Elizas Herz gelegt und zugedrückt.

»Somerset! Jetzt kommt schon, alter Mann!«

Der Moment zerbarst. Sommerset ließ ihre Hand fallen, als hätte er sich daran verbrannt.

»Auf Wiedersehen, Mrs Balfour«, sagte er hastig. »Auch wenn ich mir glücklichere Umstände dafür gewünscht hätte, war es schön, Euch beide wiederzusehen.«

Und dann rannte er die Treppenstufen hinunter und sprang in die Kutsche.

»Euch auch«, flüsterte Eliza in die Leere hinein, die er hinterlassen hatte – wie immer ein wenig zu spät.

»Sollen wir hineingehen?«, fragte Margaret leise. Ihr Blick ruhte aufmerksam auf Elizas Gesicht.

Eliza nickte.

Sie zogen sich in den Salon im ersten Stock zurück. Es war das am wenigsten herrschaftliche aller Zimmer, die Vorhänge voller Mottenlöcher und die Teppiche zerschlissen, aber es war Elizas Lieblingsraum, denn an der Wand hing das Bild einer Meereslandschaft, das ihr Großvater gemalt hatte. Er war ein recht bekannter Künstler von überragendem Talent gewesen, und die frühere Countess hatte das Gemälde – ein winziges Segelboot auf einem kalten, unermesslichen Ozean – in Harefield aufhängen lassen. Nun war es Eliza ein täglicher Trost. Eine beständige Erinnerung an die goldenen Nachmittage, die sie mit ihrem Großvater verbracht hatte. Er hatte sie das Zeichnen gelehrt, in den leichten Tagen der Kindheit, bevor ihre Rocksäume herabgelassen und ihr Haar aufgesteckt worden war. Damals, als Eliza noch voller Naivität geglaubt hatte, sie könne in seine künstlerischen Fußstapfen treten.

»Hättet Ihr vielleicht gern eine Tasse Tee, Mylady?«, fragte Perkins leise.

»Oh, ich glaube, wir brauchen etwas *deutlich* Stärkeres als Tee«, erklärte Margaret, während sie sich die Spitzenhaube vom roten Haar und die Seidenschuhe von den Füßen riss. »Einen Schluck Brandy, bitte!«

Nicht einmal das Zucken einer Augenbraue verriet Perkins' Überraschung ob einer so undamenhaften Bitte, und er kehrte prompt mit dem besten Cognac des verstorbenen Earls auf einem Tablett zurück.

»Vielen Dank«, sagte Eliza, während sie ihnen beiden einen damenhaften Schluck eingoss. Sie würde Perkins vermissen, wenn sie nach Balfour zurückkehrte.

»Wunderbar!«, stimmte Margaret zu, auch wenn sie, sobald Perkins den Raum verlassen hatte, nach der Kristallkaraffe griff und beide Gläser großzügig auffüllte.

Es war Margaret, die Eliza am meisten vermissen würde. Die letzten neun Monate, in denen sie während der strengsten Phase ihrer Trauerzeit in Harefield gefangen gewesen war, hätten endlos sein können, hätte man ihr nicht Margaret geschickt, um ihr Gesellschaft zu leisten. Ihre Cousine – und engste Freundin – nach so vielen Jahren der Trennung wieder um sich zu haben, war eine unerwartete Freude gewesen, aber jetzt …

»Sollen wir auf die anstehende Rückkehr an den liebenden Busen unserer Familien anstoßen?«, fragte Eliza und nahm eines der Gläser entgegen.

»Ganz sicher nicht«, entgegnete Margaret. »Ich halte das für eine entsetzliche Idee.«

»Ich weiß«, sagte Eliza, denn Margaret hatte ihre Meinung dazu deutlich kundgetan. »Aber ich kann nicht hierbleiben, Margaret. Er war zwar höflich – aber ich glaube, ich hätte offene Feindseligkeit diesem Nichts vorgezogen.«

Eliza musste nicht klarstellen, wer »er« war.

»Es ist Jahre her«, sagte Margaret. »Du kannst doch nicht wirklich immer noch …«

Eliza nippte an ihrem Glas. Der Cognac brannte sich durch ihre Kehle bis nach unten.

»Ich weiß, es ist albern«, antwortete sie. »Aber als ich ihn wiedergesehen habe …«

Sie erinnerte sich an den Schock, der ihr in die Glieder – und in die Seele – gefahren war, als er den Raum betreten hatte.

»Es war, als hätte mich der Blitz getroffen«, sagte sie und errötete, als sie sich ein so hochtrabendes Gefühl laut aussprechen hörte.

»Wie unangenehm«, merkte Margaret an. »Da bin ich ja doch eher froh, dass ich noch nie verliebt war. Sah er noch so aus wie in deiner Erinnerung?«

»Besser«, sagte Eliza seufzend. »Tatsächlich sah er geradezu übertrieben gut aus. Hätte er nicht wenigstens ein klein bisschen hässlich zurückkommen können?«

»Bist du sicher, dass er gut aussieht und nicht einfach nur sehr groß ist?«, fragte Margaret. »Ich habe schon oft bemerkt, dass das verwechselt wird.«

»Ich bin mir sicher«, antwortete Eliza und nahm noch einen Schluck Cognac.

»Das Dowager House ist ein ganzes Stück von Harefield entfernt«, sagte Margaret. »Da könntest du ihm leicht aus dem Weg gehen. Könntest du das wirklich nicht ertragen?«

Eliza schüttelte den Kopf.

»Seinem Leben vom Rande aus zuzusehen«, erwiderte sie, »mir die ganze Zeit über zu wünschen, ich könnte es mit ihm teilen, während er hier aufblüht, heiratet und Kinder mit einer anderen bekommt? Nein, das kann ich nicht.«

Und doch, als sie an die Alternative dachte – ein Leben mit ihrer Mutter in Balfour House –, durchlief sie ein Schauder.

»Aber wieder nach Hause zu ziehen, um mich von meinen Eltern demütigen und herumschubsen zu lassen …«, sagte sie. »Ich – ich glaube, ich würde mich einfach in Luft auflösen. Es ist nicht mehr genug von mir da, um das auszuhalten.«

»Ging es dir die letzten Jahre über wirklich so schlecht?«, fragte Margaret leise.

Eliza antwortete nicht. Sie hatte es in ihren wöchentlichen Briefen und bei den seltenen Besuchen vermieden, ihr Einzelheiten aus ihrer Ehe zu erzählen, weil sie nicht wollte, dass man sie für dramatisch oder verwöhnt hielt. Und tatsächlich waren die Jahre nicht völlig ohne Glück und Freude verlaufen, auch wenn der Earl weder der Ehemann gewesen, den sie sich ausgesucht hätte, noch das Leben als Countess of Somerset eines war, das ihr gefiel. Doch sie hatte sich in diesem Dasein, das aus dem Versuch bestand, einen Mann zufriedenzustellen, dessen Natur jeglicher Zufriedenheit widersprach, kleine Vergnügen suchen müssen, stille Freuden. Bis zu dem Punkt, an dem sie begonnen hatte, sich Sorgen zu machen, ob sie selbst schon so klein und still geworden war, dass man sie irgendwann einfach mit dem Geschirr in einen Schrank räumen und dort vergessen würde, bis man sie das nächste Mal als Tischdekoration brauchte.

»Es hat keinen Zweck, sich den Kopf darüber zu zerbrechen«, sagte Eliza nach einer kurzen Pause. »Ich werde nach Balfour zurückkehren. Mir bleibt keine andere Wahl.«

Sie fühlte sich armselig und verlassen und hoffte, Margaret würde etwas Tröstendes sagen, ihr dabei vielleicht sogar über das Haar streichen.

»Ich muss schon sagen, du machst einen ziemlichen Affen aus dir«, sagte Margaret beißend.

Das war definitiv nicht das, was sich Eliza vorgestellt hatte.

»Wie bitte?«

»Hast du vergessen, dass du jetzt eine der reichsten Frauen Englands bist?« Margaret setzte sich auf und fuchtelte anklagend mit der Hand. Eliza sah alarmiert zu – die Geste endete gefährlich nahe an einer sehr teuren Ming-Vase.

»Das habe ich nicht vergessen«, sagte Eliza, »aber ich bin mir nicht sicher, ob es einen Unterschied macht, Margaret. Ich sitze genauso in der Falle wie zuvor.«

»Wenn du weiter so furchtbar negativ bist, hast du das Vermögen wirklich nicht verdient«, sagte Margaret kopfschüttelnd.

»Wo sonst soll ich denn deiner Meinung nach hingehen?«, fragte Eliza. Sie hatte gedacht, Margaret würde sie verstehen.

»Irgendwohin!«, rief Margaret. »Du könntest es dir jetzt sogar leisten, einfach allein irgendwo zu wohnen. Hast du je darüber nachgedacht?«

Tatsächlich hatte Eliza das nicht. Mrs Balfour hatte immer gesagt, die einzigen unverheirateten Frauen, die sich selbst um ihr Leben kümmerten, seien entweder sehr exzentrisch, sehr alt oder beides. Eliza war keines von beidem.

»Margaret, bleib ernsthaft.«

»Ich bin vollkommen ernst«, sagte Margaret.

»Was sollte ich denn überhaupt *tun?*«, fragte Eliza.

»Ach, nur alles, was du willst, Eliza!«, erwiderte Margaret. »Bist du wirklich so geknechtet worden, dass du nicht mal mehr irgendetwas *willst?*«

Eliza starrte Margaret an, erschrocken über die Schärfe in ihrer Stimme.

»Ich will nichts?«, wiederholte sie. »Ich *will* nichts? Margaret, ich will … alles.«

»Ach ja?«, fragte Margaret so zweifelnd, dass Eliza langsam wütend wurde.

»Ja!«, beharrte sie. »Ich will Sachen anziehen, die mir gefallen – ich habe es satt, so furchtbar schlecht gekleidet zu sein –, und ich will den ganzen Tag malen, wenn ich Lust dazu habe. *Und* ich will mein Geld für so viel Tand ausgeben, wie ich will!«

Eliza konnte gar nicht mehr aufhören, die Worte kamen von ganz allein.

»Ich will tagsüber Feuer im Kamin und hingehen, wo immer ich hingehen möchte, und vor allem – vor allem, Margaret – will ich den Mann geheiratet haben, in den ich verliebt war, nicht den, den die Pflicht mir aufgezwungen hat. Aber das habe ich nicht. Und nichts kann das ändern, also vergib mir, dass ich nach einem ganzen Leben, in dem mir jeder meiner Wünsche verwehrt wurde, jetzt ein wenig negativ wirke!«

Wütend fuhr sich Eliza über die Augen. Endlich erfüllte sich Mrs Balfours Wunsch nach Tränen, aber jetzt war es zu spät, als dass sie irgendwas bewirken könnten.

»Nun«, sagte Margaret nach einer kurzen Pause, *»alles* kannst du vielleicht nicht erreichen, aber wenn du dich selbst irgendwo niederlässt, könntest du auf jeden Fall versuchen –«

»Das würden sie nie zulassen«, unterbrach Eliza sie. »Ich bin eine Witwe im ersten Trauerjahr. Die Regeln …«

»E-li-za«, sagte Margaret und betonte protestierend jede Silbe. »Du bist nicht mehr die kleine graue Miss Balfour. Du bist eine Countess. Du besitzt zehntausend Hektar Land. Du bist reicher als deine ganze Familie zusammen. Ist jetzt nicht der Zeitpunkt, die Regeln neu zu schreiben?«

Wieder konnte Eliza Margaret nur anstarren. Nichts an dem, was sie sagte, war falsch, aber wie sie die Tatsachen darstellte, so als hätte Eliza tatsächlich die Wahl … es kam ihr einfach nicht wahr vor.

»Das ist deine Chance, endlich das Leben zu leben, das du dir wünschst«, sagte Margaret. »Ich kann es nicht ertragen, dass du sie verschwendest – oh, was würde ich für eine solche Möglichkeit geben!«

Margaret hatte sich vorgebeugt, die Hände fest vor sich verschränkt, und Eliza wünschte sich plötzlich, ihre Cousine hätte das Vermögen geerbt, nicht sie. Denn Margaret, mutiger, schlauer und ganz sicher freimütiger als Eliza, würde zweifellos alles aus einer solchen Chance herausholen. Und sie hätte es auch verdient. Verdiente mehr vom Leben, als in der Familie herumgeschoben zu werden, um sich um zahllose Kinder irgendwelcher Schwestern zu kümmern, übersehen und unwichtig – schlussendlich gefangen in ihrer Rolle als letzte unverheiratete Tochter. Zwar sprach es niemand laut aus, aber Eliza wusste, ihre Familie hielt Margaret für hoffnungslos, für eine unrettbare alte Jungfer. Es war nicht gerecht.

Der Gedanke an die Ungerechtigkeit des Ganzen brannte noch heißer in Elizas Brust als der Cognac. »Pflichtbewusst und gehorsam«, hatte ihr Ehemann sie in seinem Testament genannt. »Unfähig, auch nur für eine hochgezogene Augenbraue zu sorgen«, hatte Somerset dem ganzen Raum verkündet. Und so hatten sie alle schon immer gesehen. Es war der Hauptgrund gewesen, aus dem der alte Earl sie überhaupt hatte heiraten wollen. Er hatte Elizas Schüchternheit als Beweis ihrer Formbarkeit betrachtet – und in all den Jahren ihrer Ehe hatte Eliza ihm kein einziges Mal Anlass gegeben, daran zu zweifeln. Aber vielleicht hatte Margaret recht. Vielleicht war das hier ihre Chance. Vielleicht sogar ihre *gemeinsame* Chance.

»Allein könnte ich das nicht«, sagte Eliza langsam. »Allein zu leben wäre höchst unschicklich.«

»Ach, die Gesellschaft ist zum Glück voll von alten Jungfern und Witwen, die du dir als Gesellschafterinnen einladen könntest«, wischte Margaret ihren Einwand beiseite. »Jede respektable Frau würde zum Ansehen deiner Stellung beitragen – ich wäre selbst dabei, aber Lavinia ist schon wieder schwanger.«

»Lavinia ist ein Drachen«, merkte Eliza an.

»Aber ein sehr fruchtbarer Drachen«, erwiderte Margaret. »Sobald das Kind da ist, wird sie mich brauchen, und meine Mutter wird darauf bestehen, dass ich ihr helfe – und das wäre das Ende der Geschichte. Du musst die Sache ohne mich angehen.«

Ohne Margaret wäre Elizas Entschlossenheit schon nach der ersten Woche aufgebraucht.

»Wann kommt das Kind?«, fragte Eliza.

»Mitte April, wenn alles gut geht«, antwortete Margaret. Sie blickte Eliza nachdenklich an. »Aber … bis dahin wird sie mich nicht brauchen.«

»Wenn ich deiner Mutter schreiben«, sagte Eliza, »und sie für drei weitere Monate um deine Gesellschaft bitten würde …«

»Nur bis das Baby kommt«, sagte Margaret, und ihre Lippen formten sich zu einem Lächeln. »Drei Monate sind keine allzu große Bitte.«

Einen Moment lang sahen sie einander schweigend an.

»Wir würden sehr, *sehr* vorsichtig sein müssen«, sagte Eliza.

Jetzt breitete sich ein waschechtes Grinsen auf Margarets Gesicht aus.

»Ich meine das ernst, Margaret«, sagte Eliza. »Wenn die Selwyns auch nur den Hauch einer Unschicklichkeit wittern, werden sie anfangen, wegen der Sittlichkeitsklausel zu jammern. Wir müssen uns einen Grund ausdenken, warum wir nicht nach Balfour fahren – einen, den alle akzeptieren.«

»Wo sollen wir stattdessen hin?«, fragte Margaret. »London?«

»London …«, wiederholte Eliza sehnsüchtig. Eliza hatte die Metropole seit ihrer ersten (und letzten) Ballsaison kaum besucht. Sie stellte sich vor, wie es wäre, mit Margaret dort zu leben, frei und unabhängig, in der Lage, so viele Museen und Kunstausstellungen zu besuchen, wie sie wollten. Im Mai würde die Sommerausstellung der Royal Academy eröffnen, die Eliza nicht mehr hatte ansehen dürfen, seit sie siebzehn geworden war … aber nein.

»Ich kann nicht nach London, solange ich noch in voller Trauer bin«, sagte Eliza. »Wir würden sofort in Ungnade fallen.«

»Dann eine andere Stadt«, schlug Margaret vor. »Eine Stadt mit genügend Möglichkeiten, um uns zu unterhalten, auch wenn du noch keine öffentlichen Empfänge besuchen kannst. Was ist mit Bath?«

Bath. Eliza dachte darüber nach.

»Ja«, sagte sie schließlich. »Ich glaube, dort gibt es genügend Gelegenheiten zum Zeitvertreib, die nicht allzu öffentlichkeitswirksam sind, und ich könnte sagen, die Ärzte hätten mir eine Heilwasserkur verschrieben. Niemand könnte wissen, dass es gelogen ist.«

»Ich werde die Bibliotheken unsicher machen und Konzerte besuchen und interessante neue Leute kennenlernen«, sagte Margaret verträumt.

»Ja, genau«, erwiderte Eliza. »Und ich werde … ich werde …«

Eliza verstummte, Zweifel breitete sich in ihr aus. Vor ihrem geistigen Auge erschien plötzlich Mrs Balfours missbilligende Miene, und Eliza schrumpfte unter dem Blick zusammen. Sie wäre so enttäuscht. Ihr Vater genauso. Eliza biss sich auf die Lippe und sah hinauf zum Gemälde ihres Großvaters, das an der Wand hing – jenes kleine, tapfere Boot, das sich mit unglaublicher Mühe über Wasser hielt. Margaret machte ein sanftes, ermutigendes Geräusch, als wollte sie ein schreckhaftes Pferd beruhigen, und Eliza holte tief, tief Luft.

»Und ich werde … mir endlich eine angemessene Garderobe zulegen?«, schlug Eliza vor.

»Ja«, rief Margaret sofort.

»Und ich werde malen«, sprach Eliza mit festerer Stimme weiter.

»Den ganzen Tag, wenn du möchtest.«

»Und – ich werde nie wieder aus Pflichtgefühl heiraten!«, sagte Eliza, plötzlich mit trockener Kehle. »Das – das liegt jetzt hinter mir.«

Ihr gegenüber hob Margaret überschwänglich ihr Glas in die Höhe.

»Nun, *das* ist mal ein Trinkspruch, der mir gefällt«, sagte sie. »Auf Bath!«

3

In ihren siebenundzwanzig Jahren hatte Eliza nur sehr wenige Dinge getan, die der gehobenen Gesellschaft missfallen, sie überrascht oder an denen sie gar Anstoß genommen hätte. Aus diesem Grunde hatte ihre Flucht aus Harefield Hall etwas über alle Maßen Aufregendes an sich; und auch wenn sie zwei Wochen für die Planung brauchten, jedes Mitglied der Familie Balfour vorab mittels eines Briefs über ihre Entscheidung in Kenntnis gesetzt worden war und sie in einer der gediegenen Somerset-Kutschen reisen würden, wirkte es auf Eliza ungefähr so verboten, als flöhen sie nach Gretna Green, um dort heimlich zu heiraten.

»Hat deine Mutter heute noch mal geschrieben?«, fragte Margaret, während sie die Kutsche bestiegen, gefolgt von Pardle, Elizas Zofe. Da die Reise nicht weit war – nicht einmal zwanzig Meilen – und der Februarmorgen so strahlend, hatte Eliza beschlossen, im offenen Landauer nach Bath zu fahren, damit sie die Sonnenwärme auf dem Gesicht genießen konnten. Ihr Gepäck war bereits vorgeschickt worden, zusammen mit Perkins und zwei Dienstmädchen, die einzigen Mitglieder des Haushalts, die Eliza hatte mitnehmen wollen. Da sie Harefield schon seines Butlers beraubt hatte – und das auch nur, weil Perkins persönlich darum gebeten hatte –, war ihr Schuldgefühl zu groß gewesen, um noch mehr Angestellte für sich zu beanspruchen.

»Es wird ganz sicher ein Brief auf uns warten, wenn wir ankommen«, sagte Eliza.

Wie vorhergesehen war kein Mitglied des Balfour-Clans erfreut über ihre Entscheidung, aber ermutigt von Margarets Parolen und der erdachten Ausrede der ärztlichen Empfehlung, war Eliza standhaft geblieben. Und als sich keiner von Mrs Balfours Briefen – egal, ob schimpfend oder flehend – als wirksam erwiesen hatte, war, wenn auch zögerlich, Margaret gestattet worden, sie zu begleiten, bis Lavinias Kind zur Welt kommen und Margarets Dienste gebraucht würden.

»Und hast du schon etwas von Somerset gehört?«, fragte Margaret.

Eliza antwortete nicht und tat so, als müsse sie ihre Röcke richten. Mit den heißen Ziegelsteinen im Fußraum und den dicken Decken über den Beinen würden sie nicht frieren, bis sie anhielten, um sich zu erfrischen, aber Eliza hatte trotzdem ihr wärmstes – und unelegantestes – Kleid für die Reise angezogen: natürlich schwarz, mit langen Ärmeln und hochgeschlossenem Kragen, einem groben Wollcape und einem sperrigen Reisehut, der es ziemlich schwierig machte, den Kopf zu drehen.

»Du hast ihm immer noch nicht geschrieben?«, riet Margaret. »Eliza!«

»Ich mache es noch!«, versprach Eliza abwehrend. Somersets Zustimmung zu ihrem Plan war natürlich genauso wichtig wie die Mrs Balfours, denn er allein hatte die Macht, sie ihres Vermögens wieder zu berauben; und trotzdem, obwohl Eliza sich ein Dutzend Mal hingesetzt hatte, um den Brief zu Papier zu bringen, hatte sie es nie geschafft, auch nur ein einziges Wort zu schreiben. Wie sollte man eine förmliche Nachricht an einen Mann verfassen, mit dem man einst Liebesbriefe ausgetauscht hatte?

»Ich schreibe ihm, sobald wir da sind«, versprach Eliza.

Sie warf einen letzten Blick auf das allein schon durch seine Größe beeindruckende Anwesen. Sie konnte sich noch lebhaft daran erinnern, wie bedrohlich es gewirkt hatte, als sie hier angekommen war – siebzehn Jahre alt und zitternd vor Nervosität. Sie hatte sich Sorgen gemacht, dass man sie innerhalb der Mauern vielleicht umbringen könnte. Aber sie hatte überlebt, und heute fuhr sie weder als die verängstigte Miss Balfour noch als bescheidene Ehefrau durch die Tore, sondern als die unabhängige Lady Somerset.

»Lasst uns fahren, Tomley«, sagte sie, so gebieterisch sie konnte, und die Kutsche nahm hastig und leicht schlingernd Fahrt auf. Elizas üblicher Fahrer war krank, und der jüngere Tomley pflegte einen etwas lässigeren Umgang mit den Fahrleinen – Eliza zuckte zusammen, als sie durch ein Loch in der Straße rumpelten; gut, dass weder sie noch Margaret zu Reiseübelkeit neigten.

»Wonach steht dir als Erstes der Sinn?«, fragte Eliza Margaret, als sie bereits eine Weile unterwegs waren und sie ihre Zeichenmappe aufschlug. Man erwartete von einer Dame der gehobenen Gesellschaft, dass sie ihre gestalterischen Fähigkeiten schulte, aber unter dem Einfluss ihres Großvaters, einem respektierten Mitglied der Royal Academy, hatte Eliza eine ungewöhnlich umfangreiche künstlerische Ausbildung erfahren – auch wenn es sie nicht darauf vorbereitet hatte, auf dem Rücksitz eines Landauers zu zeichnen, der jedes kleinste Schlagloch ausnutzte.

»Natürlich sind wir durch deine Trauer stark eingeschränkt – nicht dass ich dir die Schuld daran geben möchte …«

»Vielen Dank für dein Verständnis«, antwortete Eliza abwesend. Sollte sie Tomley anweisen, langsamer zu fahren? Das hier war die erste wirkliche Reise, die sie unternahm, ohne dass sich ihr Vater oder ihr Ehemann um alles kümmerten, und sie war sich nicht sicher, wie stark sie sich einbringen sollte. Aber die Straße war wirklich sehr schmal geworden – eine solche Geschwindigkeit war doch sicherlich nicht angebracht?

»… aber das lässt uns noch immer eine Menge Möglichkeiten. Die Sydney Gardens natürlich, und das Kurhaus – oje, Tomley, passt auf!«

Auf der Straße vor ihnen tat sich ein großes Schlagloch auf, direkt vor einer scharfen Kurve. Tomley lenkte die Pferde gerade in dem Moment hastig nach rechts, um auszuweichen, als ein Zweispänner um die Kurve gerast kam. Der Zusammenstoß war gleichzeitig langsam und blitzschnell: Tomley riss die Pferde herum, während der andere Fahrer verzweifelt versuchte, sein Gespann zum Stehen zu bringen, aber es war zu spät; die Kollision war unvermeidlich. Als die Räder der Kutschen aufeinandertrafen, ertönte ein entsetzliches Kreischen, Holzsplitter flogen durch die Luft, und Eliza und Margaret klammerten sich aneinander fest, während ihr Gefährt in die entgegengesetzte Richtung geschleudert wurde und Sitzkissen, Decken und Handtaschen über die Seitenwand flogen.

Der Landauer schwankte einmal, zweimal, schien beinahe umzukippen … bevor er mit einem lauten Krachen wieder auf alle vier Rädern stand. Endlich kamen beide Kutschen zum Stehen, und es wurde still – bis auf das fast schon komisch anmutende, friedvolle Zwitschern der Vögel in den Bäumen.

»Ist alles in Ordnung mit dir?«, keuchte Eliza.

»Ich – ich glaube schon«, antwortete Margaret und hob den Arm, um ihre verrutschte Haube zurechtzurücken.

»Pardle? Tomley?«

»Ja, Mylady«, hauchte Pardle, die sich noch immer so fest an die Kutschenwand klammerte, dass ihre Knöchel weiß hervortraten.

»Bitte entschuldigt, Mylady, bitte entschuldigt«, rief Tomley panisch, während er vom Kutschbock sprang, um nach den Pferden zu sehen, die erschrocken mit Schaum vor dem Mund und weit aufgerissenen Augen dastanden. Auf der gegenüberliegenden Straßenseite tat der andere Kutscher es ihm gleich.

Eliza fuhr sich mit den Händen über die Arme, als müsse sie sich unsinnigerweise versichern, dass all ihre Gliedmaßen noch intakt waren. Wie durch ein Wunder waren sowohl sie als auch Margaret unverletzt, wenn auch Margaret unter ihren Sommersprossen bleich geworden war, und Eliza spürte, wie sie selbst heftig zu zittern begann.

Die Stille wurde vom Quietschen einer sich öffnenden Tür unterbrochen. Aus der anderen Kutsche trat ein Mann auf die Straße. Er war groß, mit schwarzem, gelocktem Haar und dunkler Hautfarbe, und entgegen Elizas und Margarets zerzaustem Zustand schien der einzige Hinweis auf den Zusammenstoß der Winkel seines Hutes zu sein, der sich von verwegen zu gewagt verschoben hatte. Mit einem Ausdruck milden Erstaunens ließ er den Blick über das Geschehen schweifen, erst zu seinem Fahrer, dann ihrem Landauer und schließlich zu Margaret und Eliza.

»Habt Ihr vor, mich auszurauben?«, fragte er eher neugierig als alarmiert. »Ist das hier ein Stehen-bleiben-und-Geld-her-Moment?«

Eliza starrte ihn an. Hatte sie sich in dem ganzen Durcheinander den Kopf gestoßen?

»N-Nein, natürlich nicht!«, stammelte sie.

»Habt Ihr vor, mich *umzubringen?*«, fragte er.

»Keinesfalls!«, rief Eliza. Was um Himmels willen …?

»Was zum Teufel hat diese Sache dann zu bedeuten?«, wollte der Gentleman mit zusammengezogenen Brauen wissen. »Ich war gerade dabei, ein äußerst friedvolles Schläfchen zu halten, wisst Ihr?«

Sprachlos starrte Eliza ihn an. Wer um alles in der Welt war dieser Mann? Sein Teint ließ an eine indische Herkunft denken – ungewöhnlich in einer so ländlichen Gegend –, und die private Kutsche verriet Wohlstand. Vielleicht ein reicher Händler auf dem Weg in eine nahe gelegene Stadt? Aber ein Händler würde nicht so mit ihr sprechen.

»Es war keine Absicht!«, sagte Margaret ungehalten.

»Er war mit halsbrecherischer Geschwindigkeit unterwegs, Mylord!« Der Kutscher des Mannes hatte seine Pferde beruhigt und zeigte anklagend auf Tomley.

»Ihr genauso!«, gab Tomley zurück.

»Könnten wir uns darauf einigen, dass beide Parteien gleichermaßen schuldig sind?«, schlug Eliza eilig vor, bevor sich die Gemüter noch weiter erhitzten.

»Dieses Urteil erscheint mir doch etwas vorschnell«, warf der Gentleman ein, und seine Mundwinkel kräuselten sich, als fände er den ganzen Vorfall insgeheim amüsant. »Sollte die Jury nicht alle Beweise anhören, bevor wir über die Schuldfrage verhandeln?«

»Ich freue mich, dass Ihr die Angelegenheit so unterhaltsam findet, Sir!«, sagte Margaret bissig.

»Ich mich auch«, stimmte der Mann ihr zu. »Humor ist wahrlich der größte Schatz eines Mannes.«

Eliza griff verwirrt nach oben, um ihren Hut zu richten. Das hier entsprach nicht der ruhigen Reise, die sie sich vorgestellt hatte, und wenn sie der Meinung gewesen wäre, ein paar Tränen könnten der Sache zuträglich sein, hätte sie anfangen können zu weinen. Mittlerweile hätten sie schon fast bei Peasedown sein und sich auf eine geruhsame Mahlzeit freuen sollen – nicht mitten im Nirgendwo herumstehen und Unterhaltungen mit einem fremden Gentleman führen, der so seltsam war, dass es an Wahnsinn grenzte.

»Tomley?«, fragte sie. »Sind wir in der Lage, weiterzufahren?«

Der Kutscher schüttelte den Kopf.

»Die Speichen am linken Rad sind gebrochen«, sagte er und untersuchte sie mit kritischem Blick. »Aber macht Euch keine Sorgen, Mylady, Peasedown ist nur drei Meilen entfernt. Ich nehme eines der Pferde und kehre umgehend mit einem Radmacher zurück!«

»Und uns lasst Ihr hier zurück?«, fragte Margaret. Selbst wenn Eliza keine Trauer trüge, wäre es nicht anzuraten, allein und ohne Schutz am Straßenrand zurückzubleiben – so erschien es ausgesprochen unschicklich. Aber welche Wahl hatten sie? Eliza hob den Blick in Richtung Himmel.

Sie würde nicht weinen. Sie *würde nicht* weinen. Aber warum musste ausgerechnet heute eine solche Katastrophe eintreten, wenn sie gerade den Mut gefunden hatte, neu anzufangen?

»Es liegt mir fern, mich einzumischen«, unterbrach die Stimme des Mannes ihre Gedanken. Zu ihrem Ärger klang er noch immer leicht amüsiert. »Aber da meine Kutsche vollkommen intakt zu sein scheint – tatsächlich erschreckend intakt –, dürfte ich vielleicht anbieten, die Damen nach, äh, Peasebury oder Peaseton zu bringen, wo Ihr Euch im Warmen etwas erholen könntet?«

Die Versuchung war groß, und noch während Eliza darüber nachdachte, lief ein Zittern durch ihren Körper – als stimme er dem Vorschlag vorbehaltlos zu –, aber sie schüttelte den Kopf.

»Das ist ein sehr freundliches Angebot, werter Herr, aber ich kann es nicht annehmen«, sagte sie.

»Das ist es in der Tat«, stimmte der Gentleman ihr zu. »Und ich befürchte – und hoffe, Ihr werdet mich nicht für grob halten –, ich muss darauf bestehen. Ich kann Euch nicht hier am Straßenrand zurücklassen.«

»Aber Ihr müsst es tun«, entgegnete Eliza.

»Ich kann es nicht«, sagte er. »Es widerspricht dem Ehrenkodex eines Gentlemans, den wir in Eton alle auswendig lernen mussten. ›Lasst niemals eine Dame am Straßenrand zurück, sonst wird sie von Bären gefressen‹.«

Eliza fragte sich, ob sie vielleicht eine Gehirnerschütterung hatte.

»Es gibt keine wilden Bären in England«, merkte Margaret an.

»Das müsst Ihr mit Eton diskutieren«, entgegnete der Mann ernst.

»Aber Ihr seid ein Fremder«, wandte Eliza ein. »Das wäre unschicklich.«

»Ach, dieser Umstand lässt sich mit einer Vorstellung leicht beheben«, sagte der Mann und verbeugte sich theatralisch. »Ich bin Melville.«

Margaret zuckte zusammen. Tomley gab ein Geräusch von sich, als würde er ersticken.

Oh. Natürlich.

Die Familie Melville war eines der ältesten Adelsgeschlechter Englands, und jede neue Generation schien die vorangegangene an Schändlichkeit noch zu übertreffen: Der siebte Earl, »Mad Jack«, war berühmt dafür, ein Vermögen beim Kartenspiel verloren zu haben, der achte Earl dafür, dass er an seinem achtzehnten Geburtstag durchgebrannt und zehn Jahre später mit einer indischen Adligen als Frau wieder zurückgekehrt war. Um nicht mit der Familientradition zu brechen, tauchten die romantischen Verwicklungen des derzeitigen Lord Melvilles beinahe wöchentlich in den Klatschblättern auf. Trotzdem waren er und seine Schwester beinahe genauso berühmt für ihre literarischen Heldentaten: Lady Caroline für eine einigermaßen fiktionale politische Novelle und Melville für seine romantischen Verse, mit denen er die Frauen der gehobenen Gesellschaft allesamt verzaubert hatte.

Eliza musterte Melville und kam zu dem Schluss, dass seine Statur und sein Aussehen zweifellos dem positiven Bild entsprachen, das man landläufig von ihm malte, auch wenn er – anders, als sie es sich immer vorgestellt hatte – kein Entermesser am Gürtel trug. Jetzt konnte sie auch erkennen, dass er zwar eher leger als elegant gekleidet war, der vorzügliche Schnitt seines Reitmantels, der Glanz seiner Stiefel und die hohe Krone seines Kastorhuts aber doch alle auf die *beau monde* hindeuteten. Ihr Blick wanderte zurück zu seinem Gesicht, in dem sie an seinen hochgezogenen Augenbrauen erkannte, dass sie in ihrem Schock offenbar nicht einmal versucht hatte, ihre offensichtliche Inaugenscheinnahme seiner Person zu verbergen.

»Nun?«, fragte Melville und breitete die Arme aus, wie um ihr die Inspektion zu erleichtern.

Eliza wurde rot.

»Nehmt Ihr mein großzügiges Angebot an?«

»Mylady, wenn ich mir das erlauben darf – ich halte es nicht für schicklich«, sagte Tomley mit einem bedeutungsvollen Zischen. Pardle signalisierte eifrig ihre Zustimmung.

Eliza zögerte, sie wusste einfach nicht, was sie tun sollte. Einerseits war die Verbindung mit einem so berüchtigten Lebemann – vielleicht könnte man sogar Schwerenöter sagen – ganz sicher nicht erstrebenswert. Andererseits konnten sie auch nicht gut hier mitten auf der Straße verweilen, noch dazu in dieser Kälte. Es könnte bis in die Nacht dauern, bis Tomley zurückkehrte. Sie warf einen Blick zu Margaret, die aber nur ein winziges, hilfloses Schulterzucken für sie hatte. Also oblag die Entscheidung Eliza.

»Der alte Lord, Gott hab ihn selig, würde nicht wollen –«, drängte Tomley, was die Sache entschied.

»Der alte Lord, Gott hab ihn selig, ist aber nicht hier«, erwiderte Eliza. »Es ist meine Entscheidung, und … und ich möchte nicht länger hier verweilen. Tomley, wenn Ihr uns helfen würdet, von der Kutsche herabzusteigen, könnt Ihr uns mit den Pferden folgen und in der Stadt einen Radmacher anheuern.«

»Wenn ich bitten darf …« Der Earl bot Eliza seine Hand, und im Nu waren die beiden Damen und Pardle in die andere Kutsche befördert worden, die herrlich bequem war. Einen Augenblick später folgte auch Melville und überreichte Eliza ihren mit Schlamm bespritzten Skizzenblock, bevor er sich auf der gegenüberliegenden Bank niederließ.

Die Kutsche setzte sich in Bewegung. Schweigen breitete sich aus, während Eliza und Margaret Melville anstarrten. Eliza zermarterte sich das Hirn nach etwas Interessantem, das sie sagen könnte, aber ihr fiel nichts ein.

Glücklicherweise schien Melville mehr als fähig, die Unterhaltung allein zu führen.

»Wohin sind die Damen denn heute unterwegs?«, fragte er höflich.

»Nach Bath«, erwiderte Margaret. »Wir lassen uns dort für den Rest der Trauerzeit meiner Cousine nieder.«

»Oh, natürlich – mein herzliches Beileid«, sagte Melville.

Eliza war sich immer noch nicht sicher, wie sie auf solche Beileidsbekundungen reagieren sollte. Ihre Trauer zur Schau zu stellen, obwohl ihr Gefühl so deutlich von den gesellschaftlichen Erwartungen abwich, erschien ihr falsch – aber gar nicht zu reagieren, würde auch als unschicklich gelten.

»Ich danke Euch«, sagte Eliza nach einer kurzen Pause. »Und wohin reist Ihr, Mylord?«

»Ach, mal hierhin, mal dorthin«, antwortete er. »Heute natürlich mehr dorthin als eigentlich geplant. Ihr seid also eine Künstlerin, Mylady?«

Eliza verstand den Themenwechsel nicht sofort, aber dann folgte sie seinem Blick zu ihrem Skizzenblock.

»In solch hehren Worten würde ich mich nicht beschreiben«, sagte sie.

»Aber warum denn nicht?«, fragte er. »Ganz eindeutig habt Ihr Talent.«

»Wie kommt Ihr denn darauf?«, fragte Eliza überrascht.

»Der Block war aufgeschlagen«, antwortete Melville. »Ich konnte nicht anders, als hineinzusehen. Wirklich gut getroffen, Eure …«

Seine Stimme ging fragend nach oben, dann hielt er inne, und Eliza bemerkte mit Entsetzen, dass sie sich nicht vorgestellt hatten.

»Ich bitte vielmals um Entschuldigung!«, sagte sie, und ihre Wangen färbten sich rot. »Ich bin Lady Somerset, und das hier ist meine Cousine, Miss Balfour.«

Melville neigte den Kopf.

»Ihr habt Miss Balfour wirklich gut getroffen«, sagte er.

Eliza wusste nicht, was sie darauf antworten sollte, also entschied sie sich, stattdessen das Thema zu wechseln.

»Wir bewundern Eure Dichtkunst wirklich sehr, Mylord«, sagte sie.

Wahrscheinlich hörte er diesen Satz bereits zum tausendsten Mal, aber Eliza war nicht belesen genug, um sich ein kenntnisreicheres Kompliment einfallen lassen zu können.

»Wie schön, das zu hören«, erwiderte Melville höflich.

»Wir können es kaum erwarten, mehr von Euch zu lesen«, fügte Margaret hinzu, einen schmeichelnden Unterton in der Stimme. »Wisst Ihr denn schon, wann …?«

Melville hatte *Persephone* im Jahre '17 veröffentlicht, *Psyche* ein Jahr darauf – beides romantische Nacherzählungen alter Überlieferungen –, und alle warteten äußerst gespannt auf sein nächstes Werk.

»Es scheint, als wären Eure Schmeicheleien nur ein Trick gewesen, um mich zu einer Enthüllung zu verleiten«, sagte Melville. »Ich befürchte, meine Antwort wird Euch nicht gefallen: Ich habe bislang nichts Neues geschrieben.«

»Warum nicht?«, fragte Eliza, bevor sie sich bremsen konnte – eine Impertinenz, die sie sofort bereute, als sie Melvilles hochgezogene Augenbraue bemerkte.

»Mir fehlt einfach die Inspiration«, antwortete er knapp.

»Vielleicht könntet Ihr Euch vom heutigen Abenteuer inspirieren lassen«, schlug Margaret schlau vor. »Und wir werden später feststellen, dass Euer nächstes Buch mit dem Zusammenstoß zweier Kutschen beginnt – oder wohl eher zweier Streitwagen.«

Eliza warf Margaret einen warnenden Blick zu. Sah sie denn nicht, dass Melville dieses Gespräch nicht weiterführen wollte? Aber Melville schien sich mit Margarets Beitrag zum Thema wohler zu fühlen als mit Elizas.

»Ach, nur ein Unfall mit einem Streitwagen wäre für meine Heldinnen zu prosaisch«, sagte er belustigt. »Aber vielleicht rettet sie ja nach dem Zusammenstoß ein antiker Held vor einer mörderischen Bande? Wenn die holde Maid mir die künstlerische Freiheit gestattet?«

Mit einem Lächeln sah er hinüber zu Eliza, die Augenbrauen neckisch hochgezogen. Eliza starrte ihn an. Flirtete er etwa mit ihr? Sicher nicht. Nichtsdestoweniger schien er eine Antwort zu erwarten, als hielte er Eliza für fähig, sich aus dem Nichts eine amüsante, kokette oder sogar interessante Erwiderung einfallen zu lassen, aber ach …

»Ich bin nicht hold«, sagte sie.

»Ach nein?«, fragte Melville. »Ihr müsst mir vergeben, dass ich das unter Eurer so – ah – prachtvollen Kopfbedeckung nur schwerlich erkennen kann.«

Mit einer Handbewegung deutete er auf Elizas Hut. Ihre Wangen darunter färbten sich rot, und sie fühlte sich so unelegant wie noch nie zuvor.

Ein Klopfen auf dem Kutschdach veranlasste sie alle, aufzublicken.

»Es scheint, als hätten wir Peaston erreicht«, sagte Melville.

»Habt Dank für die Hilfe«, wollte Eliza sich verabschieden.

»Oh, Mylady, so leicht entkommt Ihr mir nicht«, sagte Melville leichthin. »Selbstverständlich geleite ich Euch nach drinnen, um für einen angenehmen Aufenthalt zu sorgen, während Euer Kutscher diesen Radmacher sucht.«

Sie hielten an, und Melville machte Anstalten, die Kutsche zu verlassen.

»Nein, nein«, sagte Eliza hastig, denn auch wenn sie die Rettung wirklich zu schätzen wusste, war sie noch immer nicht der Meinung, es wäre weise, sich vor dem ganzen Dorf mit einem unverheirateten Mann sehen zu lassen – ganz sicher nicht mit einem von solch berüchtigtem Ruf.

»Nein, wir wollen Euch nicht noch länger aufhalten. Wir sind durchaus in der Lage, die Angelegenheit von hier an selbst zu regeln«, erklärte sie.

Melville sah Eliza einen Moment lang nachdenklich an.

»Nun gut«, sagte er dann und lehnte sich zurück. »Wenn Euch das lieber ist.«

Margaret öffnete die Tür, und ein Kutschenjunge sprang heran, um ihnen beim Aussteigen behilflich zu sein.

»Ich hoffe«, sagte Eliza noch, während Margaret und Pardle aus der Kutsche stiegen, »ich hoffe, wir können auf Eure … Diskretion zählen, was die heutigen Ereignisse betrifft.«

Melvilles Augenbrauen schossen wieder nach oben.

»Haltet Ihr mich für ein Klatschmaul?«, fragte er sanft, und Eliza war sich plötzlich sicher, dass sie ihn jetzt beleidigt hatte.

»N-nein – es ist nur …«, stammelte Eliza.

»Seid versichert, Mylady«, antwortete er, »sollte mein Name diese Woche in den einschlägigen Gazetten auftauchen, wird dieses langweilige Abenteuer ganz sicher nicht der Grund dafür sein.«

Der schneidende Unterton in seiner Stimme ließ Eliza erröten, und sie beeilte sich, den Arm des Kutschenjungen zu ergreifen. Melville zog hinter ihr die Tür zu.

»Einen schönen Tag«, sagte er durchs Fenster. »Und gute Reise.«

Sein Kutscher ließ die Pferde antreten, noch bevor Eliza antworten konnte.

»Du meine Güte«, sagte sie benommen.

»Ich schreibe sofort meiner Schwester, wenn wir in Bath ankommen«, verkündete Margaret begeistert. »Und du solltest Lady Selwyn schreiben – verkauft sie sich nicht immer als Patronin der schönen Künste? Ganz sicher wird sie *grün* vor Neid!«

»Ich werde Lady Selwyn ganz sicher nicht schreiben!«, rief Eliza, die wieder zu sich kam und sich dem Gasthaus zuwandte. »Wir sollten es überhaupt *niemandem* erzählen. Denk an die Bedingungen meines Vermögens, Margaret, und an seinen zweifelhaften Charakter: Mein Ruf ist keine Währung, die wir leichtfertig ausgeben sollten.«

»Welchen Sinn hat es, solch aufregende Abenteuer zu erleben, wenn man nicht einmal damit angeben kann?«, murmelte Margaret mürrisch. Ein wärmendes Feuer, eine hervorragende Mahlzeit und die Nachricht, dass die Reparatur der Kutsche nicht lange in Anspruch nehmen würde, trugen viel dazu bei, Elizas aufgewühlte Nerven wieder zu beruhigen, und sie erreichten Bath mit nur ein paar Stunden Verspätung. Da es bereits dämmerte, konnten sie nicht viel von der Stadt sehen, während sie durch die Straßen fuhren, aber als Eliza das Reihenhaus am Camden Place, ihr neues Zuhause, betrat, überfiel sie Erleichterung. Perkins hatte eine Unterkunft ausgesucht, die Elizas Geschmack so genau traf, dass sie beinahe glauben könnte, man hätte das Haus nur für sie gebaut und eingerichtet: Speisezimmer, Wohnzimmer, Salon, drei Schlafzimmer und das Dienstbotenquartier erstreckten sich über vier Stockwerke. Das Haus war wunderbar elegant, hell und luftig, und der Unterschied zum düsteren Prunk von Harefield Hall hätte nicht größer sein können.

»Es ist vollkommen, Perkins«, sagte sie und atmete den Duft einer perfekt zubereiteten Tasse Tee ein.

Perkins, nie ein Freund großer Gefühlsausbrüche, neigte leicht den Kopf.

»Gibt es sonst noch etwas, Mylady?«, fragte er.

»Nein, vielen Dank«, erwiderte Eliza. Dann fügte sie schnell entschlossen hinzu: »Wobei – könnte wohl Feuer gemacht werden? In allen Kaminen?«

Eliza hatte genug von der Kälte.

4

Die gehobene Gesellschaft hielt Bath nicht mehr für einen so mondänen Urlaubsort wie noch im vergangenen Jahrhundert, und die Reichen und Schönen waren während der letzten Jahre eher von der älteren Generation, den gesundheitlich Angeschlagenen und den nicht mehr ganz so glanzvollen Persönlichkeiten ersetzt worden. Für Eliza war es jedoch die prachtvollste Stadt, die sie je gesehen hatte. Der gesamten Architektur schien der Gedanke der Eleganz innezuwohnen, und all die prachtvollen, in Bögen angelegten Gebäude und wunderschön weitläufigen Plätze waren aus dem gleichen hellen Stein erbaut, der im Sonnenschein das Auge mit seinem Strahlen erfrischte. Mit den erhabenen Hügeln der Clavertons war die Umgebung ländlich genug, um die Luft rein zu halten, während es in der Stadt selbst zahllose Gärten, Läden, Büchereien und sogar zwei Assembly Rooms gab. Mit wenigen Worten: Es war eine Stadt, die zwei Frauen, die zum ersten Mal in ihrem Leben vollkommen frei über ihre Zeit verfügen konnten, einen ganzen Strauß atemberaubender Möglichkeiten bot.

Während der ersten Woche nahmen sie ohne großes Aufhebens ihren Platz in der lokalen Gesellschaft ein, und auch wenn Eliza sowohl ihren als auch Margarets Namen in die Bücher des Lower und des New Assembly Rooms schrieb, tat sie dies eher aus Höflichkeit den Conférenciers gegenüber, als aus dem tatsächlichen Vorhaben heraus, die Unterhaltungsangebote viel zu nutzen. Elizas Trauerzeit dauerte nun bereits zehn Monate an, und die strengsten Tage ihrer Einsamkeit – als sie jegliche Öffentlichkeit hatte meiden müssen – waren vorüber, aber die Ankunft der Countess of Somerset in vollem Witwenornat war noch immer ungewöhnlich genug, um Aufmerksamkeit zu erregen. Solange sich so viele Blicke auf sie richteten, musste ihr Betragen ohne Fehl und Tadel sein: Eliza konnte das Kurhaus aufsuchen, in den Läden der Milsom Street einkaufen, in aller Stille ein oder zwei Konzerte besuchen oder vielleicht sogar das eine oder andere äußerst exklusive Dinner ausrichten – aber bis der Tod des Earls nicht ein Jahr und einen Tag zurücklag, konnte sie weder an größeren Gesellschaften oder Veranstaltungen teilnehmen noch sich in allzu öffentlichem Rahmen zeigen. Das Tanzen war natürlich weitere sechs Monate *danach* noch streng verboten. Das Trauern war für eine Lady ihres Standes eine ernsthafte Angelegenheit.

Stets auf die Regeln des Anstands bedacht, gaben sich Eliza und Margaret daher Mühe, bei ihren ersten Ausflügen in die Bather Gesellschaft sowohl Elizas Gram als auch ihren schwächlichen Gesundheitszustand zu betonen, jedenfalls soweit es die Zurückhaltung guten Benehmens erlaubte. Margarets schneller Geist und ihre Redegewandtheit erwiesen sich bei diesem Unterfangen als unabdingbar, denn während Eliza jegliche Schwindelei in einen Sumpf aus Selbstzweifeln zog, hatte Margaret keinerlei Probleme damit, die Wahrheit bis zur Unkenntlichkeit auszuschmücken.

»Der Schock hat ihr alle Kraft genommen«, erzählte Margaret bei ihrem ersten Besuch im Kurhaus Lady Hurley, Baths glanzvollster Witwe, in gedämpftem Ton, während Eliza – hinter dunklem Schleier – ein Glas des Bather Mineralwassers herunterwürgte, das für seine Heilwirkung berühmt war (und fürchterlich schmeckte).

»Die Ärzte vermuten eine akute Fluralgie«, erklärte sie beiden Conférenciers, als diese ihnen traditionsgemäß aufwarteten, um die Damen in Bath zu begrüßen.

»Was ist Fluralgie?«, fragte Eliza Margaret, als sie wieder unter sich waren.

»Ich habe nicht die geringste Ahnung«, erwiderte Margaret fröhlich. »Aber es hat sich gut angehört, oder nicht?«

Bis Mr Walcot, der Anwalt der Somersets, ihnen am dritten Tag einen Besuch abstattete, war Margaret so geübt darin, Elizas emotionale und körperliche Empfindsamkeit darzustellen, dass er Eliza schon bald auf der Schwelle des Todes zu wähnen schien.

»Geht es Euch tatsächlich gut genug, um Eure Angelegenheiten selbst zu regeln?«, fragte er mit besorgtem Gesichtsausdruck. »Ich dachte, Euer Vater …«

»Oh, es geht mir schon viel besser«, beeilte sich Eliza zu sagen. Mr Balfour wäre wohl zweifellos geeigneter, um ihre Ländereien zu verwalten, denn er hatte all die Erfahrung und das Wissen, das ihr fehlte, aber … aber es war das erste Mal, dass Eliza tatsächlich über eigenen Besitz verfügte, und sie hatte festgestellt, dass sie ihn keinesfalls gleich in die Hände eines anderen geben wollte.

»Wenn Sie vielleicht so freundlich wären, mir einen Landverwalter zu empfehlen und mir bei einigen Fragen behilflich zu sein …?«

Sie brach ab und wurde rot.

»Ich diene bereits dem neuen Lord Somerset auf ähnliche Weise«, antwortete Mr Walcot zögerlich. »Und es würde sehr viel Neues auf Euch zukommen, Mylady. Seid Ihr sicher, dass Ihr einer solchen Aufgabe gewachsen seid?«

Eliza schenkte Mr Walcot ein angestrengtes Lächeln. »Ich denke schon«, sagte sie und versuchte, entschlossen zu klingen.

»Wenn Ihr Euch sicher seid …« Mr Walcot schien nicht überzeugt. »Der neue Earl wäre eine gute Wahl, falls Ihr einmal Unterstützung brauchen solltet, und ich frage mich wirklich, warum er in seinem letzten Brief Eure Reise nicht erwähnt hat«, wunderte er sich. »Ich hätte Euch viel früher aufgewartet, wäre ich informiert gewesen – aber gewiss hat Seine Lordschaft seine Gründe!«

Das stimmte sicherlich, wobei der schwerwiegendste wohl war, dass Eliza ihm noch immer nicht geschrieben hatte. Ihre Vermeidungshaltung gegenüber dieser Aufgabe wurde langsam chronisch.

»Möglicherweise hatte mein Brief ihn noch nicht erreicht«, schwindelte sie. »Unser Aufenthalt hier wurde erst vor Kurzem beschlossen …«

»Aufgrund der Fluralgie«, warf Margaret hilfreich ein.

Mr Walcots sorgenvolles Stirnrunzeln kehrte zurück, und während des Rests seines Besuches gab sich Eliza große Mühe, das richtige Gleichgewicht von »gramerfüllt, aber kompetent« darzustellen, um ihn wieder zu beruhigen.

Unter diesem Deckmantel der Trauer waren Elizas und Margarets ersten Tage in Bath lang, teuer und aufregend. Sie erkundeten jeden Laden der Milsom Street: Sie schnupperten sich durch die Proben der Parfümerie, schwelgten im Anblick der Diamanten bei Juwelier Basnett und verbrachten Stunden vor den Regalen von Meylers Bibliothek. Hier hörten sie mit, wie eine Schar plappernder junger Damen den gequälten Aufseher mit Fragen nach Lord Melvilles neuem Gedichtband bedrängte.

»Ich habe in der Zeitung gelesen, er müsste jetzt schon veröffentlicht sein!«, erklärte eine der Damen angesichts der Verneinung des Aufsehers.

»Was würden sie sagen, wenn sie wüssten, dass wir ihn tatsächlich getroffen haben?«, flüsterte Margaret Eliza ins Ohr.

»Reiß dich zusammen«, entgegnete Eliza streng, und Margaret verdrehte die Augen.

Ein paar Türen weiter befand sich der Künstlerbedarfsladen Mr Fasana's Repository of Arts, dessen Regale bis zum Rand mit wunderbaren Dingen gefüllt waren – Staffeleien, Farbpaletten, Pinsel so fein wie Stecknadeln oder dick wie Äste und Kästen mit Wasserfarben in Tönen, die Eliza nicht zu benennen vermochte – und dessen Verkäufer so sachkundig waren, dass Eliza sich fast etwas überwältigt fühlte. Am liebsten hätte sie den halben Laden leer gekauft, aber da das sicherlich zu neugierigen Blicken geführt hätte, begnügte sie sich mit einer Auswahl an Bleistiften, einem Wasserfarbkasten und einem Buch namens *Die Kunst des Malens,* von dem sie wusste, dass ihr Großvater es besessen hatte.

»Mischt Ihr … mischt Ihr hier auch Ölfarben an?«, fragte sie schüchtern an der Ladentheke. Ihr Großvater hatte seine eigenen Farben gemischt – ein arbeitsaufwendiger Prozess, bei dem man die natürlichen Pigmente zunächst zermahlen und sie dann mit verschiedenen Bindemitteln vermischen musste, um die gewünschte Konsistenz zu erreichen –, aber man konnte Ölfarben auch direkt vom Händler erwerben.

Mr Fasana, der aus dem Hinterzimmer geholt worden war, um den hohen Besuch zu bedienen, schien die Frage zu überraschen. Sich dem Malen mit Wasserfarben zu widmen, war üblich bei Damen von Stand, aber Ölfarben waren ein Medium, das Amateure nur selten nutzten, da sie so viel Schmutz machten und man sehr viel Übung brauchte, um sie richtig einzusetzen. »Gewiss, das tue ich, aber würde nicht ein Satz Pastellkreiden dem Vorhaben Eurer Ladyschaft dienlicher sein?«

»Oh … ja«, sagte Eliza, die unter Mr Fasanas Unglaube und den neugierigen Blicken der anderen Kunden in sich zusammenschrumpfte. Und würden Pastellkreiden nicht auch wirklich ausreichen? »Ja, vielen Dank.«

Als Letztes stand der Ausflug zur Modistin auf dem Programm. Eliza und Margaret waren schon häufig beim Putzmacher gewesen: Sich niemals mehrfach im gleichen Kleid zu präsentieren, war grundsätzlicher Bestandteil des Lebens einer jeden Lady, die etwas auf sich hielt. Bisher war ihre Garderobe jedoch stets den Vorlieben anderer angepasst worden: Elizas denen ihres Mannes, der die altmodischen Schnitte seiner Generation vorzog, und Margarets denen ihrer Mutter, die der Meinung war, dass kindische Pastelltöne und ein Übermaß an Rüschen Margaret ewige Jugend verleihen würden.

»Ich fühle mich schon seit Jahren wie eine ausgestopfte Fruchtpastete«, sagte Margaret laut, als sie Madame Prevettes Laden betraten, und der Zustand ihres *Accoutrements* war tatsächlich dergestalt, dass Madame Prevette zustimmend mit der Zunge schnalzte. In Windeseile hatte sie Eliza und Margaret auf einem Schneiderpodest im Hinterzimmer platziert und präsentierte ihnen Modezeichnungen, während ihre Angestellten mit Metern von Seide, Krepp und Bombasin in jeder nur erdenklichen Farbe um sie herumschwirrten, als stünden Eliza und Margaret im Mittelpunkt eines äußerst modischen Hurrikans.

Sie fuhren mit den Händen über Spitze, Musselin, Baumwolle, Gaze und wählten unter Madame Prevettes wachsamem und kundigem Blick Kleider für jede erdenkliche Gelegenheit aus. Eliza durfte sich natürlich bis April nur in Schwarz kleiden, aber Madame Prevette – die infolge der Revolution nach England geflohen war – betrachtete diesen Umstand lediglich als unbedeutende Herausforderung und arbeitete stattdessen begeistert an Stil und Schnitt jedes Kleides: figurbetonte Raffungen, kunstvolle Verzierungen und Rüschen wurden überall dort eingesetzt, wo sonst Farbe die Aufmerksamkeit auf sich zog. Margaret, mit dem Earl nur durch Heirat entfernt verwandt, hatte ihre Trauergarderobe schon lange abgelegt und wurde so für Hauskleider in Blau- und Grüntönen, Abendkleider im dunkelsten Violett und Promenadenkleider in strengen, militärischen Schnitten vermessen – alles natürlich mit passenden Hüten, Schultertüchern und Handschuhen.

»Die ersten Kleider kann ich in einer Woche bereit haben«, versprach Madame Prevette, als sie schließlich fertig waren, was tatsächlich wohlwollend schnell war, und Eliza bedankte sich strahlend. Dann blickte sie sich nach Margaret um und sah, wie diese mit der Hand bewundernd über ein dickes Zobelfell strich.

»Hättest du das gern?«, fragte Eliza. Die Rechnung war schon jetzt lang und hoch.

»Es ist sehr teuer«, antwortete Margaret, was nicht gelogen war.

Eliza las den Preis und fühlte, wie sich ihre Augenbrauen ganz von selbst hoben. Eine ungebührliche Ausgabe, hätte ihr Ehemann gesagt. Aber er war nicht hier. Und nun war es an Eliza zu entscheiden, welche Ausgaben gerechtfertigt waren.

»Wir nehmen zwei«, sagte Eliza.

»Man sagt immer, Glück könne man nicht mit Geld kaufen«, sagte Margaret, die ihr breites, begeistertes Lächeln nicht unterdrücken konnte, als sie den Laden verließen, gefolgt von ihrem mit Schachteln beladenen neuen Dienstboten.

»Eine Theorie, die ich zu überprüfen gewillt bin«, versprach Eliza.

Madame Prevette hielt Wort und ließ ihnen die ersten Kleider bereits nach einer Woche zustellen, und so waren Eliza und Margaret am zweiten Mittwoch nach ihrer Ankunft endlich bereit, zum ersten Mal auszugehen und ein Konzert in den New Assembly Rooms zu besuchen – was sie für vollkommen schicklich hielten, solange Eliza ohne großen Pomp eintraf, in der Pause still sitzen blieb und die Veranstaltung gleich nach dem Ende wieder verließ. Aber auch wenn ihr Urteil anders ausgefallen wäre, hätte Eliza die Versuchung verspürt, hinzufahren, nachdem sie Margaret und sich in den neuen Abendkleidern im Spiegel gesehen hatte.

Eigentlich wusste Eliza natürlich, dass ein neues Kleid, egal, wie modern, nicht der Grund für eine solch drastische Veränderung sein konnte. Trotzdem… der Anblick ihrer selbst in dieser Robe aus schwarzem Krepp, die Säume kunstvoll eingefasst mit Ornamenten aus schwarzem Samt, gab Eliza das Gefühl, ein neuer Mensch zu sein: Sie war keine angestaubte Witwe mehr, unsichtbar hinter einem Übermaß schwarzen Bombasins, sondern eine durchaus elegante Dame. Das Kleid schien dafür zu sorgen, dass ihre Wangen weniger eingefallen wirkten als noch vor ein paar Wochen, ihr Haar dichter, die dunklen Ringe unter ihren Augen verblasst, was ihr eher eine mysteriöse als eine furchtsame Aura verlieh. Auf irgendeine unerklärliche Weise war es, als ließe sich ihr gesamtes Wesen von diesem herrlichen Kleid inspirieren, sie stand aufrechter, strammer, und strahlte wie seit Jahren nicht mehr.

Es hätte lächerlich sein sollen, Kleidern, Haaren und Schleifen eine solche Macht zuzuschreiben. Aber als sie sah, wie sich Margaret, die noch nie auch nur einen Hauch von Zufriedenheit mit ihrer Erscheinung an den Tag gelegt hatte, im Spiegel anstarrte, die Augen groß und verletzlich und so voll erstaunter Freude über ihren Anblick, dass Eliza dachte, ihr Herz würde vor Zärtlichkeit zerspringen, erschien es ihr nicht lächerlich.

Das meergrüne Krepp-Kleid mit den kurzen Ärmeln, das die Schulterpartie frei ließ und nur mit einer einfachen Schleife um das Mieder verziert war, stand in glänzendem Kontrast zu Margarets rotem Haar und ihrer hellen, sommersprossigen Haut und betonte auf bewundernswerte Art ihre hochgewachsene Gestalt.

»Es fühlt sich beinahe zu gut an, um wahr zu sein«, sagte Eliza mit einer ausladenden Geste, die nicht nur ihre Kleider und das Haus, sondern die Gesamtheit ihres neuen Lebens umfasste. »Geht es dir auch so?«

Margaret schnaubte, ihre Spiegelträumerei durchbrochen.

»Vielleicht, wenn nicht ständig diese Briefe unserer Mütter kämen«, entgegnete sie. »*Oder* es die Winkworths nicht gäbe.«

Die Winkworths waren ihre Nachbarn am Camden Place. Mrs Winkworth, eine gnadenlose gesellschaftliche Aufsteigerin, ihr Mann Admiral Winkworth, ein sauertöpfischer Gentleman ohne erkennbare Qualitäten, und ihre Tochter, Miss Winkworth, die stillste junge Dame, die Eliza je kennengelernt hatte. Margaret hatte sofort beschlossen, sie allesamt zu verabscheuen.

»Mrs Winkworth ist eine der einflussreichsten Damen hier in Bath, wir sollten uns bei ihr wirklich ein bisschen anstrengen«, rief Eliza Margaret in Erinnerung.

»Ich verabscheue es, mich anzustrengen«, erwiderte Margaret düster.

In dicke Mäntel gehüllt und mit einem der Hausdiener als Eskorte machten sie sich auf den Weg. Die Hügel Baths erschwerten den

Kutschverkehr, daher gab es nur wenig davon, aber da die meisten Ziele gut zu Fuß erreichbar waren, machte das nichts, es sei denn, es regnete. Aber dann konnte man sich immer noch eine Portechaise oder eine Droschke mieten. Die New Assembly Rooms lagen im neueren, oberen Teil der Stadt und bestanden aus mehreren beeindruckenden Gebäuden, die einen hundert Fuß langen Ballsaal, einen Konzertsaal und ein Zimmer für Kartenspiele beherbergten, jeder Raum luxuriös eingerichtet und erhellt von Kristallleuchtern, die von den hohen Decken hingen. Eliza sah sich interessiert um, als sie eintraten, denn sie hatte gehört, dass Porträts von Gainsborough und Hoare die Wände zierten, aber sie waren gerade erst eingetreten, als sie sich plötzlich der gesamten Familie Winkworth gegenübersahen, die mit einer begeisterten Begrüßung zielsicher auf sie zuhielt. Sie hatten alle etwas eindeutig Huftierartiges an sich: Mrs Winkworth war ein hübsches Mutterschaf, Miss Winkworth ein zartes Lamm und Admiral Winkworth ein Ziegenbock, nur ohne dessen Charisma.

»Guten Abend, Mrs Winkworth«, rief Eliza und übertünchte ihr Missfallen mit Enthusiasmus.

»Ihr hättet sagen sollen, dass Ihr an der heutigen Vorstellung teilnehmt!«, tadelte sie Mrs Winkworth. »Wir hätten ja zusammen gehen können!«

Genau aus diesem Grund hatte Eliza es nicht erwähnt.

»Bitte entschuldigt«, antwortete Eliza.

»Kommt, Ihr müsst Euch unserer Gesellschaft anschließen – wir treffen uns im Octagon Room«, sagte Mrs Winkworth und bedeutete ihnen, mitzukommen. Margaret trat Eliza bedeutungsvoll auf den Fuß.

»Ich denke, wir sollten uns wohl besser setzen …«, setzte Eliza an. Möglicherweise war es nicht klug, Mrs Winkworth zu verprellen, andererseits wäre ihr Bekanntenkreis auch nicht Elizas erste Wahl, um in Bath Anschluss zu finden.

»Ich hatte so sehr gehofft, Euch ein paar meiner Freunde vorstellen zu dürfen«, sagte Mrs Winkworth mit einem Hauch von Stahl in ihrer honigsüßen Stimme, der Eliza so sehr an Mrs Balfour erinnerte, dass sie sofort kapitulierte und ihr in den Octagon Room folgte. Als sie in den Lärm all der Stimmen, das Rascheln der Röcke und das Glitzern der Juwelen eintauchten, holte Eliza tief Luft, um sich zu wappnen. Man hätte denken können, ihre Rolle als Countess of Somerset hätte ihr die Nervosität genommen, bei all den Jagdgesellschaften, die in Harefield Hall stattfanden, aber die Anwesenheit all jener hochrangigen Adligen, die der alte Earl zu seinen Freunden gezählt hatte, war jedes Mal so einschüchternd für sie gewesen, dass die Erfahrung sie eher ihres sozialen Selbstvertrauens beraubt hatte, als es aufzubauen.

»Lady Somerset, Miss Balfour, darf ich Euch einige meiner teuersten Freunde vorstellen?«

Während Mrs Winkworth ihre Vorstellungsrunde durch die Gruppe machte – alle verbeugten sich oder knicksten tief vor Eliza –, brachte sie es, ohne direkt zu lügen, geschickt fertig, den Eindruck zu hinterlassen, sie und Eliza seien weit besser miteinander bekannt, als sie es tatsächlich waren. Wahrscheinlich strebte sie danach, ihr eigenes soziales Ansehen mit dem geliehenen Glanz von Elizas Titel aufzubessern. Währenddessen konnte Eliza nichts tun, außer ihr Bestes zu geben, um sich all die Namen zu merken – Mrs Broadwater mit der Brille, Mrs Michels mit dem riesigen Turban – und sich darauf zu konzentrieren, nicht nervös mit den Fingern zu trommeln.

»Und das hier ist Mr Berwick, unser gefeierter Künstler …«

Elizas Blick schwenkte plötzlich mit aufrichtigem Interesse in Richtung des genannten Gentleman.

»Ach, Mrs Winkworth, Ihr solltet mir nicht derart schmeicheln«, entgegnete dieser mit wenig überzeugender Bescheidenheit und verbeugte sich vor Eliza. »Ihr seid beinahe so schlimm wie Mr Benjamin West – der Präsident der Royal Academy, wisst Ihr, Lady Somerset –, er singt bei jeder Gelegenheit ein Loblied auf mich, sehr zu meinem Leidwesen.«

Mr Berwicks wichtigtuerischer Kommentar ließ Elizas Interesse wieder schwinden.

»Darf ich Euch mein herzliches Beileid für Euren Verlust aussprechen, Mylady«, fuhr Mr Berwick fort. »Auch wenn wir Künstler alle wahre Empathen sind, so kann ich mir doch kaum vorstellen, wie Ihr Euch fühlen müsst.«

Das hoffte Eliza ganz entschieden.

»Es ist eine äußerst schwierige Zeit«, log sie.

Ein mitleidiges Murmeln ging durch die Gruppe.

»Falls ein wenig Ablenkung Euch zuträglich wäre«, sagte Mr Berwick, »wäre es mir eine Ehre, wenn Ihr mir Modell für ein Porträt sitzen würdet. Gerade zeichne ich Madame Catalani, aber Euer Bild wäre ein noch größeres Privileg. Eine tief bewegende Elegie an die Trauer einer Witwe …«

Sein Blick ging in die Ferne, als stelle er sich die Szene vor.

»Ich glaube kaum, dass das schicklich wäre, Mr Berwick –«, setzte Mrs Winkworth verärgert an.

»Meine teuerste Lady Somerset, Miss Balfour, welch unglaublicher Anblick!« Lady Hurley traf genau im richtigen Moment ein, um Mrs Winkworth zu unterbrechen. Sie drückte Elizas Arm als Willkommensgruß, eine Intimität, die sie, selbst eine Lady, sich zugestand, auch wenn sie sich nur ganze drei Male getroffen hatten. Mrs Winkworth sah eifersüchtig zu.

»Eure Ohrringe sind bemerkenswert«, sagte Margaret. Lady Hurley – heute in ein Kleid aus weinrotem Samt mit einer unglaublich kunstvollen Silberborte gehüllt – war eine gut aussehende Witwe unerkennbaren Alters mit lebhaftem Humor und einem wahrhaft prächtigen Dekolleté.

»Ach, diese alten Dinger? Ein Geschenk meines verstorbenen Mannes«, tat Lady Hurley die walnussgroßen Diamanten mit einer eleganten Handbewegung ab. »Wirklich, wie schön, dass das Haus nun endlich wieder voll ist!«

»Großartig!«, stimmte Mr Fletcher ihr herzlich zu. Der attraktive Mr Fletcher war, trotz der Tatsache, dass sie ihm mindestens zehn Jahre voraus hatte, Lady Hurleys treuster Begleiter.

»Beinahe war einem Bath schon ein wenig leer erschienen, nicht wahr?«, fragte Lady Hurley in den Raum hinein.

»Dem kann ich nicht zustimmen«, erwiderte Mrs Winkworth scharf. »Da der Camden Place das ganze Jahr über bewohnt ist, mangelt es uns nie an Gesellschaft. Wobei ich mir vorstellen könnte, dass es möglicherweise am Laura Place doch etwas einsamer ist, Lady Hurley. Ist denn die Nummer vier endlich wieder vermietet? Das Haus steht ja bestimmt schon seit einem Jahr leer.«

Auch wenn sie erst seit vierzehn Tagen in der Stadt waren, hatte Eliza bereits ein Dutzend solcher plumpen Sticheleien mit angehört. Lady Hurleys verstorbener Mann entstammte dem Geldadel, und Mrs Winkworths Ablehnung solch kommerzieller Wurzeln war wohlbekannt. Aber Lady Hurley lächelte nur.

»Dann wird es Euch erfreuen zu hören, dass die Nummer vier tatsächlich seit dieser Woche wieder bewohnt wird«, sagte sie. »Kennt Ihr Lord Melville? Er und seine Schwester, Lady Caroline, haben das Haus für drei Monate gemietet.«

Mrs Winkworth sah aus, als hätte man ihr ohne Vorwarnung eine eingelegte Artischocke in den Mund gesteckt, Mrs Michels' Augen weiteten sich, und Mr Broadwater stieß ein schockiertes Grunzen aus. Eliza und Margaret wechselten einen ungläubigen Blick. Seit ihrer Ankunft in Bath waren sie so beschäftigt gewesen, dass sie keine Zeit gehabt hatten, noch viel über ihre Begegnung nachzudenken, und da ihre Blutergüsse längst verblasst waren, erschien ihnen der Unfall auf dem Weg nach Bath mittlerweile wie ein Traum. Dass Melville nun ausgerechnet in Bath auftauchen sollte, kam ihnen äußerst unwahrscheinlich vor, und den Fragen nach zu urteilen, die auf Lady Hurley einprasselten, waren sie mit ihrer Überraschung nicht allein.

»Ist das wirklich wahr, Lady Hurley?«

»Wie lange wollen sie bleiben?«

»Ist er so charmant, wie man immer hört?«

»Ach, wisst Ihr, ich bin viel zu diskret, als dass ich mich irgendwelchen Spekulationen hingeben würde«, sagte Lady Hurley äußerst selbstzufrieden. »Aber Ihr könnt die beiden selbst befragen, denn ich habe sie eingeladen, sich uns heute Abend anzuschließen – ah, da sind sie ja schon!«

5

Lady Hurley hatte die Dramatik des Moments tatsächlich perfekt inszeniert. Alle Köpfe wandten sich zur Tür, als die Melvilles auf der Schwelle erschienen: Lord Melville, der heute Abend einen Frack mit langen Schößen, Kniebundhosen und Seidenstrümpfe trug, und neben ihm seine Schwester, fast so groß gewachsen wie er und ein Anblick äußerster Eleganz in ihrem himmelblauen Kleid aus zartestem Satin, das ihren dunklen Teint wunderbar zur Geltung brachte. Lady Hurley winkte sie mit einer juwelenbeladenen Hand zu ihnen herüber, und als sie gemessenen Schrittes durch den Raum gingen, verdrehten sich immer mehr Leute die Hälse, um sie anzustarren. Das aufgeregte Gemurmel und Geflüster, das plötzlich den Raum erfüllte, verriet, dass man sie erkannt hatte.

»Ach. Du. Meine. Güte«, hauchte Margaret neben Eliza und betonte dabei jedes Wort wie einen eigenen Satz.

»Guten Abend, Mylord, Mylady«, begrüßte Lady Hurley sie unüberhörbar selbstzufrieden. »Ich bin so erfreut, dass Ihr es einrichten konntet!«

»Die Freude ist ganz auf unserer Seite«, erwiderte Lady Caroline mit samtiger, melodischer Stimme. »Ich habe Madame Catalani letztes Jahr in Rom kennengelernt und freue mich darauf, sie nun wieder singen zu hören.«

Der Dreiklang der Macht aus Lady Carolines literarischem Ruf, ihrer unglaublich modischen Ausstrahlung und dem Verweis auf ihre Reisen durch Europa erwiesen sich sofort als unwiderstehlich für Margaret. Sie öffnete begeistert den Mund und trat einen Schritt vor, als wolle sie Lady Caroline sogleich in ein Gespräch verwickeln – bis Eliza ihr warnend die Hand auf den Arm legte. Sie waren einander noch nicht offiziell vorgestellt worden.

»Darf ich Euch meine teure Freundin Lady Somerset vorstellen?«, fragte Lady Hurley, und Eliza zwang sich, ruhig zu bleiben. Melville würde sich ihrer bei ihrem letzten Aufeinandertreffen ausgesprochenen Bitte um Diskretion sicherlich erinnern – aber als er sich umdrehte und ihr in die Augen sah, warf Eliza ihm sicherheitshalber trotzdem einen bedeutungsvollen Blick zu. Melville hob die Augenbrauen, ein sanftes Lächeln auf den Lippen.

»Lady Somerset«, sagte er. »Wie schön, dass wir uns wiedersehen.«

Grundgütiger!

»Ihr seid bereits miteinander bekannt?«, fragte Lady Hurley sofort. »Wie kommt das? Lady Somerset, ich war der Meinung, Ihr hättet London seit vielen Jahren nicht mehr besucht.«

»Möchtet Ihr die Geschichte erzählen, oder soll lieber ich das tun?«, fragte Melville mit einem schelmischen Glitzern in den Augen. Elizas Herz begann zu rasen. »Es war wirklich höchst amüsant.«

»Wir sind uns vor vielen Jahren einmal kurz begegnet, bei einem – einem Ball«, platzte Eliza heraus, bevor Melville auch nur ein weiteres Wort sagen konnte.

»Das klingt nicht besonders amüsant«, merkte Lady Caroline an.

»Das kann unmöglich die ganze Geschichte sein«, stimmte Lady Hurley ihr mit einem faszinierten Flattern ihres Fächers zu.

Eliza fühlte sich, als hätte jemand einen grellen Scheinwerfer auf sie gerichtet, und versuchte verzweifelt, eine Antwort zu finden, die gleichzeitig die Neugierde der Anwesenden befriedigen, ihren Ruf unberührt lassen und Melville nicht beleidigen würde – aber ihr fiel einfach keine derart magische Erwiderung ein. Glücklicherweise wurden sie genau in diesem Moment vom Conférencier unterbrochen, der ihnen bedeutete, es sei an der Zeit, die Plätze einzunehmen.

»Sollen wir vorangehen, Lady Somerset?«, fragte Melville und bot ihr mit großer Geste seinen Arm an.

Nach einem kurzen Moment des Zögerns legte Eliza ihre Hand darauf.

»Ich halte mich nicht für einen Mann, der leicht zu vergessen ist«, sagte Melville auf dem Weg in den Konzertsaal leise. »Vielleicht seid Ihr so häufig in Kutschenunfälle verwickelt, dass die Erinnerung an meine Person als unbedeutend verblasst ist?«

»Ich – ich bin nicht – das ist sie nicht«, stammelte Eliza. »Es ist nur – es wäre mir sehr ungelegen, wenn die … die Umstände unseres Aufeinandertreffens öffentlich bekannt würden. Aufgrund ihrer Außergewöhnlichkeit würden sie fraglos für Gerüchte sorgen. Bedenkt, dass ich bereits am besagten Tag auf die Notwendigkeit der Diskretion hingewiesen habe!«

Bei dieser letzten Bemerkung hatte ihre Stimme einen anklagenden Unterton angenommen, und Melville lächelte.

»Das habt Ihr«, stimmte er zu, während er sie zu den vorderen Stuhlreihen führte, vorbei an den abgelegenen Plätzen, die Eliza eigentlich hatte besetzen wollen. »Mein beklagenswertes Gedächtnis. Darf ich Euch ein Kompliment zu Eurem äußerst reizenden Aufzug heute Abend machen?«

»Oh – ja«, antwortete Eliza überrumpelt. »Ich denke, das dürft Ihr.«

»Ich halte es für eine deutliche Verbesserung, nun Euer Gesicht sehen zu können«, sagte Melville. »Es steht Euch gut.«

»Mein Gesicht … steht mir gut?«, wiederholte Eliza langsam.

»Welch glückliche Fügung, nicht wahr?«, entgegnete Melville.

Eliza fragte sich flüchtig, ob Melville wohl mit ihr flirtete, tat den Gedanken aber sogleich wieder ab. Melvilles Interesse galt für gewöhnlich den schneidigsten und charismatischsten Frauen der Adelsriege – Lady Oxford und Lady Melbourne, wenn man den Gerüchten Glauben schenkte –, und zu diesen zählte sich Eliza ganz eindeutig nicht.

Während hinter ihnen der Rest des Publikums in den Saal strömte, war ihre Reihe immer wieder das Ziel neugieriger Blicke und verrenkter Hälse, aber da Melville vollkommen unbeeindruckt wirkte, musste er es gewohnt sein, aufzufallen. Es war gar nicht unbedingt ihr indisches Erbe, das die Faszination ausübte: Von all den Matrosen der britischen Frachtschiffe, den Handwerkern, die ihre kunstvolle Ware auf vielen Stadtmärkten anboten, bis zu den Kindern der Händler der East India Company in den britischen Privatinternaten und den Nannys und Kindermädchen, die sich um den adligen Nachwuchs kümmerten, waren als indisch wahrgenommene Leute kein ungewöhnlicher Anblick in England. Aber die Melvilles, die gleichzeitig in den indischen und den britischen Adel hineingeboren waren, faszinierten die Nation schon seit ihrer Geburt.

Sogar noch, als Madame Catalani auf die Bühne trat, schien die Aufmerksamkeit des Publikums zweigeteilt – die Leute starrten genauso zu ihnen hinüber wie zur Bühne – bis zu dem Moment, in dem die Sopranistin zu singen begann und ihre Stimme, so klar, so rein, so voller Gefühl, sie alle in ihren Bann zog.

»Sprecht Ihr Italienisch?« Melville beugte sich zu Eliza hinüber, um ihr ins Ohr zu flüstern.

»Nein«, gab Eliza zu.

»Ich auch nicht«, gestand er. »Wovon singt sie, was denkt Ihr?«

»Ich weiß es nicht«, antwortete Eliza schwach, auch wenn das nicht stimmte. Catalani erfüllte jeden Ton mit so viel Bedeutung, so viel Trauer, dass Eliza die Worte nicht verstehen musste, um zu begreifen, von welchem Gefühl sie sang: Liebeskummer. Man konnte ihr nicht zuhören, ohne selbst an Momente solcher Melancholie im eigenen Leben erinnert zu werden, und Elizas Gedanken schweiften unerbittlich zu Somerset, bevor sie sie wieder in eine andere Richtung zwang.

Zu schnell für Elizas Geschmack begann die Pause, und die wunderbare Musik hatte sie so abgelenkt, dass sie sich ihres Vorhabens, sittlich auf ihrem Platz zu verweilen, erst wieder erinnerte, als sie bereits im Tearoom stand und Lady Hurley den Rest ihrer Vorstellungsrunde absolviert hatte. Glücklicherweise schien das Rätsel um die Bekanntschaft zwischen Eliza und Melville zugunsten einer neuen Befragung vergessen worden zu sein.

»Wie lange weilt Ihr schon in Bath?«, hatte Mrs Winkworth den ersten Ball gespielt.

»Seit einem Tag«, erwiderte Lady Caroline.

»Und einem halben!«, warf Lady Hurley ein.

»Ja, den halben Tag solltest du nicht unterschlagen, Caroline«, sagte Melville tadelnd.

»Und ist dies Euer erster Besuch in unserer Stadt?«, fragte Mr Berwick.

»Oh, nein«, antwortete Lady Caroline. »Ich habe während meiner Kindheit einen ganzen Monat hier verbracht, als meine Mutter sich in den Kopf gesetzt hatte, mir eine formelle Schulbildung zukommen zu lassen.«

»Ach, im Bath Seminary for Young Ladies?«, fragte Mrs Michels. »Miss Winkworth, wart Ihr dort nicht auch?«

»Ja, das war sie«, antwortete Mrs Winkworth für ihre Tochter, als sei diese ein kleines Mädchen.

»Warum nur einen Monat? Hat es Euch nicht zugesagt?«, wollte Admiral Winkworth wissen, und sein Schnurrbart sträubte sich bereits in der Erwartung einer kränkenden Antwort.

»Eher habe ich dem Seminary nicht zugesagt«, gab Lady Caroline elegant mit einem beredten Schulterzucken zurück.

»Und da ich bereits alles Französisch beherrschte, das eine Dame beherrschen muss, gestattete meine Mutter mir, wieder auszutreten.«

Eliza brannte darauf, zu erfahren, welche französischen Vokabeln Lady Caroline für wesentlich hielt, bremste sich aber. Ganz gleich, wie die Antwort ausfallen würde, Mrs Winkworth würde ihrer Tochter am Ende ganz sicher die Ohren zuhalten müssen.

»Und gefällt Euch die Stadt nun bei Eurem zweiten Besuch?«, fragte Margaret, begierig darauf, sich dem Gespräch anzuschließen.

»Soweit man das nach einem Tag sagen kann«, erwiderte Lady Caroline kühl.

»Andert*halb* Tage, Caroline«, korrigierte Melville sie. »Jetzt hast du den halben Tag schon zum zweiten Mal unterschlagen.«

»Wie lange habt Ihr vor zu bleiben?«, fragte Margaret.

»Ach, nur solange wir willkommen sind«, erwiderte Melville.

»Gebt acht, Mylord«, merkte Lady Hurley mit einem neckischen Schwenk ihres Fächers an, »wenn das Eure einzige Bedingung ist, müsst Ihr vielleicht sehr lange hier verweilen.«

»Wäre das ein so schreckliches Schicksal?«, entgegnete Melville und beugte sich näher zu ihr, als man gewöhnlich als schicklich betrachtete. »Nun, da ich Baths Diamanten persönlich erblickt habe, eilt es mich nicht besonders, wieder abzureisen.«

Lady Hurley genoss die Aufmerksamkeit sichtlich. Neben ihr hatte sich Mr Fletcher aufgeplustert wie ein gekränkter Tauberich, und neben *ihm* fächelte sich Mrs Winkworth mit einer solchen Heftigkeit Luft zu, dass sie aussah, als würde sie demnächst abheben. Die Szene war so wunderbar lächerlich, dass Eliza bewusst versuchte, sich jedes Detail einzuprägen, um es später auf Papier bannen zu können. Bleistift und Wasserfarben würden ausreichen müssen, um die Vielschichtigkeit des Mienenspiels einzufangen.

»Habt Ihr vor zu schreiben, während Ihr hier seid, Mylord?«, fragte Mrs Michels.

»Das habe ich nicht«, antwortete Melville, holte vollkommen unbeeindruckt von all den Blicken, die auf ihn gerichtet waren, seine Schnupftabakdose aus der Tasche und bot sie der Dame neben sich an – Miss Winkworth, die so rot wurde, als sei es eine Ringschatulle, und sich hinter ihren Haaren versteckte.

»Ihr müsst uns vor unserer Neugierde retten«, sagte Lady Hurley. »Wann können wir mit Eurem nächsten Werk rechnen?«

»Wir sind für eine Ruhepause nach Bath gekommen«, sagte Lady Caroline.

»Wohlverdient, da bin ich mir sicher«, mischte Mr Berwick sich ein, »höre ich doch, dass Eure Zunft sonst weder Maß noch Ende kennt, Mylord – das hat mir Lord Paulet erzählt, in dem wir, so glaube ich, einen gemeinsamen Freund haben.«

»Tatsächlich?«, fragte Melville, zwischen dessen Augenbrauen sich der Hauch einer Falte bildete.

»Seiner Unterstützung habe ich meine Aufnahme in die Royal Academy zu verdanken, da bin ich mir sicher«, erzählte Mr Berwick eifrig. »Ich war sehr dankbar, dass meine guten Freunde Mr Turner und Mr Hazlitt uns einander vorgestellt haben.«

Melville schien mit augenfälliger Bewunderung den Fußboden zu betrachten.

»Gib gut acht, wo du hintrittst, Caro«, sagte er. »Hier wimmelt es geradezu vor berühmten Namen.«

Bei dieser Bemerkung schaffte Eliza es nicht länger, ihr Amüsement zu unterdrücken, und gab ein ersticktes Lachen von sich. Als Melville das hörte, zwinkerte er ihr verstohlen zu. Er flirtete *doch* mit ihr! Schließlich war ein Zwinkern das Koketteste, was man mit einem Auge anstellen konnte. Nun. Das war – das war vollkommen unschicklich. Eliza war eine Witwe im ersten Trauerjahr, Melville sollte es wirklich besser wissen. Ganz eindeutig war sein Ruf als Frauenheld wohlverdient! Aber nicht einmal in der Stille Elizas eigener Gedanken klang ihre Empörung ganz überzeugend. Es war so lange her, dass Eliza einen solchen Blick von einem Gentleman empfangen hatte – und ganz sicher war nie ein so begehrter wie Melville darunter gewesen –, dass sie nicht verhindern konnte, wie sich in ihrem Inneren eine gewisse Wärme ausbreitete.

»Ich glaube, wir sollten an unsere Plätze zurückkehren«, verkündete Mr Broadwater barsch.

Als Eliza sich setzte, diesmal ein Stück von Melville entfernt, konnte sie nicht anders, als ihn von der Seite zu betrachten. Man konnte nicht leugnen, dass er *sehr* gut aussah, und dann noch diese elegante Körperhaltung! Aber als er ihren Blick plötzlich mit amüsiertem Gesichtsausdruck erwiderte, wandte sie sich schnell ab.

Die Darbietung kam unter lautem Applaus und anerkennenden Rufen zum Ende, und Madame Catalani verließ nach der Vorstellung die Bühne, um sich unter das Publikum zu mischen, wo sie sich sofort an Melvilles Seite heftete und ihn in eine lebhafte Diskussion verwickelte, die es erforderte, ständig ihre Hand auf seinen Arm zu legen. Eliza und Margaret konnten jedoch nicht bleiben – sie hatten die Grenzen der Schicklichkeit so sehr strapaziert wie möglich – und suchten stattdessen direkt die Garderobe auf.

»Potzblitz!«, erklärte Margaret ungebührlich, während sie auf ihre Mäntel warteten. Aber Eliza war vollkommen ihrer Meinung. Ihre zwei Wochen in Bath waren ihr bereits bunter und interessanter erschienen als ihr gesamtes bisheriges Leben, aber dass jetzt auch noch die Melvilles in der Stadt waren … Es war, als hätte sich ein ohnehin schon köstlicher Wein in Champagner verwandelt, und sosehr Melvilles unschickliche Art jemandem Sorgen bereiten sollte, dessen gesamtes Leben vom Anstand abhing, bebte sie doch vor Aufregung.

»Später«, versprach Eliza. Sie würden das Feuer schüren, Perkins um Tee bitten und über *alles* sprechen. Aber es dauerte so lange, bis ihre Mäntel endlich den Weg zu ihnen fanden, dass sie beim Verlassen des Gebäudes – ihr Hausdiener Staves schritt voraus, um eine Droschke anzuhalten – feststellten, dass die Melvilles sie überholt hatten. Sie standen direkt vor ihnen auf der gepflasterten Straße, Lady Caroline fingerte am Verschluss ihres Mantels herum, und Melville federte ungeduldig auf den Fußballen auf und ab.

»Lass uns ihnen eine gute Nacht wünschen«, flüsterte Margaret und wollte schon loslaufen, aber noch bevor sie etwas sagen konnte, erklang Melvilles Stimme.

»Jetzt beeil dich, Caroline«, sagte er. »Ich sehne mich nach dem Ende dieser furchtbaren Nacht. In meinem ganzen Leben habe ich noch keine so fade Gesellschaft erlebt. Ich weiß nicht, wie wir hier überleben sollen.«

»In diesen Leuten steckt nicht ein Hauch von Esprit. Kein Feuer«, stimmte Lady Caroline ihm zu. »Lass uns auf eine schnelle Rückkehr nach London hoffen.«

»Hoffen und beten«, pflichtete Melville ihr bei. »Der Herr bewahre uns vor Hinterwäldlern, alten Jungfern und Witwen – Langweiler, allesamt!«

Lady Caroline lachte, griff nach seinem Arm, und gemeinsam verschwanden sie in der Nacht.

»Oh«, sagte Margaret mit schwacher Stimme.

Elizas Gesicht brannte. Sie standen nebeneinander und starrten den Melvilles fassungslos hinterher.

»Ich nehme an«, sagte Margaret, und jetzt lag keinerlei Aufregung mehr in ihrer Stimme, »ich nehme an, im Vergleich mit den Leuten, mit denen sie sich normalerweise umgeben, sind wir wirklich langweilig.«

»Wir sind nicht langweilig«, widersprach Eliza und versuchte, ihre bebenden Mundwinkel zu kontrollieren. »U-Und selbst wenn wir es wären, hätten wir eine derartige Respektlosigkeit nicht verdient.«

Sie fühlte sich hitzig, zornig, als würde sie gleich in Tränen ausbrechen, alles gleichzeitig. Steif stieg sie in die Droschke, als sie kam, umklammerte ihre Hände und riss sich zusammen, so gut es ging.

Natürlich war es nicht das erste Mal, dass sie jemandem nicht gefiel. Ganz im Gegenteil, ein Leben voller Kränkungen und Herabsetzungen hatte dazu geführt, dass sie normalerweise in Erwartung solcher Kritik durch die Welt ging, aber heute Abend hatte sie es nicht erwartet. Von ihm hatte sie es nicht erwartet. Elizas Gesicht war feuerrot vor Demütigung. Sie konnte nicht glauben, dass sie sich in ihrer Aufregung gerade eben noch von seiner Aufmerksamkeit geschmeichelt gefühlt hatte, während er die ganze Zeit über verborgen gehalten hatte, was er wirklich dachte. Sie war eine Närrin.

In stillschweigender Übereinkunft gingen Eliza und Margaret direkt in ihre Schlafzimmer, als sie zu Hause ankamen. Es schien nicht mehr erstrebenswert, den Abend Revue passieren zu lassen, aber an Schlaf war auch nicht zu denken. Nachdem Pardle Eliza beim Entkleiden zur Hand gegangen war, saß sie bewegungslos auf dem Bett und wiederholte in Gedanken Melvilles Worte wie einen Kinderreim, den man im Kreis herum singt: langweilig, fade, geistlos. Vielleicht hätten die Beleidigungen weniger geschmerzt, wäre Eliza sicher gewesen, dass sie nicht der Wahrheit entsprachen. Aber es war, wie es war … *»pflichtbewusst und gehorsam«* hatte ihr Ehemann sie in seinem Testament genannt; als »unfähig, auch nur für eine hochgezogene Augenbraue zu sorgen«, hatte Somerset sie bei ihrem Aufeinandertreffen bezeichnet; und jetzt, nach nur zwei Begegnungen, schien Melville ebenso gering von ihr zu denken. Eliza war der Meinung gewesen, sie hätte ihren Mut dadurch bewiesen, dass sie nach Bath und nicht nach Balfour gezogen war, aber das stimmte wohl nicht. Schließlich war es Margarets Wagemut gewesen, der sie hierhergeführt hatte, nicht der ihre. Und ließ sie sich nicht seit ihrer Ankunft genauso vom Willen und der Meinung anderer bestimmen wie eh und je?

Eine vernünftige Reaktion auf das überwältigende Gefühl besonderer Wertlosigkeit wäre gewesen, sich mit glücklicheren Gedanken abzulenken und wieder aufzumuntern. Gerade jetzt aber schien es Eliza eine deutlich bessere Idee zu sein, ihr Elend erst richtig zu schüren.

Sie stand auf, ging hinüber zum Schreibtisch, der in der Ecke ihres Schlafzimmers stand, und öffnete eine Schublade, um ein schmales Holzkästchen herauszuholen, das sie dort vor zwei Wochen vorsichtig verstaut hatte. Sie stellte das Kästchen auf den Schreibtisch und setzte sich davor.

Eliza hätte den Inhalt schon vor langer Zeit verbrennen sollen. Stattdessen hatte sie ihn mit siebzehn nach Harefield geschmuggelt und ihn zehn Jahre später mit nach Bath genommen. Vielleicht war die Sammlung, die das Kästchen enthielt, Teil der Erklärung, warum das Feuer ihrer Zuneigung zu Somerset selbst jetzt noch nicht erloschen war – denn jedes Mal, wenn die Erinnerung zu verblassen drohte, konnte sie es öffnen und sich wieder vor Augen führen, wie entsetzlich verliebt sie einst gewesen waren.

Ganz oben auf dem Papierstapel im Kästchen lag ein Porträt. Es war nicht Elizas beste Arbeit, nur eine Bleistiftskizze von Somersets Gesicht und Oberkörper, ohne echte Vorlage aus der Erinnerung gezeichnet, daher fehlten ihm Präzision und Detail. Aber trotzdem konnte man mit nur einem Blick erkennen, dass die Künstlerin ihr Modell geliebt hatte. Elizas Großvater hatte immer gesagt, Eliza zeichne genauso mit dem Herzen wie mit den Händen, und genau das war hier zu sehen. Es sprach aus den zarten Bleistiftstrichen, aus der Mühe, jedes winzige Detail seiner Augen einzufangen … Ihr Ausdruck – nun, ihr Ausdruck war alles. Die sanfte Art, wie der Zeichnungs-Somerset sie ansah, als sei sie etwas unendlich Wertvolles – genau, wie er sie angesehen hatte, bevor …

Eliza hob das Porträt aus dem Kästchen und legte es vorsichtig beiseite. Darunter lagen die Briefe, das Papier nach all der Zeit dünn und leicht vergilbt. Die Tinte war mit jedem Jahr schwächer geworden, aber Eliza musste die Worte nicht lesen. Sie konnte ihre Geschichte schon allein anhand der Handschrift erzählen: Zu Beginn war seine Schrift sauber und ordentlich, es waren die Nachrichten, die mit den Blumen gekommen waren, die er ihr nach ihrem ersten Treffen geschickt hatte. Es war ein Werben nach alter Tradition gewesen, und sie besaß noch alle Tanzkarten, vollgeschrieben mit seinem Namen, die das bewiesen. Auf einem Ball hatten sie sich kennengelernt, auf dem nächsten getanzt, hatten bei Gartenpartys geflirtet, bei Einladungen zum gemeinsamen Kartenspiel und bei Ausflügen zum Pferderennen, und nach nur wenigen Wochen schrieben sie einander Seiten über Seiten inniger Geständnisse in einer Handschrift, die immer schneller wurde, schmaler, dringender – bis zum allerletzten Brief im Kästchen, das mit Worten endete, die Eliza öfter mit dem Finger nachgefahren hatte, als sie zählen konnte. *So tief ist meine Zuneigung zu Euch, dass ich handeln muss. Morgen werde ich Eurem Vater aufwarten.*

Danach war das Kästchen leer. Man konnte sich beinahe vormachen, das wäre das Ende der Geschichte gewesen. Die Erlaubnis des Vaters ersucht und bekommen, die Frage gestellt und Antwort erhalten. Heirat. Kinder. Glück. Aber so war es nicht geschehen. Und die Tatsache, dass die letzten Worte, die sie miteinander gewechselt hatten, gesprochen und nicht geschrieben worden waren, machte sie nicht weniger wahr.

»Du musst ihnen sagen, dass du es nicht tun wirst, Eliza«, hatte er sie gedrängt, das Gesicht so blass wie der Mond am Himmel. »Du musst ihnen sagen, dass du bereits vergeben bist.«

»Das habe ich versucht.« Ihre Stimme war ein ersticktes Flüstern. »Sie hören mir nicht zu.«

»Dann *bring sie dazu,* dir zuzuhören!«, beschwor er sie. »Sie können dich nicht dazu zwingen, seinen Antrag anzunehmen!«

»Ich kann mich ihnen nicht widersetzen, das musst du doch verstehen«, hatte sie gefleht, versucht, seine Hände festzuhalten, als er sie weggezogen hatte. »Diese Verbindung würde meiner Familie so unglaublich viel einbringen – ich kann mich ihren Wünschen nicht widersetzen.«

»Mein Onkel, Eliza! Das kannst du nicht – das kannst du mir doch nicht antun.«

Sie hatte versucht, es ihm zu erklären – hatte gedacht, sterben zu müssen, wenn er es nicht verstand – aber er tat es nicht. Alles, was er sehen konnte, war ihre fehlende Charakterstärke.

»Du hast keinen Kampfgeist«, hatte er schließlich gesagt. »Du hast keinen Kampfgeist, kein Feuer, Eliza.«

Die Worte hatten damals genauso geschmerzt wie heute, weil sie wahr erschienen.

Eliza klappte das Kästchen entschlossen zu. Genug. Sie würde nicht zulassen, dass Somersets Worte sie noch länger heimsuchten, und sie würde nicht zulassen, dass Melville das Leben ruinierte, das Margaret und sie sich hier aufgebaut hatten. Und wenn sie den beiden Gentlemen nicht beweisen konnte, dass sie durchaus Kampfgeist besaß, dann konnte sie es wenigstens sich selbst beweisen.

Eliza zog ein leeres Blatt Papier aus einer Schublade. Vielleicht hatte es doch noch tiefere Gründe, dass sie es so lange vermieden hatte, Somerset zu schreiben. Vielleicht hatte sie gewusst, dass es wirken würde wie ein Ende, ihm einen so förmlichen Brief zu schreiben und zu wissen, dass seine Antwort genauso ausfallen würde – hatte gewusst, dass sie einen Brief in dieses Kästchen legen würde, der unwiderruflich bewies, dass alle Romantik zwischen ihnen wahrhaft und für alle Ewigkeit zu Ende war. Aber so war es. Und sie konnte dieser Wahrheit nicht länger aus dem Weg gehen. Es war Zeit, sich nicht mehr als Spielball des Schicksals zu sehen, und anzufangen, selbst zu handeln.

Mit schneller Hand verfasste Eliza eine kurze Nachricht, in dem sie ihm alles Gute wünschte, ihn knapp über ihre Entscheidung informierte, bis auf Weiteres in Bath zu bleiben, und ihn um Entschuldigung für die späte Benachrichtigung bat. Als sie fertig war, faltete sie den Briefbogen, verschloss den Umschlag mit Siegelwachs und schrieb seine Adresse auf die Vorderseite. Morgen würde sie ihn zur Post bringen. Es war ein kleiner Schritt, aber es versetzte sie in gute Stimmung. Ihr Kampfgeist war erwacht.

6

Eliza hielt sich selbst nicht für einen besonders zornigen Menschen. Natürlich war auch sie schon wütend gewesen, oft sogar, aber das Gefühl war immer durch sie hindurchgeglitten, als sei es nur zu Besuch. Meistens hatte es keinen Sinn, jemandem lange zu grollen. Meistens musste man sich ohnehin damit abfinden. Umso größer war also ihre Überraschung, als sie am nächsten Morgen aufwachte und die Flammen der Wut noch immer in ihr loderten. Irgendwann während der Nacht hatten sich ihre Erniedrigung, die Trauer und die zaghafte Entschlossenheit des letzten Abends zu einer spannenden alchemistischen Mixtur verbunden und einen weiß glühenden Zorn erschaffen, den sie nie zuvor gefühlt hatte. Wie konnte Melville es wagen, so etwas über sie – über Margaret – zu sagen, wenn sie rein gar nichts getan hatten, um dieses Urteil zu verdienen? Wie konnte er es wagen, ihnen ihren Aufenthalt in Bath zu verderben, sich für so überlegen zu halten, *wie konnte er es wagen!* Die Unverschämtheit dieses Mannes war unfassbar.

Die grimmige Entrüstung war seltsam energetisierend. Tatsächlich hätte Eliza die zwei stärkenden Tassen Kaffee am Frühstückstisch nicht gebraucht, auch wenn sie sie dennoch trank.

»Sollen wir heute zu Hause bleiben?«, schlug Margaret missmutig vor. »Dieser Wind sieht furchtbar kalt aus.«

Eliza und Margaret hatten, wie es schien, über Nacht eine vollkommen unterschiedliche Gefühlsreise durchlebt, denn Margaret wirkte außergewöhnlich niedergeschlagen, wie sie halbherzig an einer Scheibe Toast knabberte.

»Nein!«, sagte Eliza entschlossen. »Sobald du fertig bist, brechen wir in die Milsom Street auf.«

Sie ließen Camden Place in so zügigem Schritt hinter sich, dass Margaret sich beschwerte, und waren die ersten Kunden in Mr Fasana's Repository of Arts.

»Ich möchte Ölfarben kaufen!«, verkündete Eliza beim Eintreten lautstark und erschreckte den Ladenangestellten fast zu Tode. Als der eilig herbeibemühte Mr Fasana erschien, hielt sich Eliza an ihrer Wut fest, die interessanterweise gleichzeitig wie eine Art emotionaler Schutzschild wirkte und ihr den Mut verlieh, einen kompletten Satz Ölfarben in allen nur erdenklichen Farben zu bestellen, von Zinnober und Sepia bis zu Preußischblau und Indischgelb. Mr Fasana versprach die Lieferung für den Nachmittag.

»Wäre das alles, Mylady?«, fragte er.

»Ja«, sagte Eliza. Dann: »Nein.«

Und dann gab sie eine Bestellung von solcher Länge auf – Staffeleien und Farbpaletten, ein Dutzend Sortierungen Papier, Pinsel von der Breite einer Stecknadel bis zu der eines Fingers, harte und weiche Bleistifte, vorbehandelte und rohe Leinwand samt verschiedener Holzrahmen, die Mr Fasana versprach, für sie anzufertigen –, dass Margaret beim Verlassen des Ladens anmerkte: »Es wäre vielleicht einfacher gewesen, Mr Fasana mitzuteilen, was du *nicht* kaufen möchtest.«

Danach gingen sie in Duffield's Bücherei, wo Eliza ein Abonnement der Zeitschrift *Annals of the Fine Arts* abschloss und jeden Text über Landwirtschaft auslieh, den sie finden konnte.

»So schwierig kann es doch nicht sein, diese Dinge zu lernen!«, erklärte sie Margaret trotzig. »Egal, was Mr Walcot sagt!«

Dann hielten sie kurz im Laden von Madame Prevette an, um zwei Reitkostüme zu bestellen (sie *würden* sich Pferde in der Stadt halten, schließlich wäre die damit gewonnene Freiheit weitaus mehr wert als ein paar hochgezogene Augenbrauen), bevor sie sich in Richtung Kurhaus aufmachten.

»Morgen«, entschied Eliza, die noch schneller lief als auf dem Hinweg, »bitte ich Mr Fasana vielleicht, mir einen Zeichenlehrer zu empfehlen, dann könnte ich wieder mit dem Kunstunterricht anfangen. Warum sollte die Ausbildung einer Frau enden, wenn sie heiratet? Würdest du gern Französisch lernen, Margaret? Ich weiß, dass du das immer wolltest, und jetzt können wir uns den Unterricht fraglos leisten.«

»Geht es dir gut?«, fragte Margaret. »Du schaust so komisch.«

»Es geht mir hervorragend«, sagte Eliza. »Ich denke nur, es gebührt sich, dass wir unsere Ziele langsam mit ein bisschen *Energie* verfolgen, Margaret. Ein bisschen Kampfgeist und Feuer zeigen.«

»Ah«, erwiderte Margaret. »Jetzt verstehe ich, was hier vor sich geht.«

»Lady Somerset!«

Eliza und Margaret wandten sich um und sahen zum zweiten Mal an genauso vielen Tagen Mrs und Miss Winkworth auf sie zukommen.

»Einen guten Tag!«, rief Mrs Winkworth. »Seid Ihr ebenfalls auf dem Weg zum Kurhaus? Dann können wir ja gemeinsam gehen.«

»Wunderbar«, murmelte Margaret durch zusammengebissene Zähne und mit vor Sarkasmus triefender Stimme.

»Habt Ihr das Konzert gestern Abend genossen, Mylady?«, fragte Mrs Winkworth Eliza. »Es hat Euch doch nicht zu sehr ermüdet? Wenn ich es mir erlauben darf, Ihr seht ein klein wenig erschöpft aus.«

Nein, dürft Ihr nicht, dachte Eliza unwirsch.

»Das Konzert hat uns sehr gut gefallen«, antwortete sie. »Wie war es für Euch?«

»Nun ja«, setzte Mrs Winkworth bedeutungsvoll an, »ich bin mir nicht sicher, ob ich es für so weise von Lady Hurley halte, diese Melvilles einzuladen. Sicherlich ist sie sich des Rufs der Familie nicht bewusst – Lady Hurleys Ehemann hat seinen Titel als Handelsmann erworben, wisst Ihr, da können wir nicht erwarten, dass sie in derlei Feinheiten bewandert ist.«

Mrs Winkworth war ihre vornehme Abstammung gegenüber der Lady Hurleys stets eine Bemerkung wert – dass Admiral Winkworths

Vermögen genauso jung war und aus der Zeit seiner Anstellung bei der East India Company stammte, übersah sie dabei geflissentlich.

»Die Furore, als der verstorbene Earl eine so … exotische Dame zur Frau genommen hat! Ich habe nie etwas Vergleichbares erlebt.« Mrs Winkworth hielt inne, als erwarte sie, dass Eliza und Margaret sie inständig bitten würden, weiterzusprechen. Sie taten es nicht. Egal, wie wütend Eliza auf Melville und Lady Caroline auch war, derlei Widerwärtigkeiten wollte sie sich nicht anhören.

»Und auch wenn ich Gerüchte wirklich verabscheue«, fuhr Mrs Winkworth mit gesenkter Stimme fort, »man sagt, der alte Earl hätte sich während seiner Zeit in Indien gekleidet wie ein Muselman und an *all* ihren Feierlichkeiten teilgenommen, weiß Gott, was er noch so –«

»Wenn die verstorbene Königin die Verbindung gutgeheißen hat, dann weiß ich nicht, warum sonst jemand etwas dagegen einzuwenden haben könnte«, unterbrach Eliza sie.

Die Melvilles waren durch die mütterliche Linie Königin Charlottes entfernt mit ihr verwandt, und deren öffentliche Freundschaft mit Lady Melville hatte viel dazu beigetragen, ihr den Weg in die Adelsriege zu ebnen.

»Gott hab sie selig«, erwiderte Mrs Winkworth sofort. Dann, als könne sie sich nicht zurückhalten: »Aber wie dem auch sei, ich glaube nicht, dass die Gründe für ihren Aufenthalt in Bath so unschuldig sind, wie sie vorgeben. Und es ist nur eine Frage der Zeit, bis die Gerüchte aus London uns erreichen!«

Glücklicherweise kam die Unterhaltung zum Erliegen, als sie das Kurhaus erreichten. Ein hübsches Gebäude, von innen wie von außen, mit zwei Reihen großer Fenster und eingerahmt von korinthischen Säulen. Das Kurhaus war der Ort, an dem man Baths berühmtes Heilwasser genießen konnte, entweder, um im Untergeschoss darin zu baden, oder, was häufiger genutzt wurde, um es in der darüberliegenden Wandelhalle als Getränk zu sich zu nehmen. Es war jedoch ebenso von sozialer wie von medizinischer Bedeutung, denn hier versammelten sich Ortsansässige und Besucher gleichermaßen, um durch den großen Raum zu flanieren, Freunde zu treffen und nach interessanten Neuankömmlingen Ausschau zu halten.

Jedes Mal, wenn Eliza das Kurhaus bislang besucht hatte, war es gut besucht gewesen, das Gemurmel der Gespräche hörbar über dem Klang der Violinen, die täglich ab ein Uhr mittags spielten, aber heute war es geradezu überfüllt. Und der Grund für diese Veränderung war nicht zu übersehen: In der Mitte des Raums hielten die Melvilles Hof. Heute trug Lady Caroline ein Morgenkleid aus grünem Krepp, dessen schlichte Eleganz alle anderen anwesenden Frauen übertrieben ausstaffiert wirken ließ, während der eng anliegende Stoff ihre hervorragende Figur äußerst vorteilhaft zur Geltung brachte.

»Es sieht wohl so aus, als würden wir *wortwörtlich* sehr viel von Lady Caroline zu sehen bekommen«, bemerkte Mrs Winkworth schneidend.

»Ich finde, sie sieht wundervoll aus«, sagte Miss Winkworth so leise, dass Eliza sie vielleicht gar nicht gehört hätte, wenn sie nicht so nahe bei ihr gestanden hätte. Unglücklicherweise hatte ihre Mutter sie auch gehört.

»Ihr Kleid ist unschicklich – deine Bewunderung ist fehl am Platz«, wies Mrs Winkworth ihre Tochter streng zurecht. »Möchtest du, dass Lady Somerset dich für schamlos hält?«

Miss Winkworth sah mit so großen, angsterfüllten Augen zu Eliza auf, dass sie eher wirkte wie acht als wie achtzehn.

»Ich halte niemanden für schamlos«, sagte Eliza schnell. »Mir gefällt Lady Carolines Kleid ebenfalls.«

»Guten Morgen!« Hinter ihnen erschienen Lady Hurley und Mr Fletcher, dicht gefolgt von Mrs Michels und Mr Broadwater. »Welch wunderbarer Sonnenschein!«

»Großartig!«, stimmte Mr Fletcher zu. Nach Elizas kurzer Bekanntschaft mit dem Gentleman schien es, als gäbe es bei ihm für alle Menschen, Situationen und Unterhaltungen nur drei Kategorien: »großartig«, »unmöglich« und »keine Ahnung«.

»Nehmt Ihr heute das Heilwasser zu Euch, Lady Hurley?«, fragte Eliza.

»Ja, natürlich, Mr Fletcher wollte mir gerade ein Glas holen – hättet Ihr auch gern eines?«

»O ja, wenn es nicht zu viele Umstände macht, Mr Fletcher?«, sagte Eliza. »Könnt Ihr so viele Gläser tragen?«

»Keine Ahnung«, erwiderte Mr Fletcher, machte sich aber trotzdem entschlossen auf den Weg.

»Was für eine Ausdrucksweise!«, bemerkte Mr Broadwater missbilligend. »Und das auch noch in Anwesenheit der Damen.«

»Ach, das macht uns nichts aus«, erwiderte Lady Hurley und ließ den Blick durch den Raum schweifen. »Scheint, als ob meine neuen Nachbarn einen ganz schönen Aufruhr verursachen!«

»Wie es bei so hochverehrten Personen auch sein sollte!«, stimmte Mr Berwick zu, als er an Lady Hurleys linker Seite erschien und sich zum Gruß verbeugte. Sein Haar war heute, im Gegensatz zu seiner überkorrekten Ordentlichkeit von gestern, zu einer kunstvoll derangierten Frisur gelegt. Es war nicht schwer zu erkennen, woher die Inspiration dafür stammte. »Ich selbst werde Lord Melville fragen, ob er für mich Modell sitzt, sobald ich die Gelegenheit dazu habe – wusstet Ihr, dass er sich seit seiner Kindheit nicht mehr hat porträtieren lassen?«

Diese Neuigkeit wurde mit interessiertem Gemurmel aufgenommen, und Eliza verspürte einen Stich der Eifersucht – nicht dass sie Melville malen wollte, nach letzter Nacht wünschte sie ihn freiheraus dorthin, wo der Pfeffer wächst. Nein, es lag an der Leichtigkeit, mit der Mr Berwick einen solchen Wunsch verkündete. Ihr selbst war stets nur gestattet gewesen, Mitglieder ihrer eigenen Familie zu zeichnen, und auch wenn es natürlich geachtete Künstlerinnen gab, so warteten doch Skandal und Verleumdung auf jede Frau, die nach solch öffentlicher Anerkennung strebte. Sogar Elizas Großvater, ihr Held und Mentor, hatte es nicht für schicklich gehalten, dass Frauen der Royal Academy beitraten.

»Ihr könnt ihn gern malen, Mr Berwick«, sagte Lady Hurley. »Aber ihre erste Soiree in Bath werde ich ausrichten. Zu bedauernswert, dass ich Freitag und Samstag nicht in der Stadt weile, sonst hätte ich die Einladung gleich für dieses Wochenende ausgesprochen.«

»Gibt es denn Grund zur Eile?«, fragte Eliza, amüsiert über den gereizten Unterton in Lady Hurleys Stimme.

»Aber natürlich, ich will ja nicht wieder kurz vor dem Ziel noch geschlagen werden!«, rief Lady Hurley. »Lady Keith hat den ersten Besuch von Madame D'Arblay für sich beansprucht, als diese in Bath war, Mrs Piozzi den der persischen Studenten letzten November – aber die Melvilles kommen zu *mir*, koste es, was es wolle!«

Mrs Winkworth stieß ein kurzes Schnauben aus, wahrscheinlich, um ihre Ungläubigkeit ob der Tatsache auszudrücken, dass Lady Hurley sich als Konkurrentin solch bedeutender Damen betrachtete, aber Eliza ignorierte sie.

»Seid Ihr denn gar nicht beunruhigt, solch – ah – modernen Menschen in der Stadt zu wissen?«, fragte Mrs Michels Lady Hurley, während Mr Berwick geschäftig in Melvilles Richtung davoneilte.

»Jedenfalls eilt ihnen der Ruf der Unschicklichkeit voraus!«, erklärte Mr Broadwater.

»Ach, papperlapapp«, erwiderte Lady Hurley verächtlich. »Es ist wunderbar, so elegante Persönlichkeiten in Bath zu haben, vor allem zwei so intellektuelle.«

»Intellekt ist anerkennenswert – bei Frauen jedoch im Übermaß verhängnisvoll!«, fällte Mr Broadwater sein Urteil. Mit entrüstetem Schnauben setzten Lady Hurley und Margaret zu einer beherzten Erwiderung an, während Elizas Aufmerksamkeit langsam abschweifte und ihr Blick hinüber zu den Melvilles wanderte. Als sie dem Earl zusah, wie er sein Publikum unterhielt – alle Umstehenden warfen lachend die Köpfe in den Nacken –, fühlte sie dasselbe Kribbeln in den Fingerspitzen wie letzte Nacht. Würde es ihren Zorn besänftigen, Melville allein im Ozean treibend zu malen, ohne Bewunderer in Erwartung des sicheren Todes? Melville, als hätte er gemerkt, dass man ihn beobachtete, hob plötzlich den Kopf und sah in ihre Richtung. Ihre Blicke trafen sich. Er hob die Hand zum Gruß.

Und Eliza, die noch kein einziges Mal in ihrem ganzen Leben etwas Unhöfliches getan hatte, drehte ihm die Schulter zu und wandte betont und sehr offensichtlich den Blick ab, als wollte sie ihm die Existenz absprechen. Sie zeigte ihm wortwörtlich die kalte Schulter. Das gesellschaftliche Todesurteil.

Noch während sie es tat, konnte Eliza ihren eigenen Mut kaum fassen. Ihr Herz begann zu rasen, ihre Handflächen kribbelten. Siebenundzwanzig Jahre lang hatte sie nie jemanden derart geschnitten. Zahllose Schmähungen und Beleidigungen hatte sie stoisch über sich ergehen lassen, nicht reagiert, ihren Stolz wieder und wieder heruntergeschluckt und der Welt ein ruhiges Lächeln gezeigt, aber … nie wieder. Nie wieder. Mit einem Dankeslächeln nahm sie Mr Fletcher ein Glas ab und trank einen Schluck … nur um beim plötzlichen Klang einer leisen, aber sehr vertrauten Stimme beinahe daran zu ersticken.

»Habt Ihr mir gerade öffentlich die kalte Schulter gezeigt?«

Eliza fuhr herum und erblickte Melville, der mit schief gelegtem Kopf direkt vor ihr stand. Vor Schreck blieb ihr der Mund offen stehen.

»Ich – äh –«, stammelte sie und spürte, wie sie rot wurde.

»Das habt Ihr tatsächlich!«, rief er, fasziniert und entzückt.

Eliza starrte ihn panisch an.

Sie hatte nicht erwartet, sich mit ihm *unterhalten* zu müssen. War nicht der ganze Sinn hinter diesem Affront, dass man nicht mehr mit dem betreffenden Mensch sprechen musste?

»Darf ich fragen, warum?«, fragte Melville.

Er schien nicht beleidigt, verärgert oder auch nur beunruhigt zu sein, doch diese Tatsache besänftigte sie nicht etwa, sondern fachte ihre Empörung stattdessen wieder an. Hielt er sich tatsächlich für so überlegen, als müsse ihn nicht einmal die gesellschaftliche Ächtung berühren?

»Kommt schon, Mylady«, forderte Melville sie auf, als sie noch immer schwieg. »Wie habe ich Euch beleidigt?«

In Eliza regte sich jedes Quäntchen Ärger, das sie in den vergangenen Tagen gespürt hatte, und sie richtete sich zu ihrer vollen Größe auf.

»Nur auf jede erdenkliche Art«, sagte sie so herausfordernd wie möglich, ohne die Stimme zu heben – auch wenn um sie herum alle ins Gespräch vertieft waren, wollte sie nicht das Risiko eingehen, dass jemand sie hörte.

»Wie furchtbar umfassend von mir«, sagte Melville mit einem Blinzeln. »Dürfte ich Euch bitten, etwas ins Detail zu gehen?«

Nachdem sie alle Vorsicht über Bord geworfen hatte, schien es sinnlos, zu versuchen, sie wieder herauszufischen.

»Wir haben gehört, was Ihr letzte Nacht zu Lady Caroline gesagt habt, als Ihr nach Hause gegangen seid«, antwortete Eliza und drehte sich leicht zur Seite, um ihn noch ein Stück von der Gruppe potenzieller Zuhörer fortzulocken, die ihnen am nächsten stand.

»Ich befürchte, Ihr müsst meiner Erinnerung auf die Sprünge helfen …«, versetzte Melville langsam.

»›Der Herr bewahre uns vor Hinterwäldlern, alten Jungfern und Witwen – Langweiler, allesamt!‹«, zitierte Eliza.

»Ah«, sagte er. »Wie unglücklich, dass Ihr eine so gedankenlose – wenn auch prägnante – Bemerkung mit anhören musstet.«

Eliza starrte ihn mit offenem Mund an.

»Besitzt Ihr tatsächlich keinerlei Schamgefühl?«, fragte sie ihn.

»Warum sollte ich mich schämen?«, fragte er, noch immer mit diesem wütend machenden Lächeln auf den Lippen. »Schließlich bin nicht ich es, der ein privates Gespräch belauscht hat.«

Zu ihrem Entsetzen spürte Eliza, wie ihr Tränen der Wut in die Augen schossen, und sie blinzelte sie verzweifelt weg.

»Und ich bin froh, es getan zu haben, denn nun weiß ich, was Ihr wirklich denkt«, sagte sie mit so ruhiger Stimme wie möglich. »Denn selbst wenn wir so langweilig wären, wie Ihr und Eure Schwester zu glauben scheint, hätten wir eine derartige Unfreundlichkeit nicht verdient.«

Bei den letzten Worten hatte ihre Stimme doch hörbar zu beben begonnen, und angesichts einer so deutlichen Gefühlsregung schwand der süffisante Ausdruck auf Melvilles Gesicht.

»Ihr beschämt mich, Mylady«, sagte er und schien sie, endlich, ernst zu nehmen. »Die letzten Wochen waren ... schwierig für Caroline und mich ... aber das ist keine Verteidigung. Ihr habt recht, es war überaus unfreundlich. Es tut mir leid.«

Die Entschuldigung wirkte aufrichtig, und Eliza gestattete sich einen Moment, sie zu genießen, schließlich geschah es nicht oft, dass ein Mann das eigene Fehlverhalten zugab, ganz gleich, was er getan hatte. In all ihren Ehejahren hatte der Earl es kein einziges Mal getan.

»Habt Dank«, sagte sie mit einem abschließenden Nicken. Über seine Schulter hinweg sah Eliza, dass sie langsam ein Publikum ungeduldiger Damen anzogen.

»Ich sollte Eure Aufmerksamkeit nicht länger für mich allein beanspruchen«, sagte sie. »Ich glaube, Mrs Donovan würde gern mit Euch sprechen.«

»Das ist mir gleich«, antwortete Melville unbekümmert. »Ich möchte mit Euch sprechen.«

Eliza erwartete einen Witz und sah ihn zweifelnd an. Sie hatte vielleicht seine Entschuldigung angenommen, aber niemals wieder würde sie den Fehler begehen, seine Flirtversuche ernst zu nehmen.

»Ist das so überraschend?«, fragte Melville.

»Erst gestern habt Ihr mich zu einer Langweilerin erklärt«, hob sie hervor.

»Mylady, den Langweilerinnen-Fauxpas müsst Ihr mir wirklich vergeben, wenn wir Freunde werden sollen«, sagte Melville.

»Sollen wir denn Freunde werden?«, fragte Eliza verdutzt.

»In der Tat ist genau das mein teuerster, lang gehegter Wunsch«, antwortete er und legte eine Hand aufs Herz. »Ihr müsst mit uns dinieren – besucht uns am Laura Place – Miss Balfour auch.«

»Ich kann nicht«, sagte Eliza.

»Warum nicht?«

»Ich speise nicht außer Haus«, sagte Eliza und zeigte auf ihre Witwentracht. »Und wir haben einander zuvor noch nicht einmal einen morgendlichen Besuch abgestattet. Es wäre … seltsam. Die Leute würden reden.«

»Ach, was wäre das für ein entsetzlich veränderter Umstand«, sagte Melville trocken.

Eliza starrte ihn an. Konnte er sich wirklich so wenig um all die Gerüchte und das Gerede über sich scheren?

»Die Adelsriege zerreißt sich schon den Mund, seit ich auf der Welt bin«, erklärte Melville, als könne er Elizas Gesichtsausdruck lesen. »Wenn ich jetzt anfangen würde, mir Gedanken über ihre Meinung zu machen, müsste ich mich auf der Stelle in ein Frauenkloster zurückziehen.«

»Ihr meint ein Männerkloster?«, fragte Eliza, statt die zweifelhafte Implikation seiner Äußerung anzuerkennen.

»Nein, ein Frauenkloster«, erwiderte Melville. »Ein *bisschen* Spaß sei mir doch wohl vergönnt?«

Bevor sie sich bremsen konnte, stieß Eliza ein lautes, schockiertes Lachen aus.

»Sie lacht!«, rief Melville mit siegreichem Grinsen.

»Mylady, Mylord – guten Morgen! Ich hoffe, ich unterbreche Euch nicht?«

Mrs Donovan hatte endlich den Mut aufgebracht, an sie heranzutreten, zusammen mit ihren drei Töchtern. Alle hielten eine Ausgabe von *Persephone* umklammert, und waren eindeutig darauf aus, sie sich von ihm signieren zu lassen.

»Keinesfalls! Bitte entschuldigt mich«, sagte Eliza, ohne auf den düsteren Blick zu achten, den Melville ihr zuwarf, und schlüpfte davon, um Margaret zu suchen. Sie war wahrhaft dankbar für die Ablenkung: Man konnte einfach nicht wissen, was Melville im nächsten Moment sagen würde, und auch wenn es fraglos unterhaltsam war, so war Eliza es nicht gewohnt, dass man ihre geistige Beweglichkeit derart auf die Probe stellte.

»Die kalte Schulter gezeigt? Eliza, das hast du nicht getan!«, rief Margaret auf dem Heimweg.

»Habe ich!«, sagte Eliza und versuchte nicht einmal, zu verbergen, wie zufrieden sie mit sich war, nun, da nur noch Margaret und, einige Schritte hinter ihnen, Pardle in Hörweite waren. »Und ich habe ihn dazu gebracht, sich zu entschuldigen! Ich habe noch nie einen Mann dazu gebracht, sich zu entschuldigen!«

Als sie den Camden Place erreichten, bemerkte Eliza, dass sich ihr Schnürsenkel gelöst hatte, und ging automatisch in die Hocke, um ihn wieder zuzubinden, ohne dabei mit dem Reden aufzuhören.

»Weder meinen Vater noch meinen Ehemann, keinen meiner Brüder –«

»Somerset«, sagte Margaret.

Eliza runzelte die Stirn, während sie den Knoten enger zog.

»Bei Somerset bin ich mir nicht sicher«, sagte sie nachdenklich.

»Nein, Eliza, *Somerset*«, wiederholte Margaret.

Und Eliza hob den Kopf, noch immer über ihren Schuh gebeugt, folgte Margarets Blick und sah tatsächlich, dass nur wenige Meter von ihnen entfernt – und vollkommen unerklärlich – gerade der Earl of Somerset aus ihrer Haustür trat.

7

Eliza brauchte mehrere Augenblicke, um wirklich zu verstehen, was sie da sah.

»Was um Himmels willen…?«, flüsterte sie.

»Steh auf!«, drängte Margaret, aber Eliza hörte sie nicht. Die Unwahrscheinlichkeit, dass Somerset hier in Bath aus *ihrem* Haus trat, war so groß, dass sie ihren Augen nicht trauen mochte. Eliza verharrte in der Hocke und starrte ihn an.

Mittlerweile war Somerset am Tor abgebogen und hatte sie nach zwei Schritten erblickt.

»Lady Somerset«, sagte er nach kurzer Pause – wahrscheinlich überraschte es ihn, Eliza am Boden kauernd vorzufinden. »Warum seid Ihr …?«

Das schließlich weckte Eliza.

Sie sprang auf. »Mylord! Wir hatten nicht mit Euch ge–«

Eliza war so schnell aufgestanden, dass ihr alles Blut aus dem Kopf wich, und sie taumelte. Schnell packte Margaret Eliza am linken Arm, um sie zu stützen, und auch Pardle eilte mit ausgestreckten Armen herbei.

»Lady Somerset!«, sagte Somerset und trat hastig vor. »Ist Euch nicht wohl?«

Die kühle Zurückhaltung, die er bei ihrem ersten Treffen an den Tag gelegt hatte, war verschwunden. Seine Augenbrauen zogen sich zusammen, während er sie musterte, er sah beinahe … besorgt aus?

»Es – es geht mir gut«, sagte Eliza, die vor Scham über ihre mangelnde Eleganz am liebsten im Boden versunken wäre. »Es war nur mein Schuh …«

»Vielleicht sollten wir sie nach drinnen bringen«, sagte Somerset über Elizas Kopf hinweg zu Margaret, als sei sie eine Greisin.

»In Ordnung«, sagte Margaret und wechselte einen ratlosen Blick mit Eliza.

»Könnt Ihr gehen, Mylady?«, fragte Somerset.

»Natürlich kann ich das«, sagte Eliza. Konnte eine Dame nicht einen einzigen Moment der Unsicherheit haben, ohne dass man sie gleich für vollkommen unfähig hielt? »Es besteht kein Grund –«

Gerade wollte sie erklären, sie sei durchaus in der Lage, ohne Hilfe zu gehen, da legte Somerset ihr einen Arm um die Taille, um sie zu stützen, und Eliza durchzuckte die Erkenntnis, dass ihr die Hilfe vielleicht doch gar nicht so unangenehm war.

»Mylady!«, rief Perkins alarmiert, als sie den Flur betraten und er sah, wie Eliza so gestützt hereingebracht wurde.

»Vielleicht könnte man der Lady einen Stärkungstrank besorgen«, sagte Somerset gefasst. »Bitte bringt ihn sogleich in den Salon.«

Gehorsam verschwand Pardle Richtung Küche. Eliza war hin- und hergerissen zwischen Erstaunen über die unerwartete Wendung, die der Tag genommen hatte, Empörung über die Art, wie Somerset ihre Bediensteten herumkommandierte, und widerstrebender Bewunderung für die Effizienz, mit der er die Situation unter Kontrolle brachte. Warum er sich so sicher war, sie hätte einen Ohnmachtsanfall erlitten, entzog sich ihrem Wissen, aber man konnte ihm nicht nachsagen, dass es seinem Handeln an Entschlossenheit mangelte.

Er ließ sie erst wieder los, als sie die Treppen hinaufgestiegen waren und den Salon betreten hatten – Perkins hielt ihnen die Tür auf – und Eliza sicher auf dem Sofa saß.

»Nun, ich – ich danke Euch für die Hilfe, Mylord«, sagte Eliza ein wenig atemlos. Sie entschied, es sei wohl das Beste, die ganze Begebenheit zu übergehen und so zu tun, als sei nie etwas geschehen. »Ich hoffe, Eure Familie ist –«

»Vielleicht solltet Ihr besser nicht sprechen, bis Ihr einen Schluck Stärkungstrank zu Euch genommen habt«, unterbrach Somerset ihre Höflichkeiten, als Pardle mit einem Tablett wieder auftauchte.

Eliza nahm ein Glas entgegen und entließ das Dienstmädchen mit einem Lächeln.

»Es geht mir gut«, versuchte sie, Somerset erneut zu erklären. »Es war nur mein Schuh.«

»Ach, die Teuerste ist ja so verwirrt«, sagte Margaret mit einem schalkhaften Glitzern in den Augen. Eliza warf ihr einen finsteren Blick zu.

»Miss Balfour, könntet Ihr vielleicht etwas Riechsalz besorgen, für den Fall, dass Lady Somerset sich noch mal schwächer fühlen sollte?«

»Ich kann es versuchen«, antwortete Margaret zweifelnd. »Vielleicht weiß Pardle ja, wo es zu finden ist.«

Mit einer Geschwindigkeit, die keinerlei Dringlichkeit verriet, schlenderte sie aus dem Raum. Eliza – die es aufgegeben hatte, den Ereignissen irgendeinen Sinn abgewinnen zu wollen – nippte gehorsam an ihrem Stärkungstrank, während sie Somerset durch die Wimpern beobachtete. Er setzte sich auf den Stuhl ihr gegenüber, blieb aber angespannt auf der Kante sitzen, als erwarte er, sie könne jeden Moment wieder in Ohnmacht fallen.

»Wir haben Euch nicht in Bath erwartet«, sagte Eliza nach einer langen Pause.

»Ich Euch auch nicht«, erwiderte Somerset. »Ich bin direkt von Mr Walcot hergereist, der mich über Euren Aufenthalt hier unterrichtet hat – und über Euren Gesundheitszustand. Ich muss gestehen, ich wusste nicht, dass es Euch so schlecht geht.«

Oh. Jetzt ergab sein Verhalten langsam Sinn. Sie *wusste,* dass Margaret es mit der Darstellung von Elizas Zustand bei Mr Walcot übertrieben hatte. Der Himmel wusste, wie der Mann ihre »Fluralgie« beschrieben haben musste, damit sich Somerset direkt auf den Weg machte. In Harefield hatte er sich gar nicht schnell genug ihrer Anwesenheit entziehen können.

»Es ist nichts Ernstes«, sagte sie.

»Mr Walcot schien es für *äußerst* ernst zu halten«, betonte Somerset.

»Ein Missverständnis, nichts weiter«, erwiderte Eliza. »Es war nichts Ernstes, und jetzt geht es mir wieder gut.«

Es gefiel ihr nicht, ihn anzulügen, aber sie konnte ihm schlecht die Wahrheit sagen.

»Das freut mich zu hören«, sagte Somerset. »So, wie Mr Walcot davon gesprochen hat, dachte ich –«

Er brach ab.

»Es war nur die Erschöpfung«, sagte Eliza.

Aber Somerset hatte bereits wieder die Stirn in Falten gelegt.

»Darf ich dann fragen«, sagte er langsam, »warum ich in diesem Fall nicht über Eure Abreise nach Bath in Kenntnis gesetzt wurde? Eine schwere Erkrankung hätte das Versäumnis erklärt, aber wenn es *nichts* Ernsthaftes ist…«

Oje.

»Habt Ihr denn meinen Brief nicht erhalten?«, fragte Eliza, ihre Stimme ein schrilles Quietschen, wie immer, wenn sie gezwungen war, spontan zu lügen. »Ich habe Euch geschrieben – um Euch die Planänderung mitzuteilen, aber vielleicht kam der Brief ein wenig – äh – verspätet.«

Somerset zog mit höflichem Unglauben die Augenbrauen hoch.

»Wann, wenn ich fragen dürfte, wurde der Brief denn verschickt?«

Oje.

»Ich bin mir nicht recht sicher«, sagte Eliza. »Es gab so viel zu tun …«

Somerset sah sie an, sein Gesichtsausdruck war plötzlich wieder kühl.

»Mylady«, sagte er schließlich, »ich bin mir wohl bewusst, dass mein Onkel über mich als Erben enttäuscht war. Er hat durchaus klargemacht, dass ich ein armseliger Ersatz für den erhofften Sohn bin, was vielleicht erklärt, warum er nie in meine Ausbildung investiert hat, damit ich lerne, wie man die Ländereien verwaltet. Und vielleicht ist das eine Meinung, die Ihr teilt. Ich kann jedoch meine Pflicht als Oberhaupt dieser Familie nicht wahrnehmen, wenn Ihr mich nicht respektiert.«

»Du meine Güte, nein!«, rief Eliza entsetzt. »Es hatte nichts damit zu tun, dass ich ... ich respektiere Euch durchaus, das tue ich.«

»Und doch musste ich vom Verbleib Eurer Person von meinem Anwalt erfahren, der genauso überrascht war wie ich, dass ich nicht bereits davon wusste«, sagte Somerset mit harter Stimme. »Und ich kann Euch versichern, die Situation hat mich in beträchtliche Verlegenheit gebracht.«

Bei seiner Strafpredigt begann Eliza sich zu fühlen wie ein Kind.

»Ich hätte früher schreiben sollen«, sagte sie. »Ich habe mich unbewusst sehr unhöflich verhalten.«

Einigermaßen besänftigt nickte Somerset.

»Habt Ihr denn immer noch vor, nach Balfour zurückzukehren, sobald Ihr vollständig genesen seid?«, fragte er.

»Ich ... weiß es noch nicht«, gestand Eliza.

Der Februar war mittlerweile zur Hälfte vorüber, und Eliza blieben vielleicht nur noch acht Wochen in Margarets Gesellschaft, bevor man sie anderswo brauchen würde. Sosehr sich Eliza auch in Bath mit jedem Tag mehr zu Hause fühlte, die Vorstellung, ohne Margaret hierzubleiben, eine andere Begleiterin zu finden, war noch immer zu beängstigend, um darüber nachzudenken.

»Ich verstehe.«

Somerset blickte nach unten in seinen Hut, den er noch immer in den Händen hielt, und begann, ihn langsam im Kreis zu drehen. Die Geste war ihr vertraut. Genau das hatte er früher getan, wenn er nervös war und versuchen wollte, es zu verbergen. Das Bild, wie er seinen Hut in den Händen drehte, als er sie zum allerersten Mal im

Londoner Haus der Balfours besucht hatte, stand Eliza noch immer lebhaft vor Augen.

»Ich weiß, dass …«, setzte Somerset an, ohne den Blick von seinem sich drehenden Hut zu lösen, »dass die Natur unserer früheren Begegnungen unter den gegebenen Umständen möglicherweise einige Unannehmlichkeiten mit sich bringt.«

»Die Situation ist vielleicht nicht gerade *ideal*«, sagte Eliza mit trockenem Mund.

»Das ist sie sicherlich nicht«, sagte Somerset und sah auf. »Und es wäre mir nicht daran gelegen, dass diese Unannehmlichkeiten Euch daran hindern, in Harefield zu bleiben, sollte dies Euer Wunsch sein. Dort wird immer ein Platz für Euch sein, das verspreche ich.«

Es entsprach so sehr seinem Wesen, ein solches Versprechen zu geben. Er war schon immer unheilbar ehrenhaft gewesen.

»Habt Dank«, sagte Eliza aufrichtig. »Aber wir sind glücklich hier in Bath. Die Dinge in neuem Licht zu sehen, ist genau das, was weder Balfour noch Harefield bieten konnten.«

Somerset nickte.

»Das kann ich verstehen – ich begreife, dass es möglicherweise schwer ist, ständig an ihn erinnert zu werden.«

Eliza blieb stumm. Natürlich verspürte sie ein Verlangen, das unschicklicher nicht sein konnte, ihm zu gestehen, wie wenig Liebe es zwischen ihr und ihrem Mann gegeben hatte. Ihm zu erzählen, dass in all den Jahren ihrer Ehe keine Wärme zwischen ihnen gewachsen, der Ozean, der sie voneinander trennte, mit jedem kinderlosen Monat nur eisiger geworden war. Aber es ziemte sich nicht. Und er würde es ja auch gar nicht hören wollen.

Das Geräusch lauter Schritte auf der Treppe kündigte Margarets Rückkehr an, und als sie eintrat, erhob sich Somerset.

»Kein Riechsalz?«, fragte er mit einem leichten Lächeln.

»Ach, wie bin ich vergesslich!«, sagte Margaret leichthin. »Ihr wollt Euch doch nicht schon wieder verabschieden, Somerset?«

»Ich befürchte, doch«, erwiderte er. »Bitte, bleibt sitzen, Lady Somerset.«

Nachdem er seine Pflicht erfüllt, seine ehrenwerte Aufgabe erledigt hatte, gab es keinen Grund mehr für ihn, seinen Besuch zu verlängern. Eliza versuchte, nicht enttäuscht zu sein.

»Kehrt Ihr schon heute Abend nach Harefield zurück?«, fragte Eliza.

»Nicht heute Abend. Ich habe morgen früh noch einen Termin mit Mr Walcot«, sagte Somerset nach einer kurzen Pause. Wieder ließ er seinen Hut in den Händen kreisen, dann fügte er hinzu: »Vielleicht – vielleicht könnte ich Euch morgen noch einmal aufwarten, wenn es Euch genehm wäre?«

»Das wäre es«, erwiderte Eliza und unterdrückte die Aufregung, die plötzlich in ihr aufkam. »Das wäre es durchaus.«

Somerset verbeugte sich. »Dann bis morgen, Lady Somerset, Miss Balfour.«

Die Cousinen warteten, bis sie hörten, wie die Tür ins Schloss fiel. Dann rannte Margaret ans Fenster, um zuzusehen, wie Somerset die Straße hinunterlief.

»Er ist weg!«, rief sie. »Worüber habt ihr gesprochen, als ich nicht da war? Ich habe versucht, auf der Treppe zu lauschen, aber ihr wart zu leise.«

»Über nichts Besonderes«, sagte Eliza. Sie fühlte sich benommen. War das, was gerade geschehen war, tatsächlich gerade geschehen? »Er hat mir versichert, dass ich stets in Harefield willkommen bin, sollte ich wünschen zurückzukehren.«

»Was du nicht tust«, sagte Margaret prüfend.

»Was ich nicht tue«, stimmte Eliza zu. »Auch wenn es wirklich nett von ihm ist, es anzubieten. Kam er dir … besorgt vor, als er dachte, ich sei krank?«

»Das würde ich sagen, äußerst besorgt«, antwortete Margaret.

»Und erleichtert, als er hörte, es ist alles in Ordnung?«, fragte Eliza.

»Sehr erleichtert«, bestätigte Margaret mit einem knappen Nicken.

»Und er möchte morgen wiederkommen«, sagte Eliza, fast mit dem Gefühl, sie hätte sich das eingebildet.

Dann hielt er, vielleicht, doch nicht *nichts* von ihr. Eliza presste sich eine Hand auf den Mund, um nicht zu lächeln. *Tu es nicht,* versuchte sie sich zu sagen, *mach nicht den Fehler, jetzt zu hoffen. Er hat die Hälfte seines Besuches damit verbracht, dich zu tadeln, um Himmels willen.*

Aber er war freundlich, wandte eine leisere, verträumtere Stimme ein. *Und er will wiederkommen.*

»Glaubst du –« Eliza brach ab.

»Glaubst du …?«

»Es ist nur … er war so viel freundlicher, jetzt zum Schluss«, sagte Eliza. »Vielleicht ist das ein Zeichen, dass er mir eines Tages … vergibt?«

»*Er* soll *dir* vergeben?«, sagte Margaret mit ungläubigem Gesichtsausdruck. »Was denn, bitte?«

»Margaret, du weißt, ›was‹.«

»Ich verstehe nicht mal, warum du dich immer noch so schuldig fühlst«, erklärte Margaret entschieden. »Die Situation war für euch *beide* unerträglich, aber du allein musstest die Konsequenzen tragen – und diesen alten Ziegenbock heiraten, während er frei und ungebunden geblieben ist.«

»Er hat sich zum Dienst in der Marine verpflichtet, Margaret«, merkte Eliza an. »Ich glaube kaum, dass man das frei und ungebunden nennen kann.«

»Ach papperlapapp, mit einem Boot voller Freunde über den Atlantik schippern?«, fragte Margaret. »Für so einen Zeitvertreib würden viele noch bezahlen.«

Margarets Vorstellung von der Marine war offensichtlich eher begrenzt.

»Ich habe Somerset schon immer gemocht«, fuhr sie fort. »Aber wenn er dir diese Angelegenheit nach so vielen Jahren noch immer übel nimmt, dann ist er es definitiv nicht wert, dass du noch einen einzigen Gedanken an ihn verschwendest.«

»Vielleicht sollten wir etwas essen«, sagte Eliza und stand auf, um die Glocke zu läuten.

Sie wollte sich nicht streiten. Margaret war immer Elizas entschiedenste Verteidigerin gewesen, und Eliza liebte sie dafür – aber sie war nicht dabei gewesen, als Somerset von Elizas Verlobung erfahren hatte. Sonst hätte sie sicher besser verstanden, warum sich Eliza noch immer schuldig fühlte.

»Mylady.« Perkins war erneut in der Tür erschienen. »Eine Lieferung von Mr Fasana ist eingetroffen, und da sie – nun – weitaus größer ist als die letzte, habe ich mich gefragt, wo Ihr wünscht, dass ich sie …?«

»Oh!«, rief Eliza und erinnerte sich an die Vielzahl und Größe der Dinge, die sie heute Morgen bestellt hatte. »Vielleicht könntet Ihr sie vorerst einfach hier abstellen?«

Perkins zögerte taktvoll. »Die Staffelei auch?«

Eliza sah sich um. Der Salon beherbergte bereits ein Hammerklavier, und eine Staffelei würde den Raum doch ziemlich beengen – und wenn Besucher kamen, würde sie zweifellos Fragen aufwerfen. Besucher wie Somerset, morgen.

Er möchte wiederkommen.

»Vielleicht dann doch lieber alles ins Wohnzimmer«, sagte sie etwas geistesabwesend.

Perkins nickte knapp. Mit charakteristischer Effizienz schaffte er es innerhalb einer Stunde, das Wohnzimmer im ersten Stock umzugestalten: Er entfernte zwei Stühle, um Raum für die große Staffelei zu schaffen, die er ein Stück abseits des Fensters aufstellte, sodass Eliza in den Genuss des natürlichen Tageslichts kam, aber von Passanten auf der Straße nicht gesehen werden konnte; räumte die Regale aus, um Elizas Skizzenbücher, volle wie leere, ordentlich verstauen zu können, und entwendete einen kleinen Sekretär aus dem Empfangszimmer, um ihre Farben darin unterzubringen. Es war die perfekte Ablenkung für Elizas unruhigen Geist, und während Margaret auf dem Sofa zusammengerollt ihr Buch las, probierte Eliza ihre neuen Ölfarben aus. Sie fing das leuchtende Abendrot mit einem Farbton ein, der sich wie Creme unter ihrem Pinsel verteilte, und begann ein Porträt von Margaret mit einem Karminrot, das perfekt der Farbe ihrer Locken entsprach. Erst als die Nacht wirklich angebrochen und die Kerzen fast heruntergebrannt waren, versiegelte Eliza die Ölfarben – die in Harnblasen aufbewahrt und oben verschnürt wurden wie abtropfender Quark im Käsetuch – wieder mit einem Reißnagel. Dann kehrte sie zurück zum Bleistift, skizzierte aus dem Gedächtnis die Szene vom Konzertabend: Melvilles Gesichtsausdruck, während er mit Lady Hurley flirtete, Mr Fletchers Eifersucht, Mrs Winkworths missbilligenden Blick.

Als Eliza schließlich ihre Malsachen beiseitelegte, war das Feuer im Kamin fast erloschen, ihre Augen hatten begonnen zu brennen, und sie fühlte sich, endlich, ruhig genug, um ins Bett zu gehen.

Morgen, gelobte sie beim Ausziehen, würde sie vorbereitet sein. Diesmal würde er sie nicht wie ein Gassenmädchen auf dem Boden kauernd vorfinden. Sie würde ruhig, gelassen und gefasst sein, und alles würde nach Plan gehen.

8

Auch wenn die traditionelle Besuchszeit – zwischen zwölf und fünfzehn Uhr nachmittags – ihnen viel Zeit ließ, gingen Margaret und sie keiner ihrer gewöhnlichen Beschäftigungen nach. Stattdessen ließen sie sich, um Somersets Besuch keinesfalls zu verpassen, ganz gleich, wann er ihnen aufwarten würde, geduldig im Salon nieder, um dort auf seine Ankunft zu warten.

»Worüber glaubst du, werdet ihr sprechen?«, fragte Margaret, die neben ihr saß.

»Über das, worüber man sich so unterhält, nehme ich an«, antwortete Eliza. Sie hatte sich am Morgen eine Liste zusammengestellt. »Ich werde ihn nach seiner Familie fragen, nach London, nach …«

Margaret verzog das Gesicht.

»Worüber habt ihr früher gesprochen?«, fragte sie dann. »Als er um dich geworben hat, meine ich.«

»Als wir uns kennengelernt haben?«, sagte Eliza. »Wir haben über Bücher gesprochen, gemeinsame Freunde, den Kriegsfortschritt.«

»Und dann?«, bohrte Margaret.

Und dann … hatten über den kurzen Momenten, die sie auf den Bällen, den Gartenpartys und im Theater miteinander erhaschen konnten, seine natürliche Zurückhaltung und ihre natürliche Schüchternheit so weit nachgelassen, dass sie entdeckten, wie sehr sich nicht nur ihre Gedanken, sondern auch ihre Zuneigung zueinander glichen.

»Warum interessiert dich das so?«, fragte Eliza, statt zu antworten. Sich derlei nostalgischen Träumereien hinzugeben, würde sie nur noch nervöser machen.

»Da ich selbst nicht mal ein vergangenes Liebesleben habe, bleibt mir keine andere Wahl, als mich für deines zu interessieren«, sagte Margaret mit einem Achselzucken.

»Hast du wirklich noch nie für irgendjemanden geschwärmt?«, wollte Eliza wissen.

»Natürlich gab es ein paar, mit denen ich gern geflirtet habe«, erwiderte Margaret nachdenklich. »Aber ganz sicher nie genug, um einen von ihnen ernsthaft in Betracht zu ziehen. Ich nehme an, eine junge Witwe zu sein, so wie du, ist erstrebenswert – aber könnte man sich jemals sicher sein, dass der entsprechende Gentleman auch früh genug stirbt?«

»Nicht, ohne einen längeren Besuch im Gefängnis von Newgate zu riskieren«, sagte Eliza.

Die Uhr schlug zwölf. Von unten drang ein Geräusch hoch. Die Tür.

Eliza sprang auf. Äußerst sorgfältig hatte sie heute ihr Kleid aus eng anliegendem schwarzem Krepp ausgewählt – die Sittsamkeit war durch den hohen Kragen gewahrt – und strich nun mit den Handflächen die Vorderseite glatt.

»Du siehst sehr vorteilhaft aus«, flüsterte Margaret.

Eliza konnte Perkins' murmelnde Stimme hören, dann Schritte auf der Treppe. Sie hatte ihn höchst eindringlich angewiesen, Besuch, sobald er eintraf – sobald *er* eintraf –, unverzüglich nach oben zu geleiten. Sie holte tief Luft. Heute hatte sie keinen Grund, nervös zu sein. Es war nichts als ein mittäglicher Besuch. Alles ganz gewöhnlich.

Perkins öffnete die Tür.

»Lord Melville und Lady Caroline Melville, Mylady«, verkündete er.

»Nein!«, entfuhr es Eliza, vollkommen überrumpelt.

»Guten Tag!«, versuchte Margaret, ihre Entgleisung zu übertünchen.

»Guten Tag«, sagte Melville, als er mit leicht hochgezogenen Augenbrauen in den Raum trat. »Hattet Ihr jemand anderen erwartet?«

»N-Nein, natürlich nicht. Wir erwarten niemanden!«, sagte Eliza viel zu laut.

»Melville, du hattest gesagt, wir seien eingeladen worden«, sagte Lady Caroline und wandte sich an ihren Bruder.

»Das waren wir auch!«, erwiderte Melville. »Wobei, wenn ich es nun recht bedenke … vielleicht nur indirekt.«

Falls überhaupt! Eliza hatte allein die Möglichkeit höchstens flüchtig erwähnt.

»Sollen wir uns lieber verabschieden?«, fragte Lady Caroline und sah Eliza fragend an.

Eliza wollte nichts sehnlicher, als aufrichtig antworten zu können. Somerset konnte jeden Moment hier eintreffen, und Eliza fühlte sich keinesfalls darauf vorbereitet, so unterschiedliche Besucher gleichzeitig zu unterhalten – ganz zu schweigen davon, was Somerset denken würde, wenn er Eliza dabei antraf, wie sie mit zwei der berüchtigtsten Charaktere Englands beim Tee saß.

»Nein, nein, natürlich nicht!«, sagte Eliza stattdessen, und ihre Hände verkrampften sich im Stoff ihres Rockes. »Bitte, nehmt doch Platz. Dürfen wir Euch eine Erfrischung anbieten?«

»Das wäre zu freundlich«, sagte Lady Caroline und ließ sich elegant auf den Stuhl gegenüber Eliza sinken, während Melville ihre Aufforderung ignorierte und zum Fenster hinüberlief, um hinaus auf die Straße zu sehen.

»Wie hübsch!«, sagte er.

Eliza starrte Lady Caroline hilflos an, keinen einzigen klaren Gedanken im Kopf. Bei anderen Besuchern hätte sie vielleicht auf das heute enttäuschend graue Wetter Bezug nehmen können, aber das Wissen, dass Lady Caroline sie ohnehin bereits für geistlos hielt, verbot ihr eine solche Bemerkung.

»Ich muss mich bei Euch entschuldigen, Mylady, Miss Balfour«, ergriff Lady Caroline schließlich zuerst das Wort. »Melville hat mir mitgeteilt, dass Ihr unser furchtbar unhöfliches Gespräch nach dem gestrigen Konzert mit angehört habt. Unser Verhalten war äußerst ungehobelt – ich weiß nicht, wie Ihr uns jemals verzeihen konntet!«

»Das haben wir auch nicht«, erwiderte Margaret prompt, bevor Eliza etwas sagen konnte. »Vielleicht mit der Zeit.«

Eliza unterdrückte ein Stöhnen, aber Lady Caroline wirkte nicht angegriffen. Stattdessen musterte sie Margaret langsam, als müsse sie ihr Gegenüber erst neu einschätzen.

»Ihr habt Zähne«, sagte sie anerkennend.

»Dreißig Stück, habe ich mir sagen lassen«, gab Margaret zurück.

»Und doch konnte man am Mittwochabend keinen einzigen davon sehen.«

»Mittwochabend habe ich mich von meiner zahnlosen Seite gezeigt.«

»Ein höchst unerfreuliches Leiden«, erwiderte Lady Caroline. »Es freut mich zu sehen, dass Ihr nun geheilt seid.«

Sie lächelten einander an. Wobei es für Eliza eher eine bewusste Entscheidung war, es als Lächeln zu betrachten, nicht als Zähnefletschen.

»Darf ich Euch etwas anbieten?«, fragte Eliza erleichtert, als Perkins zurückkehrte. Sein Tablett, normalerweise eine verschwenderisch überladene Tafel, war diesmal nur spärlich bedeckt und enthielt lediglich eine Kanne Kaffee sowie ein paar Kuchenstücke und Obst. Bei dem Anblick warf Eliza ihm einen Blick schweigender Dankbarkeit zu, den er mit einem kaum merklichen Nicken quittierte – Perkins konnte man immer vertrauen, die Stimmung richtig zu deuten. Jetzt musste sie nur noch den Besuch der Melvilles so knapp wie möglich halten. Es war erst zwölf, es gab keinen Grund, warum sich die beiden Besuche überschneiden müssten.

»Nehmt Ihr Milch, Mylord?«, fragte Eliza, während sie Lady Caroline eine Tasse reichte.

»Ich bin enttäuscht«, sagte Melville von dort, wo er mittlerweile stand, um das Gemälde an der Wand zu betrachten, ein hübsches Landschaftsbild, das sie letzte Woche von einem Künstler erworben hatte, der seine Werke im Kurhaus ausstellte.

»Oh, wenn Ihr einen Tee vorziehen würdet, kann ich …«, setzte Eliza an.

»Ich hatte gehofft, die Wände von Eurer eigenen Kunst geschmückt zu finden«, fuhr Melville fort, als hätte Eliza gar nichts gesagt. »Aber ich glaube, das hier ist nicht von Euch.«

»Nein, natürlich nicht«, sagte Eliza, überrascht, dass Melville sich an ein solches Detail erinnerte. »Das ist dem, wozu ich imstande bin, weit überlegen.«

»Ihr zeichnet?«, fragte Lady Caroline und sah Eliza über den Rand ihrer Tasse hinweg an.

»Ein wenig«, sagte Eliza.

»Sie malt auch – ganz wunderbar«, warf Margaret ein.

»Wasserfarben?«, fragte Lady Caroline.

»Und ein wenig mit Öl«, gab Eliza zu.

»Beeindruckend. Das wird Frauen nur selten beigebracht.« Lady Caroline blickte von Eliza zu Margaret. »Ihr beide seid durchaus interessanter, als Ihr zunächst erscheint.«

Eliza war sich nicht sicher, ob das ein Kompliment war, also nippte sie lieber an ihrer Tasse, statt zu antworten.

»Ich bin mir nicht sicher, ob das ein Kompliment ist«, sagte Margaret.

»Ich bin mir nicht sicher, ob ich es als eines gemeint habe«, gab Lady Caroline zurück. »Ihr solltet Euch nicht so verstecken.«

Die Unterhaltung entglitt ihnen – und Melville hatte noch immer nicht Platz genommen; stattdessen betrachtete er jetzt die Büchergegale.

»Mylord, darf ich Euch ein Stück Früchtekuchen anbieten?«, fragte Eliza verzweifelt.

»Nun, wo sind denn all Eure Gemälde?«, fragte er. »Ich kann keine Spur von ihnen entdecken.«

»Oben liegen sie stapelweise«, warf Margaret ein.

Eliza warf ihr einen finsteren Blick zu.

»Darf ich sie sehen?«, fragte Melville sofort.

Eliza schüttelte den Kopf. »Ich hoffe, Ihr vergebt mir meine Zurückhaltung. Ich bin es nicht gewohnt, meine Malerei mit Menschen zu teilen, die ich kaum kenne«, sagte sie.

»Dann müssen wir einander wohl einfach kennenlernen«, erwiderte Melville und bewegte sich endlich in Richtung Sofa. Eliza sah auf die Uhr. Sie waren wieder im Zeitplan. Die Sache würde ein gutes Ende nehmen.

Natürlich vernahm sie genau in diesem Moment das unverwechselbare Geräusch von Hufgeklapper vor dem Haus, und ihr Kopf zuckte Richtung Tür.

»Grundgütiger, was ist denn los?«, fragte Lady Caroline.

»Das muss Somerset sein«, platzte Margaret heraus. Eliza warf ihr einen panischen Blick zu – wie um alles in der Welt sollte sie ein solches Treffen in Anwesenheit der Melvilles bewältigen? Und wäre Somerset erschrocken, Eliza in so ungewöhnlicher Gesellschaft vorzufinden? Würde er es gar missbilligen? Sie wünschte sich, Lady Caroline sähe in ihrem modischen Londoner Kleid nicht ganz so blendend aus – die Wahrscheinlichkeit, dass er sich auf der Stelle in sie verliebte, schien ihr immens.

»Ach so, ein Verwandtschaftsbesuch«, sagte Lady Caroline.

»Wir sind nicht *verwandt*«, widersprach Eliza instinktiv.

Neugierig hob Lady Caroline eine Augenbraue, und Eliza stieg die Röte in die Wangen.

»Ich meine«, sagte sie hastig, »er war so lange im Ausland, dass es einem nicht so erscheint, als ob …«

Eliza strengte ihre Ohren an und lauschte auf Geräusche aus dem Erdgeschoss, hörte aber nichts.

»Dann seid Ihr einander gar nicht gut bekannt?«, fragte Lady Caroline.

»Nicht im eigentlichen Sinne«, antwortete Eliza. »Also, als er noch Mr Courtenay war, a-als er in England gewohnt hat«, offenbar neigte sie plötzlich zum Plappern. »Aber nicht sehr gut! Und natürlich ist das viele Jahre her und –«

»Ich freue mich darauf, mehr über seine Reisen zu hören«, fielt Margaret ihr mit fester Stimme ins Wort, bevor Eliza noch weitere unnötige Details ausplaudern konnte. »Zweifellos wird er einige aufregende Geschichten zu erzählen haben.«

»Macht Euch nicht zu viele Hoffnungen«, riet Melville ihr. »Ich habe gehört, er ist ein langweiliger Zeitgenosse.«

»Das ist er *nicht*«, widersprach Eliza hitzig, und jetzt hob Lady Caroline beide Augenbrauen.

Von unten drang ein lautes Klopfen herauf, und Eliza sah erwartungsvoll zur Tür.

»Oh, ich *verstehe*«, sagte Lady Caroline und klang, als täte sie das tatsächlich. »Komm, Melville, wir müssen uns verabschieden«, sagte sie, während sie sich erhob.

»Aber ich hatte noch keinen Kuchen«, widersprach Melville.

»Oh, selbstverständlich könnt Ihr gern noch bleiben …«, sagte Eliza.

Nun erklang unten, neben der von Perkins, Somersets Stimme.

»Mir ist gerade eingefallen, dass ich dringend noch etwas erledigen muss«, erwiderte Lady Caroline fest. »Komm schon, Melville.«

Eliza konnte nicht sagen, ob sie beschämt oder dankbar sein sollte. Es war zwar peinlich, so leicht durchschaut worden zu sein, aber durchaus nett von Lady Caroline, ihr zu Hilfe zu kommen.

»Der Earl of Somerset, Mylady«, verkündete Perkins.

Somerset blieb einen Moment auf der Schwelle stehen, als sei er verwirrt, den Raum so voll vorzufinden.

»Guten Tag, Mylord«, sagte Eliza mit bebender Stimme. Die Situation war ausweglos. »Darf ich Euch Lord Melville und Lady Caroline Melville vorstellen?«

»Guten Tag«, grüßte Somerset. Auf halbem Wege seiner Verbeugung schien er die Namen zu verstehen. »Melville?«, wiederholte er.

»Ja, kennt Ihr mich?«, fragte Melville und neigte ebenfalls den Kopf.

»Nur Euren Ruf, Mylord«, erwiderte Somerset ausweichend.

»Ach, dann hat er mittlerweile sogar Übersee erreicht, ja?«, fragte Melville. »Wie wundervoll, jetzt schon transatlantische Berühmtheit erlangt zu haben.«

Somersets Miene wurde ausdruckslos. Er hatte schon immer etwas gegen Männer gehabt, die nachlässig mit der Zuneigung von Frauen umgingen.

»Wundervoll wäre nicht das Wort meiner Wahl«, sagte Somerset langsam.

Eliza konnte nicht erkennen, ob Melville die Kälte in Somersets Stimme bemerkt hatte, aber falls dem so war, schien es ihn nicht im Geringsten zu kümmern.

»Ich schätze Männer mit einer eigenen Meinung in Ausdrucksfragen«, komplimentierte er scheinbar. »Was haltet Ihr von ›bemerkenswert‹? Oder ›bahnbrechend‹?«

Somersets Miene wurde noch härter.

»Nein – ich habe es – *›extraordinaire‹*!«, rief Melville. »Wenn Ihr mir die französische Leihgabe zugesteht?«

»Wir wollten uns gerade verabschieden«, unterbrach ihn Lady Somerset.

»Nicht meinetwegen, hoffe ich«, sagte Somerset.

»Nein, wir haben eine dringende – obschon mir noch unbekannte – Angelegenheit zu erledigen«, antwortete Melville und schenkte Eliza eine schwungvolle Verbeugung. »Lady Somerset. Lord Somerset. Miss Balfour.«

Sie gingen. Eine lange, lange Pause folgte ihnen nach.

»Mir war nicht bewusst, dass Lord Melville in Bath weilt«, sagte Somerset und sah finster Richtung Tür, als stünden die Melvilles dort noch immer.

»Er und Lady Caroline sind erst kürzlich eingetroffen«, beeilte Eliza sich zu sagen. »Möchtet Ihr Platz nehmen?«

»Und seid Ihr gut miteinander bekannt?«, fragte Somerset, als er sich setzte.

»Überhaupt nicht!«, sagte Eliza.

»Auch wenn sie erpicht darauf scheinen, das zu ändern«, fügte Margaret mit einem wohlgefälligen Lächeln hinzu.

»Ich verstehe«, sagte Somerset.

»Ist in Harefield alles in Ordnung?«, fragte Eliza. »Das habe ich gestern ganz vergessen zu fragen«, fügte sie schnell hinzu.

Ein paar Höflichkeiten würden die angespannte Atmosphäre bestimmt beruhigen.

»Ja, alles in bester Ordnung«, sagte Somerset, wenn auch noch immer mit finsterem Blick. »Wir renovieren den Ostflügel – die Feuchtigkeit hat etwas überhand…« Als ihm auffiel, dass die ehemalige Herrin des Hauses dies als Beleidigung auffassen könnte, beeilte er sich, weiterzusprechen. »Wie es in diesen alten Häusern ja häufig der Fall ist!«

Aber dieser Teil des Satzes war es gar nicht, der ihr aufgefallen war.

»Wir?«, fragte sie. Sie konnte nicht anders.

»Ja«, antwortete er. »Der Verwalter überwacht das Ganze natürlich.«

»Das freut mich zu hören«, sagte sie erleichtert. Natürlich: Er hätte nicht heiraten oder sich verloben können, ohne dass sie davon erfahren hätte – was für ein alberner Gedanke. »Ich hoffe doch, all die Arbeiten machen es nicht allzu unbequem für Euch.«

»Ich denke nicht –«, setzte Somerset an, schlug dann aber plötzlich eine andere Richtung ein. »Das heißt, ja, es ist wahrscheinlich außerordentlich störend. Daher werde ich die nächsten vierzehn Tage in Bath bleiben, um dem schlimmsten Chaos zu entgehen.«

Einen Moment lang dachte Eliza, sie hätte sich verhört.

»Ihr – das werdet Ihr?«, stammelte sie. »Das wusste ich nicht, Ihr habt gestern gar nichts davon erwähnt.«

»Gestern wusste ich noch nicht, welches Ausmaß die Renovierungsarbeiten annehmen würden«, erwiderte er.

»Welch glückliche Fügung«, sagte Margaret ausdruckslos, und Eliza wusste, dass sie Somerset ebenfalls im Verdacht hatte, ihnen etwas vorzumachen. Aber warum sollte er lügen? Es sei denn, er tat es, um – es sei denn, er tat es für –

Aber das war sicherlich Wunschdenken.

»Es wird ohnehin leichter sein, die Geschäfte von hier zu führen«, sagte Somerset ruhig. »Und ich wäre auch gern näher bei …«

Er machte eine winzige Pause, und Eliza hielt den Atem an.

»Meiner Schwester«, schloss Somerset. »Sie lebt nur fünf Meilen südlich von Bath, falls Ihr Euch erinnert.«

»Ja, natürlich«, sagte Eliza. »Nun, jedenfalls sind wir überaus erfreut über diese Neuigkeit.«

Was eine Untertreibung war. Elizas Überraschung wich einer schwindligen Freude. Vierzehn Tage! Zwei ganze Wochen würde er hier sein …

»Mein Kammerdiener holt noch einige meiner Sachen aus Harefield«, sagte Somerset, und seine Stimme klang jetzt leichter. »Ich wollte Euch fragen, ob es noch etwas gibt, das Ihr gern hier hättet? Ihr habt so wenig mitgenommen, obwohl Harefield so viele Jahre Euer Zuhause war.«

Eliza fühlte einen Stich in der Brust. Er war ein so guter Mensch.

»Ich könnte niemals noch mehr für mich beanspruchen«, wandte Eliza ein.

»Das könntet Ihr«, sagte er. »Tatsächlich bestehe ich darauf, dass Ihr Euch noch etwas aussucht.«

Elizas Gedanken sprangen kurz zu dem Meeresgemälde ihres Großvaters im kleinen Salon, dem größten Kunstwerk in ganz Harefield, auch wenn es dort, wo es aufgehängt war, kaum zur Geltung kam. Aber sie verwarf den Gedanken schnell wieder. Es war viel zu wertvoll, und auch wenn Somerset sich seines Werts vielleicht nicht bewusst war, kannte Lady Selwyn ihn zweifellos.

»Was ist es?«, fragte Somerset. Er war schon früher in der Lage gewesen, sie so mühelos zu lesen. »Ihr müsst es mir sagen.«

Aber Eliza konnte nicht riskieren, dass Somerset sie jemals für geldgierig hielt.

»Die Teekanne aus dem Empfangszimmer im Ostflügel«, nannte sie ihren zweitliebsten Gegenstand aus dem Haus. »Wenn sie sonst niemand …«

Ein Lächeln breitete sich auf seinem Gesicht aus, das erste dieses Nachmittags.

»Eine Teekanne? Ihr wisst schon, dass dies Eure Möglichkeit war, mich um die Familienjuwelen zu bitten, ja?«, fragte er neckend. Es war ein Tonfall, von dem sie nicht geglaubt hätte, ihn noch einmal zu hören, und sie spürte, wie ihr die Wärme in die Wangen stieg.

»Wenn Ihr je Tee daraus getrunken hättet, würdet Ihr es verstehen«, antwortete sie.

»Vielleicht sollte ich sie dann ausprobieren, bevor ich zustimme«, sagte er. Dann, in bittendem Ton: »Seid Ihr sicher, dass ich Euch nicht überreden kann, etwas von größerem Wert mitzunehmen?«

Sie schüttelte den Kopf, und sein Lächeln wurde breiter.

»Es entspricht Euch so sehr, um etwas so Kleines zu bitten«, sagte er, »nur so wenig für Euch selbst zu wollen.«

Eliza wollte ihm sagen, dass dies nichts mit Selbstlosigkeit zu tun hatte, dass es nichts gab, was sie weniger wollte als das erdrückende Gewicht der Familienjuwelen um den Hals, aber sie konnte es nicht,

nicht, wenn er sie so ansah. So wie er sie angesehen hatte, bevor alles auseinandergefallen war.

»Ihr habt Euch nicht verändert«, sagte sie.

Ihr Lächeln erlosch, als sie einander ansahen, das Gewicht all dessen, was geschehen, was sie einander einst gewesen waren, schien schwer auf ihnen zu lasten.

»Ich hätte nichts gegen die Juwelen, wenn sie sonst niemand will«, sagte Margaret, und der Moment verflog.

»Wie ich sehe, seid auch Ihr unverändert, Miss Balfour«, sagte Somerset und schüttelte lächelnd den Kopf. »Euer Humor ist so munter wie eh und je.«

»Es gibt einige Dinge, die nicht einmal die Wasser von Bath heilen können«, sagte Eliza, und Margaret lachte, aber Somersets Lächeln schwand.

»Und wie steht es um Eure Gesundheit?«, fragte er Eliza so ernsthaft, wie man mit einer uralten bettlägerigen Tante sprechen würde.

»Es geht mir gut«, sagte Eliza.

»Sieht sie etwa nicht gut aus?«, fragte Margaret.

Eliza warf ihr einen drohenden Blick zu.

»Doch, das tut sie. Das tut Ihr«, sagte Somerset sanft und sah Eliza an. »Ein neues Kleid?«

»Ja«, sagte Eliza mit trockenem Mund.

»Es steht Euch«, sagte er, und dieses Kompliment zählte ob seiner Einfacheit umso mehr. »Aber Ihr trinkt auch das Heilwasser noch?«

»Ja«, sagte Eliza. »Wobei wir genauso ins Kurhaus gehen, um unsere neuen Freunde zu treffen.«

»Neue Freunde«, wiederholte Somerset. »Zählt Ihr die Melvilles auch dazu?«

»Nein«, beeilte sich Eliza zu sagen.

»Ja«, sagte Margaret gleichzeitig.

Somersets Blick verfinsterte sich wieder.

»Nun ja«, erklärte Eliza, »wir haben sie erst wenige Male getroffen, also bin ich mir nicht sicher, ob ich sie zu unseren …«

»Ich möchte Euch nicht zu nahe treten, Mylady«, sagte Somerset. »Aber ich möchte Euch zur Vorsicht anhalten, was die Melvilles betrifft. Die Geschichten, die ich gehört habe …«

Die bewusste Art, mit der er sprach, als wähle er seine Worte sehr bedacht, weckte Elizas Neugier.

»Dann sind diese Geschichten skandalöser Natur?«, fragte sie. Sie wollte nicht wirken, als sei sie auf Details aus, war aber natürlich neugierig. Was hatte Somerset in seiner kurzen Zeit hier über Melville gehört?

»Es sind Geschichten, die ich nicht in Anwesenheit von Damen wiederholen möchte«, sagte er entschlossen.

»Wie langweilig«, murmelte Margaret. Und auch wenn Eliza Somersets Sinn für Anstand bewunderte, kam sie doch nicht umhin, ihr insgeheim zuzustimmen.

»Alles, was ich sagen möchte, ist, dass ich eine solche Freundschaft nicht empfehlen würde«, sagte Somerset. »Eine Frau Eurer … eine Frau Eurer Position sollte vorsichtig sein.«

Seine beschützende Sorge wärmte ihr das Herz, und Eliza war kurz versucht, ihm noch mehr Grund dafür zu geben – aber nein, das wäre allzu ungerecht.

»Die Melvilles sind äußerst moderne Persönlichkeiten«, sagte sie. »Aber unserer Bekanntschaft nach, auch wenn diese nicht sehr umfassend ist, ist das alles, was ihre Unschicklichkeit ausmacht.«

Es bestand kein Grund, den Kutschunfall zu erwähnen, auch nicht die mit angehörten Beleidigungen, denn beide Ereignisse schienen plötzlich der Vergangenheit anzugehören – und völlig bedeutungslos angesichts der Freude, dass Somerset gerade zu Besuch gekommen war. *Zwei ganze Wochen.*

»Wenn Ihr ein wenig mehr Zeit in ihrer Gesellschaft verbringt, bin ich mir sicher, Ihr werdet dem zustimmen«, fügte sie hinzu.

»Ja, ich werde mir wohl selbst ein Bild machen müssen«, sagte Somerset, wenn auch seine hochgezogenen Augenbrauen andeuteten, dass er das bezweifelte.

Die Uhr schlug eins. Somerset erhob sich, um zu gehen.

»Ich sollte mich verabschieden«, sagte er. »Plant Ihr, morgen früh das Kurhaus aufzusuchen?«

»Ja, das tun wir«, sagte Eliza eifrig.

»Dann werden wir uns dort sehen«, antwortete er. Er verbeugte sich knapp, dann ging er.

»Ach du meine Güte«, sagte Eliza, als sie eindeutig gehört hatten, dass die Haustür hinter ihm ins Schloss gefallen war. Er würde bleiben. Er würde bleiben, und sie würde ihn wiedersehen – morgen. »Ach du *meine* Güte.«

»Unser Aufenthalt hier wird tatsächlich immer interessanter«, sagte Margaret und klang dabei so zufrieden wie eine Katze, die gerade eine große Tasse Sahne aufgeschleckt hatte.

9

Dass Eliza in dieser Nacht überhaupt schlief, grenzte an ein Wunder. Bis spät in die Nacht war nicht daran zu denken, und schließlich nahm sie – was in der letzten Woche fast schon zur Gewohnheit geworden war – ihr Skizzenbuch mit ins Bett, in der Hoffnung, das Geräusch von Bleistift auf Papier würde ihren Geist beruhigen. Aber obschon sie eigentlich die Eleganz von Camden Place einfangen wollte, oder auch die Außenansicht des Kurhauses (beides warme, beruhigende Bilder), zeichneten ihre Hände doch jedes Mal wie von selbst die Szenen aus dem Salon: Margarets verschmitztes Lächeln, während sie sich mit Lady Caroline maß, Melvilles aufmerksamen Blick auf ihre Bücherregale, und Somerset … wieder und wieder Somerset. Seine Hände, die den Hut umklammert hielten, die Falte zwischen seinen Augenbrauen, sein Gesichtsausdruck, als er sie aufgezogen hatte …

Mit dem Block in der Hand schlief sie ein, sodass Pardle am nächsten Morgen missbilligend mit der Zunge schnalzte, als sie die dunkelgrauen Flecken auf der Bettwäsche sah.

»Heute wieder Bombasin, Mylady?«, fragte Pardle.

»Ich glaube, heute möchte ich das Seidene tragen«, entschied Eliza. Es war natürlich weitaus schicker als das, was sie sonst für einen Besuch im Kurhaus tragen würde, aber in Anbetracht des besonderen Anlasses, den der heutige Tag bot, schien es ihr nur angebracht. Ihr Wunsch, Somerset noch einmal zu sehen, war so stark wie eh und je, und sie musste sich mehrfach daran erinnern, dass kein Bedarf mehr für eine derartige Dringlichkeit bestand. Vielleicht würde sie ihn jetzt bis zum März jeden Tag sehen, im Kurhaus, in den Assembly Rooms, in der Kirche … Nach Jahren der Entsagung kam es ihr vor wie unerträglicher Reichtum, und sie konnte es nicht erwarten, dass es endlich zehn Uhr wurde. Als es Viertel vor schlug, machten Eliza und Margaret sich auf den Weg und liefen so schnellen Schrittes durch die gewundenen Straßen der Stadt, wie man es Damen ihres Standes gerade noch zugestehen konnte.

Am Eingang blieben sie stehen und begrüßten ein halbes Dutzend neuer Bekanntschaften, während Eliza auf der Suche nach Somerset hektisch den Blick schweifen ließ. Endlich entdeckte sie ihn, in der Mitte des Saales, wie er sich mit Mrs und Miss Winkworth unterhielt.

»Der arme Mann«, bemerkte Margaret. Eliza stimmte ihr vollen Herzens zu und wollte gerade vortreten, als Margaret ihr eine Hand auf den Arm legte.

»Dann müssen wir uns auch mit ihr unterhalten«, sagte sie mit einem Kopfschütteln. »Lass ihn zu uns kommen.«

»Wie um alles in der Welt sind sie einander so schnell vorgestellt worden?«, stöhnte Eliza und versuchte, Somersets Blick zu erhaschen. Es galt nicht als gutes Benehmen, sich einfach jemandem zu nähern und ihn anzusprechen, man wartete darauf oder bat einen gemeinsamen Bekannten, dass man einander offiziell vorgestellt wurde. Da dies eine Regel war, die Mrs Balfour zwar von anderen erwartete, von der sie sich selbst aber ausnahm, war es vielleicht wenig überraschend, dass Mrs Winkworth ähnlich empfand. Eliza konnte nur hoffen, dass Somerset sich nicht durch ihr übergriffiges Wesen beleidigt fühlte.

»Ich nehme an, für Mrs Winkworth hat ein Blick auf seinen Siegelring gereicht, um sich selbst vorzustellen«, sagte Margaret, deren Gedanken offenbar in eine ähnliche Richtung gegangen waren.

»Vielleicht lade ich ihn ein, morgen mit uns einen Spaziergang zu machen«, flüsterte Eliza Margaret zu, während sie wartend dastanden. »Lady Hurley erwähnte, dass sie oft nach dem Sonntagsgottesdienst in den Sydney Gardens spazieren geht, wir könnten uns ihr gemeinsam anschließen.«

Die glückliche Vorstellung stand ihr vor Augen, als Somerset endlich aufblickte und sie bemerkte. Er entschuldigte sich bei den Winkworths und kam zu ihnen herüber. Eliza kam er noch größer und breitschultriger und gut aussehender vor als gestern, während die Sonne durch die hohen Fenster strömte und ihn in goldenes Licht tauchte.

»Guten Tag, Mylady, Miss Balfour«, sagte er. Sein Blick streifte kurz und – vielleicht? – anerkennend Elizas Kleid. »Ihr seht gut aus.«

»Danke«, erwiderte sie. Das Seidenkleid war die richtige Wahl gewesen. »Wie ich sehe, habt Ihr die Winkworths kennengelernt.«

»Eure Nachbarn, wie ich gehört habe«, sagte er nickend. »Laut Mrs Winkworth habe ich sie anscheinend schon einmal getroffen, in der Oper, allerdings habe ich keinerlei Erinnerungen an diese Begegnung – und da Miss Winkworth damals nicht älter als acht gewesen sein kann, muss ich den Wahrheitsgehalt dieser Aussage doch hinterfragen.«

Margaret schnaubte.

»Ich hoffe, sie waren nicht zu aufdringlich«, sagte Eliza.

»Sie waren bezaubernd«, sagte Somerset. »Auch wenn Mrs Winkworth recht ausgiebig die Haltung ihrer Tochter kritisiert hat.« Er hielt inne, dann fuhr er behutsam fort: »Wisst Ihr, ich werde das seltsame Gefühl nicht los, dass Mrs Winkworth mich an jemanden erinnert …«

Eliza sah das neckende Lächeln, das um Somersets Mundwinkel zuckte, und bemerkte, dass sich auch ihre Lippen wie von selbst zu einem Lächeln verzogen.

»Ich hatte dasselbe Gefühl, als ich sie kennenlernte«, sagte Eliza und versuchte, ihrer Stimme einen neutralen Klang zu verleihen.

»Das dachte ich mir.«

Eliza freute sich sehr darüber, dass Somersets Reserviertheit seit ihrem letzten Treffen wieder ein Stück nachgelassen hatte, und ihr Lächeln wurde noch strahlender. Vierzehn Tage lagen vor ihr, und sie stellte sich einhundert ähnliche Treffen vor, bei denen Somerset in ihrer Anwesenheit immer mehr auftaute.

»Habt Ihr Euch heute mit Mr Walcot getroffen?«, fragte sie.

»Das habe ich, ja, sosehr er mich auch wieder nach Übersee wünscht«, sagte Somerset. »Als Landeigentümer gibt es viel zu lernen, wenn ich meine Pflichten gut erfüllen möchte.«

Es gab viele Gentlemen, die ihren Grundbesitz allein aufgrund des Wohlstands und der Privilegien schätzten, die er ihnen einbrachte, aber weit weniger, die ihre Pflichten dem Land und seinen Bewohnern gegenüber als wichtiger betrachteten. Es überraschte Eliza nicht, dass Somerset zur zweiten Gruppe gehörte.

»Ich habe Glück, dass Mr Walcot die Geduld eines Philosophen hat«, fügte er mit einer selbstironischen Grimasse hinzu.

Eliza hob die Augenbrauen. Das entsprach nicht gerade ihrer Erfahrung.

»Ich habe keine Zweifel, dass ich die langsamere Schülerin bin«, versicherte sie Somerset trocken. Bei ihrem zweiten Treffen mit Mr Walcot hatte dieser ihr das unmissverständlich klargemacht.

»Kümmert sich Euer Vater nicht mehr um Eure Geschäfte?«, fragte Somerset.

»Nein, aber ich werde mich nächste Woche mit einem Landverwalter treffen«, sagte Eliza. »Ich habe jede Menge Fragen. Wahrscheinlich hält er mich für außergewöhnlich dumm.«

Als sie sich pflichtbewusst in die trockenen Texte aus der Bücherei vertieft hatte, war ihr deutlich vor Augen geführt worden, wie viel es tatsächlich zu lernen gab.

»Sei nicht albern, Eliza«, sagte Margaret. »Du bist weitaus schlauer als die Hälfte der Lords, die *ich* kenne.«

»Anwesende ausgenommen natürlich«, fügte Eliza mit einem bedeutungsvollen Nicken in Richtung Somerset hinzu. Margaret drehte den Kopf und musterte ihn, als wollte sie den Grad seiner Intelligenz gleich hier und jetzt bestimmen.

»Ich bitte Euch, sagt mir nicht, zu welchem Urteil Ihr kommt, Miss Margaret, ich habe das untrügliche Gefühl, es wird mir nicht schmeicheln«, sagte Somerset mit ernster Stimme, aber einem Lächeln in den Augen. Er wandte sich an Eliza. »Ich stimme zu, dass Lady Somerset mit einem wachen Geist und einem gerüttelt Maß an gesundem Menschenverstand ausgestattet ist, aber wenn ich irgendwie behilflich sein kann …«

Eliza zögerte. Sie hatte auch den erneuten Vorstoß Mr Walcots abgelehnt, ihr Vater – oder irgendein anderer Mann – sei möglicherweise besser dazu geeignet, ihre Ländereien zu verwalten, und sorgte sich nun, dass es einer Kapitulation gleichkäme, jetzt seine Hilfe anzunehmen. Andererseits hätte eine Besprechung mit Somerset – die Köpfe dicht nebeneinander über die Bücher gebeugt – ihren ganz eigenen Reiz …

»Das ist sehr freundlich von Euch«, sagte sie. »Vor allem die Ländereien in Chepstow sind ein wenig verwirrend.«

Somerset runzelte nachdenklich die Stirn.

»Vielleicht solltet Ihr gerade dazu besser meinen Schwager befragen«, sagte er dann, »Chepstow grenzt an dessen eigenes Land.«

Da Eliza Selwyn aus ganzem Herzen verabscheute, und Selwyn eine solche Befragung nach der unerfreulichen Überraschung der Testamentseröffnung ganz sicher nicht gefallen würde, kam ihr dieser Vorschlag nicht gerade gelegen.

»Welch wunderbarer Gedanke«, log sie. »Das werde ich sicherlich tun, wenn wir uns das nächste Mal begegnen.«

»Ihr könnt es gleich heute tun«, sagte Somerset, »er begleitet meine Schwester auf ihrem Besuch in Bath – ach, da sind sie ja!«

Eliza drehte sich um und erkannte mit wachsendem Entsetzen, dass tatsächlich gerade Lord und Lady Selwyn auf sie zukamen.

»Lady Somerset!«, dröhnte Selwyn. »Wie wunderbar, Euch zu sehen!«

Sie verbeugten sich und knicksten, und Lady Selwyn unterzog Eliza einer augenscheinlichen Musterung.

»Wir haben uns solche Sorgen um Eure Gesundheit gemacht, Mylady«, sagte sie mit offensichtlicher Unehrlichkeit. »Aber jetzt sehe ich, das hätten wir gar nicht tun müssen. Ihr seht so gesund aus wie ein Fisch im Wasser!«

So wie sie es sagte, klang es nach einer Beleidigung, und Eliza wurde rot. Das Seidenkleid war doch ein Fehler gewesen.

»Mir war nicht bewusst, dass Ihr in Bath weilt«, sagte Eliza.

»Ach, nur diesen einen Tag«, sagte Lady Selwyn mit einem scharfen Lächeln. »Sobald ich gehört hatte, dass mein Bruder vorhat, zwei Wochen in einem Gasthaus zu logieren, wusste ich, es ist meine schwesterliche Pflicht, herzukommen und ihn zu mir zu holen!«

»Meine Schwester hält den *Pelican* für eine Art Vorhölle«, erklärte Somerset Eliza. »Aber ich bin recht zufrieden dort. Es ist nah an meinem Anwalt, meinem Verwalter und meinen Ländereien.«

»Genauso wie Sancroft!«, beharrte Lady Selwyn. »Und dort hast du deine Familie als Gesellschaft. Hier kennst du niemanden außer Lady Somerset.«

»Du vergisst Miss Balfour«, sagte Somerset.

»Wie nachlässig von mir!«, sagte Lady Selwyn und bedachte Margaret mit einem kühlen Blick, bevor sie deren Existenz ganz offenbar wieder vollkommen verdrängte. »Du solltest wenigstens für einen kurzen Besuch mit uns zurückkehren – die Mädchen wären begeistert, dich wiederzusehen.«

Bei der Erwähnung seiner Nichten wurde Somersets Miene sichtbar weicher.

»Und ich habe gehört …«, sagte Selwyn und beugte sich vor, als wollte er ein großes Geheimnis offenbaren, »dass es heute Abend Kalbsbraten gibt.«

Er nickte bedeutungsvoll. Somerset lachte.

»Kalb esse ich tatsächlich gern«, sagte er.

Eliza verharrte wie eingefroren. Die Selwyns würden ihn ihr wegnehmen! Er war gerade erst angekommen, hatte gerade erst begonnen, sich in Elizas Anwesenheit wieder normal zu benehmen, und jetzt, nach nur einem Tag der versprochenen vierzehn, wollten die Selwyns ihn ihr wegnehmen. Vielleicht zuerst nur für einen Besuch, aber Lady Selwyns selbstzufriedene Miene verriet ihr, dass Somerset nicht mehr zurückkehren würde, wenn er das Haus seiner Schwester einmal betreten hätte.

»Kommt schon, Lady Somerset, Ihr müsst uns helfen«, sagte Lady Selwyn. »Sicher stimmt Ihr mir doch zu, dass Somerset nicht allein an einem solchen Ort speisen sollte? Es wäre allzu tragisch.«

Eliza konnte es nicht zulassen. Die alte Eliza hätte es vielleicht getan, hätte die Tatsache widerspruchslos akzeptiert, ganz gleich, wie unglücklich es sie machte. Aber die neue Eliza würde das nicht.

»Um die Wahrheit zu sagen«, begann Eliza, ohne nachzudenken, »hatte ich vor, Somerset zum Dinner am Camden Place einzuladen, um ihn ein wenig in die hiesige Gesellschaft einzuführen. Heute Abend.«

So eine Gegeneinladung auszusprechen, entsprach nicht den Regeln der Höflichkeit, und Somersets Brauen zogen sich ruckartig zusammen, während Lady Selwyns Blick augenfällig über Elizas schwarzes Kleid glitt, aber Eliza machte einfach weiter.

»Nun, da bereits *zehn* Monate meiner Trauerzeit vergangen sind, hat meine Mutter empfohlen, ich solle anfangen, langsam wieder einige Einladungen zum Dinner auszusprechen – nur fünf oder sechs enge Freunde, natürlich nichts Formelles.«

Ihre Mutter hatte nichts dergleichen vorgeschlagen, aber wenn Mrs Balfour, die pedantischste Regelverfechterin, die man sich vorstellen konnte, es für akzeptabel hielt, dann konnte Somerset doch sicherlich nichts dagegen einzuwenden haben.

»Selbstverständlich möchte ich Euch nicht der Reise nach Sancroft berauben«, fügte Eliza hinzu, »aber wenn es das einsame Abendessen ist, das Lady Selwyn vermeiden möchte …«

Somersets Augenbrauen entspannten sich wieder.

»Welch glücklicher Zufall«, sagte Lady Selwyn sanft. »Darf ich fragen, wer noch dabei sein wird?«

Entsetzt starrte Eliza sie an.

»Ja, aber natürlich, unsere teuren Freunde …«, begann sie und ging im Geiste alle Leute durch, auf die man sich verlassen konnte, so spontan zu einem Dinner zu erscheinen, und landete unglücklicherweise bei den … »Die Winkworths! Unsere Nachbarn. Und dann natürlich noch, die äh …«

»Melvilles«, sagte Margaret, ohne mit der Wimper zu zucken.

»Der Earl?«, fragte Lady Selwyn.

»In Bath?« Selwyn klang wie vom Donner gerührt.

»Ja – sie sind kürzlich angereist«, bestätigte Eliza und versuchte, nicht selbst beunruhigt zu klingen. Somersets Brauen hatten sich wieder gewölbt. *Verdammt.* Musste Margaret denn ausgerechnet die Familie nennen, die Somerset offenbar bereits jetzt schon nicht leiden konnte? Die einzigen Leute in ihrer Bekanntschaft, mit denen Somerset ganz sicher *nicht* speisen wollte!

»Und Kalb gibt es bei uns auch«, fügte sie verzweifelt hinzu.

»Es wäre mir eine Freude, mich Euch anzuschließen«, sagte Somerset. »Und meine Schwester kann beruhigt sein, dass ich nicht an einem der Tische im *Pelican* vereinsame.«

Eliza lächelte erleichtert. Eine Gesprächspause trat ein, während derer die Selwyns und Somerset sie erwartungsvoll ansahen. Oh.

»Selbstverständlich hätten wir Euch ebenfalls eingeladen, hätten wir von Eurem Besuch gewusst«, sagte Eliza widerstrebend. »Wie schade, dass Ihr heute Abend nach Sancroft zurückkehrt.«

Wie überhaupt nicht schade.

»Ach, das lässt sich leicht ändern!«, sagte Lady Selwyn. »Wir verschieben unsere Rückreise einfach bis morgen früh – im *Pelican* ist ganz sicher auch noch Platz für uns.«

»Ein wunderbarer Vorschlag, meine Liebe«, sagte Selwyn und stahl Eliza das Lächeln aus dem Gesicht. »Um wie viel Uhr sollen wir bei Euch sein?«

»In Bath beginnt der Tag ja immer so früh, da wollt Ihr uns sicher nicht später empfangen als sechs Uhr«, warf Lady Selwyn ein.

Eliza sah keinen Ausweg. Ihr sonst so schneller Verstand ließ sie im Stich.

»Halb – halb sieben«, sagte sie schwach. »Wie wunderbar, dass Ihr Euch uns anschließen könnt.« Und nach einem tiefen Knicks verabschiedeten sie und Margaret sich.

»Bitte halte mich jetzt nicht für rüpelhaft pragmatisch«, sagte Margaret, während sie sich entfernten. »Aber darf ich fragen, warum du die Selwyns gerade zu einer, wie mir scheint, doch größtenteils fiktiven Soiree eingeladen hast?«

»Du warst doch dabei!«, zischte Eliza. »Die Selwyns wollten ihn mit ihrem Kalbsbraten von mir weglocken, und ich bin in Panik verfallen, Margaret, ich habe einfach *drauflosgeredet* –«

Langsam begann ihr das gesamte Ausmaß der Konsequenzen ihres vorschnellen Handelns bewusst zu werden.

»Was habe ich getan?«, sagte sie und blieb auf der obersten Treppenstufe stehen. »Eine Dinnerparty, während der Trauerzeit! Meine Mutter wird mich köpfen. Wir müssen absagen, sofort. Ach, aber dann wird Somerset nach Sancroft fahren, und die Selwyns haben gewonnen … aber wie um alles in der Welt können wir nicht absagen?«

»Das wird schon«, sagte Margaret beruhigend und zog Eliza am Arm. Als Eliza nicht reagierte, schnalzte Margaret mit der Zunge, als führe sie ein unwilliges Pferd, und zog noch fester. Eliza setzte sich in Bewegung. »Schließlich ist es ein Dinner bei uns zu Hause, und die Hälfte der Teilnehmer gehört quasi zur Familie!«

Das war eine ziemlich großzügige Betrachtung, aber Eliza ließ den Punkt gelten. Allerdings …

»Wir *haben* aber gar keine anderen Gäste«, stöhnte sie.

»Du gehst jetzt gleich zu den Winkworths und dann zu den Melvilles«, beschloss Margaret. »Ich rede mit Perkins, und schon bald ist das Ganze nicht mehr im Geringsten fiktiv.« Margaret versetzte ihr einen Stoß. »Ja?«

»Ja«, erwiderte Eliza dankbar. »Ja! Habe ich – habe ich tatsächlich behauptet, es gäbe Kalb?«

»Das hast du«, sagte Margaret und presste die Lippen zusammen, als müsse sie sich bemühen, nicht zu lachen. »*Das* fand sogar ich mutig.«

Es war beinahe elf Uhr vormittags an einem Samstag. Es grenzte an Unmöglichkeit, dass ihre Köchin jetzt noch irgendwo ein Stück Kalbsfleisch bekam, und Eliza stieß erneut ein verzweifeltes Stöhnen aus.

Am Camden Place gingen Margaret und sie getrennte Wege. Eliza – in Begleitung der überraschten Pardle – ging zuerst zu den Winkworths hinüber, in der Hoffnung, hier ließe sich die Sache mit der Einladung schnell klären, aber es war niemand zu Hause. Eliza hinterließ eine Nachricht, in der sie um deren Anwesenheit bat und die späte Einladung entschuldigte – wenn Mrs Winkworth sie rechtzeitig erhielt, würde sie kommen, das wusste Eliza. Aber falls nicht …

Danach eilte Eliza zum Laura Place, wo ihr auffiel, dass sie sich tatsächlich nicht erinnern konnte, zu welcher Seite Lady Hurleys die Melvilles wohnten. War es Haus Nummer vier oder acht? Sie blieb stehen und dachte schon darüber nach, Pardle aufzufordern, wild an irgendwelche Türen zu klopfen, als das Geräusch einer sich öffnenden Tür sie dazu brachte, den Kopf zu drehen. Sie erblickte Melville, der aus dem Haus Nummer vier auf den Gehweg trat und ganz offensichtlich über die Schulter mit jemandem sprach.

»Melville!«, rief Eliza erleichtert.

Melville zuckte zusammen.

»Grundgütiger«, sagte er und griff sich ans Herz, während er sich zu Eliza umdrehte. »Wollt Ihr mich umbringen?«

»Bitte entschuldigt«, sagte Eliza.

»Welchem Umstand habe ich denn dieses – wenn auch zweifelhafte – Vergnügen zu verdanken, Mylady?«, fragte Melville und strich sich mit beiden Händen über die Vorderseite seines Mantels, als wollte er seine Überraschung abbürsten. »Ich würde Euch hereinbitten, bin aber auf dem Weg in die Stadt.«

»Darf ich Euch Geleit anbieten?«, fragte Eliza – und errötete sofort ob ihrer unangemessenen Wortwahl.

»Mir Geleit anbieten?«, wiederholte Melville amüsiert. »Wollt Ihr meine Tugend vor Banditen beschützen?«

Aber er bot ihr einen Arm an, und Eliza ergriff ihn, ohne zu antworten. Sie gingen nebeneinanderher, und Eliza überlegte, wie sie ihre Einladung am besten vorbringen konnte, sodass sie idealerweise eher nach charmanter Spontanität statt nach unglücklichem Versäumnis klang.

»Ich hatte gehofft, Euch heute Nachmittag nochmals einen Besuch abstatten zu dürfen«, sagte er. »Vielleicht einen, der etwas länger dauert als der erste.«

In der Aufregung des Tages hatte Eliza das vorschnelle Ende ihres letzten Treffens vollkommen vergessen, und wieder färbten sich ihre Wangen vor Peinlichkeit feuerrot.

»Ich bitte Euch aufrichtig um Entschuldigung«, sagte Eliza. »Es war nicht meine Absicht, Euch das Gefühl zu geben, Ihr müsstet Euren Besuch vorzeitig abbrechen.«

»Keine Sorge«, erwiderte Melville. »Caroline hat mir erklärt, dass Ihr in Somerset verliebt seid … allerdings bin ich neugierig; würdet Ihr ihn Euren Neffen nennen?«

Eliza erstickte beinahe beim Luftholen.

»I-I-Ich«, stammelte sie. »W-Wie könnt Ihr es wagen! Er ist ganz sicher *nicht* mein Neffe! Und ich bin nicht in ihn verliebt!«

»Ich werde es niemandem erzählen, wenn es das ist, was Euch Sorgen bereitet«, sagte Melville.

»Wenn es das ist, was mir Sorgen bereitet?«, wiederholte Eliza. »Mylord, Ihr scheint Euch die größte Mühe zu geben, mir die aufdringlichsten, taktlosesten Fragen zu stellen, die … die meisten Menschen würden Eure Äußerung für eine unfassbare Unverschämtheit halten!«

»Ich hoffe, Ihr gehört nicht dazu«, sagte er. »Diese Menschen klingen furchtbar langweilig.«

»Vielleicht sollten wir uns lieber über etwas traditionellere Themen unterhalten«, sagte Eliza in dem verzweifelten Versuch, nicht die Kontrolle über das Gespräch zu verlieren. »Zum Beispiel über das wunderbare Wetter, das wir derzeit genießen?«

»Und wie lange müssen wir über das Wetter sprechen?«, fragte Melville mit einem zweifelnden Blick zum Himmel. »Bevor wir uns wieder interessanteren Themen zuwenden können? Was hat Euch dazu bewegt, stattdessen seinen Onkel zu heiraten? Der Titel?«

Das war's. Diesen Mann konnte Eliza ganz eindeutig nicht guten Gewissens zu einem Dinner einladen. Sie würde das ganze Unterfangen absagen müssen. Vielleicht könnte sie Somerset vormachen, alle ihre Gäste hätten aus gesundheitlichen Gründen abgesagt … Aber diese Lüge könnte man so schnell entlarven. Sie könnte stattdessen so tun, als sei *sie* krank – das glaubte Somerset schließlich ohnehin schon –, aber selbst dann könnte sie wohl nicht darauf vertrauen, dass die Winkworths die erst so spät eingetroffene und dann wieder zurückgenommene Einladung für sich behalten würden. Egal, wie Eliza sich entschied, es wäre auf jeden Fall äußerst demütigend. Sie stellte sich die Selbstzufriedenheit in Lady Selwyns Gesicht vor, wenn sie hörte, dass das Dinner in letzter Minute abgesagt worden war, die steile Falte auf Somersets Stirn, die sich ob einer solchen Unhöflichkeit bilden würde.

Sie schüttelte den Kopf. Es ging nicht. Sie würde einfach das Beste daraus machen müssen.

»Der Grund meines heutigen Besuches«, sagte Eliza tapfer, »liegt darin, dass ich Euch und Lady Caroline gern zu einer kleinen Soiree einladen würde, die ich veranstalte.«

»Wird getanzt werden?«, fragte Melville.

»Ganz sicher nicht!«, rief Eliza. Solange man Schwarz trug, konnte man unmöglich tanzen.

»Wie schade«, sagte er. »Wann soll das wunderbare Ereignis denn stattfinden?«

»Nun – heute Abend, tatsächlich«, gestand sie. »Es war eine spontane Entscheidung – ich hoffe, Ihr werdet mir die Kurzfristigkeit verzeihen.«

Er sah sie von der Seite an, als vermute er, dass mehr hinter der Geschichte steckte.

»Kommt sonst noch jemand?«, fragte er misstrauisch.

»Somerset«, antwortete sie. »Und die Selwyns. Und, wie ich hoffe, die Winkworths.«

»Aha«, sagte er. »Nun, nach reiflicher Überlegung – und unter angemessener Berücksichtigung all meiner bestehenden Verpflichtungen – befürchte ich, dass ich nicht teilnehmen kann.«

»Welche bestehenden Verpflichtungen?«, wollte Eliza wissen.

»Ich habe mich selbst dazu verpflichtet, so wenig Zeit wie möglich mit den Winkworths zu verbringen«, erwiderte Melville. »Ich musste feststellen, dass ich sie alle furchtbar finde – bis auf Miss Winkworth, die ich lediglich für langweilig halte.«

»Ihr habt sie doch nur ein einziges Mal getroffen!«

»Und das reicht mir auch.«

»Das ist kein anständiger Grund«, protestierte Eliza.

»Warum sollte ich einen Grund brauchen?«, fragte Melville. »Die simple Tatsache ist, dass es mitnichten wie etwas klingt, das mir gefallen könnte. Warum sollten wir also kommen?«

Eliza blieb mitten auf der Straße stehen und stellte sich Melville gegenüber. Sie war so frustriert von allem, dass sie hätte in Tränen ausbrechen können.

»Ich hatte gedacht, Ihr wünschtet meine Freundschaft, Mylord«, sagte sie verzweifelt. »Und was bedeutet Freundschaft, wenn nicht einen Gefallen wie diesen?«

Er betrachtete sie einen langen Moment.

»Vielleicht könnten wir einen Handel abschließen«, schlug er vor.

Eliza hob die Augen in Richtung Himmel und bat stumm um Geduld.

»Was für eine Art Handel?«, fragte sie schließlich, den Blick noch immer gen Himmel gerichtet.

»Wenn wir kommen …«, sagte Melville langsam, als überlege er noch, was er wollte, »müsst Ihr mir Eure Bilder zeigen.«

Eliza sah ihn überrascht an.

»Aber ja, das lässt sich problemlos bewerkstelligen«, sagte sie. Sie hatte etwas weitaus Unverschämteres erwartet.

»Das«, sagte Melville, »habe ich doch schon die ganze Zeit gesagt.«

»Dann nehme ich an«, sagte Eliza und ignorierte seine Bemerkung. »Bitte erscheint um achtzehn Uhr dreißig.«

Sie eilte davon.

»Welche Soiree beginnt denn schon um achtzehn Uhr dreißig?«, rief Melville ihr mit hörbarem Entsetzen hinterher.

Eliza drehte sich nicht um, um zu antworten.

10

Der Abend war keine unmittelbare Katastrophe. Bevor die Gäste eintrafen, lief es tatsächlich ganz hervorragend: Als sie nach Hause kam, fand Eliza eine Nachricht von Mrs Winkworth vor, in der stand, dass sie die Einladung gern annähmen, das Esszimmer war wunderschön mit frischen Blumen dekoriert, und Perkins und die Köchin hatten es geschafft, ein köstliches Menü zusammenzustellen, das auf wundersame Weise sogar Kalbfleisch enthielt. Und als Eliza und Margaret sich zum Dinner umgezogen hatten – Eliza in einem Kleid aus schwarzer italienischer Gaze, die vorne von einer Gagat-Brosche zusammengehalten wurde, und Margaret in einem Traum aus Berliner Seide im Farbton ihrer Augen –, waren sie so zufrieden mit ihrem Anblick, dass Eliza hoffte, der Abend würde trotz der Unbesonnenheit ihres Plans und trotz der Tatsache, dass man in ganz England keine Gruppe Menschen fand, die weniger zueinanderpassten, vielleicht doch halbwegs gut verlaufen.

Diese Hoffnung dauerte an, bis die Winkworths eintrafen, zehn Minuten zu früh. Denn als sie hörten, dass die Melvilles ebenfalls zu Gast sein würden, nahm ihre Begeisterung über die Einladung zum Dinner mit so vielen Mitgliedern der Adelsriege beträchtlich ab.

»Wusstest du davon?«, fragte Admiral Winkworth seine Frau anklagend.

»Lady Somerset hat es in ihrer Nachricht nicht erwähnt«, antwortete Mrs Winkworth.

»Gibt es ein Problem?«, fragte Eliza. Sie hatte gewusst, dass die Winkworths die Melvilles nicht mochten, aber sie hatte gehofft, ihre sozialen Ambitionen wären ausreichend Motivation, um ihre Abneigung zu überwinden.

Admiral Winkworth schüttelte seinen Schnurrbart mit so viel Nachdruck, als wollte er den Boden damit wischen.

»Als ich in Kalkutta stationiert war, Mylady«, sagte er, »war es zwar verbreitet, dass die Soldaten mit den dortigen Frauen verkehrten, aber dass eines der Mitglieder unseres Adels eine von ihnen *heiratet,* sein britisches Blut mit dem der –«

»Lord Melville und Lady Caroline sind meine *Gäste!*«, unterbrach Eliza ihn eilig. »Ich muss Euch bitten, ihnen mit Anstand zu begegnen.«

»Wenn ich offen sprechen darf –«, setzte Admiral Winkworth an.

»Nein!«, platzte es aus Eliza heraus. »Nein – es tut mir leid, aber ich zöge es vor, Ihr tätet es nicht, Sir.«

Elizas Herz schlug so heftig, dass ihr schlecht wurde. Sie wechselte einen schnellen, angsterfüllten Blick mit Margaret.

»Wenn Ihr Euch in ihrer Anwesenheit nicht wohlfühlt, dann …« Eliza brach ab. Sie konnte die Winkworths schlecht bitten, wieder zu gehen – oder? Nein. Gerade schlug es halb sieben, und sie hörte, wie sich unten erneut die Haustür öffnete – es war zu spät.

»Natürlich fühlen wir uns wohl!«, griff Mrs Winkworth ein und warf ihrem Mann einen warnenden Blick zu. »Nicht wahr?«

»Der Right Honorable Earl of Melville und Lady Caroline Melville«, verkündete Perkins.

»Guten Abend«, hauchte Eliza.

Die Melvilles sahen wie gewohnt umwerfend aus: Lady Caroline in einem hauchzarten taubengrauen Satinkleid mit Streifen aus weißer Spitze am Rock, das Haar mit Perlen aufgesteckt, und Melville in perfekt sitzendem schwarzem Jackett, einer reinweißen Weste und Pantalons. Seine leicht feuchten Locken zeugten vom Regen, der draußen zu fallen begonnen hatte.

»Seht an!«, sagte er mit einer schwungvollen Verbeugung vor Eliza. »Wir sind pünktlich.«

»Und Ihr scheint sehr stolz auf Euch zu sein«, merkte Margaret ruhiger an, als Eliza jemals dazu in der Lage gewesen wäre.

»Oh, es ist ein absolutes Bravourstück«, versicherte ihr Lady Caroline. »Wir waren seit Jahren nicht mehr so pünktlich.«

»In der Marine wurden Zuspätkommer ausgepeitscht«, sagte Admiral Winkworth.

Einen Herzschlag lang war es still.

»Das erklärt, warum alle Militärs so freudlos sind«, bemerkte Lady Caroline.

Margaret lachte, Admiral Winkworth grunzte, Mrs Winkworth wirkte äußerst angespannt, und ihre Tochter stand stumm da und zitterte vor Unbehagen – als also kurz darauf Somerset angekündigt wurde, hätte Eliza vor Erleichterung in Ohnmacht fallen können. Sie freute sich sogar, die Selwyns zu sehen.

»Somerset, Lord Melville und Lady Carolines Bekanntschaft habt Ihr ja bereits gemacht«, sagte Eliza. »Aber ich glaube, Lord und Lady Selwyn kennt Ihr noch nicht –«

»Nein, wir hatten noch nicht die Ehre, was ich für ein untragbares Versäumnis halte!«, erklärte Lady Selwyn, das Gesicht ein einziges Lächeln. »Wo wir doch so viele gemeinsame Bekannte haben, die uns einander schon vor Jahren hätten vorstellen sollen.«

Lady Selwyn konnte durchaus charmant sein, wenn sie wollte, und Melville, der ihren Knicks mit einer Verbeugung und ihr Lächeln mit einem breiten Grinsen beantwortete, gefiel das offensichtlich.

»Um welche Freunde handelt es sich dabei?«, fragte er mit gespielter Entrüstung. »Für dieses Versagen müssen wir sie schmählichst schimpfen.«

»Da wäre zum Beispiel Southey«, sagte Selwyn, der die Frage wörtlich genommen hatte. »Scott. Sheridan.«

»Sheridan, du meine Güte«, murmelte Mrs Winkworth äußerst beeindruckt.

»Mittlerweile natürlich tot«, teilte Selwyn ihr mit.

»Und ich glaube, Mrs und Miss Winkworth habt Ihr auch bereits kennengelernt, Somerset«, sagte Eliza. »Aber den Admiral vielleicht noch nicht …«

»Ach, tatsächlich haben wir *alle* bereits einmal die Bekanntschaft Seiner Lordschaft gemacht, nicht wahr?«, fragte Mrs Winkworth und trat einen Schritt vor.

»Ich glaube, es war beim Pferderennen«, bestätigte Admiral Winkworth.

»In der Oper, so wurde mir gesagt«, berichtigte Somerset ihn nachsichtig und fing dabei Elizas Blick auf. Sie musste den Kopf senken, um ihr Lächeln zu verbergen.

Würde sie jemals aufhören, sich zu fühlen, als hätte sie der Schlag getroffen, wenn sie ihn nur ansah? Noch vor einer Minute war sie ein nervöses Häuflein Elend gewesen, und jetzt, nach nur einem kurzen Blick, fühlte sie sich plötzlich wie mit siebzehn, erfüllt von derselben bebenden Aufregung, als würden sie gleich zum ersten Mal miteinander tanzen. Einen Augenblick später erschien Perkins, um zu verkünden, das Essen sei bereit, und Eliza führte ihre Gäste nach unten, jetzt ein wenig ruhiger. Die Selwyns, die noch am Morgen ihre Erzfeinde gewesen waren, erwiesen sich jetzt als ihre Rettung – und solange Somerset sie weiter anlächelte, war sie ohnehin glücklich.

Die Sitzordnung orientierte sich an Rang und Geschlecht: Eliza am Kopf des Tisches mit Melville und Somerset zu je einer Seite, neben ihnen Lady Selwyn und Lady Caroline, dann Admiral Winkworth und Selwyn, Margaret und Mrs Winkworth, und schließlich Miss Winkworth. Das Fußende des Tisches blieb natürlich leer, und als sie sich setzten, warf Lady Selwyn einen betrübten Blick auf den leeren Platz.

»Eine wehmutsvolle Erinnerung daran«, sagte sie in den Raum hinein, »dass mein lieber, teurer Onkel heute Abend rechtmäßig bei uns sein sollte.«

Da Lady Selwyn beim Dinner nach der Beerdigung keinerlei Probleme gehabt hatte, gelang es Eliza nur schwerlich, ihre Trauer für echt zu halten, aber die Bemerkung überschattete sofort den ganzen Tisch.

»Ich habe gehört, er war ein großartiger Mann«, grunzte Admiral Winkworth.

»Der beste«, sagte Selwyn kriecherisch.

Eliza suchte hektisch nach einem Themenwechsel.

»Aber tatsächlich bin nicht ich es, die Eures Trostes bedarf, sondern Lady Somerset«, sagte Lady Selwyn, bevor Eliza etwas einfiel. »Denn selten habe ich ein Paar gesehen, das sich mehr liebte als Ihr und mein Onkel.«

Die Lüge war so dreist, dass es Eliza die Sprache verschlug. Neben Eliza rutschte Somerset auf seinem Stuhl hin und her, als sei dieser plötzlich unbequem geworden, und als Eliza kurz sorgenvoll zu ihm hinübersah, mied er ihren Blick. Lady Selwyn nutzte ihren Vorteil und streckte eine Hand in Elizas Richtung aus.

»Ich bewundere Eure Stärke, Mylady«, sagte sie, ihre Stimme troff vor affektiertem Mitleid. »Allein *seinen* Stuhl anzusehen, lässt mir die Tränen in die Augen steigen – ich frage mich, wie Ihr das aushalten könnt.«

Bei dieser Bemerkung fand Eliza ihre Stimme wieder.

»Eure Bewunderung ist erfreulich, Mylady, aber unnötig«, sagte sie. »Da der letzte Gentleman, der diesen Stuhl sein Eigen nannte – ein Mr Martin, glaube ich –, sich bester Gesundheit erfreut, setzt mir der Stuhl nicht im Geringsten zu.«

»Tatsächlich besteht kein Grund, Tränen über *irgendeines* unserer Möbelstücke zu vergießen«, stimmte Margaret ihr zu. »Es sei denn, es ist die Eiche selbst, die Euch so nahegeht, Lady Selwyn?«

Die Erwiderung ließ die Selbstzufriedenheit in Lady Selwyns Blick verblassen, und Lady Caroline stieß ein amüsiertes Schnauben aus – Mrs Winkworths Augen allerdings schossen um den Tisch, und Eliza konnte fast schon spüren, wie sie die Gerüchte zusammenbraute, die sie am nächsten Tag verbreiten würde.

»Ich glaube, der Regen wird noch anhalten«, sagte Eliza mit gezwungener Heiterkeit. Die Gentlemen begannen, den ersten Gang zu verteilen: eine helle Suppe, Kabeljaukopf und die versprochene Kalbslende zu gespicktem Kalbsbries, einer gefüllten Pastete sowie verschiedenem Gemüse in zerlassener Butter.

Draußen erklang ein dröhnender Donnerschlag.

»Ich glaube, da habt Ihr recht«, erwiderte Lady Caroline trocken.

»Nur in England könnte man Regen für ein angemessenes Gesprächsthema halten«, sagte Selwyn salbungsvoll. »In Paris setzt man höhere Standards, nicht wahr, Lady Caroline?«

»Habt Ihr viel Zeit in Paris verbracht, Lady Caroline?«, fragte Margaret, ohne auf Selwyn einzugehen.

»Ja, es ist wohl die Stadt Europas, die mir am besten gefällt«, antwortete Lady Caroline. »Ich war sehr dafür, dieses Frühjahr dort zu verbringen, aber Melville hielt es für zu teuer, also ... sind wir jetzt in Bath.«

Der abwertende Unterton ihrer Stimme reizte sowohl Margaret als auch Mrs Winkworth, eine ansonsten eher unwahrscheinliche Allianz.

»Ich bin mir sicher, wir können uns hier alle sehr glücklich schätzen«, sagte Margaret.

»Vielleicht besteht ja die Chance, dass Ihr Eure Meinung noch ändert?«, schlug Mrs Winkworth vor.

»Oh, brava, Caroline! Du hast es geschafft, den halben Tisch auf einmal zu beleidigen«, sagte Melville. »Soll ich mich als Sekundant melden, wenn Miss Balfour dich zum Duell auffordert?«

»O nein.« Lady Caroline schüttelte den Kopf. »Du bist ein furchtbarer Schütze, Melville.«

Ein Lachen ging um den Tisch. Nun, da das Gespräch wieder seichteres Fahrwasser erreicht hatte, fragte Eliza Miss Winkworth, die mit beiden Conférenciers gut bekannt war, auf welche Konzerte man sich im nächsten Monat freuen könne. Das Thema war gut gewählt: Mrs Winkworth fühlte sich geschmeichelt, und Selwyn war gleichermaßen erfreut, zur Schau stellen zu können, wie musikalisch bewandert er war, sodass die daraus entstehende Unterhaltung sie bis zum zweiten Gang trug.

»Aber jetzt muss ich Euch fragen, Melville«, setzte Selwyn bedeutungsschwer an, während Platten voller Rebhuhn und farcierten Krebsen zu Hühnerfrikassee und Rahmspinat aufgetragen wurden, »wann können wir damit rechnen, wieder etwas von Euch zu lesen?«

»Wir erwarten Euren nächsten Band mit äußerster Ungeduld«, fügte Lady Selwyn hinzu.

»Tun das nicht alle?«, murmelte Lady Caroline in ihr Glas.

»Es schmerzt mich, eine Lady enttäuschen zu müssen«, sagte Melville, »aber ich muss: Derzeit schreibe ich nicht.«

»Aber warum denn!«, rief Selwyn aus. »Wo doch die gesamte gehobene Gesellschaft auf jedes Wort von Euch wartet?«

Melville zuckte mit den Schultern und trank einen Schluck Wein. »Man weiß nie, wann die Muse einen küsst.«

»Ihr weckt meine Eifersucht, Melville.« Zum ersten Mal seit mehreren Minuten ergriff Somerset das Wort.

Melville wandte sich zur Seite, um ihn anzusehen.

»Erzählt mir mehr«, bat er.

»Es muss angenehm sein, immer eine so praktische Erklärung für das eigene Unvermögen zur Hand zu haben – in der Armee haben solche Ausreden nicht funktioniert.«

»Ach, hattet Ihr Schwierigkeiten mit dem Abschuss, ja?«, fragte Melville.

Somerset verschluckte sich an einem Mundvoll Burgunder.

»Schreibt Ihr denn an etwas Neuem, Lady Caroline?«, fragte Eliza laut.

»Das tue ich tatsächlich«, antwortete Lady Caroline. »An einem Folgeband zu *Kensington*.«

»Wirklich?«, fragte Eliza überrascht. Drei Jahre war es her, dass Lady Carolines aufsehenerregender Roman *Kensington* erschienen war – eine Satire, welche die Lords und Ladys der politischen Kreise so zielgenau auf die Schippe genommen hatte, dass sie angeblich seitdem Hausverbot in den Almack's Assembly Rooms hatte. Eliza hätte gedacht, diese harte Strafe sei Grund genug, um Lady Caroline davon abzuhalten, eine Fortsetzung zu schreiben.

»Es gibt noch so viele Exemplare der gehobenen Gesellschaft, die meinem Stift entkommen sind«, sagte Lady Caroline.

»Müssen wir uns Sorgen machen, Lady Caroline?«, fragte Lady Winkworth mit einem Lachen. »Wenn Ihr einen solchen Roman in Bath schreibt, habt Ihr dann vor, uns darin auftauchen zu lassen?«

»Das kommt darauf an, Mrs Winkworth«, antwortete Lady Caroline. »Habt Ihr denn vor, irgendetwas Interessantes zu tun?«

Lady Winkworths Mund schnappte zu, und Margaret gab ein ersticktes Lachen von sich, während Lady Selwyn sich am Tisch umsah und ihr Mann missbilligend den Kopf schüttelte. Admiral Winkworth schien dankenswerterweise zu beschäftigt mit den Resten des Kabeljaukopfs, um sich an der Konversation zu beteiligen.

»Ich frage mich, Melville«, sagte Somerset, »war es nur die Sparsamkeit, die Euch Bath statt Paris hat wählen lassen?«

Eliza hatte diesen Teil der Unterhaltung für längst abgeschlossen gehalten – doch offensichtlich war sie das nicht.

»Die gute Gesellschaft hat auch dazu beigetragen«, sagte Melville. »Und die – äh – die Landschaft ebenfalls.«

»Konnte Euer eigenes Anwesen Euch keine reizvolle Landschaft bieten?«

»Ach, Alderley Park ist viel zu groß für zwei Personen. Wir haben es an Freunde vermietet, die mehr damit anfangen können.«

»Wie überaus wohltätig.« Ungewöhnlich aggressiv spießte Somerset ein Stück Brokkoli auf.

»Oh, vielen Dank, Somerset. Es ehrt mich, dass Ihr so denkt.«

»Es war nicht unbedingt als Kompliment gemeint.«

Plötzlich lag eine neue Spannung in der Luft – die Eliza nicht ganz verstand.

»Nichtsdestoweniger habe ich beschlossen, es als eines zu verstehen.«

»Dann habe ich es vielleicht falsch formuliert.«

»Nun, es kann ja nicht jeder ein Meister der Sprache sein.«

»Ich glaube, wir sind jetzt bereit für den letzten Gang, Perkins!«, sagte Eliza laut. In Windeseile hatte Perkins, Elizas einzig wahrer Verbündeter an diesem Abend, den Tisch abgeräumt und ein einfaches Dessert, bestehend aus eingelegten Früchten, einem Biscuit de Savoie und einer Platte gerösteter Kastanien, aufgetragen.

Schweigen senkte sich über den Tisch. Alle schienen von dem Machtgerangel im Gespräch etwas erschöpft, und Eliza zermarterte sich das Gehirn auf der Suche nach einem anderen seichten, neutralen Thema, über das man sich unterhalten konnte, eines, das weder entsetzlich langweilig oder verstörend feindselig war. Ihr fiel nichts ein. Sie traute sich nicht, Somerset anzusehen. Ganz sicher bereute er es, diese Einladung jemals angenommen zu haben, genauso wie sie es aus ganzem Herzen bereute, sie ausgesprochen zu haben.

Lass dir etwas einfallen, beschwor Eliza sich in Gedanken, *irgendetwas.*

Die Rettung kam letztendlich von unerwarteter Seite.

»Geht es denn Miss Selwyn gut, Mylady?«, fragte Miss Winkworth so leise, dass man sie wahrscheinlich gar nicht gehört hätte, wäre es am Tisch nicht so still gewesen.

»Durchaus«, antwortete Lady Selwyn und sah von ihrem Teller auf. »Seid Ihr miteinander bekannt?«

»Sie haben zusammen die Schule besucht«, gab Mrs Winkworth an.

»Ach, tatsächlich, Miss Winkworth?«, fragte Somerset und lächelte sie an. Unter seinem freundlichen Blick schien Miss Winkworth in der Lage, genügend Mut zu fassen, um zu sprechen, aber als sie den Mund öffnete, unterbrach ihre Mutter sie.

»Ja, so ist es. Winnie würde sie so gern einmal wiedersehen.«

»Vielleicht habt Ihr Glück«, sagte Somerset und sah Miss Winkworth direkt in die Augen, als sei sie und nicht ihre Mutter es gewesen, die gesprochen hatte. »Meine Schwester denkt darüber nach, sich dieses Frühjahr in Bath einzumieten.«

»In der Tat?«, fragte Mrs Winkworth und lehnte sich vor.

»Es ist noch nicht entschieden«, antwortete Lady Selwyn. »Aber vielleicht könnten wir Annie hier bereits etwas in die Gesellschaft einführen, bevor wir uns im April für die Ballsaison nach London begeben.«

»Eine wundervolle Idee!«, rief Mrs Winkworth. »Sie würde zweifellos von der Erfahrung profitieren.«

»Das glaube ich auch«, sagte Somerset. »Die erste Saison kann schließlich äußerst … überwältigend sein.«

Kurz fing er Elizas Blick auf. Sie fragte sich, ob auch er an dieselben Erinnerungen dachte wie sie, die gemeinsamen Tänze, die Geheimnisse, die geflüsterten Gespräche.

»Dann hat Miss Selwyn schon dieses Jahr ihr Debüt?«, fragte Eliza.

Annie war noch ein kleines Mädchen gewesen, als Eliza sie das letzte Mal gesehen hatte, mit großen Augen, wirren Locken und einem so losen Mundwerk, dass nicht einmal Lady Selwyn in der Lage gewesen war, es zu bremsen.

»Sie ist schon siebzehn«, sagte Selwyn.

»Also praktisch steinalt«, murmelte Margaret verhalten, und Eliza warf ihr einen warnenden Blick zu, auch wenn ihr Herz dasselbe Mitgefühl mit dem abwesenden Mädchen empfand.

»Wir haben Winnie ja schon vor einem Jahr in die Gesellschaft hier in Bath eingeführt«, sagte Mrs Winkworth, »wir hatten gehofft, es würde etwas gegen ihre Schüchternheit helfen, bevor sie in London ins kalte Wasser geworfen wird.«

Miss Winkworth wurde rot.

»Ach, es ist nicht schlimm, ein wenig schüchtern zu sein, wenn man es auf so bezaubernde Art ist wie Miss Winkworth«, sagte Somerset.

»Ganz genau«, pflichtete Eliza ihm bei und spürte eine Welle der Zuneigung ob seiner Freundlichkeit.

»Ein wenig ist in Ordnung«, grunzte Admiral Winkworth, »ein Übermaß verhängnisvoll.«

Miss Winkworths rosiger Teint verwandelte sich in ein tiefes Rot.

»Habt Ihr denn für Miss Selwyn bereits jemanden ins Auge gefasst?«, fragte Mrs Winkworth.

Um Annies willen hoffte Eliza, deren Mutter wäre nicht ganz so ehrgeizig, wie es ihre eigene gewesen war. Der Übergang vom Mädchen zur Frau war in keinem Fall einfach, wie Eliza sich noch gut erinnern konnte: das Gewicht der Erwartungen, das einem plötzlich auf den Schultern lastete, die ständigen Ermahnungen, die erdrückende Notwendigkeit, anmutiger, hübscher, auf jede erdenkliche Art *mehr* zu sein – und dazu das angstvolle, Übelkeit erregende Gefühl, das sich in der eigenen Seele einnistete, dass alle Anstrengung nie genug sein würde.

»Gewiss«, sagte Selwyn. »Man erlaubt seiner Tochter schließlich nicht, aufs Geratewohl zu heiraten.«

»Nein, natürlich nicht«, sagte Margaret mit so tiefer Stimme, dass alle erkennen mussten, wie sie seinen dröhnenden Tonfall imitierte. »Man kann keiner Frau gestatten, ihre eigenen Entscheidungen zu treffen.«

Eliza unterdrückte ein verzweifeltes Stöhnen. Musste sie ihn denn nachahmen?

»Das ergibt Sinn«, stimmte Lady Caroline zu. »Wohin, um alles in der Welt, würde das führen?«

Ob sich die Ladys schon zum Tee zurückziehen könnten, oder war es dafür noch zu früh?

»Natürlich würden Lord und Lady Selwyn für Miss Selwyn niemals dort nach einer Ehe trachten, wo keine Zuneigung herrscht«, sprang Somerset schnell zu ihrer Verteidigung. »Sie wollen lediglich ihre Erfahrung als Orientierungshilfe anbieten!«

Eliza sah nach unten. Hilfe war ein so sanftes Wort, aber sie wusste besser als die meisten, wie nachdrücklich sie sein konnte, wie erbarmungslos. Lord und Lady Selwyn würden Annie nicht befehlen, den Mann ihrer Wahl zu heiraten, nein. Nein, sie würden sie nur drängen und antreiben, sie ermahnen, nicht selbstsüchtig zu sein, ihr raten, an ihre Brüder zu denken, ihre Cousins und Cousinen, die *Familie.* Sie würden erklären, dass die erste Liebe vergänglich war, dass eheliche Zuneigung aus Vertrautheit erwuchs, dass sie in nur einem Jahr ein Kind auf dem Schoß halten und die Erinnerung an den Jungen, für den sie einst etwas empfunden hatte, lange vergessen wäre … Diese Art Hilfe war nicht sanft. Man konnte sich ihr nicht entziehen. Sie wurde einem aufgedrängt, wieder und wieder, bis es das Einfachste, das Leichteste – sogar eine Erleichterung war – zu kapitulieren.

»O ja, eine gewisse Unterstützung ist unerlässlich!«, sagte Mrs Winkworth. »Niemand würde wollen, dass Miss Selwyn unter ihren Möglichkeiten bleibt.«

Eliza spürte, wie ihr Mund sich zu einem bitteren Lächeln verzog. Somersets Blick zuckte kurz zu ihr herüber, dann wieder weg. Sie fragte sich, ob auch er an die Ironie dachte, dass er jetzt auf der anderen Seite der Argumentation stand, wo es doch einst er selbst gewesen war, den man – ohne Titel oder Vermögen – für die schlechtere Partie gehalten hatte.

»Und was, wenn ihre Gefühle nicht im Einklang mit Eurer Orientierungshilfe stehen?«, fragte Margaret. Lady Selwyn hob eine Augenbraue und schwieg.

»Das halte ich für unwahrscheinlich«, sagte Selwyn.

»Sollte es doch dazu kommen«, fügte Somerset hinzu, »so würde Annie sich sicherlich dazu äußern.«

»Haben denn alle den Biscuit de Savoie gekostet?«, fragte Eliza, die beschloss, dieses Gespräch nicht länger ertragen zu können. Lieber würde sie zu einem der nervenaufreibenden Themen des Abends zurückkehren, egal zu welchem, als noch einen Augenblick länger zuhören zu müssen, wie Annies Zukunft ausgehandelt wurde.

»Ja, köstlich«, sagte Melville auf Elizas flehenden Blick hin. »Wenn ich ihn vielleicht noch einmal herumreichen dürfte –«

»Und wenn es tatsächlich dazu käme«, drängte Margaret Somerset. »Würdet Ihr ihren Wünschen dann nachgeben – als Oberhaupt der Familie?«

Eliza versuchte verzweifelt, Margarets Blick aufzufangen – sie wusste nicht, was ihre Cousine erreichen wollte, aber es gefiel ihr nicht. Wenn sie absichtlich auf Elizas eigene Geschichte anspielte, so war das hier nicht der richtige Zeitpunkt. Was sollte es jetzt noch bringen?

»Gewiss«, sagte Somerset. Lady Selwyns Mund wurde schmal, aber sie blieb stumm – sie war zu gut erzogen, um ihrem Bruder vor so viel Publikum zu widersprechen.

»Und wenn sie sich in einen Mann ohne Vermögen verliebt?«, fragte Lady Caroline.

»Ich – ich… wir –« Somerset brach ab. Unter dem zweifachen wertenden Blick von Margaret und Lady Caroline begann sein Hals, sich rot zu färben.

»Das würde sie nicht«, versicherte Selwyn.

»Das steht außer Frage«, stimmte seine Ehefrau zu.

»Weil sie einen solchen Ungehorsam niemals wagen würde?«, schlug Margaret vor.

»*Weil*«, ergriff Somerset das Wort, »weil wir die Sache besprechen würden und –«

Wieder brach er ab, nicht in der Lage, eine zufriedenstellende Antwort zu geben.

»Zeit für eine Parade, Sir«, ermutigte Melville ihn.

Somerset warf ihm einen sengenden Blick zu.

»Annie ist sich ihrer Pflicht bewusst«, unterbrach Selwyn. »Sie wird sich fügen.«

Eliza schloss für einen Moment die Augen und wünschte, sie könnte mit ihren Ohren ebenso verfahren.

»Dazu würde es niemals kommen«, fuhr Somerset auf. Sein Blick glitt erneut zu Eliza hinüber, gehetzt und schuldig, dann zurück zu Margaret.

»Wenn Miss Selwyn so ist, wie ich sie in Erinnerung habe«, sagte Miss Winkworth sanft und schickte ihr Grübchen-Lächeln in Somersets Richtung, »dann hat sie Kampfgeist genug, um ihrer Meinung Gehör zu verschaffen.«

»Ja, in der Tat«, stimmte Somerset ihr sofort zu. Wieder fing er Elizas Blick auf. »Ein Mangel an Kampfgeist ist sicherlich nicht *Annies* Problem.«

Es war, als hätte ihr jemand ohne Vorwarnung einen Eimer eiskaltes Wasser über den Kopf gekippt. Sie schnappte entsetzt nach Luft, fühlte sich, als schwänden ihr die Sinne. Alle sieben Gesichter am Tisch wandten sich ihr zu, aber sie sah sie gar nicht – bis ins Mark getroffen starrte sie Somerset an.

»Mylady …«, sagte Melville mit ungewöhnlich sanfter Stimme.

Wie ferngesteuert stand Eliza auf, die Beine ihres Stuhls schabten mit einem dramatischen Geräusch über den Fußboden.

»Ich denke, es ist an der Zeit, dass sich die Ladys zum Tee zurückziehen«, sagte Eliza. Sie konnte ihre Stimme kaum hören, so laut dröhnte ihr der eigene Herzschlag in den Ohren. »Margaret, wenn du die Gesellschaft in den Salon geleiten würdest«, mit einem leisen Keuchen schnappte sie nach Luft, »ich werde mich Euch gleich anschließen.«

11

Hastig verließ Eliza das Esszimmer und rannte die Treppe hinauf. Sie wusste kaum, wohin sie wollte, nur, dass sie allein sein musste. Nur für einen Augenblick, um sich wieder zu fassen, ohne die Blicke der anderen auf sich zu spüren. Sie stieß die Tür zu ihrem Schlafzimmer auf, schloss sie wieder und lehnte sich ans Holz, während sie die Augen schloss und versuchte zu atmen. Selbst jetzt durfte sie es sich nicht erlauben, zusammenzubrechen, denn das Schluchzen, das ihr in der Kehle brannte, trug keine stillen, damenhaften Tränen, denen sie sich ein paar Minuten lang hingeben konnte, bevor sie sich die Wangen abtupfte und übergangslos wieder auf der Dinnerparty erschien. Diese Tränen waren laut und hässlich. Sie würden ihre Lider anschwellen lassen, ihre Wangen rot färben, und alle würden es sehen. Und obschon sie bereits für Aufruhr gesorgt und ihren Schmerz vor allen Anwesenden offenbart hatte, presste Eliza sich die Hand auf den Mund und zwang sich, ihr Elend hinunterzuschlucken.

Er hatte ihr nicht vergeben. Damit hatte Eliza auch nicht unbedingt gerechnet, aber einen so unwiderlegbaren Beweis präsentiert zu bekommen, der so klar wie der helle Tag aus dem Gift seiner Worte sprach, aus seinem sengenden Blick … es hatte sie einfach zu unerwartet getroffen. Er hatte ihr nicht vergeben. Er konnte es nicht, würde es nicht – wie albern die Hoffnungen, die sie sich insgeheim über ihr Wiedersehen gemacht hatte. Wie albern diese Soiree! Hatte sie wirklich gedacht, wenn sie nur genügend Gründe erfand, um Zeit mit ihm zu verbringen, geglaubt, wenn sie ihn nur hier in Bath festhalten könnte, außerhalb der Reichweite der giftigen Zungen seiner Familie – dass er sich dann vielleicht wieder in sie verlieben könnte?

Den ganzen Tag über war sie durch Bath geeilt, hatte Stunden vor dem Spiegel verbracht, jedes Haar einzeln gerichtet, und alles, um einem Mann zu gefallen, der sie derart verachtete. Einem Mann, der sie an ihrem eigenen Tisch beleidigt hatte, vor allen ihren Gästen, mit Worten, die bewusst gewählt waren, um sie zu verletzen. Eliza presste sich eine Hand auf das Brustbein, als könne sie den Schmerz dahinter mit physischem Druck lindern. Alles, was sie mit diesem Abend erreicht hatte, war, eine Wunde aufzureißen, die schon vor langer Zeit hätte verheilt sein sollen … Aber wenigstens wusste sie mittlerweile, dass sie es aushalten konnte. Sie war sehr erfahren darin, Schmerz dieser Art zu ertragen.

Eliza holte tief Luft, um sich zu beruhigen. Dann straffte sie die Schultern und schob die Erinnerungen beiseite, öffnete die Tür und ging in Richtung Treppe. Zeit, das Gefecht wieder aufzunehmen. Sosehr sie sich auch wünschte, ihre Gäste einfach fortschicken zu können, ohne sich Gedanken um die Konsequenzen zu machen, musste sie doch das Gesicht wahren: Eine weitere Stunde Teetrinken und höfliches Geplauder, dann konnte sie sich von dem ganzen beschämenden Unterfangen verabschieden. Gerade wollte sie zum Salon abbiegen, als sie auf dem Treppenabsatz ein Rascheln aus dem Wohnzimmer hörte – ihrem Atelier.

In der Sorge, sie hätte vielleicht ein Fenster offen gelassen, schob sie die Tür auf und erblickte Melville, der sich die Leinwände ansah, die am Tischbein lehnten.

»Lord Melville?«, fragte Eliza unsicher. Was war die angemessene Ansprache für jemanden, den man so offensichtlich dort entdeckt hatte, wo er nicht hingehörte?

»Bitte entschuldigt mein unerlaubtes Eindringen«, sagte er, ohne auch nur im Geringsten entschuldigend zu klingen. »Aber Ihr habt gesagt, ich könne sie mir ansehen.«

»Mir war nicht bewusst, dass Ihr den heutigen Abend meintet«, sagte Eliza mit gedämpfter Stimme. Denn dann hätte sie den Raum vorbereiten können. Ganz sicher hätte sie ihm nicht gestattet, völlig frei all ihre Leinwände durchzusehen. »Habt Ihr Admiral Winkworth, Selwyn und Somerset ganz allein dem Portwein überlassen?«

»Ich hatte keine Wahl«, sagte Melville, ohne die Stimme zu senken. Eliza brachte ihn zum Schweigen und warf einen besorgten Blick über die Schulter – es würde zu mehr als nur hochgezogenen Augenbrauen führen, wenn man sie hier fand, zu zweit, und der Salon lag nur ein paar Schritte weiter den Flur hinunter. Gehorsam dämpfte Melville die Stimme, als er fortfuhr: »Winkworth hat angefangen, von jedem Gegner zu erzählen, den er während der Belagerung von Seringapatam erschossen hat, Selwyn hat alle klassischen Erzählungen aufgelistet, die mich inspirieren könnten, und Somerset ist in depressivem Schweigen versunken. Ich brauchte eine Pause.«

Eliza verspürte einen plötzlichen Anflug von Schuld.

»Es tut mir leid«, sagte sie. »Was für ein furchtbarer Abend! Ich hätte Euch niemals dazu überreden sollen, zu kommen. Wenn ich gewusst hätte, dass Winkworth…«

Sie brach ab. Sie hatte – zumindest am Rande – von der Abneigung Mrs Winkworths gegen die Melvilles gewusst, aber in dem Moment war ihr die Soiree einfach wichtiger gewesen.

»Wir werden wohl nicht noch einmal das Brot miteinander brechen«, erwiderte Melville sanft, während seine Hände noch immer durch die Leinwände gingen, und Eliza nickte.

»Was für ein furchtbarer Abend«, sagte sie noch einmal.

»Das Frikassee habe ich genossen«, sagte Melville mit einem schiefen Lächeln.

»Ach, das schenkt mir eine ruhige Nacht«, sagte Eliza und erwiderte das Lächeln.

Melville hielt noch ein Gemälde ins Licht der Kerzen.

»Ihr habt unglaubliches Talent, wisst Ihr.«

Eliza hielt inne.

»Macht Ihr … Euch über mich lustig?«, fragte sie. Bei Melville konnte man sich nie sicher sein.

»Warum sollte ich?«, fragte er. »Ich will nicht so tun, als sei ich ein Experte, aber diese hier sind genauso gut wie jedes Gemälde, das ich in der Royal Academy gesehen habe. Wie Ihr die Emotionen darstellt!«

Als Nächstes betrachtete er das Gemälde eines entsetzlichen Sturms, der sich über Harefield Hall zusammenbraute.

»Ist das Harefield?«, fragte er.

Eliza nickte stumm, die Bewunderung in seinem Blick machte sie benommen.

»Ich wusste nicht, dass Ihr es hasst«, merkte er leise an. »So wie Ihr es malt – immer so kalt, so einsam. Habt Ihr schon einmal darüber nachgedacht, auszustellen?«

Eliza stieß ein überraschtes, schnaubendes Lachen aus und schüttelte den Kopf.

»Und doch muss Euch das hier Stunden gekostet haben«, sagte Melville. »All diese Mühe …«

»Es ist nur für mich«, sagte Eliza. »Aber das macht es nicht weniger lohnenswert.«

Melville starrte sie einen Augenblick lang an, bevor er weiter durch ihre Bilder blätterte, mit vorsichtigen Händen, Bewunderung im Blick, und ihr so ansprechende Komplimente machte, dass Eliza vergessen konnte, wie unwürdig sie ihrer war, während sie ihm zuhörte. Alle Angst, die sie bei seinem Anblick, wie er hier stand und die Bilder betrachtete, die bislang nur Margaret gesehen hatte, hätte empfinden können, verschwand – und so überwältigend war das Gefühl, gelobt zu werden, so groß der Wunsch nach mehr, dass sie vollkommen vergaß, was er in dem Stapel finden könnte.

»Bin das ich?«, fragte Melville und stockte plötzlich.

»Nicht!«, rief Eliza und trat mit ausgestreckter Hand vor.

Aber es war zu spät, er hatte es schon aus dem Stapel gezogen und ins Licht gehalten, um es besser sehen zu können: das Gemälde seiner selbst, wie er sich kokett zu Lady Hurley beugte, während Mrs Winkworth und Mr Fletcher missmutig zusahen.

»Das *bin* ich!«

»Ich – ich …«, stammelte sie. Was sollte sie nur sagen? Sie konnte es schlecht abstreiten. »Es war nur, dieser erste Abend beim Konzert, da habt Ihr – und es ist mir aufgefallen – und ich male oft derlei Situationen, die tagsüber stattgefunden haben, ich hoffe, es macht Euch nichts aus …«

»Bemerkenswert gut getroffen«, sagte er und betrachtete das Bild nachdenklich. »Auch wenn ich glaube, dass ich ein wenig größer bin als dargestellt.«

Der Fußboden, stoisch und nutzlos, weigerte sich, Eliza zu verschlucken. »Wir sollten zu den anderen zurückkehren. Man wird unsere Abwesenheit mittlerweile bemerkt haben«, sagte sie.

»Wisst Ihr, Mr Berwick versucht schon die ganze Zeit, mich dazu zu überreden, ihm für ein Porträt Modell zu sitzen«, sagte Melville gedankenverloren, ohne auf ihre Worte zu achten.

»Das habe ich bereits gehört.« Eliza legte bedeutsam eine Hand auf die Türklinke.

»Ich habe ihn abgewiesen«, sagte Melville.

Eliza wies in Richtung Flur.

»Auch wenn man mir gesagt hat, es sei möglicherweise … von Vorteil«, sagte Melville, »ein Porträt in meinen Werken abzudrucken.«

»Vielleicht sollten wir ein anderes Mal darüber sprechen …«

»Würdet Ihr es tun, wenn ich Euch bäte?«, fragte Melville, noch immer mit leiser Stimme, und sah sie plötzlich eindringlich an.

»Ich verstehe nicht …«

»Würdet Ihr mich porträtieren?«, fragte Melville.

Er schien aufrichtig – aber das konnte nicht sein.

»Ich bin mir nicht sicher, was Ihr mit diesem Scherz bezweckt«, sagte sie. »Aber ich wünschte, Ihr würdet aufhören und uns zum Rest der Abendgesellschaft zurückkehren lassen.«

»Ich scherze nicht«, sagte er. »Ihr seid sehr gut, und Ihr fangt das Aussehen einer Gestalt – meiner und das anderer – mit Charakter statt mit hohler Schmeichelei ein.«

Eliza starrte ihn an. Als Mädchen hatte sie sich eine solche Szene oft vorgestellt: ein gut aussehender junger Lord, der so begeistert von ihrer Kunst war, dass er ihr sofort einen Auftrag erteilte (und danach um ihre Hand anhielt). Aber derlei Dinge geschahen im wahren Leben nicht. Es war lächerlich. Selbst wenn sie talentiert genug wäre – was sie nicht war –, das Gerede, das so etwas hervorrufen würde, die Unschicklichkeit, sich so zu inszenieren … Eliza fuhr sich mit der Hand über die Stirn, die begonnen hatte, zu schmerzen. Das war zu viel. Nach allem, was sie an diesem Abend bereits erlebt hatte, schaffte sie das hier nicht auch noch.

»Ich hätte wirklich gern, dass Ihr es tut«, drängte Melville, als Eliza schwieg.

»Ich fühle mich geehrt, Mylord, aber Ihr solltet jemanden beauftragen, dessen Profession die Kunst ist«, sagte Eliza.

»Von dem, was ich sehen kann, trifft genau *das* auf Euch zu.«

»Habt Ihr nicht bereits zugegeben, kein Experte zu sein?«

»Ach, wisst Ihr, ich wollte mich bescheiden geben«, erklärte Melville mit einem breiten Lächeln, das Eliza nicht erwiderte.

»Ich muss ablehnen.«

»Warum?«

»Aus zu vielen Gründen«, erwiderte Eliza. »Es ist undenkbar.«

»Ist es das?«

Eliza wünschte, er würde die Angelegenheit fallen lassen: Es war schwer genug, einmal abzulehnen, was sie so gern angenommen hätte.

»Ihr seid sehr freundlich, Mylord«, sagte Eliza. »Aber tatsächlich bin ich nicht das, für was Ihr mich in Eurer Freundlichkeit haltet. Ich bin nicht ausgebildet, ungeprüft, unerprobt. Und es würde zu so viel Gerede führen.«

Melville legte den Kopf erst auf die eine, dann auf die andere Seite.

»Liegt es daran, dass Ihr nicht wollt?«, fragte er.

»Ich …«, sagte Eliza, die nicht mehr weiterwusste. Wenn die Dinge anders lägen, wenn die Welt eine andere wäre, hätte sie bereits zugestimmt. Vielleicht hätte sie Melville dann sogar zuerst darum gebeten, ebenso, wie Mr Berwick es getan hatte. Aber nur, weil sie es wollte, nur weil das hier die Art Gelegenheit war, von der sie träumte, seit sie einen Pinsel halten konnte, hieß das nicht, dass sie es einfach *tun* konnte. Es war undenkbar – oder nicht?

»Ich möchte Euch nicht drängen«, sagte Melville, als sie noch immer schwieg. »Wenn Ihr nicht wollt, dann ist das vollkommen –«

»Nein«, unterbrach ihn Eliza. »Nein, ich *will* – ich meine –«

Sie brach ab. Melville wartete schweigend, geduldiger, als sie ihn eingeschätzt hätte, während sie darum kämpfte, ihre Gedanken zu ordnen – so aufgewühlt, wie sie war, war es unmöglich, klar zu denken. Sie konnte es nicht.

»Vielleicht könnten wir … es diskutieren«, entschied sie.

»Ich liebe Diskussionen«, stimmte Melville sofort zu, gehorchte endlich der geöffneten Tür und lief die Treppe hinab.

Eliza betrat den Salon, gerade als Lady Caroline eine amüsante Anekdote über eine Pariser Nonne, einen Handschuh und eine Standuhr beendete, die Margaret in nahezu hysterisches Gelächter ausbrechen ließ. Lady Selwyn und Mrs Winkworth drehten sich zu Eliza um, als sie hereinkam.

»Geht es Euch gut, Mylady?«, fragte Mrs Winkworth.

»Hervorragend«, erwiderte Eliza kühl.

»Ihr wart so lange fort, dass wir begonnen haben, uns Sorgen zu machen.«

»Das war vollkommen unnötig.«

»Habe ich gehört, dass Lord Melville ebenfalls nach oben gegangen ist?«, fragte sich Lady Selwyn. »Ich hätte schwören können, dass er …«

»Wenn Ihr Euch Sorgen darüber macht, Dinge zu hören«, sagte Eliza mit scharfem Unterton, »so solltet Ihr diese Frage wohl lieber einem Arzt stellen.«

»Lady Hurley schwört auf Mr Gibbes, falls Ihr eine Empfehlung braucht«, warf Lady Caroline ein, und ihre Augen blitzten schelmisch über ihrer Teetasse.

»Oh, auf Lady Hurleys Urteil würde ich mich nur ungern verlassen«, sagte Mrs Winkworth sofort und beugte sich zu Lady Selwyn hinüber. »Die Dame ist eine von Baths Kuriositäten – sie mag sich vielleicht für etwas Besseres halten, aber ihr haftet doch noch immer dieser Stadtgeruch an. Mein Mann nennt sie manchmal die ›Lady des Tumults‹.«

Lady Selwyn nickte anerkennend.

»Wie subtil«, sagte Margaret ausdruckslos.

»Lady Hurley ist sehr freundlich zu Melville und mir gewesen«, sagte Lady Caroline mit einer hochgezogenen Augenbraue.

Lady Selwyn hörte sofort auf zu nicken, und Mrs Winkworth wurde rot, aber die Gentlemen schlossen sich ihnen an, bevor sie zurückrudern konnte. Eliza begrüßte sie mit einem stillen Lächeln, auch wenn sie Somerset nicht ansehen konnte, weil sie wusste, dass ihr sonst sofort wieder die Schamesröte in die Wangen schießen würde.

»Habt Ihr Euren *digestif* genossen?«, fragte Lady Selwyn.

»Außerordentlich«, antwortete Somerset. »Admiral Winkworth und ich haben festgestellt, dass wir in mehreren gleichen Häfen stationiert waren.«

»Ach, wie wunderbar«, sagte Mrs Winkworth begeistert.

»Auch ich habe viele dieser Häfen bereits besucht«, fügte Melville hinzu, während er neben Margaret Platz nahm, »wenn auch, so würde ich sagen, anders beflaggt.«

Margaret lachte ungeniert auf, während Eliza ihr eigenes Lächeln unterdrückte.

»Das ist ein wundervolles Pianoforte, Mylady«, sagte Mrs Winkworth laut. »Spielt Ihr?«

Eliza sah zu dem angesprochenen Instrument hinüber und schüttelte den Kopf.

»Ich befürchte, es bekommt hier nicht die Aufmerksamkeit, die es verdient«, sagte sie.

»Ihr seid nicht musikalisch?«, fragte Melville und goss sich eine Tasse Tee ein.

»Ich verfüge weder über die Stimme noch über Talent«, antwortete sie.

»Zur großen Enttäuschung Eures Ehemannes!«, sagte Selwyn mit einem schnaufenden Lachen.

Margaret warf ihm einen finsteren Blick zu.

»Wisst Ihr noch, Lady Somerset«, sagte Lady Selwyn mit ihrem eigenen hellen Lachen, »wie er Euch am Abend, als Eure Verlobung bekannt gegeben wurde, gebeten hat, am Grosvenor Square für uns alle zu singen?«

»Das weiß ich noch«, antwortete Eliza düster. Schließlich geschah es nur selten, dass jemand seinen schlimmsten Albtraum durchleben musste – das vergaß man nicht so leicht.

»Ihr wart so widerstrebend!«, rief Selwyn. »Und kurz darauf haben wir verstanden, warum!«

Eliza glaubte nicht, dass sie jemals einen Menschen mehr gehasst hatte.

»Selwyn …«, sagte Somerset leise.

»Wir machen doch nur Spaß, Somerset!«, protestierte Selwyn.

»Ihr hört mich nicht lachen.«

Vor einer Stunde noch hätte seine Verteidigung Elizas Herz erwärmt, aber jetzt verstärkte sie nur den pulsierenden Schmerz hinter ihrer Stirn. Wollte Somerset sie absichtlich verwirren? Was bezweckte er damit, sie abwechselnd zu ignorieren, mit ihr zu flirten, sie erst anzugreifen und dann zu verteidigen? Ihr wurde ganz schwindlig davon.

»Ach, ein Gentleman kann einfach nicht anders, als sich eine talentierte Ehefrau zu wünschen«, sagte Mrs Winkworth. »Wen auch immer Winnie heiratet, wird diesbezüglich großes Glück haben. Sie kam schon mit der Stimme eines Engels zur Welt.«

Ein kurzes Schweigen trat ein, gefüllt nur von höflichem Gemurmel. Dann, als wäre sie ganz plötzlich auf diesen wunderbaren Gedanken gekommen, fügte Mrs Winkworth hinzu: »Aber ja, Winifred sollte Euch jetzt gleich mit einem Lied unterhalten, Lady Somerset!«

»Mama …«, flüsterte Miss Winkworth mit einem Kopfschütteln.

»Ich bin überzeugt, ein wenig Musik wäre jetzt genau das Richtige!«, beharrte Mrs Winkworth.

Sollte diese Qual denn heute gar kein Ende nehmen? Nichts als ein endloser Strom Unerträglichkeiten, die Eliza über sich ergehen lassen musste, unfähig, sie abzuwenden oder zu vermeiden?

»O ja!«, stimmte Selwyn zu. »Vielleicht ein Jig.«

»Das perfekte Ende eines perfekten Abends«, sagte Lady Selwyn verschlagen.

»Mama, ich kann nicht«, sagte Miss Winkworth.

»Lady Somerset, bitte, so helft mir doch!«, sagte Mrs Winkworth zu Eliza. »Ohne Eure Bitte ist meine Tochter zu schüchtern, um aufzutreten.«

»Wenn Miss Winkworth lieber nicht für uns singen möchte, bin ich mir nicht sicher, ob ich –«, setzte Eliza so entschlossen an, wie sie konnte.

»Reine Schüchternheit«, fiel Admiral Winkworth ihr ins Wort. »Komm schon, Mädchen, lass uns nicht länger warten.«

»Oh, bitte zwingt sie nicht«, schloss Melville sich der Verteidigung Miss Winkworths an. »Denn dann fühle ich mich nur ebenfalls verpflichtet, und das, da bin ich mir sicher, würdet Ihr *nicht* genießen!«

Margaret und Lady Caroline lachten, aber Eliza konnte den Blick nicht von Mrs Winkworth abwenden, die ihrer Tochter flüsternd

Vorhaltungen machte. Miss Winkworths Atem ging mittlerweile beängstigend schnell, und der Schmerz hinter Elizas Schläfen verstärkte sich.

»Bitte, lasst doch …«, begann sie, als Mrs Winkworth Anstalten machte, ihre Tochter aus dem Sessel zu scheuchen.

Wieder wünschte sich Eliza, sie könnte den Abend hier und jetzt beenden: jegliche Konvention in den Wind schlagen und alle Regeln der Gastfreundschaft brechen; ihre Gäste fortschicken und sich nicht um die unweigerlichen Folgen eines solch schlechten Benehmens scheren. Wie schön wäre es, wenn es ihr freistünde, so zu handeln!

Wobei … stand es ihr denn nicht frei? Es wäre unschicklich, ja, plump, tatsächlich ein schockierender Affront, aber … das hier war *Elizas* Haus. Sie tranken *ihren* Tee. Besuchten *ihre* Soiree. Warum sollte sie hier sitzen und so tun, als ließen sie die Seitenhiebe der Selwyns kalt, als seien die Winkworths nicht schrecklich voreingenommen, als wolle sie überhaupt hier sein? Es gab niemanden mehr, der Eliza ob ihrer fehlende Etikette tadeln konnte. Sie war eine erwachsene Frau mit eigenem Willen – und eigenem Vermögen – und sie wollte hier keinen Moment länger verweilen.

Zum zweiten Mal an diesem Abend stand Eliza auf. Ihr Herz schlug so schnell, als hätte sie vor, von einer Klippe zu springen.

»Leider habe ich furchtbare Migräne«, verkündete sie knapp. »Und auch wenn ich mir sicher bin, dass Miss Winkworths Darbietung für große Begeisterung sorgen würde, muss ich mich nun zurückziehen.«

Die schockierte Stille, die auf ihre Erklärung folgte, hätte sie vielleicht zusammenzucken lassen, wenn nicht Miss Winkworth sie mit dem dankbaren Blick einer Maus angesehen hätte, die soeben unerwartet aus einer Falle befreit worden war.

»Vielen Dank für den wunderbaren Abend«, sagte Eliza.

Lady Caroline stellte ihre noch halb volle Teetasse mit einem Klirren ab und erhob sich. Schweigend, noch immer wie unter

Schock, stand auch der Rest der Gesellschaft auf, um sich zu verabschieden.

»Brava«, flüsterte Melville, als er sich über ihre Hand beugte. Eliza antwortete nicht, sondern hielt stattdessen als Nächstes Lady Selwyn die Hand hin, deren Blick mit einem Ausdruck zwischen ihnen beiden hin- und herging, der berechnender war, als Eliza gefiel. Somerset ging als Letzter, er blieb auf der Schwelle stehen und öffnete und schloss den Mund, als hätte er sich in einen Fisch verwandelt.

»Mylady –«, begann er.

»Guten Abend, Somerset«, sagte Eliza.

Was auch immer er ihr sagen wollte, ob er vorhatte, sich für seine Unhöflichkeit zu entschuldigen oder sie noch weiter zu quälen, sie wollte es heute Abend nicht mehr hören. Nicht, wenn sie so kurz vor dem Zusammenbruch stand.

Als alle fort waren, erschien das Haus herrlich ruhig und friedlich. Eliza setzte sich wieder auf das Sofa und schloss mit einem Seufzen die Augen. Zweifellos würde sie ihre heutige Entgleisung, was die Etikette betraf, eines Tages bereuen, aber gerade jetzt konnte sie sich nicht dazu durchringen.

»Es war auf jeden Fall ein denkwürdiger Abend«, sagte Margaret, und Eliza spürte, wie sich die Polsterung unter ihrem Gewicht bewegte, als sie ebenfalls Platz nahm.

»Natürlich hatte ich genau das im Sinn«, sagte Eliza trocken.

»Ach, dann hattest du tatsächlich einen Plan?«, gab Margaret zurück. »Du hast dich nicht einfach nur vom Wahnsinn leiten lassen?«

»Ich glaube doch«, sagte Eliza, die Augen immer noch geschlossen. »All die Mühe, um Somerset hierzubehalten, um mich gegen die Selwyns durchzusetzen … und wofür?« Sie hielt inne, schluckte und fügte mit rauer Stimme hinzu: »Er hat mir nicht vergeben. Ich hätte nie auch nur daran denken sollen – ich weiß, es war albern, zu hoffen, aber …«

Sie hörte ein Rascheln, als Margaret sich bewegte, dann fühlte sie eine Hand, die über ihr Haar strich.

»So wie er sich benommen hat«, sagte Margaret, »war es nicht albern. Ich hatte denselben Eindruck.«

Elizas Augen füllten sich mit Tränen, als eine erneute Welle der Scham über sie hinwegrollte.

»Warum kommt er denn hierher, wenn er mich so verachtet?«, schluchzte sie. »Ich hätte niemals – wenn ich nicht gedacht hätte –«

»Es war vollkommen ungerechtfertigt«, sagte Margaret. »Und unverzeihlich grausam, vor allen anderen – das lässt sich nicht entschuldigen. Und es tut mir leid, dass ich dazu beigetragen habe. Ich habe versucht, etwas zu beweisen.«

Eliza lachte bitter auf.

»Ich glaube, das hast du geschafft.«

»Es tut mir so leid«, sagte Margaret leise, und Eliza nickte knapp. Auch in der Stille waren ihre Kopfschmerzen nicht weniger geworden. Stattdessen breiteten sie sich eher in ihrem ganzen Körper aus, krochen ihren Nacken hinunter in die Schultern und verbanden sich mit dem pulsierenden Druckgefühl in ihrer Brust.

Du hast es schon einmal geschafft, rief sie sich in Erinnerung. *Dieses Mal wird es leichter.*

»Nun, er ist ja nur zwei Wochen hier«, sagte Margaret pragmatisch. »Du kannst ihm in dieser Zeit einfach aus dem Weg gehen, und dann musst du ihn nie wiedersehen.«

»Oh, sag das nicht«, erwiderte Eliza. »Das ist nicht, was ich will.«

»Was *willst* du denn?«

Eliza wusste es nicht. In ihrem Kopf herrschte ein hoffnungsloses Durcheinander. Sie wollte Somerset für immer aus dem Weg gehen. Sie konnte es nicht ertragen, ihn nie wiederzusehen. Unverständlicherweise war beides wahr.

»Ich brauche einfach etwas Ruhe«, sagte sie. »Es war alles so viel, mit den Selwyns und Somerset und den Melvilles –«

»Was haben denn die Melvilles angestellt?«, fragte Margaret mit leichter Entrüstung.

Eliza fehlte die Kraft, heute Abend noch über Melvilles Angebot zu sprechen: Nicht jetzt, da sie einen solchen Knoten in den Gedanken hatte, dass sie nicht einmal sagen konnte, ob sie entsetzt oder begeistert darüber war.

»Nichts. Ich habe nur – nichts«, sagte sie.

»Ich bewundere sie sehr«, sagte Margaret entschieden. »Lady Caroline ist mit Abstand die schlauste – und lustigste – Frau, die ich je kennengelernt habe.«

»Und wunderschön«, fügte Eliza hinzu.

Margaret neigte den Kopf und wandte den Blick ab.

»Ich frage mich, warum sie nie geheiratet hat«, sagte Eliza nachdenklich. »Sie muss Dutzende Anträge bekommen haben.«

»Mich macht es froh«, sagte Margaret. »Normalerweise haben alte Jungfern weder Ansehen noch gesellschaftliche Bedeutung oder Einfluss. Es erleichtert mich, zu sehen, dass das nicht immer der Fall ist.«

»Bei *mir* hast du Ansehen, Bedeutung und Einfluss«, sagte Eliza und drehte den Kopf, um ihre beste Freundin anzusehen. »Für mich bist du der wichtigste Mensch der Welt.«

»Ich kann mich nicht entscheiden«, sagte Margaret, »ob das das Schönste oder das Traurigste ist, das ich jemals gehört habe.«

Aber sie drückte Elizas Arm, um ihren Worten die Spitze zu nehmen.

»Du Xanthippe«, sagte Eliza liebevoll. »Das hier hätte ein wunderbarer Moment sein können, bevor du ihn ruiniert hast.«

»Das ist mein größtes damenhaftes Talent«, sagte Margaret. »Ich kann vielleicht nicht singen oder sticken, aber ich bin durchaus in der Lage, etwas angemessen zu ruinieren.«

Eliza lachte, und es war eine Erleichterung. Wenn es darum ging, sie zum Lachen zu bringen, konnte sie sich auf Margaret immer verlassen – und Eliza hatte während des letzten Monats wahrscheinlich mehr gelacht als während ihres gesamten bisherigen Lebens. Es war gut, sich das in Erinnerung zu rufen.

Genau wie die Tatsache, dass sie, bevor Somerset in Bath aufgetaucht war – bevor ihre Welt wieder auf die Anwesenheit eines einzelnen Mannes zusammengeschrumpft war –, glücklicher gewesen war als je zuvor. Sie hatte Margaret. Sie hatte Camden Place. Sie hatte Freunde und vielleicht sogar die Aussicht – so verwirrend sie auch sein mochte – auf einen künstlerischen Auftrag.

Somerset zu verlieren war kein so tödlicher Schlag, wie es einst gewesen war.

Sie wünschte sich nur, es müsste nicht ganz so wehtun.

12

Der Sonntagsgottesdienst der Bath Abbey war immer so trocken wie Straßenstaub, aber am nächsten Morgen war der monotone Bass von Pastor Green besonders unerträglich. Normalerweise rettete sich Eliza in Tagträumereien und lenkte sich mit der Überlegung ab, welche Dame der Gemeinde das schönste Kleid trug, aber heute war so etwas undenkbar. Sie war genauso durcheinander aufgewacht, wie sie zu Bett gegangen war, die Ereignisse des vergangenen Abends drehten sich in ihrem Kopf im Kreis, scharf und schmerzhaft, und ihr innerer Aufruhr wurde nicht im Geringsten durch Somersets Entscheidung besänftigt, sich direkt in die Kirchenbank vor ihr zu setzen.

Er hätte einfach eine andere Reihe wählen können. Auch wenn die Abbey immer gut besucht war – ein weiterer Ort, um zu sehen und gesehen zu werden –, war sie doch groß genug, um sich frei einen Platz aussuchen zu können. So hatten es auch Eliza und Margaret getan, als sie die gestikulierende Mrs Winkworth ignoriert und sich neben Lady Hurley und Mr Fletcher gesetzt hatten, die gerade von ihrem Ausflug aufs Land zurückgekehrt waren.

»... denn Gott kann nicht versucht werden zum Bösen, und er selbst versucht niemand ...«

Eliza rutschte unruhig auf ihrem Platz hin und her, Somerset drehte leicht den Kopf, und sie wandte den Blick ab. Sie war sich sicher, wenn sie ihn ansah, würde sie hier und jetzt in Tränen ausbrechen, und sie hielt es für unklug, Baths Gerüchteküche noch mehr anzuheizen, als Mrs Winkworth es wahrscheinlich bereits getan hatte. Stattdessen beschloss Eliza, ihn einfach gar nicht mehr anzusehen. Auch wenn sie sich nicht vorstellen konnte, wie sie das bewerkstelligen sollte, wenn doch seine Schultern mit einer Breite, die eine Eiche neidisch machen würde, ihr gesamtes Blickfeld ausfüllten.

»Hättet Ihr Lust, nach dem Gottesdienst einen Spaziergang durch die Sydney Gardens zu machen?«, flüsterte Lady Hurley Eliza ins Ohr – sie hatte offensichtlich ebenfalls aufgehört, aufzupassen. »Melville und Lady Caroline sind auch mit von der Partie.«

Eliza drehte den Kopf, um Melville anzusehen. Er und Lady Caroline waren zu spät gekommen, was dazu geführt hatte, dass sich alle Köpfe in ihre Richtung wandten wie ein Vogelschwarm, und Eliza eine Welle der Erleichterung überkam. Sosehr sie auch den ganzen Abend über immer wieder an Somersets Worte hatte denken müssen, an die Melvilles hatte sie auch gedacht. Und auch wenn er es möglicherweise bereits vergessen hatte – vielleicht hatte er sein Angebot gar nicht ernst gemeint –, kam sie doch nicht umhin, zu hoffen, er könne sie noch einmal fragen.

Melvilles Blick löste sich vom Pastor und begegnete dem ihren – und er zwinkerte. Hastig drehte sich Eliza wieder um.

»Das klingt ganz wunderbar«, flüsterte sie Lady Hurley zu.

Der Klang von hundert Stimmen, die ein abschließendes »Amen« murmelten, zeigte endlich das Ende des Gottesdienstes an, woraufhin Eliza sich mit dem Rest der Gemeinde erhob und versuchte, die Leute vor ihr mit reiner Willenskraft dazu zu bringen, sich schneller zu bewegen.

»Mylady?«

Eliza tat so, als hätte sie Somersets Stimme nicht gehört, und sah starr geradeaus. *Beeil dich,* trieb sie in Gedanken die steinalte Mrs Rennison an. *Beeil dich.*

»Lady Somerset.«

Als Eliza sich immer noch nicht umdrehte, berührte er sie sanft am Arm, und obschon er Handschuhe und sie einen dicken Mantel trug, zuckte sie zurück, als hätte sie sich verbrannt.

»Ich wollte Euch nicht erschrecken …«, sagte er.

Eliza sah zu ihm auf, spürte, wie ihre Augen zu brennen begannen, ihre Kehle sich zuschnürte – und wandte hastig den Blick ab.

»Guten Morgen«, sagte sie und betrachtete ihre Schuhe. »Hat Euch der Gottesdienst gefallen?«

»Mylady«, sagte Somerset leise, »ich möchte mich für gestern Abend entschuldigen.«

Natürlich wollte er das. Natürlich erlaubte ihm sein Sinn für Anstand nicht, einen solchen Abend zu übergehen, ohne ihn anzusprechen, aber da sie heute ganz sicher nicht in der Verfassung war, ein solches Gespräch durchzustehen, würde es warten müssen.

»Wir halten die Leute auf«, sagte sie und folgte Margaret den Kirchgang hinunter.

Somerset folgte ihnen, als sie in den Hof hinaustraten, und Eliza und Margaret hielten schnellen Schrittes auf die Stelle zu, an der sich Lady Hurley, Mr Fletcher und die Melvilles versammelt hatten.

»Was für ein ermüdender Gottesdienst«, sagte Melville gerade.

»Wirklich *un*möglich«, stimmte Mr Fletcher, den Eliza im Verdacht hatte, die ganze Zeit über geschlafen zu haben, nachdrücklich zu.

»Der Pastor redet immer endlos, wenn es in der Predigt um Versuchung geht«, sagte Lady Hurley. »Der arme Mann kann sich nicht helfen.«

»Und jetzt scheint es, als wollte er sich unter die Leute mischen«, beobachtete Lady Caroline, als der Vikar aus der Kirchentür trat und begann, Hände zu schütteln.

»Er spricht gern mit den Mitgliedern der Gemeinde«, erklärte Lady Hurley.

»Über was will er denn *noch* reden?«, rief Melville.

»Keine Ahnung«, sagte Mr Fletcher.

Melville schlug Mr Fletcher auf die Schulter.

»Wir verstehen einander einfach, Sir«, erklärte er. »Gott sei Dank, dass Ihr hier seid.«

»Großartig!«

Dem öden Gottesdienst zum Trotz schien Melville in besserer Laune zu sein, als Eliza ihn je gesehen hatte – seine Augen blitzten, und sein Lächeln war so strahlend, dass sogar Elizas Stimmung sich zu heben begann.

»Ich habe gehört, Ihr begleitet uns in die Sydney Gardens, Mylady«, sagte Melville und wandte sich Eliza zu, um ihr mit einer ausholenden Geste seinen Arm anzubieten. »Sollen wir losgehen?«

»Ich hätte nicht gedacht, dass Euch Freiluftaktivitäten tatsächlich interessieren, Mylord«, ertönte Somersets Stimme.

»Oh, Ihr tut mir unrecht«, erwiderte Melville. »Lady Hurley sagte uns, die Gärten seien noch schöner als die Pleasure Gardens in Vauxhall, und ich kann es kaum erwarten, mir das Labyrinth anzusehen.«

»Ich hätte das Labyrinth nicht für eine angemessene Beschäftigung für einen Sonntag gehalten«, sagte Somerset.

»Und schon wieder liegt Ihr falsch«, gab Melville fröhlich zurück. »Denn ich habe vor, während wir es durchschreiten, aus den *Predigten für Junge Frauenzimmer* vorzulesen, was das Ganze zu einer durchaus gottgefälligen Angelegenheit macht.«

»Großartig …«, sagte Mr Fletcher zweifelnd.

»Würdet Ihr gern gleich jetzt eine hören, Somerset?«, fragte Melville und klopfte sich bedeutungsvoll auf die Tasche. »Sie tragen so dazu bei, den Geist zu schärfen.«

»Vielen Dank, aber mir fehlt es nicht an Geistesschärfe«, erwiderte Somerset, bevor er sich Lady Hurley zuwandte. »Es ist mir ein Vergnügen, Eure Bekanntschaft zu machen, Madam«, sagte er. »Darf ich mich Eurer Gesellschaft anschließen?«

»Oh, wie wundervoll«, flötete Lady Hurley. »Darf ich Euch um Euren Arm bitten? Mr Fletcher muss heute Morgen seine Mutter besuchen, und ich leide so schrecklich ohne die starke Schulter eines Gentleman als Stütze.«

Sie schob ihren Arm durch Somersets, sah von unten zu ihm auf und klimperte mit den Wimpern – Somerset schluckte –, bevor sie mit einer so erstaunlichen Geschwindigkeit loslief, dass er keine andere Wahl hatte, als ihr zu folgen.

»Auch ich bin gut zu Fuß, Lady Caroline«, sagte Margaret mit herausforderndem Unterton. »Seid Ihr sicher, dass Ihr mithalten könnt?«

»Ich versichere Euch, Miss Balfour«, erwiderte Lady Caroline, »dass zweifellos *ich* es sein werde, die den Takt angibt.«

Schnellen Schrittes folgten sie Lady Hurley und überließen es Eliza und einem lächelnden Melville, die Nachhut zu bilden. Pardle folgte ihnen mit ein paar Schritten Abstand.

Die Sydney Gardens lagen nicht weit von der Abbey – über den Avon und hinunter bis ans Ende der Pulteney Street –, und bei dem Tempo, das die vorangehenden Paare anschlugen, waren sie schon bald hinter der ersten Biegung des gewundenen Pfades verschwunden, als Melville und Eliza den von Mauern gesäumten Garten betreten hatten. Sie gingen langsamer. Es gab alle möglichen Dinge, die es zu bewundern galt: schattige Lauben, romantische Wasserspiele und Streifen kultivierter Wildnis, die sich an den geschwungenen Pfaden entlangwanden, aber Eliza verzichtete auf den Anblick, um Melville zu betrachten.

»Habt Ihr wirklich eine Ausgabe von Fordyces *Predigten* in der Tasche?«, fragte sie neugierig.

»Grundgütiger, nein«, sagte Melville und zog stattdessen ein schmales, in Leder gebundenes Notizbuch aus dem Mantel. »Der Tag, an dem ich Caroline Fordyce vorlese, wird derselbe Tag sein, an dem ich unter verdächtigen Umständen ums Leben komme.«

»Und was hättet Ihr getan, wenn Somerset Euch *tatsächlich* gebeten hätte, eine Predigt vorzulesen?«, fragte Eliza lächelnd.

»Ich bin überrascht, dass er es nicht getan hat«, sagte Melville. »Der Mann scheint fest entschlossen, mich bei jeder Angelegenheit herauszufordern.«

Elizas Lächeln erlosch.

»Es tut mir leid«, sagte sie. »Ich weiß nicht, warum er das tut.«

Das stimmte nicht ganz. Zuvor hatte sie gedacht, Somersets Verhalten könnte vielleicht von Eifersucht sprechen, aber seit dem gestrigen Abend schien dies unwahrscheinlich.

»Er ist eifersüchtig«, sagte Melville. »Wie Ihr Euch wohl bewusst seid und zweifellos talentiert ausnutzt.«

Elizas Kopf fuhr herum, so überrascht war sie. »Das tue ich *nicht*«, widersprach sie. »Und er ist auch nicht eifersüchtig.«

»Es gibt nichts, dessen Ihr Euch schämen müsstet«, sagte Melville. »Wir alle haben im Namen der Liebe schon weitaus Schlimmeres getan, und mir für meinen Teil macht es nicht das Geringste aus, auf diese Art benutzt zu werden. Tatsächlich flehe ich Euch an, noch mehr Gebrauch von mir zu machen, Mylady.«

Elizas Wangen färbten sich tiefrot, ihr Kopf versank bis zu den Ohren zwischen ihren Schultern, aber Melville war noch nicht fertig. Wie an dem Tag, an dem sie sich kennengelernt hatten, ließ er Elizas Hand los und breitete die Arme aus, als wollte er sie dazu auffordern, ihn zu begutachten.

»Ich stelle mich Ihnen zur freien Verfügung«, verkündete er, und Eliza sah sich hektisch um, ob sie vielleicht jemand beobachten könnte.

»Bitte, hört auf«, sagte Eliza. »Das ist absurd.« Absurd und unschicklich, sogar für Melville, und sie wusste kaum, was sie auf eine solche Ungeheuerlichkeit antworten sollte, ob sie lachen oder ob sie –

»Vielleicht finden wir uns heute plötzlich ganz allein in einer romantischen Laube wieder«, schlug Melville vor, »dann bleibt Somerset nichts anderes übrig, als mich zum Duell aufzufordern. Oder glaubt Ihr, es gibt in diesem Garten eine Orangerie? Ich hatte schon immer eine Schwäche für Orangerien.«

Jetzt lachte Eliza tatsächlich – es war unmöglich, es nicht zu tun.

»Sie lacht!«, rief Melville. »Endlich!«

Er bot ihr wieder seinen Arm an, und als sie ihn ergriff, bemerkte sie, dass die Manschetten seines Hemdes schwache Tintenflecken aufwiesen.

»Habt Ihr heute Morgen schon Briefe geschrieben?«, fragte Eliza.

»Keine Briefe«, erwiderte Melville. Er wedelte mit dem Notizbuch, bevor er es wieder in die Tasche steckte.

»Ihr arbeitet wieder?«

»Ich habe es noch niemandem erzählt«, sagte er, »aber ja. *Medea.* Rache, Leidenschaft, heroische Reimpaare, et cetera …«

Sein Tonfall war flapsig, aber in seiner Miene stand aufrichtige Begeisterung.

»Ich kann es kaum erwarten«, sagte Eliza, was nur der Wahrheit entsprach. »Aber ich dachte, Ihr seid hier, um Euch zu erholen.«

»Erholung macht mich müde«, erwiderte Melville. »Sie ist so fürchterlich langweilig.«

»Also ist das Notizbuch für Eure Ideen?«

»So ungefähr«, sagte Melville. »Sätze, die mir gefallen, Wörter, die ich benutzen möchte – ach, alles Mögliche und nichts eigentlich.«

»Mein Großvater hat es genauso gemacht«, erinnerte sich Eliza. »Nicht mit Worten, aber er hat Szenen oder Gegenstände skizziert, um sie nachher besser aus der Erinnerung abrufen zu können. Er sagte, jeder Künstler, der sein Geld wert ist, sollte das tun.«

»Und, habt Ihr seinen Rat befolgt?«

»Ich bin kein Künstler.«

»Ich glaube, über diesen Punkt waren wir schon einmal uneins«, sagte Melville – und da war es. Endlich waren sie bei dem Thema angekommen, das Eliza schon den ganzen Morgen unbedingt hatte ansprechen wollen. Sie verfiel in Schweigen, als der Kanal in Sicht kam, und tat so, als bewundere sie die kunstvolle Chinoiserie-Brücke, die sich sanft darüberschwang, während sie Mut sammelte, ihm die Fragen zu stellen, die ihr seit dem letzten Abend durch den Kopf gingen. Sie hier in aller Öffentlichkeit auszusprechen, fühlte sich riskant an, aber mit dem dichten Grün, das sie umgab, den Hügeln Bathamptons, die man gerade noch in der Ferne erkennen konnte, und nichts als dem Klang des Windes, der durch die Bäume strich, um ihre Schritte zu begleiten, konnte man sich leicht vorstellen, Melville und sie seien einsam an einem abgelegenen Ort auf dem Land. Eliza warf ihm einen weiteren Seitenblick zu.

»Meintet Ihr das wirklich ernst mit dem Porträt?«, fragte sie.

Sie würde es mit Gleichmut tragen, wenn es nicht so war.

»Äußerst ernst«, sagte Melville. »Werdet Ihr annehmen?«

»Und das Bild ist für die Titelei Eurer Bücher gedacht?«, hakte sie nach.

»Ja«, antwortete Melville. »Man sagt mir, dass es dazu beitragen könnte, meine Reichweite zu erhöhen.«

»Ist Euer derzeitiges Berühmtheitsniveau unzureichend?«, fragte sie. »Gibt es auch nur eine einzige Lady der gehobenen Gesellschaft, die Eure Bücher nicht gelesen hat?«

»Die *gehobene Gesellschaft,* auch wenn wir daran nicht gern denken«, sagte Melville, »macht nur einen Bruchteil Englands aus, Mylady, und ich hätte gern, dass meine Gedichte weitere Verbreitung finden.«

Eliza dachte schweigend über seine Worte nach.

»Mir ist bewusst, dass solch eine einem Gentleman ungebührliche Motivation nicht im Geringsten zu meiner sonst eher gedankenlosen *joie de vivre* passt«, fügte Melville hinzu.

»Aber wenn es so wichtig ist, dieses Porträt«, sagte Eliza, »warum fragt Ihr dann mich? Ich habe nur eine sehr rudimentäre Ausbildung genossen, und wenn Verfügbarkeit mein einziger Vorteil ist, dann könntet Ihr genauso gut Mr Berwick fragen – man sagt, er sei äußerst talentiert!«

»Das könnte ich wohl«, sagte Melville. »Aber das würde erfordern, dass ich mit ihm spreche, Mylady, und das kommt auf keinen Fall infrage. Ich würde mich viel lieber von einer wunderschönen Frau malen lassen als von einem aufgeblasenen Gentleman.«

»Das ist wohl genau der Grund, aus dem ich nicht zustimmen sollte«, murmelte Eliza halb geschmeichelt – schließlich wurde man nicht alle Tage wunderschön genannt – und halb enttäuscht, denn wenn Melville sie nur ausgesucht hatte, weil ihm der Sinn nach einem Flirt stand …

»Ich würde Euch nicht fragen, wenn ich Euch nicht für begabt halten würde«, sagte Melville mit plötzlich so ernster Stimme, dass Eliza fast erschrak, ihn ohne seine gewöhnliche Aura der Respektlosigkeit zu sehen. Und, wie schon am Abend zuvor, gab ihr ein solches Lob – ein solches Vertrauen in ihre Fähigkeiten – das Gefühl, als könne sie freier und tiefer atmen als je zuvor.

»Ich glaube nicht, dass irgendjemand es besser könnte«, sagte Melville sanft.

Eliza konnte sich nicht vorstellen, dass die Balfours oder die Selwyns – eigentlich nicht einmal Somerset – eine solche Tat jemals als angemessen für eine Countess im ersten Trauerjahr halten würden. Wenn man entdeckte, dass sie so viele Stunden mit einem so berüchtigten Gentleman verbrachte, liefe sie fraglos Gefahr, ihr Vermögen zu verlieren. Zuzustimmen war ein Akt des Wahnsinns, aber … eine Gelegenheit abzulehnen, von der sie schon geträumt hatte, seit sie ein Kind war? Das erschien ihr noch viel verrückter.

»Werdet Ihr mich malen, Lady Somerset?«, fragte Melville noch einmal.

Eliza wandte den Blick von ihm ab, starrte auf ihre Füße. Sie *sollte* es nicht. Sie *wollte* es. »Ja«, sagte sie.

Melville stieß einen Jubelschrei aus.

»Ich habe Bedingungen!«, fügte sie hastig hinzu. »Ich bestehe auf Diskretion!«

»Ich bin äußerst diskret«, sagte Melville.

»Nichtsdestoweniger muss es ein Geheimnis bleiben«, sagte Eliza amüsiert, aber ungeduldig. »Ein ewiges Geheimnis – mein Name darf niemals irgendwo auftauchen.«

»Erledigt«, stimmte Melville fröhlich zu.

»Und wir sollten uns eine Ausrede für Eure Besuche einfallen lassen«, sagte Eliza. »Wenn Ihr den Camden Place ständig ohne Erklärung heimsucht, würde das genauso viel Schaden anrichten wie die Wahrheit.«

»Wann sollen wir anfangen?«

Vor ihnen kamen Somerset und Lady Hurley in Sicht – sie standen zusammen mit Margaret und Lady Caroline am großen Tor. Sie hatten den Rundweg beendet.

»Morgen?«, schlug Melville vor, doch Eliza brachte ihn zum Schweigen.

»Dienstag«, murmelte sie. »Früh, damit wir nicht unterbrochen werden. Und Ihr müsst Lady Caroline mitbringen – ich brauche so viele Anstandspersonen, wie ich bekommen kann.«

»Anstandspersonen?«, wiederholte Melville belustigt. »Lady Somerset, traut Ihr Euch in meiner Gegenwart etwa nicht?«

Schon wieder färbten sich Elizas Wangen rot.

»Da seid Ihr ja!«, rief Margaret. »Wir waren kurz davor, einen Suchtrupp loszuschicken.«

»Lady Somerset hat nur meine Aufmerksamkeit auf eine besonders schöne Orangerie gelenkt«, sagte Melville und schenkte Eliza ein schelmisches Lächeln.

»Ich werde Lady Somerset und Miss Balfour zurück zum Camden Place begleiten«, sagte Somerset bestimmt.

»Bist du müde, Caro?«, fragte Melville seine Schwester.

»Nicht im Geringsten«, antwortete Lady Caroline sofort. »Sollen wir uns nach diesem Labyrinth umsehen?«

Und nach einer schnellen Verabschiedung gingen sie davon. Eliza und Margaret sahen ihnen nach.

»Kommt, Miss Balfour, darf ich nun Euch als Geleit beanspruchen?«, fragte Lady Hurley, ergriff Margarets Arm und führte sie zurück durch das Tor.

Da es diesmal offenbar keine Möglichkeit gab, Somerset aus dem Weg zu gehen, schloss Eliza sich ihm widerstrebend an, wobei sie eine unpersönliche Distanz zwischen ihrer beider Schultern wahrte. Er machte eine Geste, als wolle er ihr seinen Arm anbieten, ließ ihn aber wieder sinken, als sie sich in Bewegung setzten und den beiden Damen auf dem Gehweg folgten. Nach dem friedlichen Grün der

Gärten wirkte die Pulteney Street grau und lärmend, aber Eliza starrte so entschlossen geradeaus, als wäre es der zauberhafteste Anblick, den sie je zu sehen bekommen hatte.

»Lady Hurley ist ganz zweifellos eine rasche Lady«, sagte Somerset leise.

Eliza wusste nicht, ob er sich auf ihre Schrittgeschwindigkeit bezog oder … auf etwas anderes.

»Ist sie nicht wunderbar?«, fragte Eliza spitz.

Somerset runzelte die Stirn. »Ich weiß, es steht mir eigentlich nicht zu«, sagte er, »aber, Mylady, ich frage mich, ob Ihr nicht etwas vorsichtiger sein solltet, mit wem Ihr hier eine Freundschaft eingeht. Lady Hurley ist … nun ja. Und die Melvilles – ich traue ihnen nicht. Ich weiß nicht, was sie in Wahrheit nach Bath gebracht hat, aber ich glaube nicht, dass der Grund so unschuldig ist, wie sie uns glauben machen wollen.«

»Nein, es ist ganz gewiss irgendein Skandal«, sagte Eliza. Wussten das nicht mittlerweile ohnehin alle? »Vielleicht eine Affäre?«

»Mylady!«, sagte Somerset, und Eliza presste die Lippen zusammen. Der Spaziergang mit Melville hatte ihre Zunge gelockert.

»Es tut mir leid, Mylord, ich wollte Euch nicht schockieren«, sagte sie.

Somerset lachte überrascht.

»Mich schockieren?«, wiederholte er, als sei das Ganze eine lustige Angelegenheit. Kopfschüttelnd sah er auf sie herunter. »Früher wart Ihr nicht so abgeklärt.«

»Früher«, sagte Eliza, plötzlich mit sehr leiser Stimme, »war ich siebzehn.«

Das Lächeln auf Somersets Gesicht erlosch. Das Gespräch drehte sich nicht mehr um die Melvilles.

»Mylady«, begann Somerset erneut, seine Stimme klang rau. »Mylady, Ihr müsst erlauben, dass ich mich entschuldige.«

»Dazu besteht kein Grund«, sagte Eliza mit zitternder Stimme. Wenn sie nur schon am Camden Place wären …

»O doch«, beharrte Somerset. »Ich war unverzeihlich grob –«

»Tatsächlich würde ich es vorziehen, den Vorfall hinter mir zu lassen«, unterbrach sie. Somersets Bedauern konnte sich nur auf sein einem Gentleman wenig gebührendes Verhalten beziehen, und eine solche Entschuldigung anhören und annehmen zu müssen – wenn doch der Schmerz, den es verursacht hatte, eigentlich nicht in seiner Unhöflichkeit begründet lag, sondern in seiner Ehrlichkeit –, war mehr, als Eliza ertragen konnte.

»Ich denke, es ist besser, wir besprechen –«

»Ich glaube nicht, dass –«

»Himmel, würdet Ihr mich aussprechen lassen?«, rief Somerset und blieb abrupt stehen.

Eliza erwog kurz, ohne ihn weiterzugehen, hielt dann aber auch an. Offenbar würde sie ihn anhören müssen.

»Es tut mir leid – das war unhöflich«, sagte Somerset. »*Schon wieder.* Ich – ich habe mich Euch gegenüber unverzeihlich grob verhalten.«

Eliza traute sich nicht, zu sprechen. Sie nickte nur ruckartig.

»Ich möchte mich entschuldigen – für alles, was gestern Abend vorgefallen ist«, fuhr Somerset fort. »Ich war unfreundlich und ungerecht, und keine Entschuldigung, die ich vorbringen könnte, wäre jemals ausreichend.«

Ungeachtet der kalten Luft nahm er seinen Hut ab.

»Aber es tut mir leid«, sagte er. »Wenn Ihr wünscht, dass ich Bath verlasse, so werde ich das noch heute tun.«

Eliza hob den Blick in Richtung Himmel, in der Hoffnung, es würde helfen, die Tränen zurückzuhalten.

»Nein«, sagte sie. »Ich möchte nicht, dass Ihr geht.«

Es stimmte. Sogar wenn es ihr schien, als sei es unmöglich, seine Gegenwart zu ertragen, sogar wenn er ihre Gefühle niemals erwidern würde. Sie hatte zehn Jahre ohne ihn leben müssen, und nun brachte sie es nicht über sich, ihn fortzuwünschen, nicht einmal jetzt.

»Ich hatte unser Wiedersehen genossen«, sagte sie und wappnete sich, um ihn endlich anzusehen. Konnte denn wirklich jemand so blaue Augen haben?

Somerset verzog das Gesicht. »Ich ebenso«, sagte er.

Eliza blickte nach vorne, wo Margaret und Lady Hurley stehen geblieben waren und fragend zu ihnen zurückblickten. »Wir sollten zu den anderen aufschließen.«

Diesmal bot Somerset Eliza seinen Arm tatsächlich an, und sie nahm ihn. Die Luft zwischen ihnen fühlte sich etwas weniger kalt an, wenn auch nicht weniger schwer.

»Eigentlich verdient Ihr noch eine weitere Entschuldigung«, sagte er. »Für meine Schwester.«

»Gibt es jemanden, für den Ihr Euch *nicht* entschuldigen müsst?«, fragte Eliza und versuchte sich an einem Lächeln.

»Für Selwyn ebenfalls«, sagte Somerset beharrlich. »Ich hatte vor, sie heute Morgen deutlich für ihr Verhalten zu rügen, aber sie waren so früh auf den Beinen, dass ich nicht dazu gekommen bin. Sie waren wirklich unhöflich – offenbar hat sie die Änderung im Testament meines Onkels härter getroffen, als ich dachte.«

»Sie konnten mich noch nie besonders gut leiden«, sagte Eliza. »Ich habe mich daran gewöhnt.«

»Ich wünschte, das hättet Ihr nicht«, sagte Somerset so leise, dass Eliza nicht sicher war, ob es tatsächlich für ihre Ohren bestimmt gewesen war. »Ich wünschte …«

Er brach ab, und sie gingen eine Minute lang schweigend nebeneinanderher.

»Ich hoffe, ich habe nicht alles ruiniert«, sagte er mit rauer Stimme.

Eliza hielt den Atem an und stieß ihn dann mit einem langsamen, langen Atemzug wieder aus. Was sollte sie sagen? Er hatte alles ruiniert – für sie zumindest. Aber … sie wollte ihn trotzdem noch in ihrem Leben haben, selbst wenn sie sich dafür von ihren Gefühlen verabschieden und ein für alle Mal lernen müsste, sich zu entlieben.

»Vielleicht war es dumm, zu denken, wir könnten einfach so wieder Zeit miteinander verbringen«, sagte sie, »ohne dass unsere Vergangenheit einmal zum Thema wird.« Eliza sah zu ihm auf, zwang sich, den Blickkontakt aufrechtzuerhalten. »Aber jetzt, da es geschehen ist, können wir vielleicht unsere Freundschaft noch einmal von vorne beginnen.«

»Wünscht Ihr das wirklich?«, fragte er. »Selbst nachdem …«

»Ja«, sagte sie.

Es war besser als nichts.

»Freunde …« Somerset klang gedankenverloren.

»Nur, wenn Ihr es ebenfalls wünscht«, fügte sie hastig hinzu. Den Fehler, zu glauben, sie kenne seine Gefühle, würde sie nicht noch einmal begehen.

»Glaubt Ihr«, fragte Somerset plötzlich, »dass Freunde während ihres gemeinsamen Aufenthalts in Bath einander jeden Morgen im Kurhaus treffen könnten?«

»Ich denke schon«, sagte Eliza vorsichtig.

»Vielleicht könnten sie auch gemeinsam Konzerte besuchen?«

Eliza konnte seine Miene nicht deuten.

»Möglicherweise.«

»Und, wenn das Wetter es zulässt, gemeinsam ausreiten, glaubt Ihr das?«

Ein kleines Lächeln umspielte seine Mundwinkel, und Eliza erwiderte es sehr, sehr vorsichtig.

»Ich glaube, ja«, antwortete sie.

Klang eine solche Freundschaft nur in ihren Ohren wie eine Art Brautwerben? Verzweifelt versuchte Eliza, die Hoffnung zu unterdrücken, die sich schon wieder in ihrer Brust regte.

»Dann ja«, sagte Somerset und beugte sich zum Abschied über ihre Hand. »Dann wäre ich sehr gern Euer Freund.«

Balfour House
14. Februar '19

Meine liebe Eliza,

auch wenn ich Deinen letzten Brief bereits erhalten habe, werde ich hier keine Deiner Fragen bezüglich der Familie beantworten – sei versichert, sie erfreuen sich alle bester Gesundheit –, da mir eine höchst unerfreuliche Neuigkeit zu Ohren gekommen ist.
Ich habe Nachricht erhalten – über Lady Georgina, die es von ihrer Cousine erfahren hat, die es wiederum von einer Mrs Clemens aus Bath hörte –, dass Lord Melville und Lady Caroline Melville nach Bath gezogen sind. Entspricht das tatsächlich der Wahrheit? Falls dem so ist, kannst Du Dir mein Entsetzen sicherlich vorstellen! Und ich frage mich, warum ich eine solche Neuigkeit von Lady Georgina – über ihre Cousine etc. – erfahren muss, und nicht von Dir persönlich!
Ich muss Dich anweisen, in Gegenwart solcher Leute große Vorsicht walten zu lassen. Die Gerüchte, die man mit ihrem Namen in Verbindung bringt, sind zahllos, vielgestaltig und durchaus auch aktueller Natur – man erzählt sich hinter vorgehaltener Hand, dass Lord Melville seit Jahren eine affaire d'amour mit Lady Paulet pflegt! Sicher erinnerst Du Dich an die Künstlerin, deren Bilder in Adelskreisen letztes Jahr so gelobt wurden, und kannst Dir vorstellen, wie außer sich Paulet – als Melvilles loyalster Mäzen – war, als er herausfand, dass man ihm die Hörner aufgesetzt hat. Angesichts eines solchen Skandals vertraue ich darauf, dass Du Lord Melville keinerlei Ermutigung hinsichtlich einer möglichen Freundschaft geben wirst.
Du kannst bald mit einem weiteren Brief von mir rechnen – es gibt ein paar Ausgaben bezüglich Ruperts Ausbildung, denen ich

in Deinem Namen zugestimmt habe. Er hat übrigens – auch wenn Du bislang ein schockierendes Maß an Desinteresse an Deinem Erben an den Tag legst – einen weiteren Backenzahn bekommen.

Deine liebende Mutter.

13

»Würdet Ihr versuchen, still zu sitzen?«

»Das tue ich.«

»Ihr zappelt.«

»Wenn man *Atmen* als Zappeln betrachtet.«

Eliza warf Melville über den Rand ihres Skizzenblocks hinweg einen finsteren Blick zu, bei dem sie versuchte, den unerbittlichen Ausdruck zu imitieren, mit dem ihr Großvater seine herausforderndsten Modelle bezwungen hatte.

»Geht es Euch gut?«, fragte Melville mit einem Glitzern in den Augen, als wüsste er nur zu gut, was sie versuchte, und hätte entschieden, es ihr so schwer wie möglich zu machen. »Ihr seht furchtbar unwohl aus.«

Eliza verbarg ihr Lächeln hinter dem Block. Es war Donnerstagmorgen, und es war das zweite Mal, dass Melville ihr Modell saß. Eliza hatte in Erinnerung daran, wie Mr Balfour senior seine Porträts angefertigt hatte, beschlossen, ihre ersten Sitzungen damit zu verbringen, Melville in verschiedenen Posen einzufangen, um ihre Hand und ihr Auge an ihn zu gewöhnen. Die Herausforderung war größer, als sie gedacht hatte. Teils, weil Eliza nie jemanden getroffen hatte, der mit mehr Bewegung *saß*, als Melville, aber noch mehr, weil sie so aufgeregt war, tatsächlich mit ihm allein zu sein. Ihre Vorstellung war eine andere gewesen, als Melville und Lady Caroline am Dienstag gleich nach dem Frühstück erschienen waren und sie sich in den Salon zurückgezogen hatten, wo Lady Caroline Elizas Gemälde betrachtete.

»Muss diese Scharade wirklich sein?«, hatte Melville protestiert, als Eliza erneut die Notwendigkeit einer Erklärung für all die Zeit betonte, die er am Camden Place verbringen würde.

»Ja«, hatte Eliza beharrt. »Ich kann mich nicht derart zum Gerede machen.«

Die Lösung hatte schließlich Margaret geliefert.

»Was, wenn Lady Caroline mir Französisch beibringen würde?«, hatte sie vorgeschlagen. »Und Melville wäre ihr Geleit für den Hin- und Rückweg und würde dir während unseres Unterrichts Gesellschaft leisten.«

Lady Caroline hatte die Augenbrauen hochgezogen. »Und ich … sitze während der Malerei einfach hier herum? Wie aufregend.«

»Oder Ihr könntet mich tatsächlich unterrichten«, hatte Margaret mild eingeworfen. »Ich wollte es schon immer lernen und … ich glaube, Ihr habt bereits Erfahrung als Privatlehrerin, oder?«

Lady Caroline sah Margaret daraufhin einige Herzschläge lang unnachgiebig an. Margaret erwiderte ungerührt ihren Blick.

»Das habe ich«, stimmte Lady Caroline mit einem langsamen Lächeln zu. »Also gut.«

Eliza hatte sich ausgemalt, sie würden ihre Unterrichtsstunden ebenfalls im Salon abhalten – Eliza und Melville an einem Ende, Lady Caroline und Margaret auf dem Sofa – eine recht beengte Situation, ja, aber auch herzlich und gesellig. Heute jedoch hatte Lady Caroline diese Vorstellung zunichtegemacht.

»Wir haben hier nicht genug Platz«, sagte sie und bedeutete Margaret, ihr zu folgen. »Wir werden uns ins Wohnzimmer zurückziehen.«

»Aber … was ist mit der Anstandsbegleitung?«, fragte Eliza. In ihrem Alter und als Witwe war eine solche Begleitung vielleicht nicht mehr so unerlässlich wie für eine junge Dame, aber vor dem Hintergrund der intimen Konnotation der Porträtmalerei erschien es ihr durchaus angebracht.

»Wir stecken alle halbe Stunde mal den Kopf herein, um sicherzugehen, dass nichts Ungebührliches geschieht!«, rief Margaret fröhlich, und die beiden verschwanden.

Und so war es jetzt. Es war sehr leise ohne sie, und Eliza stieg grundlos die Röte ins Gesicht. *Es geschieht nichts Ungebührliches,* rief sie sich in Erinnerung. *Du tust nichts Falsches.* Dennoch wünschte sie, ungerechterweise, Melville würde sie nicht so direkt ansehen – ihre Hände begannen zu zittern, und ihre Strichführung wurde so krakelig wie die eines Kindes.

Kurz fragte sie sich, was Somerset denken würde, wenn er wüsste, was sie hier taten – verbannte den Gedanken aber sofort wieder. Somerset und sie waren *Freunde,* sonst nichts – und eigentlich auch das kaum, waren doch ihre Begegnungen der letzten Tage höchstens … zaghaft gewesen. Aber auch diesen Gedanken verbannte sie, während sie sich bemühte, ihren ersten Versuch von Melvilles Gesicht zu retten, das traurig entstellt wirkte.

»Ihr müsst einen außerordentlichen Zeichenlehrer gehabt haben«, merkte Melville an, als Eliza von vorne begann, sein Profil zu skizzieren.

»Ja«, sagte Eliza. Er war tatsächlich selbst Porträtmaler gewesen, ein Mr Brabbington, eingestellt auf Geheiß ihres Großvaters.

»Und hat Euer Großvater auch eine Rolle in Eurer Ausbildung übernommen?«

»Ja«, bestätigte Eliza erneut. Als sie noch ein Mädchen gewesen war, hatte die ganze Familie den Sommer in Balfour House verbracht, und während ihre Cousinen auf dem weitläufigen Rasen gespielt hatten, war Eliza oft in das Atelier ihres Großvaters geschlichen, um ihm beim Arbeiten zuzusehen. Solange sie klein und leise genug gewesen war, um ihn nicht zu stören, hatte er ihre Anwesenheit toleriert, und dann, als er allmählich ihr Talent erkannte, hatte er begonnen, Eliza beinahe als seine Assistentin zu behandeln.

»Vermisst Ihr ihn sehr?«, fragte Melville.

Eliza erwiderte kurz Melvilles Blick, bevor ihre Augen wieder zum Papier zurückkehrten. Melvilles Art zu fragen ermunterte sie, ihm ihr Herz auszuschütten, aber solch persönliche Themen zu besprechen, fühlte sich nicht richtig an. Immerhin waren sie *allein.*

»Ja«, sagte sie also wieder. Der alte Mr Balfour war verstorben, als sie erst fünfzehn gewesen war, und mit ihm der einzige Verbündete, den sie in der Familie gehabt hatte – außer Margaret, für die sie nicht nur eine Art Handelsgegenstand darstellte.

»Und Euren verstorbenen Ehemann?«, fragte Melville weiter.

Fassungslos sah Eliza von ihrem Zeichenblock auf. Diese Unverfrorenheit!

»Ihr stellt sehr viele Fragen, Mylord!«, sagte sie, weniger eine Antwort als eine Zurechtweisung.

»Nicht mehr, als Ihr unbeantwortet lasst«, merkte Melville an. »Ich wünschte, Ihr tätet das nicht.«

»Warum?«

»Ich würde Euch gern kennenlernen«, erklärte er. »Mit dem Konzept seid Ihr vertraut, ja?«

»Und ich nehme an, wenn ich Euch eine Menge persönlicher Fragen stellen würde«, gab Eliza zurück, »hättet Ihr kein Problem damit, sie alle zu beantworten.«

»Aber natürlich nicht«, sagte Melville. »Ihr könnt mich alles fragen.«

Eliza stieß ein Seufzen aus. Sie hätte wissen müssen, dass er mit einer solchen Herausforderung reagieren würde.

»Da ich nur sehr wenig über Euch weiß, bis auf das, was die gemeine Gerüchteküche besagt, wüsste ich gar nicht, womit ich anfangen sollte«, sagte Eliza ausweichend.

»Dann lasst uns doch mit dem anfangen, was die gemeine Gerüchteküche besagt!«, schlug Melville vor. »Seid nicht schüchtern! Ich verspreche, wahrheitsgemäß zu antworten.«

Als Eliza nicht gleich das Wort ergriff, machte er eine auffordernde Handbewegung, als sei sie ein Pferd. In Eliza erwachte das unvorteilhafte Verlangen, ihn zu schockieren; seine unermüdlich gute

Laune für einen Moment zu erschüttern. Sie legte ihren Stift beiseite und faltete die Hände.

»Man sagt, die Melvilles seien verrückt«, verkündete sie das schlimmste Gerücht, das ihr einfiel.

Melville dachte darüber nach.

»Wie Ihr mir sicher zugestehen werdet, ist es schwer zu sagen, ob man selbst verrückt ist oder nicht«, antwortete er. »Meinen Großvater habe ich nie getroffen, daher kann ich keine Aussage über seinen Geisteszustand treffen, aber ganz sicher war er ein Unmensch. Daher ist mein Vater ins Ausland geflohen, sobald er konnte, und erst zurückgekehrt, als der alte Mann tot war. Was noch?«

»Man sagt, Ihr seid ein Schwerenöter«, sagte sie mutig. Ihre Mutter würde in Ohnmacht fallen, wenn sie sie hören könnte.

»Zugegeben, ich habe mich einige Jahre intensiv mit dem Studium der Damenröcke auseinandergesetzt«, antwortete Melville nachdenklich. »Wobei ich denke, dass es nicht viel intensiver war als bei den anderen Gentlemen unserer Kreise.«

»Ist das so?«, fragte Eliza skeptisch. Das war nicht das, was *sie* gehört hatte.

»Die Gesellschaft zeichnet mich gern mit übernatürlichem Charme aus«, sagte Melville. »Sie verurteilt jede Dame, die es wagt, mit mir zu sprechen, als liebeskrank, jede Frau, mit der ich tanze, als meine Geliebte, und jedes unverheiratete Mädchen, das meinen Weg kreuzt, als schutzbedürftiges Opfer. So ist es schon, seit ich ein Schuljunge war.«

Er sprach ohne Wut oder Abwehrhaltung, noch immer ein Lächeln im Gesicht, als kümmere es ihn nicht im Geringsten, aber Eliza beäugte ihn unsicher und fragte sich, ob sie ihr Spiel nicht zu weit getrieben hatten.

»Was noch?«, forderte er sie auf.

Sie zögerte.

»Kommt schon, Lady Somerset, Ihr habt so gut angefangen.«

»Man hört, Ihr seid aufgrund eines Skandals nach Bath gekommen«, sagte sie.

»Meine Rede«, sagte Melville mit einem sarkastischen Zucken seiner Augenbraue. »Egal, wo ich hingehe, man hält immer einen Skandal für den Grund.«

»Nun, diesmal sagt man, die Paulets seien involviert«, fuhr sie fort, und endlich rutschte Melville doch das Lächeln vom Gesicht.

»Ach, sagt man das«, fragte er.

»Das tut man«, bestätigte Eliza triumphierend, während sie wieder nach ihrem Stift griff, um weiterzuzeichnen. *Das* wollte er offensichtlich nicht beantworten. »Habt Ihr zu dieser Angelegenheit etwas zu sagen, Mylord?«

Melville stieß ein plötzliches Lachen aus.

»Ihr könntet Euren Sieg etwas gnadenvoller auskosten, Mylady«, sagte er. »Aber ich erkläre mich trotzdem geschlagen – denn bei diesem Thema verbietet es mir tatsächlich die Diskretion, mehr zu sagen.«

»Na also!«, sagte Eliza noch triumphierender, und Melville lachte und hob in gespieltem Flehen die Hände.

»Bleibt so!«, wies Eliza ihn an und beeilte sich, mit dem Bleistift seinen Gesichtsausdruck einzufangen – aber er war schon nicht mehr da, davongetragen wie Sand in den Wellen. Sie stieß ein kurzes Seufzen aus.

»Bin ich *sehr* schwierig?«, fragte Melville eher amüsiert als entschuldigend.

»Nein, nein«, erwiderte Eliza. Sie wollte nicht für undankbar gehalten werden, und auch wenn es vielleicht mit einem weniger bewegten Motiv einfacher gewesen wäre, so war es tatsächlich die Herausforderung, die das Ganze so aufregend machte. Sie würde schneller werden müssen, ihren Bleistift stets noch schärfer halten, ihn näher beobachten müssen. Ihr Großvater hatte immer gesagt, das Geheimnis der Kunst läge nicht darin, dass man lernen musste zu malen, sondern zu *sehen*. Jetzt in der Lage zu sein, seine Lektionen tatsächlich üben zu können, nach all diesen Jahren, weckte in Eliza das Gefühl, wieder im Atelier in Balfour zu stehen, als würden seine Hände die ihren noch immer führen.

»Irgendwann schaffe ich es«, versicherte sie Melville, jetzt mit ruhigeren Händen.

»Daran hege ich keinen Zweifel«, sagte er.

Die Gewissheit in seiner Stimme ließ sie erröten, und Melville lachte sanft auf.

»Das war noch nicht einmal ein wirkliches Kompliment«, zog er sie auf.

»Wenn Ihr schon nicht still sitzen könnt, Mylord«, erwiderte sie, den Blick auf ihr Zeichenpapier gerichtet, während ihre Wangen sich noch röter färbten, »könntet Ihr vielleicht wenigstens still sein.«

»Das schaffe ich nicht«, sagte Melville gut gelaunt. »Ob Ihr wohl nach ein paar Sitzungen aufhören werdet, zu erröten?«

Eliza bezweifelte es. Sie sagte nichts.

»Ich hoffe es nicht«, beschloss Melville.

Als die Uhr Viertel vor schlug, zuckte Eliza zusammen – und Melville machte ein Gesicht, als hätte das Geräusch ihn persönlich beleidigt.

»Müssen wir jetzt schon aufhören?«, fragte er.

»Ich möchte nicht zu spät ins Kurhaus kommen«, antwortete Eliza und legte, nicht ganz ohne Erleichterung, ihre Zeichenutensilien beiseite.

»Nein, Gott bewahre, dass wir Somerset länger als eine Sekunde warten lassen«, sagte Melville und erhob sich gehorsam.

Eliza mied seinen Blick. Somerset war diese Woche jeden Morgen im Kurhaus erschienen, wie es schien, aus keinem anderen Grund, als ein paar Minuten leise mit ihr zu sprechen, und jeden Tag wurde ihre zögerliche Übereinkunft ein bisschen weniger angespannt.

»Ihr müsst uns nicht begleiten«, rief sie Melville in Erinnerung.

»O doch, das muss ich – Somerset vermisst mich so, wenn ich nicht anwesend bin.«

Eliza erwiderte nichts. Sie war sich nicht sicher, aber es schien mehr und mehr, als reserviere Melville seine ungeheuerlichen Spötteleien ausdrücklich für Somerset, als sei es sein gesamter Lebensinhalt geworden, diesen zur Weißglut zu bringen. Genau aus diesem Grund wäre es Eliza lieber gewesen, Margaret und sie wären nicht gemeinsam mit den Melvilles am Kurhaus eingetroffen, aber sie konnte es nicht ändern.

Somerset war bereits dort, als sie ankamen, lief in Richtung Tür, sobald Eliza die Schwelle übertreten hatte, und bot ihr einen Kelch Heilwasser an.

»Ach, das wäre nicht nötig gewesen, Somerset!«, rief Melville und nahm ihm den Kelch aus der Hand. »Eine solche Ritterlichkeit verdiene ich doch gar nicht.«

Somerset atmete langsam ein und wandte sich dann an Eliza. »Darf ich Euch an den Wasserspender geleiten?«

Sie nahm sofort an. Je weiter er und Melville voneinander entfernt waren, desto wohler würde sie sich fühlen.

»Hattet Ihr einen angenehmen Morgen?«, fragte Somerset.

»Ja«, antwortete Eliza vorsichtig. »Margaret hingegen hatte eine weitere Französischstunde …«

»In Begleitung von Melville, wie ich annehme«, sagte Somerset.

»Und ich habe einen Brief von meiner Mutter erhalten«, fügte Eliza schnell hinzu.

»Ach, wie geht es Mrs Balfour?«, fragte Somerset. »Sie schien … unverändert, als wir uns in Harefield sahen.«

»Sie ist tatsächlich unverändert«, stimmte Eliza zu.

»Dann schreibt sie oft?«, vermutete Somerset.

»Mitunter zweimal am Tag«, sagte Eliza und lächelte, als Somerset auflachte. »Sie und mein Vater haben ein ganzes Buch voller Ansichten darüber, wie ich mich verhalten und was ich mit meinen

Ländereien tun sollte. Da würde ein einzelner Brief einfach nicht ausreichen.«

»Meine Familie ist ähnlich beflissen«, sagte Somerset. »Meine Schwester verlangt einen so detaillierten Bericht all meiner Taten, dass sie wohl in der Lage wäre, meine Biografie zu verfassen.«

»Glaubt Ihr denn, ein solcher Text würde interessanten Lesestoff abgeben?«, zog Eliza ihn auf.

Somerset schüttelte den Kopf. »Nur wenn die Leserschaft Interesse an einer langatmigen Abhandlung über Fruchtwechsel hat«, antwortete er. »Das ist das Thema, mit dem Mr Penney und ich uns derzeit beschäftigen – einer meiner Landverwalter, wisst Ihr?«

»Ach ja, für mich wird er wohl auch arbeiten«, sagte Eliza. »Wir haben für Freitag ein Treffen angesetzt.«

»Ja, das hat er heute Morgen erwähnt«, sagte Somerset. Er zögerte. »Tatsächlich hat sich Mr Penney gefragt, ob ich an Eurem Treffen teilnehmen sollte.«

Eliza runzelte die Stirn. Mr Walcot hatte natürlich seine Bedenken, dass Eliza sich selbst in die Verwaltung ihrer Ländereien einbringen wollte, aber sie war der Meinung gewesen, er hätte diese Tatsache, wenn auch zögerlich, mittlerweile akzeptiert. Dass nun Mr Penney Somerset bezüglich ihres Landes kontaktierte, ohne überhaupt mit ihr gesprochen zu haben …

»Es geht nur um die Frage der Grenzziehung«, fügte Somerset hastig hinzu.

Vielleicht war es das. Vielleicht war Eliza übertrieben besorgt.

»Wenn es um Angelegenheiten geht, die unser beider Ländereien betreffen, dann müssen wir uns selbstverständlich besprechen«, sagte sie.

Nachdem sie Eliza ein Glas Wasser geholt hatten, gingen sie ihre Runde langsam zu Ende – er fragte nach ihren Neffen, sie nach seinen Nichten – und kamen gerade in dem Moment wieder neben Margaret an, als Mrs und Miss Winkworth geschäftig herbeieilten.

»Oh, Mylord, wir hatten gehofft, Euch hier zu treffen!«, zwitscherte Mrs Winkworth. »Winifred hat sich gefragt, ob Ihr wohl einen Brief an Miss Selwyn freizeichnen würdet?«

Mrs Winkworth schubste ihre Tochter nach vorne. In ihrem schlichten Musselinkleid, mit der Strohhaube und der leichten Röte auf den Wangen sah Miss Winkworth bezaubernd aus; sie hätte zweifellos als Inspiration für eines der Schäferinnen-Gemälde Mr Woodfordes dienen können, und jeglicher Anstoß, den Somerset an der Übergriffigkeit ihrer Mutter hätte nehmen können, schwand bei ihrem Anblick.

»Das tue ich mit Freude«, sagte er und nahm die ausgestreckte Nachricht vorsichtig entgegen.

»Das ist sehr freundlich«, sagte Miss Winkworth leise.

»Ach, Ihr habt Winifreds Woche gerettet, Mylord! Sie wird den ganzen Tag wahrhaft außer sich vor Freude sein über Eure Liebenswürdigkeit, da bin ich mir sicher!«

»Den *ganzen* Tag?«, fragte Eliza leise genug, dass nur Miss Winkworth sie hören konnte.

»Vielleicht … vielleicht nur den Morgen über«, gab Miss Winkworth mit einem vorsichtigen Lächeln im Flüsterton zurück.

»Habt Ihr gehört, dass Mr Lindley nächste Woche ein Konzert geben soll?«, fragte Mrs Winkworth vorgeblich in die Runde, wobei sie sich eigentlich nur an Somerset wandte. »Was für ein Bravourstück für Bath. Somerset, denkt Ihr, man sollte Lady Selwyn einladen? Ich bin überzeugt, eine solche Angelegenheit entspräche genau ihrem Geschmack.«

»Da bin ich sicher«, sagte Somerset und warf Eliza einen schnellen Blick zu. »In ihrem letzten Brief bat sie mich, Euch allen ihre guten Wünsche auszurichten.«

»Tatsächlich?« Mrs Winkworth wirkte höchst erfreut.

»Sie bat mich auch, besonders Melville eine Nachricht zu übermitteln«, fuhr Somerset fort.

»Ach ja?«, fragte Melville. »Könnt Ihr hier über die Sache sprechen, oder ist die Nachricht privater Natur?«

Somersets Kiefer mahlten.

»Lady Selwyn hörte, dass Ihr wieder schreibt«, sagte Somerset, »und möchte zum Ausdruck bringen, wie sehr sie sich freut – und wie ungeduldig sie auf Neuigkeiten wartet, solltet Ihr denn welche haben.«

»Stimmt das, Melville?«, fragte Margaret.

»Hat Lady Somerset Euch das nicht bereits erzählt?«, fragte Melville.

Margaret warf Eliza einen finsteren Blick zu.

»Ich wusste nicht, ob es ein Geheimnis ist«, verteidigte Eliza sich.

Wie zum Beweis hob Melville ohne jede Peinlichkeit seine Unterarme, um die Tintenflecken zu offenbaren, die das makellose Weiß seiner Manschetten verunzierten. Und warum sollte es ihm auch peinlich sein? Denn irgendwie ließ der Makel Melville nur noch eleganter aussehen – und Eliza entschied spontan, dass sie die Flecken in das Porträt mit aufnehmen würde.

»Wunderbar!«

»Sollen wir diese Flecken tatsächlich für ein Versehen halten?«, fragte Somerset. »Nicht für einen beabsichtigten Ausdruck mystisch-künstlerischer Ausstrahlung?«

Lady Hurley und Mr Fletcher sahen überrascht auf. Da sie zum ersten Mal Zeuge von Somersets und Melvilles Wortgefechten waren, konnten sie Somersets plötzliche Schärfe nicht einordnen.

»Denkt Ihr wirklich, ich habe eine mystische Ausstrahlung, Mylord?«, fragte Melville. »Wie wunderbar. Ich begann zu fürchten, es hätte niemand bemerkt.«

»Wie immer seht Ihr ein Kompliment, wo keines ist«, sagte Somerset.

»Das macht die Gespräche mit Euch einfach angenehmer, wisst Ihr?«

»Gehen denn alle zum Konzert nächste Woche? Ich denke, wir werden auf jeden Fall dort sein, jetzt, da wir wissen, dass Lindley spielt?«, ergriff Eliza das Wort, ehe Somerset etwas erwidern konnte. Er schien nur immer wütender zu werden, je fröhlicher Melville blieb.

Zustimmendes Gemurmel erhob sich in der Runde.

»Ich werde gehen«, sagte Somerset. »Darf ich Euch mein Geleit anbieten?«

»Ich befürchte, Lady Somerset hat bereits zugestimmt, sich uns anzuschließen«, behauptete Melville, und Eliza warf ihm einen überraschten Blick zu, da dies nicht im Geringsten der Wahrheit entsprach.

»Hat sie das? Bevor sie überhaupt entschieden hat, das Konzert zu besuchen?«

»Ach, ich kenne sie schon lange als hellsichtige Frau«, sagte Melville.

»Ihr kennt sie überhaupt nicht lange«, knurrte Somerset.

»Wir sollten jetzt gehen, Max«, mischte Lady Caroline sich ein, bevor Melville antworten konnte – zu Elizas Erleichterung. Langsam verursachten die Männer ihr Kopfschmerzen.

Natürlich fing es gerade, als sie aus der Tür treten wollten, an zu regnen.

»Ach, verdammt!«, rief Margaret undamenhaft und starrte in den Nieselregen. »Ausgerechnet jetzt, da wir niemals eine Droschke bekommen werden!«

Das Besucheraufkommen im Kurhaus war so hoch, dass Droschken und Portechaises davor Mangelware waren.

»Unmöglich«, stimmte Mr Fletcher zu.

»Wir werden alle ertrinken!«, rief Lady Hurley.

»Habt Ihr vor, Euch mit dem Gesicht nach unten in eine Pfütze zu legen?«, fragte Lady Caroline amüsiert.

»Ich denke, es wäre wohl das Beste, wenn wir einfach schnell losgehen«, sagte Eliza mit einem Blick zum Himmel, der sich unheilvoll verdunkelte. »Bevor es noch schlimmer wird.«

»Brava, Lady Somerset die Tapfere«, sagte Melville. »Immerhin wird es für einen romantischen Anblick sorgen.«

»Das mag wohl sein, Mylord«, sagte Somerset und zog seinen Mantel fester um sich. »Aber Lady Somerset trägt Seide.«

Entschlossen trat er hinaus auf die Straße, und sie sahen ihm skeptisch hinterher.

»Vielleicht sehen wir ihn gerade zum letzten Mal«, sagte Melville erstaunt.

Aber im Handumdrehen tauchte Somerset wieder auf, und der Anblick, wie er zielstrebig durch den Regen auf sie zukam, eine Droschke im Schlepptau, als hätte er sie mit reiner Willenskraft heraufbeschworen, war – nun ja, es war auf jeden Fall bewegend. Und erneut konnte Eliza nicht anders, als zu bewundern, wie gut Somersets dunkler Frack seine Figur zur Geltung brachte. Er hatte fraglos keinen Bedarf an der Steifleinen-Polsterung, die andere Gentlemen nutzten, um ihre Oberbekleidung auszustopfen.

»Die Männer müssen zu Fuß gehen«, sagte er. »Aber die Ladys bleiben trocken.«

»Ihr seid ein Zauberer, Mylord«, sagte Lady Hurley.

»Schmeichlerin«, schalt Somerset sie lächelnd, und Lady Hurley ergriff mit einem Kichern seinen Arm, um einzusteigen.

Margaret und Lady Caroline folgten, dann war Eliza dran. Somerset hielt ihr die Hand hin, und als Eliza sie ergriff, war ihr, als spüre sie, wie er ganz leicht ihre Finger drückte. Sie wandte den Kopf, um ihn anzusehen, aber seine Miene war unbewegt, unlesbar. Vielleicht hatte sie es sich eingebildet.

»Wir sehen uns morgen wieder, Mylady«, murmelte er, bevor er die Tür schloss.

Auf der Straße hob Melville die Hand und winkte gut gelaunt.

»Himmel«, keuchte Lady Hurley, als die Droschke losfuhr. »Wenn das so weitergeht, reden bald alle Klatschmäuler Baths darüber, Lady Somerset.«

»Ich weiß nicht, wovon Ihr sprecht«, sagte Eliza, ohne ihrem Blick zu begegnen.

»Einen Moment lang sahen sie aus, als würden sie sich gleich duellieren«, sagte Lady Hurley. »Es war … höchst ergreifend.« Und obschon es in der Kutsche nicht warm war, begann sie, sich heftig Luft zuzufächeln. »Es würde mir nichts ausmachen, es noch einmal zu sehen«, fügte sie hinzu.

»Braucht Ihr Riechsalz, Mylady?«, fragte Lady Caroline mit einem belustigten Lächeln.

»Da ihr Verhalten in gegenseitiger Abneigung begründet liegt«, sagte Eliza, »bereitet es mir keinerlei Vergnügen.«

Was größtenteils auch stimmte – welche Dame würde nicht zumindest kurze Freude verspüren, wenn man so um sie rang, egal, aus welchem Grund? Aber einen solchen Wettstreit mit anzusehen und sich – durch Willenskraft – dazu zwingen, nichts hineinzulesen… das hatte etwas von Folter. Melville war ein Frauenheld, das wusste Eliza, und Somerset … Eliza wusste nicht, was Somerset war, aber sie würde *nicht* noch einmal zu viel in sein Verhalten hineininterpretieren.

Von der anderen Seite der Kutsche betrachtete Lady Hurley sie einen Moment lang, als überlege sie, ob sie ihr glaubte – dann lachte sie gackernd auf.

»Wenn Ihr das sagt!«, beschloss sie.

14

Als der Februar in den März überging, wurde das Wetter unbarmherzig. Jeder Tag brachte neue Böen eisigen Regens und heftiger Winde, die die Straßen der Stadt mit Pfützen füllten und die Bäume sich beängstigend biegen ließen. Drinnen am Camden Place war das Leben jedoch warm. Dem unkritischen Auge schien das Muster von Elizas Tagen nicht abwechslungsreicher als zuvor, schließlich waren ihr in der Trauerzeit die meisten Aktivitäten noch immer verwehrt. Aber von außen konnte man natürlich weder erahnen, dass Eliza zweimal in der Woche der höchst undamenhaften Beschäftigung der Porträtmalerei nachging – Skizze um Skizze von Melvilles Gesicht anfertigte, seinen Augen, seinen Händen –, noch, dass die gewöhnlichsten aller Unternehmungen plötzlich größte Spannung besaßen, weil sie fast überall von Somerset begleitet wurde.

Wahrhaftig, Freundschaft war noch nie so schön gewesen. Wie besprochen trafen Somerset und Eliza sich mit dem Landverwalter, und auch wenn Mr Penney mit einer solchen Überheblichkeit mit ihr sprach, dass sie hätte schreien mögen, hörte Somerset Elizas Meinungen die ganze Zeit über aufmerksam an, sodass sie den Termin trotz allem irgendwie genießen konnte. Es tat sehr gut, endlich jemanden zu haben, mit dem man all die Herausforderungen des Landbesitzes besprechen konnte: Mit ihrer Familie war das nicht möglich, man hätte gewiss sofort versucht, ihr die Kontrolle zu entreißen, und Margaret hatte nicht das geringste Interesse an Landwirtschaft und auch keinen Hauch von Bedenken, ihr das mitzuteilen. Somerset dagegen saß im selben Boot wie Eliza: Er gab sein Bestes, um die Erfüllung einer Pflicht zu erlernen, die ihm nicht in die Wiege gelegt worden war.

»Ihr habt einen guten Sinn für diese Dinge«, sagte er beeindruckt, als Mr Penney den Camden Place wieder verlassen hatte, während er noch auf eine weitere Tasse Tee geblieben war. »Die meisten Damen fänden es sterbenslangweilig.«

»Vielleicht liegt das daran, dass man den meisten Damen gar keine Chance gibt?«, schlug Eliza in neckischem Ton vor.

»Ach, da mögt Ihr recht haben«, erwiderte Somerset. »Aber ich glaube trotzdem, dass Euer Interesse Euch empfiehlt. Mein Onkel wäre stolz gewesen, dass Ihr Eure Verantwortung so ernst nehmt.«

»Vielleicht«, sagte Eliza.

»Stimmt Ihr mir nicht zu?«, fragte Somerset.

Eliza zögerte einen Moment. Während sie sich in den letzten paar Tagen unbelastet genug gefühlt hatte, um Somerset nach seinem Leben in der Marine zu fragen – wohin er gereist war, was er gesehen, welche Menschen er kennengelernt hatte –, war das Thema des verstorbenen Earls eines, das sie beide noch nicht souverän ansprechen konnten.

»Stolz war nicht das Gefühl, das ich gewöhnlich in ihm ausgelöst habe«, sagte sie vorsichtig. Sogar zu Beginn – vor allem zu Beginn – war der Earl enttäuscht über ihre Unwissenheit gewesen. Zwar konnten die Balfours durchaus eine vornehme Abstammung vorweisen, aber sie entstammten nun mal nicht der eigentlichen Adelsriege, und es hatte viel – so unglaublich viel – gegeben, das Eliza nicht gewusst hatte. *Du dummes Mädchen,* hatte ihr Ehemann oft gesagt, wenn ihr schon wieder ein Fehler unterlaufen war und sie trotz aller Vorsicht schon wieder etwas falsch gemacht hatte. *Du dummes Mädchen.*

»Im Testament«, setzte Somerset zögerlich an. »Erwähnte er Eure Loyalität und Eure –«

»Gehorsamkeit!«, sagte Eliza bitter. »Ja, ich erinnere mich.«

Somerset blinzelte.

»Ich bin … ich bin natürlich dankbar für das Land, das er mir vererbt hat«, sagte Eliza wieder ruhiger. »Aber die Vorstellung, er hat es getan, um mich zu belohnen? Das sähe ihm nicht sehr ähnlich, wisst Ihr. Er hat sein Testament an dem Morgen geändert, als Selwyn und er gestritten haben, im Zorn. Wenn er länger gelebt hätte, wäre die Änderung wohl wieder zurückgenommen worden.«

Höchstwahrscheinlich, wenn Eliza das nächste Mal die Baroness Digby und die Baroness Dudley verwechselt hätte – ein Fehler, der ihn immer in äußerste Wut versetzt hatte.

»Er war kein besonders warmherziger Mann«, gestand Somerset ein.

»Er hat während unserer gesamten Ehe seinem Pferd mehr Zuneigung zuteilwerden lassen als mir«, sagte Eliza und spürte, wie ihr die Kehle eng wurde.

Eine Pause entstand. Auf dem Sofa hoben sich Somersets Hände, verharrten bewegungslos und kehrten dann an seine Seite zurück.

»Aber schließlich *war* Misty ja auch ein Andalusischer Schimmel«, fügte Eliza hinzu, und Somerset lachte leise. Offenbar verstand er, dass Eliza das Thema vorerst abschließen wollte. Und wenn Somerset sich in diesem Moment wie in allen folgenden der nächsten fünf Tage – als er ihr im Kurhaus Wasser geholt, mit ihr spazieren gegangen, sie, als der Regen nachgelassen hatte, zum ortsansässigen Tattersall begleitet hatte, um ihr und Margaret zwei Reitpferde auszusuchen – als genauso liebenswürdig, rücksichtsvoll und fähig erwies, wie er es gewesen war, als Eliza sich damals in ihn verliebt hatte … waren dann nicht ebendiese Qualitäten auch welche, die man an einem Freund schätzen konnte?

»An einem Freund, den du gern küssen würdest, vielleicht«, merkte Margaret mit scharfer Zunge an, als Eliza diesen Gedanken laut aussprach. Sie saß auf der Fensterbank des Salons und sah durch die regennasse Scheibe hinunter auf die Straße.

»Ach, sei still«, sagte Eliza und lief hinüber zum Spiegel, um ihr Haarteil zu richten. Es war Mittwochabend, und sie hatten sich für das Konzert in ihre besten Kleider geworfen: Margaret in eine Robe aus blauem Krepp über einem Unterkleid aus weißem Satin, ergänzt durch kunstvolle Ohrringe, Halskette und Armreifen aus Saphiren und Perlen – ein Set, das an ihr noch himmlischer aussah als beim Juwelier –, und Eliza, die nun fast seit elf Monaten Trauer trug, hatte mit ihrem Ensemble aus schwarzer Spitze über weißem Unterstoff begonnen, etwas Helligkeit in ihre Garderobe zu mischen.

»Hast du dich darauf vorbereitet, wie du dich fühlen wirst, wenn er wieder geht?«, fragte Margaret plötzlich. »Diese Woche ist es so weit, oder?«

»Morgen«, antwortete Eliza und hielt den Blick standhaft auf ihr Spiegelbild gerichtet. »Und ja, das habe ich.«

Ihre Stimme war fest – das wusste Eliza, weil es sie alle Mühe kostete –, aber Margaret schnaubte trotzdem.

»Du hast den Kopf fest in den Sand gesteckt«, sagte sie. »Auf mehr als nur einer Ebene, möchte ich hinzufügen.«

»Bitte erleuchte mich«, sagte Eliza ohne Begeisterung.

»Hast du auch nur einmal darüber nachgedacht, was du tun wirst, wenn ich gehe?«, fragte Margaret. »Sosehr ich auch selbst nicht daran denken möchte, in einem Monat ist es April, und Lavinia wird kurz vor der Niederkunft stehen. Du solltest darüber nachdenken, wo du eine neue Gesellschafterin herbekommst. Es gibt eine Menge angesehene Frauen in Bath, die sicher ein annehmbarer Ersatz für mich wären.«

»Wer denn zum Beispiel?«, fragte Eliza missmutig.

»Wie wäre es mit Miss Stewart?«, schlug Margaret vor.

»Zu … ordinär«, beschloss Eliza.

»Dann vielleicht Mrs Gould? Sie ist ziemlich unterhaltsam.«

»Leider auf sehr wörtliche Weise.«

»Wann hast du einen so hohen Standard für Geist entwickelt?«, fragte sich Margaret. »Komm schon, so schlimm wären sie nicht.«

»Sie sind nicht du«, sagte Eliza.

»Das ist nicht unbedingt ihre Schuld«, erwiderte Margaret, aber ihr Lächeln wurde melancholisch.

Eliza sah das anders.

»Die Melvilles sind hier«, sagte Margaret mit einem Blick aus dem Fenster. »Sollen wir uns noch einmal in den Kampf stürzen?«

Eliza nickte, hüllte sich in ihren Mantel, griff nach ihrer Handtasche und dem Fächer. Gemeinsam machten sie sich auf den Weg zum Konzert, Melville unterhielt sie mit einer amüsanten Geschichte darüber, wie er sich einmal eine Droschke mit einem berühmten Schauspieler und seinem kleinen Affen geteilt hatte, während Margaret und Lady Caroline ihn gut gelaunt neckten. Nur Eliza war still. Sie konnte ihr Gespräch mit Margaret nicht so leicht abschütteln, und das unruhige Gefühl blieb. Ihr derzeitiger Zustand der Zufriedenheit war hart erarbeitet, und das gerade erst; daran zu denken, wie leicht er wieder verloren gehen konnte, war unangenehm.

Als sie die Upper Rooms erreichten, legten sie ihre Mäntel und Umhänge ab.

»Ein neues Kleid?«, fragte Eliza Lady Caroline, bemüht, sich wieder an der Unterhaltung zu beteiligen, und bewunderte das Kleid aus glänzender weißer Spitze – der Rock war zu einer so breiten Glockenform ausgestellt, wie Eliza es noch nie gesehen hatte.

»Ja, *endlich*«, sagte Lady Caroline und warf Melville einen finsteren Blick zu.

Melville verdrehte die Augen Richtung Himmel.

»Caroline beschreibt mich gern als Pfennigfuchser«, sagte er zu Eliza, als sie durch den Flur gingen, »nur weil ich es einmal gewagt habe, zu hinterfragen, ob nicht diamantbesetzte Schuhe möglicherweise etwas …«

»De trop?«, schlug Margaret grinsend vor, und Melville stieß ein erfreutes Lachen aus.

»Ich dulde es nicht, dass meine Lektionen gegen mich verwendet werden«, sagte Lady Caroline streng und versetzte ihr mit dem Fächer einen Schlag auf den Arm.

Auf der Schwelle blieben sie stehen. In perfekter Imitation ihres letzten Konzertbesuches wandten alle im Raum die Köpfe, um zur

Tür zu blicken, nur dass diesmal sie und Margaret neben den Melvilles standen. Sie ließ den Blick über die Menge schweifen und sah Lady Hurley und Mr Fletcher am Feuer stehen, daneben Somerset und Lady Selwyn. Eliza nahm einen tiefen, bebenden Atemzug.

»Ojemine«, murmelte Margaret, als auch sie Lady Selwyn entdeckte.

»Bitte versuche, höflich zu sein«, erinnerte Eliza sie.

»Ich bin *immer* höflich«, sagte Margaret mit einem Schniefen. »Es sei denn, man verärgert mich.«

Lady Caroline stieß ein tiefes Lachen aus, hakte sich bei Margaret unter, und gemeinsam stolzierten sie in den Raum wie ein besonders eleganter Hexenzirkel.

»Double, double, toil and trouble«, zitierte Melville sanft in Elizas Ohr, und sie lachte. Melville schien heute Abend allerbester Laune zu sein und sprühte geradezu vor Energie.

»Läuft das Schreiben gut?«, fragte sie, als sie gemeinsam durch die Menge gingen.

»Tausend Zeilen sind geschafft«, sagte Melville. »In Alderley hätte ich mehr geschrieben; Meylers und Duffields haben nur Porsons *Euripides,* und das ist nicht meine bevorzugte Übersetzung, aber ich bin zufrieden. Woher wusstet Ihr das?«

»An solchen Tagen seid Ihr so … lebhaft«, sagte sie, halb peinlich berührt, es bemerkt zu haben.

»Müßiggang bekommt mir nicht«, sagte Melville. »Auch wenn Somerset das zu denken scheint.«

Er senkte die Stimme, als sie den Kamin erreichten. Eliza holte noch einmal tief Luft, um ihre Nerven zu beruhigen, als sie zur Begrüßung knickste. Sie würde Lady Selwyns Anwesenheit mit Fassung und Anmut tragen. Fassung und Anmut, wiederholte sie, als sei es ein Gebet.

»Wie eine wunderschöne Elster, Mylady!«, rief Lady Selwyn gehässig, während sie Elizas schwarz-weißes Ensemble musterte.

»Ja, ›Elster‹ war ganz bestimmt das, was ich im Sinn hatte«, fauchte Eliza, ihr Schwur sofort vergessen. »Oder Möwe.«

»Euer Kleid ist auch wirklich schön, Lady Selwyn«, sagte Margaret schneidend. »Meine Mutter hatte letzte Saison ein ganz ähnliches.«

Lady Caroline lachte schnaubend auf, und Lady Selwyn wurde rot.

»Ihr habt ein gutes Auge, Miss Balfour«, sagte Lady Selwyn. »Ich hielt es nicht für angebracht, ein neues Kleid für ein so provinzielles Ereignis zu verschwenden.«

»Eine solch herablassende Haltung ist wahrhaft bewundernswert«, sagte Lady Caroline aalglatt.

»Ich glaube nicht, dass ein Konzert in Bath schon einmal ein so angesehenes Publikum hatte!«, zwitscherte Mrs Winkworth von ihrer Position am Rande der Gruppe.

Wie bei Elizas Soiree war es offensichtlich, dass eine so ungleiche Abendgesellschaft nur in einer Katastrophe enden konnte, aber anders als bei ihrer Veranstaltung merkte Eliza, dass ihr das tatsächlich egal war.

»Das Konzert heute Abend *ist* jedenfalls weitaus besser besucht als alle, an die ich mich gerade erinnern kann«, bemerkte Lady Hurley, als sie sich umsah.

»Ich denke, das haben wir Melville zu verdanken«, sagte Somerset. »Die Schar der jungen Damen, die sich wünschen, er möge ihre Bücher signieren, scheint täglich zu wachsen.«

»Mein lieber Somerset, auch wenn ich Verantwortung für die Damen auf mich nehmen muss«, sagte Melville, »kann ich Euch versichern, die Gentlemen sind nicht *meinetwegen* hier.«

Er drehte sich um und warf Eliza einen bedeutungsvollen Blick zu, die es nur mit größter Willensanstrengung schaffte, nicht zu erröten.

»Was meint Ihr damit, Melville?«, fragte Lady Selwyn.

»Da will ich Euch erleuchten, Mylady«, sagte Melville. »Bath füllt sich immer schneller mit Gentlemen, die sich wünschen, die Aufmerksamkeit unserer Lady Somerset auf sich zu ziehen. Wenn sie erst einmal ihre Witwentracht ablegt, wird Bath belagert sein.«

Eliza verlor ihren inneren Kampf und errötete. Melville grinste, als hätte er etwas gewonnen.

»Vielleicht wenn ich eine jüngere Frau wäre«, sagte Eliza bescheiden, »aber doch nicht auf meine alten Tage.«

Eine Welle der Entrüstung brandete in der Runde auf.

»Unmöglich!«, widersprach Mr Fletcher heftig.

»In meinen Augen seid Ihr noch immer ein junges Mädchen«, erklärte Lady Hurley beherzt.

»Ich habe mich tatsächlich gefragt, ob Ihr langsam verkalkt«, sagte Lady Caroline und tat so, als unterzöge sie Eliza einer genauen Betrachtung.

Eliza lachte.

»Ihr seid alle äußerst freundlich«, sagte sie aufrichtig. Zehn Jahre mit einem Mann verheiratet zu sein, der eher zu Vorwürfen als zu Komplimenten neigte, hatten Eliza wenig Grund gegeben, an ihre eigene Attraktivität zu glauben – aber mit Freunden wie diesen begann sie, ein wenig aufrechter zu stehen.

»Das ist keine Freundlichkeit, sondern eine Prophezeiung«, sagte Melville. Er sah zu Somerset. »Fungiert Ihr in der Abwesenheit von Lady Somersets Vater als Ansprechpartner, Mylord?«

Somersets Miene war wie versteinert.

»So etwas ist ganz sicher nicht notwendig«, sagte Eliza hastig.

»Und ich könnte die Rolle auch nicht ausüben, selbst wenn ich es wollte«, sagte Somerset. »Denn dieser Abend ist mein letzter in Bath.«

Was Eliza natürlich wusste, schließlich hatte sie mit wachsender Beklommenheit die Tage heruntergezählt, aber unsinnigerweise war seine Äußerung trotzdem wie ein Schlag in die Magengrube.

»Ihr verlasst uns?«, fragte Melville und griff sich anklagend mit der Hand an die Brust. »Aber wir sind doch gerade erst dabei, einander kennenzulernen!«

»Es gibt einige dringliche Angelegenheiten in Harefield, um die ich mich kümmern muss«, sagte Somerset in die Runde, ohne auf Melville zu achten. »Und da meine Arbeit mit Mr Walcot nun abgeschlossen ist –«

»Ach, habt Ihr endlich die Abschlussprüfung zum Earl bestanden?«, unterbrach ihn Melville. »Wisst Ihr, ich bin ja ein wenig beleidigt, dass Ihr in dieser Angelegenheit nicht *mich* um Rat bemüht habt, Somerset.«

»Seid Ihr das?«, erwiderte Somerset ausdruckslos.

»In der Tat«, sagte Melville. »Da ich selbst bereits seit fünf Jahren Earl bin, wage ich zu behaupten, das eine oder andere davon zu verstehen.«

»Und warum«, ging Somerset hoch, »sollte ich Rat von einem Mann annehmen, der wahrscheinlich nicht einmal weiß, wie viel Ackerland er besitzt?«

Die Beleidigung ließ Lady Hurley und Mr Fletcher aufkeuchen, während sich auf Lady Selwyns Gesicht ein schadenfrohes Lächeln ausbreitete.

Melville lächelte nur. »Zwölftausend Morgen«, sagte er. »Ackerland, meine ich.«

»Und was baut Ihr hauptsächlich an?«, fragte Somerset.

»Oh, ein Quiz«, lachte Melville. »Wunderbar. Rüben, Mylord – meine Antwort lautet Rüben.«

Somerset starrte ihn so finster an, als verdächtige er Melville, das erste Gemüse genannt zu haben, das ihm einfiel.

»Ich nehme an, Ihr praktiziert das Vierfeldersystem?«

»Selbstverständlich.«

»Und was sind Eure Ansichten zur Tullischen Sämaschine?«

»Grundgütiger, ich habe keine!«, rief Melville. »Ich gebe mich geschlagen – darf ich Euch als Preis einen Scheffel voll Rüben anbieten?«

Die ganze Gruppe lachte, nur Somerset, das Gesicht noch immer rot vor Zorn, sah aus, als hätte er Melville lieber einen Schlag verpasst.

»Überlegt Ihr noch immer, Eure Tochter nach Bath zu holen, Lady Selwyn?«, versuchte Mrs Winkworth die Aufmerksamkeit der Baroness wiederzugewinnen.

»Nein, wir haben uns letztendlich dagegen entschieden«, sagte Lady Selwyn. »Wenn überhaupt, dann ist Annie wohl eher *zu* selbstbewusst, und es macht wirklich –«

Eliza trat instinktiv einen kleinen Schritt zurück und versuchte, nicht zuzuhören. Sie drehte den Ring am Finger ihrer rechten Hand, dann fummelte sie am Verschluss ihres Armbands herum, das irgendwie nicht *ganz* richtig saß, bis er unter ihren nervösen Fingern aufsprang. Eliza wollte es festhalten, aber es rutschte ihr vom Handgelenk, nur um, kurz bevor es auf dem Boden aufprallte, von Melville aufgefangen zu werden.

»Oh – ich danke Euch«, murmelte sie und nahm das Schmuckstück entgegen.

»Kann ich behilflich sein?«, fragte er leise, und sie entfernten sich ein Stück vom Rest der Gruppe.

»Ich schaffe das«, sagte Eliza – Melvilles Hand auf ihrem Handgelenk wäre doch etwas zu intim gewesen. »Wenn Ihr vielleicht meinen Fächer halten könntet …?«

»Selbstverständlich«, sagte Melville und nahm ihn ihr ab.

Eliza legte sich das Armband um. Neben ihr betrachtete Melville, völlig unbeeindruckt von der Unterbrechung, nachdenklich ihren Fächer. Es war ein kunstvolles Werk aus Seide und Spitze, zusammengehalten von zarten Stäben dunklen Schildpatts – das Teuerste, was sie sich je in ihrem Leben gekauft hatte.

»Ich wünschte, es wäre noch immer Mode, dass auch Gentlemen Fächer tragen«, sagte er. »Es ist ein so nützliches Utensil.«

»Findet Ihr?«, fragte Eliza geistesabwesend, während sie mit der Schnalle kämpfte. *Fast geschafft.*

»O ja, der Ausdruck, den man damit erreichen kann! So zum Beispiel.« Er klappte den Fächer auf und ließ ihn dicht vor seinem

Gesicht flattern, sodass nur seine Augen sichtbar waren – dunkel und voller Lachen. »Seht her, jetzt bin ich schüchtern.«

»Ich sehe es«, sagte Eliza und blickte kurz lächelnd auf, bevor sie den Blick wieder auf den Verschluss richtete.

Geschafft!

Sie richtete sich auf. Melville wechselte den Fächer in die linke Hand und legte ihn sanft an seinen Hals. »Und jetzt?«, fragte er leise.

Eliza kramte in ihrer Erinnerung – die Sprache der Fächer galt mittlerweile als altmodisch, aber ihre Gouvernante hatte sie ihr trotzdem beigebracht, nur für den Fall…

»Jetzt wollt Ihr meine Bekanntschaft machen«, sagte sie. »Melville …«

Sie ließ den Blick durch den Raum schweifen – ihre Freunde beachteten sie nicht, aber trotzdem blickten noch immer einige Augen in ihre Richtung.

»Und jetzt?«

Melville drehte den Fächer um und drückte den Griff an die Lippen – küss mich –, und Eliza wurde feuerrot.

»Melville, ich weiß, Ihr beliebt zu scherzen«, zischte sie, »aber man *beobachtet* uns!«

»Dessen bin ich mir bewusst«, murmelte Melville, klappte endlich den Fächer zu und reichte ihn ihr zurück. »Somerset wird genauso rot wie Ihr – nicht so charmant, natürlich, aber dennoch habe ich Hoffnung, dass er heute Abend noch einen dunkleren Farbton erreicht.«

Unwillkürlich blickte Eliza zum Feuer, von wo aus Somerset zu ihnen herübersah, die Miene schwermütig und finster, und auch Lady Selwyns Blick huschte zwischen ihr und Melville hin und her. Sie fühlte, wie ihr Gesicht noch heißer wurde.

»Ich würde es vorziehen«, sagte sie sehr leise, »wenn Ihr mich aus Euren Streitigkeiten heraushieltet; ich werde nicht gern als Mittel zum Zweck benutzt.«

»Ich habe Euch nicht –«

Sie schloss sich wieder den anderen an, bevor er seinen Satz beenden konnte, wobei sie in noch mehr ihr zugewandte Mienen blickte – Mrs Winkworths säuerlich, Lady Hurleys mit bedeutungsvoll hochgezogenen Augenbrauen. Entschlossen reckte Eliza das Kinn.

»Ja …«, schloss Lady Selwyn endlich und wandte sich wieder zurück zu Mrs Winkworth. »Und Somerset hat versprochen, dass wir ihren Debütantinnenball am Grosvenor Square ausrichten.«

Sie warf ihrem Bruder einen koketten Blick zu.

»Eines der vielen Versprechen, die er bald wird einlösen müssen!«

Somersets Kopf fuhr ruckartig zu seiner Schwester herum.

»Nicht jetzt, Augusta«, sagte er warnend.

»Jetzt macht Ihr uns aber neugierig«, sagte Eliza und versuchte, unbeschwert zu klingen.

»Mein Bruder«, verkündete Lady Selwyn laut in die Runde, »hat versprochen, dass er sich *dieses* Jahr endlich eine Frau nehmen wird!«

»Hört, hört, Lord Somerset«, sagte Mrs Winkworth. »Gibt es denn schon Kandidatinnen?«

Ein seltsames Dröhnen erfüllte Elizas Ohren. Sie glaubte nicht, dieses Gespräch noch eine Sekunde länger aushalten zu können.

»Mylady …« Mr King, der Conférencier, erschien an Elizas Ellbogen, um sie im leisesten Flüstern anzusprechen, und noch nie war Eliza so dankbar gewesen, jemanden zu sehen. »Ich habe einen ruhigen Platz für Euch und eine Begleitperson reserviert.«

»Ich gebe Euch gern Geleit, Mylady«, schlug Melville leise vor.

»Ja, Somerset, wenn Ihr mich begleiten könntet –«, setzte Lady Selwyn an.

»Macht Euch keine Umstände, Melville«, sagte Somerset. »*Ich* begleite Ihre Ladyschaft.«

Er bot Eliza seinen Arm an, und sie ergriff ihn unwillkürlich. In ihrem Kopf drehte sich noch immer alles.

»Bitte entschuldigt Augusta«, sagte Somerset mit leiser Stimme, als sie Mr King hinterhergingen. »Sie kann manchmal –«

Oh, wollte er das wirklich mit ihr *diskutieren,* genau jetzt?

»Es besteht kein Grund, sich zu entschuldigen, Mylord«, unterbrach sie ihn.

»Natürlich besteht –«

»Ihr müsst ... es mich wissen lassen, wenn ich Euch beglückwünschen soll«, sagte Eliza heiser.

Sie spürte, wie sich unter ihrer Hand die Muskeln in Somersets Arm anspannten, und er holte scharf Luft, als wolle er etwas sagen, aber der Conférencier deutete mit einer Verbeugung auf die ihnen zugedachte Nische, und Somerset blieb stumm. Sie lag ein wenig abseits vom Rest des Publikums, und war daher vor den neugierigen Augen der Öffentlichkeit geschützt, doch obschon ihnen noch ein paar Minuten blieben, bis das Konzert begann, gab Eliza ihm keinen Anlass, das Wort zu ergreifen.

Die Musik setzte ein. Die ersten beiden Stücke, im Wechsel von einem Sopran und einem Tenor vorgetragen, kannte Eliza nicht, auch wenn die Darbietung sehr gut war. Dann waren Mr Lindley und sein Quartett an der Reihe, und während sie raschelnd ihre Notenblätter ordneten und leise ihre Instrumente nachstimmten, überlegte Eliza, ob sie nicht den Moment nutzen und die Flucht ergreifen sollte. Dann begannen sie zu spielen, und als die ersten Noten durch die Luft schwebten, wurde Eliza bewusst, dass sie das Stück kannte. Nicht den Namen des Stücks oder den des Komponisten, denn sie hatte es erst einmal zuvor in ihrem Leben gehört: bei Lady Castlereaghs Sommer-Ball im Jahre ’09, als sie mit dem Mann getanzt hatte, der jetzt neben ihr saß.

Als die Geigen die unverwechselbare Melodie aufnahmen, stockte Eliza der Atem. Freude und Entsetzen rangen in ihrer Brust um die Vorherrschaft. Freude, weil dieses Stück ihr eine der glücklichsten Erinnerungen ihres Lebens ins Gedächtnis rief. Entsetzen, weil sie nicht glaubte, es aushalten zu können, hier neben ihm zu sitzen, während sie zuhörte – nah genug, um ihn berühren zu können, und doch weiter weg, als sie es je gewesen war.

Eliza schloss die Augen und versuchte, ihrer Gefühle Herr zu werden. Es war nur Musik. Es war nur eine Erinnerung. Sie würde es ertragen, genauso, wie sie alles andere ertragen hatte. Aber gerade als sie dachte, es geschafft zu haben, gerade als sie dachte, sie könne wieder frei atmen, holte auch Somerset bebend Luft.

15

Wir haben zu diesem Stück getanzt, nicht wahr?«, sagte er so leise, dass seine Stimme beinahe mit der tiefsten Geige des Quartetts zu verschmelzen schien.

»Ja«, sagte Eliza, noch immer mit geschlossenen Augen. »Auf – auf Lady Castlereaghs Ball.«

»Ich erinnere mich«, sagte er. »Ihr trugt … Ihr trugt ein Kleid, das irgendwie zu funkeln schien.«

»Es war mit Rosetten aus Silberfäden bestickt«, antwortete Eliza. Sie war so stolz darauf gewesen.

»Ich konnte den Blick nicht mehr von Euch abwenden.«

»Und ich nicht von Euch.«

Es war, als wären sie in eine andere Welt eingetreten. Sie sprachen so sanft miteinander, den Blick nach vorne gerichtet, die Bewegung ihrer Lippen kaum wahrnehmbar, und ihr Flüstern kaum lauter als ein Gedanke, während sie ihre Erinnerungen mit einer Ehrlichkeit, die es sonst nur in Träumen gibt, der Musik anvertrauten.

»Ich habe Lady Jersey mitten im Satz stehen lassen«, sagte Somerset. »Diese beklagenswerte Unhöflichkeit hat sie mir nie vergeben.«

Eliza konnte das Lächeln in seiner Stimme hören, auch wenn sie den Blick weiter nach vorne gerichtet hielt, und irgendwie fühlte es sich so noch persönlicher an, als wenn sie es hätte sehen können.

In ihrem nächsten Ausatmen lag der Hauch eines Lachens.

»Meine Mutter hatte all meine Tänze vergeben. Aber Ihr sagtet, das sei Euch gleichgültig …«

»Das war es auch. Nie war mir etwas gleichgültiger.«

»Und dann hat die Musik eingesetzt«, seufzte sie.

»Und ich habe Eure Hand genommen …«

»Und wir haben getanzt …«

Sie konnte es vor ihrem geistigen Auge sehen, die Erinnerung war ihr bewusster als die Musiker auf der Bühne. Zwei junge Menschen, so unmöglich verliebt, wie man es nur sein konnte, ohne Kenntnis darüber, dass ihre gemeinsamen Tage bereits gezählt waren. Sie konnte sich so gut an den festen Griff seiner Hände erinnern, als hielte er die ihren in diesem Moment fest, an das Schleifen ihrer Röcke auf dem Boden, wie die Musik sich über sie erhob. Wie unglaublich perfekt es gewesen, wie voller Hoffnung sie gewesen war.

»Ich war noch nie ein guter Tänzer«, sagte er. »Zu groß, zu ungelenk …«

»Ihr habt immer so wunderbar getanzt«, widersprach Eliza.

»Das Alter hat Eure Erinnerung geschönt«, sagte Somerset trocken, und sie spürte die Berührung seines Beines an ihrem. »Ich hatte die Eleganz eines Baumes.«

»Ich erinnere mich daran, viel gelacht zu haben«, gab Eliza zu.

»Mit mir, so hoffe ich«, sagte Somerset.

»Immer.«

»Ich hätte in dieser Nacht bis in alle Ewigkeit mit Euch tanzen können.«

»Das Stück war viel zu schnell vorbei.«

Eliza schluckte, ihr Mund fühlte sich plötzlich trocken an. Sie wünschte, sie könnten hier verweilen, in diesem einen Moment – der Tanz, die Freude, das Gefühl, ihre Zeit sei endlos …

»Und ich habe Euch gefragt, ob Ihr frische Luft schnappen wolltet«, sagte er sanft.

»Ich habe zugestimmt«, antwortete sie kaum hörbar. »Der Mond war so hell.«

Noch immer konnte sie Lady Castlereaghs Pfingstrosen riechen. Fast zu süß hatte der Duft in der Luft gelegen, aber nur fast. Die Nacht war wie gemacht für Süße.

»Ich kann mich nicht erinnern, worüber wir gesprochen haben«, sagte Somerset.

»Ich glaube, es könnte das Wetter gewesen sein«, antwortete Eliza. »Und alles, woran ich denken konnte, war …«

»Und dann …«

Sie schwiegen. Unwillkürlich presste Eliza eine bebende Hand auf ihre Lippen, als sie daran dachte. Neben ihr hörte sie, wie Somersets Atem kurz ins Stocken geriet.

»Wenn ich gewusst hätte«, sagte Somerset, »was passieren würde …«

Gleich am nächsten Morgen war ihre Welt in Stücke geschlagen worden. Sie hatten nicht einmal einen Tag gehabt, um das Versprechen zu genießen, das sie einander gegeben hatten. Nur diese eine Nacht.

»Ich hätte Euch niemals gehen lassen«, sagte Somerset mit leiser, heiserer Stimme.

Durch den Tränenschleier, der sich über ihre Augen gelegt hatte, konnte Eliza die Musiker nicht länger sehen, und ein winziges Schluchzen löste sich aus ihrer Kehle.

»Eliza«, sagte er, so leise, dass sie nicht wusste, ob sie es sich eingebildet hatte.

»Oliver«, sagte sie mit brechender Stimme.

Und obwohl sie nicht allein waren … obwohl sie sich den Saal mit hundert Leuten teilten … fühlte sie, wie sich sein Arm bewegte, und gerade, als sie dachte, er würde alle Vorsicht fallen lassen und ihre Hand mit der seinen ergreifen –

Verstummte die Musik. Alle begannen zu applaudieren. Eliza schnappte nach Luft, und … Somerset ließ dieHand sinken.

»Es versammeln sich alle zum Tee«, sagte er, und seine Stimme klang sehr rau.

Eliza nickte blind und erhob sich, stellte aber fest, dass sie sich nicht weiter bewegen konnte. Mit einem Blick auf die lachenden Gesichter, die sich zum Pausenempfang bewegten, wusste sie, dass sie nicht würde so tun können, als sei alles in Ordnung.

»Würdet Ihr bitte«, setzte sie an, »würdet Ihr bitte Margaret darüber in Kenntnis setzen, dass ich mich nach Hause begeben habe? Ich fühle mich etwas … schwindlig.«

Sie löste sich von Somersets Arm, ohne auf eine Erwiderung zu warten, und eilte Richtung Tür.

»Lady Somerset«, hörte sie ihn rufen, sah aber nicht zurück. Sie hastete aus dem Konzertsaal, durch die Halle, hielt nicht einmal an, um ihren Mantel zu holen, bevor sie nach draußen an die frische Luft trat.

Sofort empfing sie kalter Nieselregen, aber da die Hälfte des Konzerts noch bevorstand, hatte sie eine Fülle von Droschken zur Auswahl, und sie wartete nicht darauf, dass einer der Lakaien ihr eine heranwinkte.

»Zum Camden Place, bitte«, rief Eliza dem Fahrer der ersten Droschke zu, die sie sah, während sie in den Innenraum kletterte und erleichtert, endlich allein zu sein, ein scharfes Schluchzen ausstieß. Aber die Tür hatte sich kaum geschlossen, da wurde sie schon wieder aufgerissen.

Und da stand Somerset, den Arm gegen die Tür gestemmt, die der Wind wieder schließen wollte. Er trug keinen Mantel, sein Haar war schon jetzt dunkel vom Regen, und seine Brust hob und senkte sich, als sei er gerannt.

»Geht es Euch gut?«, fragte er.

Und was sollte Eliza noch sagen, außer der Wahrheit?

»Nein«, antwortete sie mit brechender Stimme. »Das tut es nicht.«

Es erklang eine gedämpfte Frage vom Fahrer, und Somerset kletterte plötzlich in die Kutsche und schloss mit einem Knall die Tür. Die Kutsche fuhr los.

»Wenn ich mich Euch erklären dürfte –«, begann Somerset.

»Auf meiner Soiree spracht Ihr auf eine Weise zu mir«, unterbrach ihn Eliza, »die, wie ich dachte, jegliches romantisches Gefühl zwischen uns zur *Unmöglichkeit* erklärte.«

»Ich habe mit einer Heftigkeit gesprochen, die ich wahrhaft bedaure«, sagte Somerset eindringlich und nahm ihre Hände. »Ich muss Euch versichern, die Gefühle, auf die ich an diesem Abend angespielt habe – von denen ich am Ende unserer Bekanntschaft vor so vielen Jahren gesprochen habe –, sind keine, die ich heute noch empfinde.«

»Nicht?«, fragte Eliza.

»Mittlerweile verstehe ich, dass Euer Handeln eher einem Übermaß an Pflichtbewusstsein entsprang, nicht einem Mangel an Kampfgeist«, sagte er.

»Das tut Ihr?«

»Das tue ich«, sagte Somerset nachdrücklich. »Ich habe es bereits vor langer Zeit begriffen.«

Eliza starrte ihn an.

»Aber bei der Soiree ...«, sagte sie.

»Ich kann mein Verhalten nicht entschuldigen«, sagte Somerset. »Bei meiner Rückkehr nach England hatte ich gedacht, den ... Zorn auf Euch, mit dem ich das Land verlassen hatte, längst überwunden zu haben. Aber ich war nicht darauf vorbereitet, welche Gefühle in mir aufkommen würden, wenn ich wieder in Eurer Nähe bin.«

Er verzog das Gesicht, dann fügte er mit einem geschlagenen Schulterzucken hinzu: »Bisweilen fühlt es sich an, als sei ich wieder achtzehn.«

»Für mich auch«, flüsterte Eliza.

»Dann geht es nicht nur mir so?«, fragte Somerset.

»Nein«, hauchte Eliza. »Nein, nicht im Geringsten.«

Die Welle der Erleichterung, die über sie hereinbrach, fühlte sich stark genug an, um sie umzuwerfen. Sie hatte nicht gedacht … nicht einmal *gehofft* …

»Und ich gestehe«, fuhr er unbeirrbar fort, »dass der Grund, aus dem ich so lange in Bath geblieben bin – weit länger, als die Pflicht es von mir verlangte –, der ist, dass ich Euch … dass ich Euch noch immer …«

Eliza wusste, was er sagen wollte, auch wenn er zögerte – genauso, wie sie wusste, dass sie, war es erst einmal ausgesprochen, nie wieder zurückkönnten.

»Ich liebe Euch auch immer noch«, sagte sie.

Es war das Mutigste, was sie je getan hatte. Somerset fuhr zusammen, als hätte man auf ihn geschossen.

»Mylady«, keuchte er. »Die Natur unserer aktuellen Umgebung verhindert, dass ich –«

Aber nach zehn Jahren des Wartens war Eliza nicht bereit, sich von einem dermaßen unsinnigen Ehrgefühl aufhalten zu lassen. Sie streckte den Arm aus und legte ihre zitternde Hand auf seine Schulter, fuhr mit den Fingern am Kragen entlang nach vorne bis zu seinem Rockaufschlag.

»Somerset«, sagte sie befehlend. Dann, sanfter: »Oliver.«

»Eliza.«

Er küsste sie.

Und obschon sie eine solche Umarmung erst einmal zuvor miteinander geteilt hatten, fügten sich ihre Körper so leicht aneinander, als hätten sie es bereits tausend Mal getan.

»Ich habe Euch so vermisst«, flüsterte sie, als sie sich voneinander lösten, noch immer Stirn an Stirn. Sein Atem strich über ihre Lippen. »Als ich Euch wiedersah, war ich mir sicher, Ihr hättet alles vergessen, was einst zwischen uns war.«

Somerset schüttelte nachdrücklich den Kopf.

»Dann bin ich ein besserer Schauspieler, als ich dachte«, sagte er. »Denn ich war *überwältigt.*«

Er schloss sie noch einmal in die Arme, und sie hatte vergessen, wie es sich anfühlte, so geküsst zu werden. Nicht aus Pflichtgefühl, nicht aus Schuldigkeit, sondern mit so viel Leidenschaft, dass selbst der Gedanke, aufzuhören, um Luft zu holen, undenkbar schien.

»Oh, was sollen wir nur tun?«, fragte Eliza, als sie sich schließlich voneinander lösten.

»Nun, ich würde hoffen, dass Ihr, nachdem Ihr mich so geküsst habt, vorhabt, mich zu heiraten«, sagte Somerset mit einem kleinen Lachen.

»Wir können uns nicht verloben, bevor ein Jahr und ein Tag vergangen sind«, sagte Eliza. »Das Gerede …«

»Zumindest nicht, bis offiziell Eure Halbtrauer begonnen hat«, stimmte Somerset zu. »Bis dahin muss es ein Geheimnis bleiben.«

»Und was ist mit Margaret?«, fragte Eliza beklommen.

»Was ist denn mit Margaret?«, erwiderte Somerset.

»Ihre Schwester braucht sie für ihr Neugeborenes«, sagte Eliza. »Aber dann – danach – wird sie bei uns leben.«

»Werdet Ihr noch eine Gesellschafterin brauchen, wenn wir verheiratet sind?«, fragte Somerset zweifelnd.

»Margaret werde ich *immer* brauchen«, sagte Eliza.

Somerset ergriff ihre Hand und küsste sie. »Ihr seid ein treuer Mensch«, sagte er. »Natürlich. Schließlich wird sie auch bald Teil meiner Familie sein.«

Seine Worte beruhigten Eliza nur für einen Moment.

»Eure Familie verabscheut mich«, sagte sie und vergrub stöhnend das Gesicht in den Händen.

Somerset konnte nicht widersprechen.

»Sie wollen mich schützen«, sagte er, zog ihre Hände sanft nach unten und bedeckte sie mit seinen eigenen. »Und ich denke, sie werden Euch deutlich lieber gewinnen, nun, da Tarquin Chepstow doch wieder erben wird.«

»Was meint Ihr damit?«, fragte Eliza.

»Ach, nur dass es – nun ja, es würde die Wogen mit meiner Schwester deutlich glätten…«, sagte Somerset.

»Aber Chepstow gehört mir«, sagte Eliza.

»Und wenn wir verheiratet sind, gehört es *uns*«, erinnerte Somerset sie.

»Aber … aber es wurde *mir* überschrieben«, sagte Eliza. Sie wusste nicht, warum sie sich genau auf diesen einen Punkt so versteifte – schließlich war er recht unbedeutend gegenüber der Tatsache, endlich den Mann zu heiraten, den sie ihr ganzes Erwachsenenleben über geliebt hatte.

»Es wurde mir überschrieben«, wiederholte sie leise. Das musste doch irgendetwas zählen?

Somersets Blick ging unruhig zwischen ihren Augen hin und her, als könne er ihre Miene nicht recht deuten.

»Eliza, ist dies nicht unsere zweite Chance?«, fragte er, als sie schwieg. »Es ist vielleicht nicht das, was mein Onkel im Sinn hatte, aber wenn es denn notwendig ist, ist es dann ein solches Opfer unsererseits nicht wert?«

Der Ausdruck in seinen Augen war so sanft, so verletzlich, dass sie sich nicht sicher war, ob sie es ertragen konnte. Und wenn das hier ihre zweite Chance war, so wollte Eliza nichts mehr, als sie mit beiden Händen zu ergreifen und niemals wieder loszulassen, aber…

Sosehr sie auch versuchte, sich allein auf Somerset zu konzentrieren, rasten doch ihre Gedanken. Es gab so viel, über das sie noch sprechen mussten. In ihrem neuen Leben gab es so vieles, das er noch nicht wusste. Sie hatte ihm nicht einmal von dem Porträt erzählt, aber wie sollte sie ein solches Thema jetzt ansprechen, in einer Kutsche, wenn ihnen ohnehin schon die Zeit davonzulaufen schien?

»Es gibt vieles, über das wir noch nicht gesprochen haben«, sagte Eliza leise.

Somerset senkte den Kopf, um ihr in die Augen zu sehen.

»Wir haben Zeit«, sagte er sanft. »Wir lieben einander. Alles andere können wir klären.«

Es klang so einfach, wie er es sagte. Es *war* so einfach. Elizas Miene hellte sich wieder auf.

»Das können wir«, stimmte sie zu.

»Und während die Umstände uns in der Vergangenheit nicht wohlgesinnt waren«, sagte er, »haben wir jetzt die Mittel, das zu ändern. Diesmal wird es anders.«

Die Droschke kam zum Stehen. Vom Dach erklang ein Klopfen.

»Fünf Minuten!«, rief Somerset zur Antwort. Dann umfasste er ihr Kinn mit einer Hand und sprach eindringlich weiter. »Ich muss trotzdem morgen abreisen. Ich muss meine Ländereien begutachten – ich befürchte, einige Regionen stehen bei dem Regen der letzten Zeit unter Wasser –, aber ich werde schreiben. Und in sechs Wochen bin ich wieder da.«

»Gut«, flüsterte Eliza und schmiegte sich in seine Berührung.

Sie hatte zehn Jahre gewartet. Was waren da sechs Wochen länger?

»Und in sechs Wochen seid Ihr bereits nur noch in Halbtrauer«, sagte Somerset. »Und ich werde Euch bitten, mich zu heiraten.«

»In sechs Wochen«, sagte Eliza und begegnete seinem Blick, »werde ich Ja sagen.«

Noch einmal zog er sie an sich.

»Wird es Euch gut ergehen, wenn ich fort bin?«, fragte Somerset und hauchte einen Kuss auf ihren Mundwinkel.

»Ich habe ja Margaret«, sagte Eliza. »Und Lady Hurley und die Melvilles …«

Somersets Kiefer verkrampfte sich unter ihren Fingern.

»Die Art, wie er Euch ansieht, gefällt mir ganz und gar nicht«, sagte Somerset.

»Und wie sieht er mich an?«, fragte Eliza mit einem kleinen Lachen, weil er *tatsächlich* eifersüchtig war und Melville die ganze Zeit über recht gehabt hatte.

»So wie *ich* Euch ansehe«, gab Somerset zu.

»Hört mir zu«, sagte Eliza und zog sanft an seinen Händen, »Melville flirtet mit mir, das streite ich nicht ab. Aber er meint es nicht ernst. Ihr müsst doch wissen, dass für ihn das Flirten so natürlich ist wie das Atmen.«

Somerset hob in spaßhaftem Unglauben die Augenbrauen.

Eliza legte die Stirn in Falten. Gern hätte sie ihn beruhigt, aber sie wusste nicht, wie. Melville überschüttete sie geradezu mit Aufmerksamkeiten, und in Wahrheit hatte sie das genossen. Wie hätte man es nicht genießen können, so umschwärmt zu werden, vor allem von einem Gentleman, der das so gut beherrschte wie Melville? Aber es war nicht echt – für ihn war es nur eine Art Unterhaltung.

»Melville hatte mehrere Jahre lang eine Geliebte«, sagte Eliza. »In die er sehr verliebt war. Ich halte es nicht für wahrscheinlich, dass er seine Zuneigung in so kurzer Zeit auf *mich* übertragen hat. Seine Beschäftigung mit mir liegt eher in Eurer Abneigung gegen ihn begründet.«

»Das hat er Euch erzählt?«, fragte Somerset recht konsterniert.

»Nein.« Eliza lachte leise und schüttelte ihn sacht am Rockaufschlag. »Aber Gerüchte verbreiten sich sehr schnell.«

Somerset schien hin- und hergerissen zwischen Belustigung und Missbilligung ob Elizas offenem Umgang mit Angelegenheiten, von denen Damen nichts wissen sollten.

»Wenn das stimmt, dann weiß ich nicht, inwiefern ihn das vertrauenswürdiger machen sollte«, sagte er.

»Aber mir vertraut Ihr?«, fragte Eliza.

»Ich – natürlich«, sagte Somerset. »Aber Ihr seid noch immer so unschuldig und ich –«

»Ich bin nicht mehr so grün hinter den Ohren wie das Mädchen, für das Ihr mich haltet«, beharrte Eliza. »Ich bin gut in der Lage, auf mich selbst aufzupassen, das verspreche ich.«

Somerset ergriff ihre Hand und küsste sie.

»Ich freue mich auf den Tag, an dem ich das für Euch tun darf«, sagte er.

Eliza wusste, sie sollte ihm jetzt sagen, dass sie Melville porträtierte, aber vom Dach erklang ein weiteres Klopfen, und sie biss sich auf die Zunge. Es war einfach nicht genügend Zeit – es auszusprechen war eine Sache, ihn wieder zu beruhigen, würde weit länger dauern.

Sie würde es ihm schreiben.

»Kommt Ihr nicht mit hinein?«, fragte Eliza.

»Nein«, sagte Somerset. »Wir sind beide in der Pause verschwunden, und es wird sicher Gerede geben, wenn ich mich nicht noch einmal blicken lasse. Außerdem …«

Sein Blick war warm, während er sie musterte.

»Ich bin vielleicht ein Gentleman«, sagte er, »aber auch ich bin nicht gegen alle Versuchung immun.«

Eliza errötete.

»Ach, meine schüchterne Eliza gibt es also auch noch!«, sagte Somerset. »Ich freue mich, sie zu sehen.«

Er küsste sie ein letztes Mal. Seine Lippen, seine Hände und schließlich auch sein Blick verweilten auf ihr, als widerstrebe es ihnen allen gleichermaßen, sie gehen zu lassen.

»Sechs Wochen«, sagte er, ob zu sich selbst oder zu ihr, wusste Eliza nicht.

»Sechs Wochen«, wiederholte Eliza, als sie aus der Kutsche stieg.

The Pelican
1. März 1819

Eliza –

heute Morgen bin ich mit einem Lächeln aufgewacht. Der gestrige Abend war schöner als jeder Traum, und ich schreibe Euch diese Nachricht aus keinem anderen Grund, als mir selbst zu beweisen, dass er wirklich passiert ist.
Schon jetzt vermisse ich Euch mehr, als ich hier sagen kann, und der einzige Trost, den ich aus unserer Trennung ziehen kann, ist die Tatsache, dass ich Euch bei unserem nächsten Wiedersehen endlich meine Verlobte heißen kann. Meine Lady Somerset.
Schreibt mir, sobald Ihr könnt. Ich kann nicht versprechen, wunderbare Gedichte als Antwort zu verfassen – tatsächlich war ich schon immer ein mittelmäßiger Briefeschreiber –, aber ich möchte, dass Ihr mir aufrichtig alles von Euren Tagen berichtet, solange ich unterwegs bin. Aus Eurer Feder gibt es kein Detail, das mir zu langweilig sein könnte.

Der Eure, für immer der Eure,
Oliver

16

Der nächste Morgen erwachte strahlend, kalt und trocken. Es war die Sorte Morgen, die wie ein Anfang von etwas wirkte, und als Eliza und Margaret aus ihrem Haus am Camden Place traten, musste sich Eliza sehr bemühen, es nicht als ein Zeichen zu betrachten. Sie lächelte. Seit ein Junge aus dem *Pelican* vor einer Stunde Somersets Nachricht gebracht hatte, konnte sie nicht mehr *aufhören* zu lächeln. So voller Freude war ihr Herz, dass sie sich sicher war, es müsse überlaufen und die gesamte Straße füllen.

»Deine Zufriedenheit ist möglicherweise ein *bisschen* zu deutlich, Eliza«, sagte Margaret und bedachte sie mit einem nachsichtigen Blick. Eliza lachte, hakte sich bei ihr unter und zog sie in schnellem Schritt voran.

In der vergangenen Nacht hatte sie kaum geschlafen – so hoch hatten die Emotionen in ihr gelodert, dass sie nichts anderes tun konnte, als bis in die frühen Morgenstunden vor sich hinzuzeichnen, während sie den letzten Abend im Geist wieder und wieder durchging, und doch fühlte sie sich nicht müde, sondern sprühte geradezu vor Energie.

Sie gingen in Richtung des Ateliers von Mr Berwick, gleich hinter der Monmouth Street, wo dieser begonnen hatte, seine neuen Werke auszustellen. Er hatte die Einladung gestern Abend in der Pause an Margaret übergeben, und sobald Margaret ihr heute Morgen davon erzählt hatte, stand Eliza schon mit dem Mantel in der Hand an der Tür und schob sie hinaus, gleichermaßen angetrieben vom Verlangen, das Haus zu verlassen und sich zu bewegen, wie von der Neugier. Als sie auf die Lansdown Road traten, schien ihnen die

Sonne ins Gesicht, und Eliza hob den Kopf, um das Gefühl zur Gänze auszukosten. Sie lächelte schon wieder. Es war ein *wunderbarer* Tag.

»Eure Verlobung wird nicht lange ein Geheimnis bleiben, wenn du weiter so strahlst«, sagte Margaret lachend.

Eliza brachte sie halbherzig zum Schweigen.

»Ich bin nicht verlobt«, rief sie ihr in Erinnerung. »Eher ... verlobt, mich zu verloben.«

»Etwas *ganz* anderes«, bestätigte Margaret. »Dann ist es ja gut, dass ich dich nicht dazu überredet habe, dich auf Mrs Goulds allzu wörtlich unterhaltsame Gesellschaft einzulassen. In diesem Zustand lasse ich dich viel lieber zurück.«

»Ich bin froh, dass du so denkst«, sagte Eliza. »Ich habe nämlich überlegt, ob du vielleicht – wenn deine Schwester das Kind an die Gouvernante abgegeben hat – bei uns wohnen möchtest?«

Margaret stieß ein bellendes Lachen aus.

»Ich glaube nicht, dass Somerset schon so bald nach Eurer Hochzeit glücklich darüber wäre, deine Gesellschaft zu teilen«, sagte sie.

»Er hat bereits zugestimmt«, sagte Eliza.

»Unter Zwang?«

»Nein«, beharrte Eliza. »Er mag dich auch – und er weiß, dass du mir wichtig bist.«

»Wir werden ja sehen«, sagte Margaret zweifelnd. Dann stieß sie Eliza am Ellbogen an und fügte hinzu: »Ich bin ja froh darüber, dass dich das so glücklich macht, Eliza, aber bist *du* denn sicher, dass du Bath für Harefield aufgeben möchtest?«

Eliza konnte das unwillkürliche Schaudern nicht unterdrücken, das der Gedanke ihr einflößte.

Aber –

»Mit ihm wird Harefield anders sein«, sagte sie. »Dessen bin ich mir sicher.«

Sie würden die Prunkgemächer schließen, das Haus von den düstersten Erinnerungsstücken befreien, die Feuer anzünden – und außerdem würde Eliza den Großteil des Jahres in London verbringen, oder irgendwo zu Besuch sein oder selbst Freunde zu ausschweifenden Feierlichkeiten einladen …

»Welche Freunde denn?«, fragte Margaret sanft, als Eliza ihre Gedanken aussprach. »Lady Hurley? Melville? Würde Somerset Besuch von solchen Leuten empfangen?«

Eliza runzelte die Stirn. Von Lady Hurley vielleicht, Somerset hatte sich ihr gegenüber etwas erwärmt, aber die Melvilles – ein lachhafter Gedanke.

Das Problem war, wie würde sie Melville – und Lady Caroline natürlich – sonst wiedersehen können, wenn sie keine derartige Einladung aussprechen könnte? Auch wenn sie von gleichem Rang waren, verkehrten sie für gewöhnlich kaum in denselben Kreisen – dass sie einander in Bath begegnet waren, war reiner Zufall gewesen. Oder vielleicht auch Schicksal, wenn man es etwas poetischer betrachten wollte.

»Ich glaube, wir sind da«, sagte Margaret und sah sich um, während Eliza die Gedanken aus ihrem Kopf vertrieb. Wie hatte Somerset schließlich so richtig gesagt? Sie würden all diese Probleme lösen, wenn sie wieder beieinander waren.

Mr Berwicks Ausstellungsräume im Westgate Building Nummer 2 hatten einst dem Porträtzeichner Thomas Beach gehört, und sie waren sowohl was die Größe, als auch was das Ambiente anging, so überwältigend – Mr Berwick hatte sogar einen Geiger angestellt, der spielte, während seine Gäste sich umsahen –, dass Eliza plötzlich Neid verspürte. Wie schön wäre es, so viel Platz zur Verfügung zu haben, ein Atelier mit dem perfekten Licht und einen großen Ausstellungsraum, der so angelegt war, dass ihre Stücke so vorteilhaft wie nur möglich präsentiert werden konnten – das Selbstbewusstsein zu besitzen, auszustellen, statt zu verstecken.

»Es *ist* beeindruckend«, sagte Margaret widerwillig, während sie ihre Tour durch den Raum begannen und immer wieder stehen blieben, um Landschaften und Porträts zu betrachten. Eliza hatte gehofft, sich zu bestätigen, dass Mr Berwicks Selbstzufriedenheit vollkommen ungerechtfertigt war, aber dass er Talent hatte, war nicht überraschend. Schließlich hatte er bereits mehrfach in der Royal Academy ausgestellt, und auch wenn er nicht gerade ein aufregender Künstler war, musste Eliza ihm beim Anblick des Porträts einer Dame in Dreiviertellänge – mit den Rüschen, der Spitze und den Blumen überall offensichtlich von Van Dyck inspiriert – zugestehen, dass er Talent im Umgang mit dem Pinsel besaß.

»Guten Morgen, Lady Somerset.« Mr Berwick erschien eifrig an ihrer Schulter.

Trotz der frühen Tageszeit hatte er sich in festliche Garderobe geworfen, in seinem kunstvoll geknoteten Halstuch steckte eine Diamantnadel, und Eliza bemerkte, dass er die Manschetten, ganz nach Melvilles Vorbild, jetzt mit ein paar Farbspritzern trug.

»Wie schön, dass Ihr kommen konntet! Ah, ich sehe, Ihr bewundert Madame Catalani!«

Madame Catalani? Eliza drehte den Kopf zurück, um das Gemälde noch einmal anzusehen. Möglicherweise war sie es: Schließlich hatte ihr Haar die richtige Farbe, und sie trug dasselbe Kleid, das sie bei ihrem Auftritt in den Assembly Rooms getragen hatte, aber Mr Berwick hatte ihre Haut heller und ihre Statur weitaus zarter porträtiert, als Eliza sie in Erinnerung hatte, und rätselhafterweise zierte sie auch ein deutlich üppigeres Dekolleté als in Wirklichkeit. Eliza hatte sie schlichtweg nicht erkannt.

»Seid Ihr sicher, dass wir vor dem richtigen Bild stehen?«, fragte Margaret mit deutlichem Unglauben in der Stimme.

Glücklicherweise war der Schutzwall seines Egos zu dick, als dass Mr Berwick etwas bemerkt hätte.

»Alle haben die Ähnlichkeit aufs Überschwänglichste gelobt«, sagte Mr Berwick. »Mr Fletcher sagte, es sei absolut großartig.«

Eliza lächelte. Natürlich hatte er das gesagt.

»Aber Ihr müsst einfach das Porträt sehen, das ich letztes Jahr ausgestellt habe«, sagte Mr Berwick. »Kommt – die *Morning Post* war so begeistert von meinem innovativen Farbeinsatz …«

Margaret schnaubte leise, als sie ihm folgten.

»Seht!«, rief Mr Berwick, während er zurücktrat und mit einem verzückten Seufzen sein Bild betrachtete. Es war größer als die anderen – das einzige Ganzkörperporträt im Raum – Öl auf Holz, das Modell in klassischer Pose. Das Ganze wirkte durchaus gut ausgeführt, aber je länger man hinsah, desto mehr wirkte es ein wenig *seltsam*. Die Proportionen des Modells waren eigenartig: der Torso zu lang, die Beine bei genauerer Betrachtung gebogen wie die eines Vogels. Eliza trat näher heran. Von hier aus konnte man sehen, dass der ländliche Hintergrund voller Fehler war: ein Schaf größer als ein Pferd, ein Pferd von derselben Größe wie ein Huhn. Es war ein Bauernhof aus einem Albtraum.

»Manche haben es natürlich ein Meisterwerk geheißen, aber ich selbst halte es für nicht mehr als zufriedenstellend.«

Wenn überhaupt. Eliza hatte angenommen, dass ein solches Porträt – das vor den großen Künstlern ihrer Zeit ausgestellt und mit Achtung, Wichtigkeit und Bedeutung ausgezeichnet worden war – ihre eigenen Arbeiten meilenweit übertreffen würde. Aber hätte sie ein solches Gemälde ihrem Großvater vorgeführt, hätte er ihr mit dem Pinsel eins auf die Knöchel gegeben.

»Oh, Mrs Winkworth ist gerade eingetroffen – wenn Ihr mich entschuldigen würdet …«

Mr Berwick eilte geschäftig davon. Margaret trat neben Eliza und sah sich das Gemälde ebenfalls aus der Nähe an.

»Ich muss schon sagen, das sollte dir eine Menge Selbstvertrauen einflößen«, sagte sie.

»Das tut es«, antwortete Eliza. »Es lässt mich beinahe darüber nachdenken, ob …«

»Ja?«

»Es ist nicht wichtig«, sagte Eliza, die den Gedanken lieber nicht laut äußern wollte.

Welchen Grund hätte sie, ihr eigenes Porträt von Melville für die Sommerausstellung einzureichen, außer Eitelkeit? Sie forderte das Schicksal schon durch das Malen genug heraus, oder nicht? Und selbst wenn ihr Vermögen nicht mehr ganz so gefährdet schien – Somerset würde wohl seine Verlobte nicht ihres Einkommens berauben –, musste sie ihm die ganze Angelegenheit erst noch so erklären, dass er sie verstand. Das war mehr als genug Grund zur Sorge, ohne noch einen weiteren Punkt hinzuzufügen. Natürlich, es wäre die Erfüllung jedes Kindheitstraumes, den sie je gehabt hatte, seit sie im Alter von zehn Jahren die Ausstellung in Somerset House das erste Mal besucht hatte. Es wäre endlich der Beweis, dass sie das Zeug zur Malerin hatte, dass sie Talent besaß. Es würde ihr endlich gestatten, sich eine Künstlerin zu nennen.

»Sollen wir aufbrechen?«, fragte Margaret. »Ich muss noch ein paar Bücher aus der Bücherei abholen.«

»Ich glaube, ich gehe lieber direkt nach Hause«, entschied Eliza, als sie aus der Galerie auf die Straße traten und Staves, ihr Hausdiener, von seiner Warteposition an ihre Seite sprang.

»Einen Brief an Somerset schreiben?«, riet Margaret grinsend. »Nun gut, dann sehen wir uns später.«

Sie wandten sich in entgegengesetzte Richtungen, und während Eliza gemessenen Schrittes durch die Straßen schlenderte, sah sie sich mit erneuter Begeisterung um. In dem Wissen, dass ihre Tage in Bath gezählt waren, war Eliza sich der Schönheit der Stadt mit ihrem hellen Stein, den endlosen Hügeln und dem königlichen Schwung der aneinandergereihten Häuser noch bewusster: Es war einfach wunderschön hier. Gerade wollte sie auf den Royal Crescent hinübergehen, nur um den Anblick zu genießen, als wildes Hufgeklapper sie veranlasste, sich umzusehen, und sie mit Erstaunen einen glänzenden Phaeton erblickte, der mit Hochgeschwindigkeit über die Straße auf sie zuraste. Auf dem hohen Kutschbock thronte in einer schnittigen Reituniform à la Husar und einem hoch geschnittenen Kastorhut mit gekringelten Federn – Lady Caroline.

Eliza stieß ein überraschtes Keuchen aus. Es war natürlich wohlbekannt, dass Lady Caroline eine begnadete Kutscherin war, aber es war etwas ganz anderes, es im echten Leben zu sehen.

»Lady Caroline!«, rief Eliza, gleichermaßen erschrocken wie zum Gruß, als die Angesprochene die Pferde direkt neben ihr tänzelnd zum Stehen brachte – ihr Stallknecht sprang ab, um sie am Zaumzeug zu halten.

»Ich habe meinen Phaeton von Alderley herbestellt«, erklärte Lady Caroline mit glänzenden Augen. »Zum Teufel mit den Kosten! Gefällt er Euch?«

»Er ist *großartig*«, sagte Eliza.

»Kann ich Euch für eine kleine Spritztour mit nach oben nehmen?«, fragte Lady Caroline und streckte einladend die Hand aus. »Ich habe gerade Lady Hurley durch ein paar Straßen kutschiert, aber ich würde die Pferde gern außerhalb der Stadt mal richtig laufen lassen.«

Eliza zögerte. Der hohe Sitz der Kutsche wirkte äußerst unsicher, der schmale Aufbau lag direkt über der Vorderachse, die Unterseite ganze fünf Fuß über dem Boden. Und sie war gerade eben so für einen Spaziergang angemessen angezogen – ein wattierter Mantel über dem leichten Morgenkleid, den sie in ihrer Eile, loszukommen, schnell übergeworfen hatte. Darüber hinaus könnte das, was für Lady Caroline in London als völlig normales exzentrisches Verhalten galt, für Lady Somerset in Bath als furchtbar unangemessen verurteilt werden.

Aber … nun, da sie verlobt war – beinahe verlobt war –, lagen da nicht die Tage, an denen sie ihr Verhalten so strikt kontrollieren musste, hinter ihr?

»Liebend gern«, sagte sie und fühlte sich verwegen. Nachdem sie ihren Hausdiener gebeten hatte, ohne sie zum Camden Place zurückzukehren, nahm sie die Hilfe des Stallburschen in Anspruch, um auf den Kutschbock zu klettern.

Eliza war bereits einmal in einem so hohen Phaeton gefahren, als sie ein Gentleman in ihrer ersten Saison dazu eingeladen hatte – aber entweder täuschte sie die Erinnerung, oder der junge Herr war ein deutlich ruhigerer Kutscher gewesen als Lady Caroline, denn das hier war ein ganz anderes Gefühl. Das Wort Hochgefühl reichte nicht aus, um es zu beschreiben. Die Kutsche bot, im Gegensatz zu ihrem gemütlichen Cousin, dem Landauer, ihren Insassen keinerlei Schutz, und obwohl der Tag zu Fuß nicht besonders windig erschienen war, blies es ihr hier oben über den Speichenrädern direkt ins Gesicht, während sie empfunden mit mindestens zehn Meilen pro Stunde über das Pflaster rasten. Am Ende der Straße war Eliza außer Atem. Als sie Bath verließen und auf die umliegenden Felder fuhren, hielt sie ihre Haube umklammert, weil sie fürchtete, das Band sei nicht stark genug, um sie auf ihrem Kopf zu halten, und stieß in jeder engen Kurve unwillkürlich einen Schrei aus.

Lady Caroline lenkte sie in weitem Bogen um Bath herum, und erst als sie wieder auf dem Rückweg waren, ließ sie die Pferde langsam genug laufen, dass eine richtige Unterhaltung möglich war.

»Oh, das habe ich gebraucht!«, sagte Lady Caroline und schüttelte den Kopf wie eines ihrer Pferde. »Mein Verstand funktioniert einfach nicht ohne Ertüchtigung – seit wir hier sind, fällt es mir schwer zu schreiben.«

»Es muss schwierig sein, nach so langer Pause wieder mit dem Schreiben anzufangen«, merkte Eliza an und drehte ihr Gesicht in die Sonne.

»Oh, es gab keine Pause«, sagte Lady Caroline. »Ich schreibe immer – nur das Veröffentlichen habe ich während der letzten Jahre sein lassen. Nach *Kensington* war der Wirbel so groß, dass ich mich erst mal für eine Weile aus der Gesellschaft zurückziehen musste.«

»*Ihr* – Euch zurückziehen?«, fragte Eliza, nicht in der Lage, ihre Ungläubigkeit zu verstecken. Nichts an Lady Carolines Auftreten – so furchtlos und glamourös – hatte in Eliza den Eindruck erweckt, sie ließe sich von einem Skandal beeindrucken.

Lady Caroline lenkte das Gespann mit einem lässigen Zucken des Handgelenks durch eine schwierige Kurve in der Kreuzung.

»Wahrscheinlich wart Ihr damals nicht in London«, sagte sie. »Unsere engsten Freunde haben dem Geschrei keine Beachtung geschenkt, aber in vielen Häusern war ich nicht mehr willkommen. Und während Caroline Lamb zwei Jahre brauchte, bis man ihr nach *Glenarvon* wieder Einlass bei Almack's gewährte – ein weitaus ungebührlicherer Text –, haben sie mir nicht so schnell verziehen. Aber ich schätze, Melville und ich werden wohl immer an anderen Standards gemessen werden als unsere Cousins und Cousinen – wie unsere Mutter uns so oft gewarnt hat.«

»Ihr seid mit den Lambs verwandt?«, fragte Eliza, auch wenn es sie nicht überraschen sollte, schließlich hatte der Adel schon immer die schlechte Angewohnheit gehabt, seine Verwandten zu heiraten.

»Und mit den Ponsonbys, wenn auch nicht so eng«, sagte Lady Caroline. »Unsere Familienstammbäume sind alle hoffnungslos miteinander verworren.«

Eliza betrachtete Lady Caroline aus dem Augenwinkel.

»Auch mit den … Ponsonbys aus Irland?«, fragte sie zögerlich. Diese Woche war in der Zeitung ein weiterer Artikel voller skandalöser Andeutungen über Miss Sarah Ponsonby und ihre Begleitdame Miss Eleanor Butler erschienen, die den Spitznamen »die Ladys von Llangollen« trugen.

»Wenn Ihr Euch auf Miss Sarah Ponsonby bezieht, dann ja«, sagte Lady Caroline, die Eliza mit Leichtigkeit durchschaute, »aber ich habe keine neuen Gerüchte für Euch.«

Eliza wurde tiefrot.

»Den Folgeband zu *Kensington*«, wechselte sie schnell das Thema, weil sie nicht wollte, dass Lady Caroline sie für ein Klatschmaul hielt, »habt Ihr vor, den zu veröffentlichen?«

»Wenn ich kann«, sagte Lady Caroline.

»Und Ihr macht Euch keine Sorgen über die Konsequenzen?«

»Ganz sicher tue ich das«, antwortete Lady Caroline. »Daher plane ich, diesen Sommer nach Paris zu flüchten. Vielleicht schützt mich die Entfernung ein wenig davor, gegeißelt zu werden.«

»Aber … warum geht Ihr das Risiko dann ein?«

»Weil ich es will«, sagte Lady Caroline, als sei es so einfach. »Es ist das Werk, auf das ich am stolzesten bin, und ich soll verflucht sein, wenn ich mir zu viel Angst einjagen lasse, um es zu veröffentlichen.«

»Denkt Ihr nicht, es wäre besser, zu … warten?«, fragte Eliza. »Auf einen günstigeren Zeitpunkt?«

Kurz dachte sie an das immer lauter werdende Gerede über Melville und Lady Paulet.

»Warten ermüdet mich«, sagte Lady Caroline. »Ich habe beschlossen, damit aufzuhören.«

»Ihr seid sehr mutig«, sagte Eliza. »*Ich* könnte nicht einfach …«

»Könntet Ihr nicht?«, fragte Lady Caroline. »Und was ist mit Melvilles Porträt?«

Eliza schüttelte den Kopf.

»Es wird für immer anonym bleiben«, sagte sie. Sie gab sich keinerlei Illusionen hin, dass Somerset die Offenbarung, dass sie ein Porträt von Melville anfertigte, nicht problematisch genug finden würde, ohne dass es öffentlich bekannt wurde. »Ich habe allerdings darüber nachgedacht … mich gefragt …«

Eliza sah Lady Caroline einen Moment lang zögernd von der Seite an, bevor sie entschied, dass zwar Melville sie blind unterstützen, Lady Caroline ihr aber gewiss ehrlich antworten würde.

»Ich habe überlegt, ob ich das Porträt für die Sommerausstellung einreichen soll«, stieß sie hervor. »Ich habe gesehen, welches Bild Mr Berwick einreichen wird, und ich finde – nun ja, ich finde nicht, dass meines so viel schlechter ist. Aber andererseits, warum sollte ich so etwas tun – auch wenn es anonym geschieht, wird es nur zu mehr Nachfragen, zu mehr Spekulationen führen, und es dient lediglich meiner Eitelkeit.«

»Und aus welchem Grund, denkt Ihr, reicht Mr Berwick sein Bild ein?«, fragte Lady Caroline höflich.

»Um bekannter zu werden, nehme ich an«, sagte Eliza. »Wie sonst soll er denn seinen Lebensunterhalt verdienen?«

»Er verfügt über ein Jahreseinkommen von zweitausend Pfund, unabhängig von der Malerei«, sagte Lady Caroline. »Das hat er mir selbst erzählt.«

Eliza ließ diese Nachricht einen Moment lang sacken.

»Ehrgeiz und Stolz sind keine Eigenschaften, die man Frauen normalerweise zu kultivieren ermutigt«, sagte Lady Caroline. »Aber das bedeutet nicht, dass wir sie nicht erlernen können. Wenn Eure wahren Bedenken einem Mangel an Fähigkeiten gelten, nun, dann seid beruhigt, Melville kennt genügend Künstler, um Talent zu erkennen, wenn er es sieht.«

»Bezieht Ihr Euch auf Lady Paulet?«, fragte Eliza, bevor sie sich bremsen konnte.

Lady Caroline machte eine bedeutungsschwangere Pause, ehe sie antwortete.

»Ja, wir haben sie schon oft getroffen«, sagte Lady Caroline.

»Ist sie so wunderbar, wie man es sich erzählt?«, fragte Eliza.

Da sie bereits eine äußerst bekannte Landschaftsmalerin gewesen war, bevor sie Lord Paulet geheiratet hatte – selbst ein großer Patron der Kunst –, wurde Lady Paulets Loblied in allen eleganten Empfangszimmern des Londoner West Ends gesungen.

»Sie ist so talentiert, wie man ihr nachsagt, wenn es das ist, was Ihr meint, und genauso kapriziös«, sagte Lady Caroline. Sie sprach »kapriziös« nicht so aus, als sei es ein Kompliment.

»Aber sie ist hübsch, oder?«, konnte sich Eliza nicht helfen zu fragen. Sie war sich nicht sicher, was ihr das Wissen um die Schönheit der Lady einbringen würde – natürlich war Lady Paulet wunderschön, wenn sie einen Mann wie Melville verführen konnte –, aber aus irgendeinem Grund wollte sie unbedingt mehr erfahren.

»Ganz sicher ist sie nicht die Art Frau, von der man sich leicht abwendet«, erwiderte Lady Caroline.

Eliza nickte steif. Sie wünschte sich, sie hätte nicht gefragt.

»Die Gerüchte besagen, sie und Melville seien … gut bekannt«, sagte sie und sah Lady Caroline aus dem Augenwinkel an.

»Mir war nicht bewusst, dass dieses besondere Gerücht Bath bereits erreicht hat«, sagte Lady Caroline mit unbewegter Stimme – was in Elizas Augen einem Geständnis gleichkam.

»Man sagt …« Eliza beschloss, die Offenheit zu riskieren, »dass der Grund für Euren Aufenthalt ist, dass Lord Paulet die Affäre aufgedeckt hat.«

»Über die Privatangelegenheiten meines Bruders kann ich keine Auskunft geben«, sagte Lady Caroline knapp, »aber seid versichert, dass alle Beteiligten unter der Situation sehr zu leiden hatten.«

Eliza fühlte sich gerügt und ließ vom Thema ab. Eine Weile fuhren sie schweigend, während Eliza Lady Carolines eleganten Umgang mit den Fahrleinen bewunderte.

»Woher könnt Ihr so gut fahren?«, fragte sie.

»Meine Mutter hat es mir beigebracht«, antwortete Lady Caroline. »Und mein Vater ihr.«

»Ich wusste nicht, dass sie auch Kutsche gefahren ist«, sagte Eliza. Dass Lady Caroline eine begnadete Kutscherin war, galt als allgemein bekannt, aber über Lady Melville hatte Eliza dergleichen noch nicht gehört.

»Meine Mutter war immer sehr darauf bedacht, sich in der Öffentlichkeit als das perfekte Abbild einer Lady zu präsentieren«, antwortete Lady Caroline.

»Aber man hatte sie doch in die Gesellschaft aufgenommen, oder nicht?«, fragte Eliza mit in Falten gelegter Stirn. »Ich dachte, durch die Unterstützung der Queen…«

»Es war nicht einfach, akzeptiert zu werden«, sagte Lady Caroline. »Es gab jene, die sie faszinierend fanden, aber für andere musste sie mehr tun, als einfach ihren Namen von ›Nur‹ in ›Eleanor‹ zu ändern. Jeden Tag musste sie sich darin üben, unter Beweis zu stellen, wie vornehm sie war, wie europäisch ihre Einstellung, wie fundiert ihre Kenntnisse der englischen Bräuche.« Lady Carolines Mund verzog sich zu einem bitteren Lächeln. »Während all die englischen Ladys um sie herum ihre Leiber in Bengalisches Musselin, ihre Schultern in Kaschmir-Schals und ihre Häuser in Chintz hüllten, ohne auch nur einen Gedanken daran zu verschwenden.«

Das hatte Eliza nicht gewusst – sie hatte naiverweise einfach angenommen, dass mit dem Segen der Königin alles geregelt gewesen war.

»Und Ihr …«, sagte Eliza, die sich an Lady Carolines Entscheidung erinnerte, sich nicht um die sozialen Konsequenzen ihres Handelns zu scheren, »Ihr fühlt keinen ähnlichen Druck?«

»Für mich ist es ein wenig anders«, sagte Lady Caroline. »Ich bin hier zur Welt gekommen. Ich bin mit den Söhnen und Töchtern von Dukes und Earls als Spielkameraden aufgewachsen. Meine Haut ist heller. Es ist nicht leicht – aber es ist anders.«

Eliza nickte schweigend.

»In Alderley konnten wir immer wir selbst sein«, sagte Lady Caroline. »Mutter hat mir das Kutschieren auf unserer Zufahrt beigebracht.«

»Ich habe immer gedacht, es wäre wunderbar, so etwas zu können«, gestand Eliza neidvoll.

»Ihr könnt es ja immer noch lernen«, entgegnete Lady Caroline.

Eliza lachte. »Wer in aller Welt würde denn zustimmen, mich zu unterrichten?«

»Ich natürlich«, sagte Lady Caroline. »Fangen wir doch gleich an.«

»Das könnt Ihr nicht ernst meinen!«, sagte Eliza.

»Ich meine das vollkommen ernst – Ihr habt mir ja jetzt schon eine Weile zugeschaut. Kommt, nehmt die Leinen.«

»Lady Caroline, ich glaube, das ist wirklich nicht –«, setzte Eliza protestierend an.

»Ach, sagt einfach Caroline zu mir«, rief diese ungeduldig und legte Eliza die Fahrleinen in den Schoß. Ängstlich griff Eliza danach und schob sie zu ihr zurück, aber Lady Caroline verschränkte die Hände hinter dem Rücken, sodass ihr Vorhaben scheiterte.

In der Hoffnung, er würde ihr zu Hilfe kommen, blickte Eliza zu Wardlaw, Carolines Stallburschen, der hinter ihnen hockte, aber er erwiderte nur leicht amüsiert ihren Blick.

»Ihn braucht Ihr nicht Hilfe suchend anzusehen, Lady Somerset!«, wies Caroline sie an. »Kommt schon, ich dachte, Ihr wolltet es lernen.«

»Ich habe nicht die geringste Ahnung, was ich tun soll!«

»Erst mal nicht mehr so ängstlich dreinblicken!«, sagte Caroline. »Und jetzt haltet die Leinen genau so …«

Als Fahrerin statt als Beifahrerin in der Kutsche zu sitzen, war weitaus weniger aufregend und weitaus furchterregender, und Eliza kauerte sich über den Fahrleinen zusammen, die Augen vor

Angst weit aufgerissen. Wahrscheinlich würde sie zu Stein erstarren, wenn sie sich noch mehr verkrampfte, jedenfalls fühlte sie sich so.

»Versucht, nicht so gramerfüllt auszusehen«, merkte Caroline an. »Es wirkt nicht im Geringsten schneidig, wenn man aussieht, als hätte man Schmerzen.«

»Ich versuche, uns nicht umzubringen«, antwortete Eliza durch zusammengebissene Zähne.

»Bei dieser Geschwindigkeit halte ich es für weitaus wahrscheinlicher, dass wir vor Hunger verschmachten«, murmelte Caroline. »Die Gefahr ist Teil des Vergnügens!«

Sie überließ Eliza die Fahrleinen für ganze zwanzig Minuten. Als sie langsam wieder nach Bath hineinfuhren, übernahm Caroline für die letzten paar Meilen wieder die Pferde. Sie hielten am Camden Place, und Eliza raffte ihre Röcke – hundemüde, aber höchst zufrieden mit sich –, doch Caroline legte ihr eine Hand auf den Arm und hielt sie auf.

»Lady Somerset«, sagte sie. »Eliza. Ihr müsst meinen Worten keinerlei Beachtung schenken, wenn Ihr das wünscht, aber … ich glaube, wenn man über die Mittel und die Möglichkeiten verfügt und dann nicht handelt, nur weil man Angst hat – das wäre wahrhaft eine furchtbare Verschwendung.«

Ihre Miene war ungewöhnlich ernst.

»Danke«, sagte Eliza. »Für den heutigen Tag.«

»Bitte grüßt Miss Margaret von mir«, sagte Caroline und griff wieder nach den Fahrleinen. »Und teilt ihr mit, dass wir uns morgen mit den Zeitformen des Futurs befassen werden.«

Dann trieb sie ihre Pferde wieder entschlossen an und ließ Eliza mit viel Stoff zum Nachdenken zurück.

Camden Place
2. März 1819

Oliver,

die Tage ohne Euch scheinen endlos, aber ich habe zu viele Jahre gewartet, um angesichts von sechs Wochen den Mut zu verlieren. Wie lange es auch dauern wird, bis sie vorüber sind, unser Wiedersehen wird durch dies Zwischenspiel nur umso schöner.
Wie ich Euch an jenem Abend sagte – sicherlich muss ich nicht näher beschreiben, an welchem –, gibt es noch vieles, worüber wir sprechen müssen. So vieles, dass ich mich frage, warum wir so viel Zeit mit Höflichkeiten vergeudet haben, wenn es doch so große Bereiche unseres Lebens gibt, die dem anderen bislang verborgen geblieben sind.
Ich glaube zum Beispiel, ich habe nicht erwähnt, dass ich noch immer male. Vielleicht erinnert Ihr Euch gar nicht daran, dass ich mich auch früher schon in der Malerei geübt habe, aber während meines Aufenthalts in Bath habe ich einen Auftrag erhalten – den ich anonym ausführen werde, aber nichtsdestoweniger handelt es sich um eine Auftragsmalerei. Und auch wenn Ihr dies vielleicht für eine enttäuschend selbstsüchtige Schwäche haltet – wie Ihr ja wisst, mangelt es mir weder an Einkommen noch an Ablenkungen –, so wäre es doch mein Wunsch, die Arbeit zu beenden, was ich auch tun werde.
Mit wahrhaft übergroßer Ungeduld verbleibe ich in Erwartung Eurer Antwort – Eurer Gedanken –

Auf immer die Eure,
Eliza

17

Am nächsten Tag sprach Eliza das Thema Melville gegenüber an. Caroline und er trafen zur vereinbarten Stunde ein – heute erst um zwei Uhr nachmittags, um das beste Licht des Tages zu nutzen –, und während die Damen sich in den Salon zurückgezogen hatten (ihr *»je te trouve belle«* drang durch die offen stehende Tür), hatte Melville sich wie immer auf das Sofa fallen lassen. Bis auf die Tatsache, dass die Leinwand, die auf der Staffelei stand, makellos sauber war. Falls Eliza entschied, ihr Porträt für die Ausstellung einzureichen, würde sie noch einmal ganz von vorne anfangen. Ihre Finger schlossen sich um den Stoff ihrer Röcke. Wenn Melville es für keine gute Idee hielt – wenn er ihr nicht zustimmte, schnaufte oder sie für verblendet hielt –, dann würde sie es nicht tun. Eliza holte tief Luft, setzte sich neben Melville und öffnete den Mund …

»Somerset ist also abgereist«, sagte Melville.

»O – ja«, antwortete Eliza. »Ich würde gern etwas mit Euch besprechen.«

»Wie ritterlich von ihm, Euch vom Konzert nach Hause zu begleiten«, bemerkte Melville. »Als er zurückkam, sah er furchtbar selbstzufrieden aus.«

»Ach ja?«, sagte Eliza, als kümmere sie das nicht.

»Ich dachte, er hätte vielleicht um Eure Hand angehalten«, gab Melville zu.

Eliza holte scharf Luft und hielt sich davon ab, es lauthals abzustreiten, weil sie das sofort verraten hätte.

»Ihr seid unverbesserlich«, schaffte sie, ruhig zu sagen. »Seht ruhig nach, mein Ringfinger ist leer.«

Sie wedelte mit der Hand, und Melville ergriff sie mit der eigenen, tat so, als hielte er sie ins Licht und überprüfe sie von allen Seiten, als könne sich doch noch irgendwo ein Verlobungsring verstecken.

Eliza zuckte kurz zurück, denn es kam unerwartet, und sie trug keine Handschuhe – das tat sie beim Zeichnen nie –, und er auch nicht: Die Berührung war erschreckend intim. Seine Haut war warm und weich, bis auf die Schwielen, die sie an seinen Fingern spüren konnte – ob vom Halten eines Füllers oder vom Reiten ohne Handschuhe, konnte sie nur erraten.

»Tatsächlich, das ist er«, stimmte er ihr schließlich zu. »Und deshalb nur umso schöner.«

Er ließ sich einen Moment Zeit, um sie loszulassen, und Eliza zog leicht verlegen ihre Hand weg.

»Werdet Ihr ihm schreiben, solange er weg ist?«, fragte Melville, noch immer in diesem unverfänglichen Plauderton.

»Wenn die Umstände es erfordern, denke ich schon«, sagte Eliza vorsichtig. »Rein … geschäftsmäßige Briefe.«

»Ich dachte eher an Liebesbriefe.«

Eliza holte scharf Luft und zwang sich, nicht zu erröten.

»Da habt Ihr falsch gedacht«, sagte sie.

»Eine Schande«, erwiderte Melville. »Ein guter Liebesbrief ist sein Gewicht in Gold wert.«

Was Eliza bestätigen konnte … aber jetzt war nicht der Moment, darüber nachzudenken.

»Ich habe gehört, Eure Leserinnen schicken Euch ganze Berge davon«, sagte Eliza in dem Versuch, die Unterhaltung von Somerset wegzuführen. »Stimmt das?«

»Vielleicht keine Berge – eher einen kleinen Hügel«, sagte Melville. »Habt Ihr mir jemals geschrieben?«

»Das habe ich nicht!«, entgegnete Eliza entrüstet.

»Ihr könnt es mir sagen«, erwiderte er. »Ich mache mich auch nicht über Euch lustig.«

»Natürlich würdet Ihr das – und ich habe nicht geschrieben! *Niemals* würde ich das!«

»Euer Entsetzen ist unangebracht«, protestierte Melville. »Einige der Briefe sind tatsächlich mitreißend: Eine Dame beschrieb die Vorstellung unseres gemeinsamen Lebens so atmosphärisch, dass ich beinahe zugestimmt hätte, bis Caro mich darauf hinwies, dass als Absendeadresse das Coldbath-Fields-Gefängnis angegeben war.«

»Das meint Ihr nicht ernst«, widersprach Eliza.

»Doch, vollkommen!«, antwortete er grinsend. »Bis heute denke ich manchmal mit Wehmut an die liebe Mary, schließlich hätte sie genauso die Liebe meines Lebens sein können. Aber als ich ihr keine Strähne meines Haares schicken wollte, gelobte sie, mich zu ermorden, woraus ich das Ende unserer Affäre abgeleitet habe.«

»Eine weise Schlussfolgerung«, sagte Eliza lachend.

»Ach, vielen Dank«, antwortete Melville.

Von der Tür erklang ein diskretes Klopfen, und Perkins trat mit einem Tablett in der Hand ein.

»Hervorragend«, sagte Melville. Eliza nutzte den Moment, um ihre Gedanken wieder zu ordnen.

»Habt Ihr gestern Mr Berwicks Ausstellung besucht?«, fragte sie.

»Das habe ich. Und dieser Mann wollte mein Porträt malen! Wenn ich daran denke, was er meinen Beinen damit angetan hätte!«

»Ihr wisst noch nicht, was ich Euren Beinen vielleicht antue«, erwiderte Eliza und unterdrückte ein Lächeln.

»Ich weiß, dass Ihr mehr Talent habt«, sagte Melville.

In seiner Stimme klang nicht der Hauch eines Zweifels mit, und das ermutigte Eliza.

»Das Bild hat mich auf den Gedanken gebracht, ob ich Euer Porträt für die Ausstellung einreichen sollte«, sagte sie schnell. »Nur, wenn Ihr zustimmt, natürlich!«

Melville legte nachdenklich den Kopf schief.

»Es könnte wohl zu Gerede führen«, fuhr Eliza eilig fort, »aber wenn ich es anonym einreiche, sollte unser Geheimnis gewahrt bleiben.«

»Eine hervorragende Idee«, sagte Melville. »Ich frage mich, warum mir das nicht selbst eingefallen ist.«

Er stimmte mit einer solchen Leichtigkeit zu – keine Frage, kein Zögern –, dass es Eliza fast schon beunruhigte.

»Es könnte völlig aussichtslos sein«, sagte sie in dem seltsamen Bedürfnis, die Angelegenheit klarzustellen. »Die Auswahl könnte dieses Jahr strenger sein.«

»Was möglicherweise Mr Berwick seinen Platz kosten könnte«, erwiderte Melville. »Aber Ihr werdet sicherlich einen erhalten.«

»Wenn mir ein solches Kunstwerk überhaupt in so kurzer Zeit gelingt«, sagte Eliza reflexartig.

Der Bewerbungsprozess für die Sommerausstellung war 1819 noch genau so wie zu den Zeiten Elizas Großvaters: Nicht-Mitglieder der Royal Academy konnten ihre Arbeiten Anfang April in einem rigorosen fünftägigen Auswahlprozess einem Komitee von Mitgliedern des akademischen Rats vorstellen. Eliza hätte also weniger als vier Wochen, um eine Aufgabe zu bewältigen, die normalerweise vier Monate dauerte.

»Warum versucht Ihr, mich von der Idee abzubringen?«, fragte Melville. »Ich halte Euch für vollkommen in der Lage, eine solche Herausforderung zu bestehen.«

Selten hatte Eliza einen so unerschütterlichen Glauben an ihre Fähigkeiten erlebt. Margarets Unterstützung war natürlich stets enthusiastisch – aber es wirkte grundlegend anders, wenn es von Melville kam. Margaret kannte Eliza schließlich bereits ihr ganzes Leben lang; für sie war es zweifellos eine Art Pflicht, Eliza zu unterstützen und umgekehrt. Aber Melville hatte keinen solchen Grund, noch verteilte er sein Lob blind, wie seine häufigen Verunglimpfungen Mr Berwicks bewiesen. Sein Glaube an sie bestand nur, weil er der Meinung war, sie verdiente ihn … und Eliza spürte, wie sie in dem Licht aufblühte, in dem er sie erstrahlen ließ.

»Möchtet Ihr gern teilnehmen?«, fragte Melville mit einem fragenden Lächeln.

»Ja«, sagte Eliza und gestattete sich endlich, die Woge der Aufregung zu spüren, die sich bereits den ganzen Morgen über angestaut hatte. »Das möchte ich.«

»Dann …« Einladend streckte er die Arme aus. »Haben wir etwas zu tun, oder nicht?«

Und an diesem Tag, zum Licht, das durch die Fenster strömte, dem Feuer, das im Kamin tanzte, und dem Klang von Margarets hellem Lachen, das leise zu ihnen herüberdrang, mit einem Pinsel in der Hand und dem unverwechselbaren Geruch von Ölfarbe in der Luft – schwerer, saurer als Wasserfarben –, begannen sie.

Eliza hatte schon immer schnell gemalt – das musste man, wenn man stets kurz davor war, unterbrochen zu werden –, aber in den nächsten Tagen arbeitete sie mit behänder Zielstrebigkeit, ohne Zaudern, als sei Melvilles Vertrauen in sie ansteckend. Sie positionierte ihn genau so, wie sie es wollte – nah am Fenster, für mehr Licht und somit starke Farben –, grundierte die Leinwand mit einer Schicht hellem Grau und skizzierte die Grundformen seines Körpers und Gesichts. Sie zerbrach sich den Kopf über die genauen Schattierungen ihrer Farbpalette, kehrte zweimal in Mr Fasanas Laden zurück, um neue Farbmischungen mit ihm zu besprechen, und begann dann konzentriert und entschlossen mit der ersten Schicht ihres Gemäldes.

Vor dem Hintergrund der neuen Frist musste Melville Eliza einen noch größeren Teil seiner Zeit schenken, und er tat es ohne Beschwerde. Tatsächlich schien es, als seien sie und Margaret in der Woche, nachdem Melville der Idee mit der Ausstellung zugestimmt hatte, nur selten ohne ihre Begleitung, so oft trafen sie sich in Meylers Bibliothek (in der Lady Caroline und Melville lautstark über die Dichter diskutierten, deren Bücher in den Regalen ihnen nicht gefielen), besuchten dieselben Konzerte (bei denen Melville Eliza so haarsträubende Übersetzungen der Operntexte ins Ohr flüsterte, dass sie sich den Mund zuhalten musste, um nicht laut zu lachen) und fuhren gemeinsam in Lady Carolines Phaeton (denn Elizas Unterricht wurde ebenso zielstrebig fortgesetzt).

Es war so viel, dass sich Eliza wirklich ein wenig schuldig fühlte.

»Ich bin dankbar, dass Ihr uns so viel Eurer Zeit widmet«, sagte Eliza am folgenden Donnerstag zu Melville, die Farbpalette in der einen, den Pinsel in der anderen Hand. Nach den Wochen, die sie jetzt schon mit Ölfarben arbeitete, wurde ihre Pinselführung immer freier – bei jedem Schwung ihres farbbedeckten Pinsels konnte sie spüren, wie ihr Griff, ihr Arm, ihr ganzer Körper entspannter geworden war.

»Ich hoffe, wir beanspruchen nicht zu viel Eurer Zeit am Schreibtisch?«

»Sorgt Euch nicht«, sagte Melville. »Ich schreibe immer früh am Morgen und bin tatsächlich dankbar, dass Eure Fahrstunden Caro vor dem Frühstück schon aus dem Haus führen, denn dann ist es so herrlich still. Möge es noch lange so weitergehen!«

»Es kann gut sein, dass sie bald die Geduld mit mir verliert«, warnte Eliza ihn.

»Ihr seid noch keine Meisterin der Fahrkunst?«

»Mitnichten«, erwiderte Eliza. »Ich glaube nicht, dass ich je fahren könnte wie sie, auch wenn ich jahrelang üben würde. War sie schon immer so vollkommen furchtlos?«

»Caroline?«, fragte er. »Was Pferde angeht, ja, so wurden wir erzogen. Meine Eltern waren beinahe so verrückt nach Pferden wie nacheinander.«

Wie immer war Eliza überrascht, wie unbefangen Melville von derlei privaten Themen sprechen konnte.

»Sie haben aus Liebe geheiratet, nicht wahr?«, fragte sie. Sie kannte natürlich die Geschichte, aber Eliza wusste es besser, als einem Gerücht aus vierter oder fünfter Hand aus der Zeit vor ihrer Geburt zu vertrauen.

»Liebe auf den ersten Blick, wenn man meiner Mutter glauben kann«, antwortete Melville und sah Eliza warm an. »Mein Vater ist

'85 nach Hyderabad gereist. Er war bereits mit dem Verwalter der Company dort bekannt, und sein Ruf als der entlaufene Lord verlieh ihm genügend Glamour, um an den Hof eingeladen zu werden. Mutter hat uns nie wirklich erzählt, wie sie sich getroffen haben. Als jüngste Tochter des *Diwan* – des Premierministers – hätte sie niemals auch nur in seine Nähe kommen sollen, aber ich nehme an, meine Großmutter hatte da ihre Finger im Spiel.«

»Und dann haben sie geheiratet?«, fragte Eliza.

Melville schüttelte den Kopf. »Erst nach zwei Jahren. Zuerst musste ihr Vater überredet werden, und auch den *Nawab* – den … Gouverneur, könnte man ihn vielleicht nennen – mussten sie um sein Einverständnis bitten«, erzählte Melville. »Währenddessen hat mein Vater ihr den Hof gemacht. Zunächst haben sie sich auf Persisch unterhalten, das mein Vater in Grundzügen beherrschte, bevor er Urdu und sie Englisch gelernt hat.«

»Das klingt unglaublich romantisch«, sagte Eliza.

»Natürlich gab es Widrigkeiten«, sagte Melville. »Sie wussten immer, dass sie nach dem Tod meines Großvaters zurück nach England würden ziehen müssen – zu einem in Ungnade gefallenen Familiennamen, einem Anwesen, das kurz vor dem Ruin stand, und einem Land, das über die Existenz der ersten indischen Countess absolut schockiert war. Aber wir waren glücklich, trotz alledem.«

»Dann hattet Ihr liebevolle Eltern?«, fragte Eliza.

Melville lächelte. »Sehr. Fast jeden Tag haben sie Caroline und mir gesagt, wie sehr sie uns schätzten – auch wenn es nicht gerade angenehm war, bei unserer Ankunft in Eton festzustellen, dass diese Meinung nicht allgemein geteilt wurde.«

»Dann waren die anderen unfreundlich?«

Melville zuckte mit den Schultern.

»Wie man es sich so vorstellt. Rangeleien, Spitznamen. Den ›zweifarbigen‹ Lord haben sie mich immer genannt, neben anderen *wirklich* originellen Bezeichnungen.«

Die Leichtigkeit in seiner Stimme klang gezwungen. Noch vor ein paar Wochen hätte Eliza die Veränderung nicht bemerkt, aber jetzt konnte sie den Unterschied hören. Sie nahm den Pinsel von der Leinwand, um ihn mit voller, besorgter Aufmerksamkeit anzusehen.

»Es wäre schlimmer gewesen, wenn wir in Indien geblieben wären, haben sie mir zumindest immer erzählt. Die Briten dort begegnen Menschen wie uns mit immer größerer Ablehnung. Dort wäre ich entsetzlich unmodern gewesen.«

In Melvilles Stimme begann sich ein müder Unterton einzuschleichen, und Eliza war nicht überrascht, als er bald darauf das Thema wechselte.

»Was ist mit *Euren* Eltern? Sind sie glücklich?«

»Ich denke, sie passen gut zueinander«, sagte Eliza nach kurzem Nachdenken. »Sie teilen die jeweiligen Ziele und Glaubensgrundsätze des anderen, auch wenn ich keinen von ihnen je für besonders romantisch gehalten habe.«

»Und seid Ihr es? Besonders romantisch?«

Schon wieder eine so schrecklich persönliche Frage, aber nach dem, was Melville gerade mit ihr geteilt hatte, kam es ihr nicht mehr komisch vor, zu antworten.

»Als Mädchen war ich das auf jeden Fall«, sagte sie. »Ich habe mir kaum etwas mehr gewünscht, als die wahre, große Liebe zu finden, unabhängig von allen Pflichten, Umständen und familiären Interessen.«

»Aber die Wirklichkeit hat nicht Euren Erwartungen entsprochen?«

»Oh, doch, das hat sie in jeder erdenklichen Weise«, antwortete Eliza. »Die Sache war nur, dass ich einen anderen heiraten musste.«

Es war das erste Mal, dass sie, wenn auch indirekt, über ihre Beziehung mit Somerset gesprochen hatte, und als befürchte er, sie könne sich jeden Moment wieder verschließen, stellte Melville seine nächste Frage sehr schnell.

»Was hat dazu geführt, dass Ihr Euch so zu ihm hingezogen gefühlt habt?«

»Ach«, sagte Eliza, und der bloße Gedanke zauberte ihr ein Lächeln auf die Lippen, »ich kann mich nicht erinnern, mit was genau es angefangen hat – wahrscheinlich mit dem Moment, als wir uns kennenlernten. Er sagte, ich sei wunderschön.«

»Und?«

»Und? Ich versichere Euch, das war ausreichend, um mich auf ihn aufmerksam zu machen. Während Ihr, Mylord, möglicherweise daran gewöhnt seid, in Schmeicheleien zu ertrinken, ist es für mich etwas vollkommen Neues. Und als ich ihn erst einmal bemerkt hatte, konnte ich nicht mehr aufhören. Er war immer so ehrenhaft, so freundlich, sich seiner Verantwortlichkeiten so bewusst.«

»Verantwortlichkeiten ist kein Wort, das ich normalerweise mit Liebe in Verbindung bringe«, merkte Melville an.

»Ich bin nicht der Schriftsteller hier«, sagte Eliza. »Ich weiß nicht, wie man es mit schönen Worten beschreibt. Es gab einfach viel gegenseitige Bewunderung und Respekt u-und Freude über die Gesellschaft des anderen …«

»Ich werde mein Bestes geben«, sagte Melville und klopfte seine Taschen ab. »Die Schwierigkeit wird sein, einen Reim auf ›gegenseitig‹ zu finden. Ein unreiner Reim wird wohl reichen müssen, ›nachvertraglich‹ vielleicht? Ich wünschte, ich hätte eine Schreibfeder zur Hand.«

Eliza warf ein kleines Stück Kreide nach ihm, und Melville wich mit einem Lachen aus. Es war ein Verhalten, das noch vor Kurzem undenkbar gewesen wäre, aber man konnte nicht so viel Zeit miteinander verbringen, wie Eliza und Melville es gerade taten, ohne sich in der Gegenwart des anderen langsam zu entspannen. Und in Momenten wie diesem fühlte Eliza sich seltsam dankbar für die Umstände, die es erforderten, Somersets und ihre offizielle Verlobung hinauszuzögern. Es war nicht nur die Arbeit am Porträt, die ihr gefehlt hätte – auch die Gesellschaft wäre es gewesen. So unwahrscheinlich es einst erschienen war, mittlerweile betrachtete sie Melville als einen ihrer engsten Freunde.

Harefield Hall
9. März, '19

Liebste Eliza,

Euer letzter Brief brauchte eine halbe Ewigkeit, bis er hier eintraf, und erst der Anblick Eurer Handschrift, die sich in diesen zehn Jahren nicht verändert hat, ließ mich leichter atmen als in der vergangenen Woche.
Euer Gemäldeauftrag klingt nach einer wundervollen Angelegenheit. Wenn ich mir die reizenden kleinen Zeichnungen in Erinnerung rufe, die Ihr mir gezeigt habt – natürlich erinnere ich mich –, kann ich mir gut vorstellen, dass jemand anders genauso verzaubert davon war. Soll ich erraten, was Ihr malt, oder wird es eine Überraschung? Vielleicht eine Ansicht des Camden Place oder der Abtei? Jedenfalls freue ich mich darauf, es zu sehen – noch mehr aber, Euch zu sehen.
Ich muss zum Schluss kommen, man ruft nach mir – erwartet in Bälde eine längere Nachricht von mir.

Auf ewig der Eure,
Oliver

18

Mitte März brachte einen vorgetäuschten Frühlingsanfang: ein kurzes Intervall voller Sonnenschein, der alle für die vierzehn Tage, die er andauerte, zum Narren hielt und die Stimmung in der ganzen Stadt hob und die Aufmerksamkeit auf die Londoner Saison richten ließ. Denn während die meisten Bewohner Baths das ganze Jahr über hier verweilten, würden viele der wohlhabenderen – wie Lady Hurley und die Winkworths – am Ende des Monats in die Hauptstadt umziehen.

Die bevorstehende Saison schien allen einen Energieschub zu verleihen, aber niemandem mehr als Lady Hurley, die, sobald sie Eliza und Margaret im Kurhaus erspähte, geschäftig zu ihnen herübereilte, auf den Austausch jeglicher Höflichkeiten verzichtete und sie zu einer Party einlud.

»Bevor ich nach London aufbreche«, erklärte sie, »bin ich fest entschlossen, zum Abschied von Bath nächste Woche eine kleine Gesellschaft zu geben, Dinner und ein kleiner Tanz, und ich bestehe unbedingt darauf, dass Ihr dabei seid.«

Eliza zögerte.

»Ich bitte Euch, sagt nicht, es wäre zu unschicklich!«, rief Lady Hurley. »Der Beginn Eurer Trauerzeit liegt doch mindestens schon elf Monate zurück! Wenn Ihr sitzen bleibt und nicht zu lange verweilt, so bin ich mir sicher, man wird es nicht für erwähnenswert halten, wenn Ihr einer kleinen Feier in privater Umgebung beiwohnt.«

»Ach, Eliza, *ein klein wenig* Spaß darfst du doch mittlerweile sicherlich haben, oder nicht?«, sagte Margaret.

Ach, zum Kuckuck. So unschicklich war es ja nicht – schließlich blieb ihr nur noch ein einziger Monat in voller Trauer. Sie war sich sicher, Somerset würde es befürworten, dass sie sich amüsierte.

»Wir wären höchst erfreut, teilzunehmen«, sagte Eliza. »Ich habe ohnehin große Lust auf ein neues Abendkleid, und das wäre die perfekte Ausrede.«

»Ich komme gerade von Madame Prevette, und sie hat eine atemberaubende schwarze Gaze hereinbekommen, die himmlisch aussehen würde«, antwortete Lady Hurley. »Allerdings habe ich nicht gefragt, wie viel noch übrig ist.«

»Dann müssen wir sofort zur *Modiste,* bevor die anderen Witwen darüber herfallen«, erklärte Eliza und stellte sich lächelnd vor, wie eine Schar schwarz gekleideter Damen die Milsom Street hinunterrannte.

Aber Lady Hurley war zu beschäftigt damit, sich nach den Melvilles umzusehen, als ihr zuzuhören.

»Wenn ich mir ihre Zusage sichern kann, dann wird es zweifellos das schickste Event des Jahres, aber sie scheinen wie vom Erdboden verschluckt. Wobei« – sie warf Eliza einen schalkhaften Blick zu –, »vielleicht ginge es schneller, wenn Ihr Melville einladen würdet, Mylady, denn sicherlich seht Ihr ihn noch vor mir!«

»Ich weiß nicht, was Ihr meint«, sagte Eliza.

Lady Hurley gackerte. »Oh, wir haben Euch alle gesehen, wie Ihr letzte Woche beim Konzert miteinander geflüstert habt«, sagte sie. »Und gestern Nachmittag beim Ausreiten! *Sehr* vertraulich.«

Sie eilte davon, ohne auf eine Antwort zu warten, aber Elizas Wangen färbten sich trotzdem rosig. Am Tag zuvor, als Eliza von einem Anfall von Übellaunigkeit übermannt worden war – ganz gleich, mit wie viel Bedacht sie malte, Melvilles Ohren saßen immer seltsam –, hatte Melville ihr den Pinsel aus der Hand genommen und gesagt, ein Ausritt würde ihr vielleicht wieder einen klaren Kopf schenken.

»Jetzt?«, hatte Eliza unsicher gefragt. »Allein?«

»Ich würde es vorziehen, wenn Euer Stallbursche uns begleitet«, sagte er, schon auf dem Weg zur Tür, um seine Reitkleidung anzulegen. »Ich nehme an, Ihr verdächtigt mich sonst, Euch verführen zu wollen.«

Und auch wenn es nicht angebracht schien, mit einem unverheirateten Gentleman zu dieser ungewöhnlichen Stunde einen Ausflug durch die Landschaft zu machen, selbst mit ihrem Stallburschen als Begleitung – in Bath ritt man normalerweise vor dem Frühstück –, nach einer Stunde in den Hügeln, atemlos und lachend, war es ihr egal gewesen. Jetzt allerdings …

»Kümmer dich nicht um sie«, riet Margaret Eliza, aber während sie in Richtung Milsom Street gingen, konnte Eliza nicht anders, als sich zu fragen, ob die Blicke, die man ihr zuwarf, seit letzter Woche mehr geworden waren. Zumindest schienen sie neugieriger geworden zu sein, und sie hatte den Eindruck, in den geflüsterten Gesprächen der vorbeilaufenden Ladys und Gentlemen ihren Namen hören zu können.

Vielleicht wäre es vernünftig, Melville in der Öffentlichkeit auf Abstand zu halten. Denn während Eliza wusste, dass sie so gut wie mit einem anderen Mann verlobt war, Baths Klatschmäuler wussten es nicht, und eigentlich gab es keinen Grund, außerhalb ihrer Sitzungen noch mehr Zeit miteinander zu verbringen. Vernünftig – aber langweilig. *Zum Teufel,* entschied Eliza, als sie Madame Prevettes Laden betraten. Sie würde sich nicht unglücklich machen, um ein paar eingebildete Tratschtanten zu beschwichtigen. Sollten sie doch starren, wenn sie wollten.

Die schwarze Gaze war genauso exquisit, wie Lady Hurley sie beschrieben hatte, und Madame Prevette versprach, das neue Kleid bis zur Tanzgesellschaft fertig zu haben.

»Ihr werdet bald eine komplett neue *Garderobe* brauchen, nicht wahr?«, fragte Madame Prevette Eliza, während Margaret die Vorzüge von primel- gegenüber pomona-grüner Seide bedachte. »Für Eure Halbtrauer?«

»Ja, ich denke schon«, erwiderte Eliza ein wenig überrascht. Mit allem, was zwischen ihr und Somerset vorgefallen war, hatte sie fast vergessen, dass das Ende ihrer ersten Trauerphase mehr bedeutete, als ihn heiraten zu können. Endlich würde sie die Welt der Farben wieder betreten dürfen: Schon bald wäre es ihr gestattet, ihre Kleider und Roben mit den Grau- und Lavendeltönen der Halbtrauer aufzuhellen. »Allerdings, Madame Prevette. Ganz sicher werde ich *alles* neu anfertigen lassen müssen.«

»Vielleicht sollte ich Euch ein paar meiner neuen Entwürfe aus Paris zeigen«, bot Madame Prevette an und verschwand einen Moment im Hinterzimmer. Als sie zurückkehrte, strich Eliza gerade sehnsüchtig über eine Rolle neu eingetroffenen bronzefarben-grünen Satins. Die Farbe war atemberaubend.

»Vielleicht etwas in dieser Farbe? Sie würde Euch sehr gut stehen«, schlug Madame Prevette vor.

»Das wäre wunderbar«, sagte Eliza. »Aber auch in Halbtrauer könnte ich einen so satten Farbton unmöglich tragen.«

»Nicht einmal, um es aufzubewahren und sich auf den Tag zu freuen, an dem Ihr es tragen könnt?« Madame Prevette war eine scharfsinnige Geschäftsfrau, und Eliza war sofort von der Idee begeistert. Die Vorstellung, dass das Kleid ihrer Träume in ihrem Schrank hängen könnte, wie das Versprechen einer besseren Zukunft …

»Vielleicht über einem Unterkleid aus Satin«, überlegte Madame Prevette laut. »Und passende Schuhe, um das Ensemble zu vervollständigen?«

Ja, warum eigentlich nicht?

»Meine Maße habt Ihr?«, fragte Eliza. »Und ich kann auf Eure Diskretion zählen?«

»Es wird unser kleines Geheimnis sein«, sagte sie.

Mit einem Lächeln verabschiedeten Margaret und Eliza sich, bevor sie für ihr Treffen mit den Melvilles nach Hause eilten.

»Ich hätte Euch wohl über Eure Stil-Vorlieben befragen sollen«, sagte Eliza später zu Melville, während sie kritisch die Leinwand beäugte. Sie hatte ihm verboten, ihr Werk anzusehen, weil sie Angst hatte, das würde es irgendwie verderben – auch wenn sie mit dem Fortschritt zufrieden war. Nach etwas mehr als zwei Wochen hatte sie bereits drei Schichten über Melvilles Umrissen angefertigt, die jede ein anderes Element einfingen – Form, Tiefe, Licht – und alle eine sorgfältige Trockenphase gebraucht hatten.

»Ich bin mir nicht sicher, ob ich eine habe«, sagte Melville. »Solange es die Größe Thomas Gainsboroughs und die verspielte Lässigkeit Thomas Rowlandsons verbindet, bin ich durchaus zufrieden.«

»Ach, Ihr wollt gleich beide Thomase, ja?«, erwiderte Eliza lächelnd.

»Wenn Ihr so freundlich wärt.«

»Ich befürchte, das ist so gar nicht, was ich im Sinn hatte.«

»Überhaupt keine Lässigkeit?«, fragte Melville prüfend.

»Nicht mal ein bisschen«, gestand sie.

»Nun – wenn Ihr wenigstens meine neue Hose gut trefft, will ich mich nicht beschweren«, sagte Melville. »Denn, bitte, hört nicht auf Caroline: Sie ist der Inbegriff derzeitiger Mode, das versichere ich Euch.«

Die betreffenden Beinkleider waren hellgelb – vor wenigen Minuten hatte Caroline sie »um die Hälfte zu schick« geheißen – und schmiegten sich auf eine Art an Melvilles Schenkel, die Eliza mutig genannt hätte, wären seine Beine auch nur etwas weniger wohlgeformt.

Sie schüttelte den Kopf.

»Bei der Pose bin ich festgelegt«, teilte sie ihm mit. »Nur Kopf und Torso.«

»Ist das nun ein Kompliment für mein Gesicht, dass es im Mittelpunkt des Gemäldes steht?«, fragte Melville sich. »Oder eine Beleidigung für den Rest meines Körpers, so missachtet zu werden?«

»Weder noch«, antwortete sie lächelnd. »Nur ein Abbild meiner mangelhaften Ausbildung – meine Ganzkörperporträts wirken immer irgendwie unproportional. Um die Größenverhältnisse der menschlichen Gestalt wirklich im Ganzen wiedergeben zu können, müsste ich sie studieren – ganzheitlich, *privat,* wie sie es an der Royal Academy tun. Aber selbstredend ist das ganz sicher kein Kurs, der Frauen offensteht.«

Melville lehnte sich auf seinem Stuhl zurück und beäugte sie mit einem neckischen Blick.

»War das nicht eine Lektion, bei der Euch der verstorbene Earl hätte zur Seite stehen können?«, fragte er.

Eliza wurde nicht rot, was sie als Beweis ihrer zunehmenden Immunität gegenüber seinen Unfassbarkeiten betrachtete.

»Der verstorbene Earl wäre einem solchen Vorschlag gegenüber ganz sicher nicht offen gewesen«, sagte sie. »Wenn ich mich je getraut hätte, ihn zu machen.«

»Dann war Eure Ehe nicht sehr … leidenschaftlich?«

Er hob herausfordernd die Augenbrauen – als wollte er sie wissen lassen, dass er sich der Tatsache wohl bewusst war, dass dies eine weitere völlig untragbare Fragestellung war, und darauf wartete, dass sie dem ein Ende setzte. Aber diesmal würde Eliza ihm dies selbstzufriedene Gefühl nicht schenken.

»Der verstorbene Earl ist seinen ehelichen Pflichten in derselben Weise nachgegangen wie all seinen anderen Verantwortlichkeiten«, sagte sie mit einem Lächeln. »Getreulich, pflichtbewusst … und in aller Kürze.«

Melville stieß ein überraschtes Lachen aus. Eliza grinste, ausgelassen und aufgedreht.

»Nun, als Euer gegenwärtiges Modell«, sagte Melville, »falls ein – äh – natürlicherer Zustand der Darstellung Eurem künstlerischen Fortschritt zuträglich wäre …«

Spielerisch legte er eine Hand an sein Halstuch.

»Bitte lasst Eure Kleider, wo sie sind«, erwiderte Eliza hastig, auch wenn sie immer noch lächelte. »Gleich kommt Perkins mit dem Tee, und der Anblick würde ihn nur verstören.«

»Ich würde Perkins meine rein altruistischen Motive einfach erklären«, antwortete Melville ernst. »Schließlich bin ich schon lange ein Unterstützer der Kunst – tatsächlich habe ich meine Dienste bereits mehrfach angeboten. Schauspielerinnen, Opernsängerinnen, Tänzerinnen ...«

Wieder lachte Eliza auf, laut und unkontrolliert, und durch den Flur drang der Klang von Margarets Gelächter. Den Französischunterricht hatten sie schon vor geraumer Zeit beendet – als Eliza an diesem Morgen kurz in den Salon gekommen war, um ihren Malstock zu holen, hatte sowohl auf Carolines als auch auf Margarets Gesicht ein besorgniserregendes Grinsen gelegen. Eliza dachte lieber nicht darüber nach, was die beiden gerade besprochen haben könnten, aber zweifellos fiel es unter diese besondere Art von bissigem Humor, den diese Damen miteinander teilten – seit Februar schien es, als schliffen sie ihre Scharfzüngigkeit aneinander wie Klingen an einem Wetzstein.

»Habt Ihr vor, Lady Hurleys Abendgesellschaft zu besuchen?«, fragte Melville. »Ich freue mich schon über alle Maßen. Dinner, Kartenspiel, ein bisschen tanzen ...«

»Ich beneide Euch«, sagte Eliza. »Ich konnte schon so lange nicht mehr tanzen.«

»Dann ist das vielleicht Eure Chance?«, schlug er vor.

Eliza lachte.

»Tanzen? Während der Trauerzeit?«, fragte sie. »Man würde mich mit Mistgabeln aus der Stadt jagen.«

»Wer würde die Truppen anführen?«, überlegte Melville. »Mrs Winkworth?«

»Da bin ich mir fast sicher«, antwortete Eliza. »Sie betrachtet schon meine Fahrstunden mit großem Entsetzen – und steckt zweifellos Lady Selwyn ständig Briefe über mein Verhalten zu.«

Die Vorstellung besorgte sie weniger, als es früher der Fall gewesen wäre.

»Ihr glaubt, Lady Selwyn hat eine Spionin rekrutiert?«, fragte Melville belustigt.

»Ich wäre sehr überrascht, wenn sie es nicht getan hätte«, erwiderte Eliza mit einem Schnauben. »Ganz sicher hält sie beständig Ausschau nach irgendetwas, das die –« Sie brach ab. Einen Moment lang hatte sie vergessen, dass die Sittlichkeitsklausel ein Geheimnis war.

»Irgendetwas, das Somerset und Euch voneinander fernhalten könnte?«, schlug Melville vor. »Mir ist aufgefallen, dass sie Eure erneute Bekanntschaft nicht mit Freude aufgenommen hat – aber falls Eure Kutschfahrten Somerset vertreiben sollten, dann ist er noch farbloser, als selbst *ich* dachte.«

»Er ist nicht farblos!«, protestierte Eliza. Sie hatte Somerset noch nicht von Carolines Unterricht geschrieben, nicht weil sie Angst vor seiner Reaktion hatte, sondern weil sie erst gut genug gefahren sein wollte, um ihn zu beeindrucken.

»Müsst Ihr Euch dann Sorgen darüber machen, was Mrs Winkworth schreibt?«

»Ich persönlich mache mir keine Sorgen«, sagte Eliza, »aber es ist mein Vermögen, für das sich Lady Selwyn eigentlich interessiert.«

Melville legte fragend den Kopf schief – und nun ja, was konnte es schon schaden, wenn sie noch ein Geheimnis mehr mit ihm teilte?

»Meine Ländereien sollten ursprünglich an den zweiten Sohn der Selwyns gehen«, erklärte Eliza. »Stattdessen hat mein Ehemann sie mir vermacht, aber sollte ich Schande über den Familiennamen bringen, fallen sie automatisch wieder an Somerset zurück.«

Melville saß plötzlich sehr still.

»Eine Sittlichkeitsklausel«, sagte er langsam.

»Der einzige Silberstreif am Horizont der Selwyns«, sagte Eliza und platzierte einen weiteren winzigen Tintenfleck auf Melvilles

Porträt-Manschetten. »Wenn die Ländereien an ihn zurückfallen, würden sie wohl letztendlich doch irgendwann an Tarquin gehen.«

»Das ist … diabolisch.«

Elizas Lippen kräuselten sich, als sie das Entsetzen in Melvilles Stimme hörte.

»Ihr habt sie doch kennengelernt«, sagte sie. »Glaubt Ihr, sie hätten es nicht in sich?«

»Ich hielt sie für arrogant«, sagte Melville. »Und für selbstsüchtig – aber nicht für derart bösartig.«

Gedankenverloren fuhr er sich mit der Hand durchs Haar, betroffener, als sie erwartet hatte.

»Wie können sie so etwas nur *tun?*«

»Ach, daran habe ich mich schon lange gewöhnt«, versicherte Eliza. Sie hatte ihn nicht so aufregen wollen. »Noch hat es mir keinen Ärger eingebracht.«

»Noch«, wiederholte Melville. »Habt Ihr Angst, dass es noch so weit kommt?«

»Früher ja«, gab Eliza zu. »Aber nicht mehr seit –«

Sie brach ab und biss sich auf die Lippe.

»Seit?«

Eliza zögerte. Sie log nicht gern geradeheraus, schon gar nicht, wenn es um jemanden ging, den sie als Freund betrachtete – aber die Vorstellung, Melville ein solches Geheimnis zu verraten, erfüllte sie eher mit Unruhe als mit Freude.

»Seit?«, fragte Melville noch einmal mit mehr Nachdruck.

Es führte kein Weg drum herum.

»Seit Somerset und ich … beschlossen haben, zu heiraten«, sagte sie.

Die Uhr schlug zur vollen Stunde, und erst als der letzte Schlag verklang, ergriff Melville wieder das Wort.

»Ich verstehe«, sagte er. »Ja – ich verstehe.«

Sein Gesicht und seine Stimme, so ausdruckslos und steif, standen in merkwürdigem Gegensatz zu seinen Händen, die ein wenig fahrig wirkten. Melville presste sie auf die Armlehnen seines Stuhls, um ihr kaum merkliches Zittern zu verbergen.

»Natürlich – ich hatte es ja bereits vermutet, wie Ihr wisst.«

Elizas Magen zog sich zusammen.

»Melville …«, sagte sie beklommen, wenn sie auch nicht wusste, woher das Gefühl kam.

»Ich wünsche Euch, dass Ihr sehr glücklich werdet«, sagte Melville. Seine Stimme klang noch immer seltsam.

»Danke«, antwortete sie. Warum war das hier so furchtbar unangenehm?

»Hach, nun«, sagte Melville mit aufgesetzter Fröhlichkeit, während er abrupt aufstand und sein Halstuch richtete. »Leider habe ich ein paar Angelegenheiten, um die ich mich kümmern muss – Briefe schreiben, Gedichte verfassen, et cetera, et cetera.« Er ging Richtung Tür.

»Melville!«, sagte Eliza und umklammerte ihre Farbpalette, so fest, dass ihre Knöchel weiß wurden. Sie wollte nicht, dass er ging – nicht so …

»Melville?«

Aber er war bereits fort.

19

In der nächsten Woche erschien Melville zu keiner ihrer geplanten Sitzungen. Er schickte Entschuldigungen und schob seine Arbeit vor, aber es wirkte wie eine Ausrede, und Eliza sorgte sich um den wahren Grund wie ein Hund um seinen Knochen. Das Porträt würde nicht darunter leiden – darum ging es nicht. Mittlerweile hatte Eliza so viel Zeit damit verbracht, Melville anzustarren, dass sie ihn wahrscheinlich besser kannte als sich selbst. Sie kannte die genaue Form seiner dunklen, braunen Augen, den Schwung jedes Fingerknöchels, den Klang seines Lachens … selbst wenn sie ihn nicht so genau studiert hätte, war sie mittlerweile schon so weit, dass sie sich dem Hintergrund widmen konnte, und ein anderer Künstler hätte wohl an diesem Punkt gar keinen Bedarf mehr an einem Modell gesehen.

Aber auch wenn sie seine Anwesenheit nicht *brauchte,* spürte sie sein Fehlen schmerzhaft. Ohne Melville erschien der Salon größer, kälter, weniger interessant. Allein lachte man nicht, und Eliza konnte sich nicht einmal mit Margaret ablenken, denn ihre Treffen gingen ungebrochen weiter, und jedes Mal, wenn Eliza ihre hellen Stimmen durch den Flur vernahm, bedauerte sie ihr letztes Gespräch mit Melville. Sie wusste nicht recht, was Melville vertrieben hatte, ob es die Lüge gewesen war, mit der sie ihre Verlobung zunächst abgestritten hatte, oder … etwas anderes. Ihre Vertrautheit war seit Somersets Abreise noch gewachsen, und Eliza, die sich in seiner Anwesenheit immer wohler fühlte, hatte aufgehört, ihn ständig zu beobachten. Oder sich selbst. Und sie nahm an, dass es unter solchen Umständen doch nur höflich war, einen Gentleman zu warnen, dass das Ziel seiner gewohnheitsmäßigen Flirterei verlobt war, oder nicht?

Was auch immer der Grund sein mochte, während der nächsten Woche blieb Melville wie vom Erdboden verschluckt, ganz gleich, wie oft Eliza im Kurhaus nach seinen dunklen Locken Ausschau hielt, versuchte, seine gelben Hosen auf der Milsom Street zu entdecken, oder die Ohren spitzte, um seine Stimme in Meylers Bücherei aufzuschnappen. Und ohne Somerset und Melville wirkte Bath außerordentlich still. Bei Somerset hatte sie wenigstens den Trost seiner wöchentlichen Briefe, um das Gefühl des Vermissens zu mildern. Nicht dass man die beiden vergleichen konnte, natürlich nicht, denn schließlich war der eine quasi ihr Verlobter und der andere … nicht.

Am Tag der Einladung Lady Hurleys stand Eliza vor dem Porträt und fühlte sich schrecklich – obwohl es fertig war. Nun ja, jedenfalls fast fertig. Nachdem sie sich endlos mit den Knöpfen der Weste beschäftigt hatte, fiel ihr jetzt erst mal nichts mehr ein. Mindestens vier oder fünf Mal hatte sie die Farbe von den Knöpfen gekratzt und neu aufgetragen, bis alles endlich haargenau stimmte. Aber trotzdem wurde Eliza das Gefühl nicht los, als fehle dem Bild noch irgendetwas. Wenn sie nur wüsste, was.

»Wir sollten uns fertig machen«, sagte Margaret und klopfte mit den Knöcheln an den Türrahmen, um Elizas Aufmerksamkeit auf sich zu lenken. »Lady Hurley wäre höchst verärgert, wenn wir zu spät kommen.«

Eliza warf einen letzten Blick auf den porträtierten Melville. *Ich bringe das in Ordnung,* sagte sie in Gedanken zum Bild.

Als sie am Laura Place ankamen, wurde sofort offensichtlich, dass sich Elizas Vorstellung einer kleinen Gesellschaft recht deutlich von der Lady Hurleys unterschied. Allein für das Abendessen hatten sich zwanzig Leute versammelt, und zum Tanz wurden noch mehr erwartet. Und obschon Lady Hurleys Stadthaus sehr geräumig war – der Esstisch allein war groß genug für zwanzig Personen, und es war das einzige Haus in ganz Bath, dessen Salon sich auf eine ausladende

Terrasse hin öffnete –, konnte sich Eliza, als sie sich in die Schlange der Gäste einreihten, die ihre Gastgeberin beim Eintreten begrüßen wollten, nicht recht vorstellen, wie sie alle hineinpassen sollten.

»Was für ein Gedränge«, merkte Caroline an, die sich direkt hinter ihnen aufstellte. Ihr exquisites Kleid aus fliederfarbener Seide und Gaze würde es diesen Abend jeder Dame schwer machen, eleganter auszusehen als Caroline Melville.

»Ihr seht unglaublich aus!«, sagte Caroline zu Eliza und Margaret.

»Danke«, erwiderte Eliza. Sie war sehr zufrieden mit ihrem neuen Kleid: hauchzartes Schwarz über einem weißen Unterkleid aus Satin, die kurzen französischen Ärmel mit schwerer Vandyke-Spitze gesäumt, und statt des Schmucks, auf den sie sich das letzte Jahr hatte beschränken müssen, trug sie Diamantohrringe und eine dreireihige Perlenkette. »Ich sehe nicht aus wie eine Elster?«

Aber Caroline antwortete nicht, weil sie zu beschäftigt damit war, Margarets Kleid aus pomoma-grünem Krepp zu bewundern. Eliza konnte es ihr jedoch nicht verübeln, denn Margaret hatte noch nie so gut ausgesehen, und sie freute sich, dass Caroline ihre Meinung zu teilen schien, als ihr Blick fasziniert auf Margarets Satin-Mieder mit den atemberaubend verzierten Posamenten im militärischen Stil verweilten.

»Ihr seht *unglaublich* aus«, wiederholte Caroline an Margaret gewandt, diesmal ernsthafter als beim ersten Mal.

»Ihr auch«, erwiderte Margaret, deren Wangen sich rosa gefärbt hatten, während Eliza unauffällig versuchte, über Carolines Schulter dorthin zu spähen, wo Melville gerade einem Bediensteten seinen Mantel überreichte.

»Ach, seht Ihr nicht alle hervorragend aus!«, rief Lady Hurley, während die vor ihnen stehenden Gäste in den Empfangsraum traten. Sie trug ein durchscheinendes Kleid in Gelb, das ihr das Aussehen einer üppigen Sonnenblume verlieh. »Das Dinner wird gleich serviert: Mein François hat sich heute Abend selbst übertroffen. Es gibt genügend Sorten Aspik, Fondue und Pudding, um fünftausend Gäste satt zu bekommen.«

»Wie wunderbar«, sagte Melville, als er herantrat, ohne auch nur im Geringsten begeistert zu klingen. Auch wenn Mr Fletcher und er beide elegant gekleidet waren – Melville in einem fein gewobenen, blauen Jackett mit einer Weste aus dunkelblauem Samt und dezenten Silberstickereien –, schienen sie beide merklich angeschlagen. Eliza versuchte, seinen Blick aufzufangen, allerdings ohne Erfolg.

»Ignoriert ihn«, sagte Caroline. »Mr Fletcher und er haben gestern Abend zusammen gespeist und waren betrunken wie die Haubitzen. Er ist mehr Wrack als Frack.«

»Es war großartig, aber«, sagte Mr Fletcher und legte sich schwach eine Hand auf die Brust, »wirklich unmöglich.«

»Allerdings, Sir«, stimmte Melville zu und rieb sich über die Augenbrauen. »Ich finde, man sollte uns dafür loben, dass wir heute Abend überhaupt erscheinen.«

Als den höchstrangigen Anwesenden im Raum oblag es Eliza und Melville, gemeinsam zum Dinner zu gehen. Zum ersten Mal seit Wochen wusste Eliza nicht, was sie zu ihm sagen sollte – und zum ersten Mal, seit sie sich kannten, schien Melville nicht geneigt, zuerst das Wort zu ergreifen.

»Ist es Euch gut ergangen?«, fragte sie.

»Das ist es«, antwortete Melville.

»Habt Ihr Euren Abend mit Mr Fletcher genossen?«

»Gewiss.«

»Und mit *Medea* geht es gut voran?«

»Ja.«

So wortkarg hatte sie ihn noch nie erlebt. Vielleicht hatte er sich so gefühlt, als er während ihrer ersten Porträtsitzungen versucht hatte, sich mit ihr zu unterhalten. Sie wünschte sich, sie könnte die Geschehnisse der letzten Woche abkratzen wie eine Schicht Farbe auf einem Gemälde und die unbefangene Freundschaft fortsetzen, an die sie sich so gewöhnt hatte. Sobald der erste Gang aufgetragen war, wandte sich Melville der Etikette folgend an Lady Hurley, die zu seiner Rechten saß, während Eliza sich mit einem auf Krawall gebürsteten Admiral Winkworth unterhalten musste. Der laute Beweis, wie sehr Melville und Lady Hurley ihr Gespräch genossen, bei dem sie sich über ihre liebsten Dichter austauschten, trug nichts dazu bei, ihre Laune zu verbessern. Unter dem Einfluss Lady Hurleys schien Melvilles überschäumendes Temperament wieder zurückgekehrt zu sein; Eliza versuchte, sich nicht allzu bitter zu fühlen, und widmete sich stattdessen dem köstlichen Champagner, der vor ihr stand.

Als der zweite Gang aufgetragen wurde – die Soup à la Reine und das Huhn in Estragon wurden von Platten voller gebackenem Karpfen, Austern im Teigmantel, einem Geflügelragout mit gefüllter Pastete und einem überreichen Angebot an Schüsseln voller Gemüse ersetzt – und Melville sich widerstrebend wieder zu ihr wandte, fühlte sich Eliza bereits deutlich benommen.

»Habt *Ihr* Dantes *Göttliche Komödie* gelesen?«, fragte er.

Auf einmal schien es sehr wichtig, dass Melville Eliza für mindestens genauso belesen hielt wie Lady Hurley.

»Ja«, log Eliza verwegen. Margaret hatte es gelesen, das war doch fast dasselbe.

»Und was haltet Ihr davon?«

Die unangenehme Wahrheit war natürlich, dass Eliza nichts über dieses Buch wusste außer den Titel und die Tatsache, dass Margaret es für sehr schlau gehalten hatte.

»Ich fand es wirklich schlau«, sagte sie.

»Aber die neuste Übersetzung … ich selbst empfand sie als ein wenig verwirrend, oder nicht?«, fragte Melville.

Eliza hoffte, es wäre eine rhetorische Frage, aber die lange Pause – und die abwartende Art, mit der er sie ansah – verriet ihr, dass dem wohl nicht so war.

»Ich frage mich – ob es vielleicht genau darum ging, verwirrt zu sein«, sagte sie weise.

Melville sah sie an.

»Ihr habt es nicht gelesen«, riet er.

»Ich habe es nicht gelesen«, stimmte sie ihm zu.

Als könne er nicht anders, lachte Melville. »Warum die Lüge?«

»Damit Ihr *mich* für wirklich schlau haltet«, gestand Eliza und nahm noch einen Schluck Champagner.

»Das tat ich bereits«, erwiderte Melville. »Jetzt halte ich Euch nur noch zusätzlich für eine Lügnerin.«

Eliza blickte Melville scharf an. Meinte er …? Bezog er sich auf …?

»Ich habe nicht gelogen«, sagte sie und senkte ihre Stimme zu einem Murmeln, in der Hoffnung, dies sei ihr Moment, um reinen Tisch zu machen.

»Ihr habt nur etwas ausgelassen«, sagte Melville, der sofort begriff.

»Aus Notwendigkeit«, flüsterte sie. »Und auch nicht richtig: Wir können uns bis April nicht offiziell verloben. Bis dahin sind wir nur … verlobt, verlobt zu sein.«

»Oh«, sagte Melville.

Eine Pause.

»Wie herzerfrischend unbestimmt.«

Er klang so sehr nach seinem normalen Selbst, dass Eliza sich unwillkürlich näher zu ihm lehnte.

»Trotzdem tut mir die Täuschung leid«, fuhr sie flüsternd fort. »Ich hätte es sonst nicht gegenüber jemandem verschwiegen, den ich – den ich als wahren Freund schätze.«

Melville trank nachdenklich einen Schluck aus seinem Glas.

»Und ich lese viel«, fügte sie verteidigend hinzu – das zu verdeutlichen, erschien ihr immer noch wichtig.

Melville lächelte nicht, aber in seinen Augenwinkeln erschienen kleine Fältchen.

»Ich habe nichts gesagt«, merkte er an.

»Ich weiß, *Ihr* seid furchtbar versessen auf Bücher«, gab sie zurück, so erleichtert über die stillschweigende Akzeptanz – denn das war es doch sicherlich? –, dass sie sich beinahe außer Atem fühlte.

»Furchtbar«, stimmte Melville zu. Er hielt inne, dann fügte er, nun wieder mehr er selbst, hinzu: »Ich könnte kaum schreiben wie ich es tue, wäre ich es nicht.«

»Klassische Literatur«, sagte Eliza, so wissend sie konnte. »Solche Bücher lest Ihr gern? Homer und … den anderen.«

»Den anderen am liebsten«, sagte Melville lächelnd. »Das akademische Volk porträtiert sie gern als abschreckend, aber es sind nur Geschichten – großartig und ausufernd, aber trotzdem Geschichten.«

»Vor Eurer *Persephone* habe ich kein Wort davon verstanden«, gab Eliza zu. »Mein Ehemann hieß mich, mehr klassische Literatur zu lesen, um meinen Verstand auszubilden, aber meine Konzentration hat einfach nicht ausgereicht.«

Sie hatte sich selbst für zu dumm gehalten, sich all die unbekannten Wörter, Orte und Namen zu merken – aber Melvilles Dichtung hatte eine Art, die Geschichten neu zu erzählen, die Romantik in den Mittelpunkt zu stellen, ihre Anzüglichkeit anzudeuten, dass … nun ja, dass man nicht innehielt, um sich zu fragen, ob man intellektuell genug war, weil man es so eilig hatte, weiterzulesen.

»Ich gestehe, in meinen Versionen wird mehr geküsst«, sagte Melville unbekümmert.

»Es ist mehr als das«, schalt Eliza ihn. »Es ist ein Talent, Menschen so für etwas zu begeistern, wie Ihr es könnt.«

Melville blinzelte, spielte mit dem Stiel seines Glases, als sei er nicht sicher, wie er antworten sollte – als hätte er, trotz all des Lobs, mit dem er sie überschüttete, nicht erwartet, selbst eines zu erhalten.

»Ich bin froh, das zu hören«, sagte er langsam und sah sie prüfend an. »Ich war noch ein Junge, als ich sie das erste Mal las – schon damals ein Bücherwurm«, sagte er, als beichte er etwas. »Und ich glaube, selbst heute noch könnte ich eintausend Mal zu diesen Texten zurückkehren und noch immer etwas Neues finden, das mich inspiriert.«

»Und das ist es, was Ihr vorhabt?«, fragte Eliza. »Eintausend solcher Gedichtbände zu schreiben?«

»Ich … eines Tages …«

Melville ließ argwöhnisch den Blick über den Tisch schweifen – das erste Mal, dass Eliza ihn besorgt sah, jemand könne zuhören.

»Ich hatte vor«, sagte Melville leise, »wenn ich einmal bekannt genug wäre, über Klassiker anderer Art zu dichten.«

Eliza legte fragend den Kopf schief.

»Meine Mutter war eine herausragende Sprachgelehrte«, sagte Melville, der plötzlich schneller sprach. »Urdu, Persisch, Sanskrit … sie konnte alles, und hat uns aus den Schriften vorgelesen, die sie aus Indien mitgebracht hatte, jeden Abend. Das *Schahnameh,* das *Mahabharata* … es sind einige der längsten Epen, die je verfasst wurden, so faszinierend wie die *Aeneis* und ihre Krieger so groß wie Achilles oder Ajax.«

Eliza musterte Melvilles Gesicht, während sie wartete, dass er fortfuhr. Von allen Gesprächen, die sie miteinander erlebt, all den Geheimnissen, die sie geteilt hatten, wirkte das hier wie das Privateste von allen – hier, auf einer Dinnerparty, mit dem an- und abschwellenden Stimmengewirr um sie herum – und Eliza hätte ihn um nichts in der Welt unterbrochen.

»Sie enthalten Tausende Geschichten«, erzählte er ihr leise und ehrfürchtig, »wenn ich nur …« Melvilles strahlender, lebendiger Blick verdüsterte sich plötzlich.

»Einen Verleger finden könnte, der sich dazu bereit erklärt«, beendete er den Gedanken mit einem Seufzen.

Seine Finger schlossen sich fest um sein Glas, und Eliza widerstand dem Drang, mit ihrer Hand über die seine zu streichen.

»Das werdet Ihr«, sagte Eliza. »Ich bin mir sicher, das werdet Ihr.«

Wenn irgendjemand es konnte, dann er.

»Vielleicht eines Tages.«

Sie schwiegen, als der Tisch erneut gedeckt wurde, diesmal mit Früchten, Cremes und Puddings aller Größen, Formen und Farben. Eliza, ungeduldig, ihre Unterhaltung wieder aufzunehmen, nahm gedankenlos irgendeine Zusammenstellung entgegen und lehnte sich, sobald sie konnte, wieder zu Melville hinüber. Der Etikette nach hätte sie sich natürlich stattdessen wieder an Admiral Winkworth wenden müssen: Das korrekte Verhalten bei Tisch war, wie man Eliza seit ihrer Kindheit eingebläut hatte, mit jedem Gang den Gesprächspartner zu wechseln, aber heute Abend hätte sie nichts in der Welt dazu gebracht.

»Ihr sprecht so viele Sprachen«, sagte sie und stellte sich bewundernd vor, wie es wäre, solche Fähigkeiten zu besitzen – ihr zufriedenstellendes Talent im Sticken schien ihr im Vergleich äußerst farblos.

»Nicht alle davon gut«, erwiderte Melville mit einem schiefen Lächeln. »Als unsere Eltern … nun ja, es gab weniger Gelegenheiten, sie zu üben.«

Eliza wünschte, sie führten dieses Gespräch in der Abgeschiedenheit ihres Salons, sodass sie den sanften, melancholischen Ausdruck auf Melvilles Gesicht in diesem Moment hätte einfangen können.

»Dem Himmel sei Dank für Caroline«, sagte Melville nachdenklich. »Sonst hätte ich mich wohl sehr allein gefühlt.«

Elizas Herz zog sich zusammen. Sie war so daran gewöhnt, die Einzigartigkeit der Melvilles irgendwie als prestigeträchtig zu sehen, dass sie nie auch nur einen Gedanken daran verschwendet hatte, wie einsam sie gleichzeitig sein könnten.

»Ihr habt keine Schwester«, sagte Melville und ließ mit gemurmeltem Dank zu, dass einer der Bediensteten sein Glas auffüllte.

»Ich habe Margaret«, sagte Eliza. »Aber keine leibliche Schwester. Ich habe mich immer gefragt, ob es meine Mutter … mir gegenüber gnädiger gemacht hätte, wenn sie ihre Aufmerksamkeit hätte aufteilen können.«

»Dann war sie sehr streng?«

Instinktiv verzog Eliza das Gesicht. Melville lachte.

»Es tut mir leid«, sagte Eliza, der es auf seltsame Art leidtat, die Stimmung so durchbrochen zu haben. »Sie ist sehr streng – ihre mütterliche Meinung ist so stark, so laut, dass allein ihre Anwesenheit meine eigene erstickt.«

Und obschon es stimmte, was sie gesagt hatte, überfiel sie mit einem Mal das schlechte Gewissen, so etwas jemandem außerhalb ihrer Familie gegenüber ausgesprochen zu haben.

»Jetzt hat es sich angehört, als sei sie ein schlimmer Mensch«, sagte sie reumütig. »Das ist sie nicht. Es gab Situationen, in denen ihre feste Sicht der Dinge, ihre Zielstrebigkeit mir ein großer Trost waren.«

Melville wartete mit sanft fragendem Blick, ohne jedoch etwas zu sagen. Eliza sah noch einmal zu Admiral Winkworth hinüber – der eifrig an einem Hühnerknochen saugte –, dann zu dem Paar ihnen gegenüber – Lady Caroline, bei der ihr es ohnehin nichts ausgemacht hätte, wenn sie zuhörte, und Mr Berwick, der verträumt ins Nichts starrte.

»In den ersten Jahren meiner Ehe«, sage Eliza langsam. »Als ich … als wir kinderlos blieben …«

Als jeder Monat dieselbe qualvolle Enttäuschung brachte, und jeder Monat ihren Ehemann kälter und distanzierter werden ließ, seine Kritik immer lauter wurde …

»Ich wusste nicht, was ich tun sollte«, sagte Eliza. »Und sie … hat mir geholfen.«

Ohne darum gebeten worden zu sein – Eliza hätte nicht gewusst, wie sie eine solche Bitte aussprechen, eine so schreckliche Angst in Worte fassen könnte –, hatte Mrs Balfour begonnen, sie anzuleiten, genauso nüchtern, wie sie ihr einst das Haar frisiert hatte. Ihre Briefe, die zweimal in der Woche eintrafen, wurden zu ihrer Rettungsleine, jeder von ihnen enthielt ein Wundermittel, das Eliza versuchen könnte, offenbart von unbekannten Quellen – irgendein Arzt, Kräuterkundler oder Botaniker, es spielte keine Rolle –, und plötzlich pflückte Eliza bei abnehmendem Mond um Mitternacht Erdbeeren oder etwas Ähnliches.

»Sie hat mir etwas zu tun gegeben, als ich mich sonst vielleicht … verloren hätte«, flüsterte Eliza. Sich verloren hätte auf den einsamen Wanderungen durch die Flure von Harefield Hall, während sie sich den Kopf über ihre eigene Unzulänglichkeit zerbrach, sich ausmalte, was ihre Familie und die des Earls hinter ihrem Rücken über sie sagten. Aber selbst davor hatte Mrs Balfour sie beschützt. Jedes Mal, wenn Weihnachten vorüberging und noch immer kein Kind in Sicht war, hatte Mrs Balfour keinerlei Gespräche über Elizas Versagen seitens der Familie toleriert – schon die leiseste Andeutung hatte Mrs Balfours stechenden Blick mit wahrhaft Furcht einflößender Geschwindigkeit auf sich gezogen. Als Eliza einsamer gewesen war als je zuvor, war es ihre Mutter gewesen, die ihr Halt gegeben hatte, mehr sogar als Margaret.

Eliza räusperte sich und blinzelte heftig. Melville sah sie ruhig an, nicht wie andere Gentlemen auch nur im Geringsten alarmiert angesichts weiblichen Unglücks, sondern verständnisvoll, mit offenem Blick. Er hatte manchmal so eine Art, einen mit seinem ganzen Wesen wahrzunehmen, dann ruhten plötzlich all seine lebhaften Gesten, Sprüche und seine Belustigung, während er die Gesamtheit seines strahlenden Verstands direkt auf sein Gegenüber zu richten schien. Es war ein Gefühl – jetzt wie schon beim ersten Mal –, als träte man in einen warmen Sonnenstrahl.

»Das habe ich nie zuvor jemandem erzählt«, sagte sie. »Nicht einmal …«

Sie beendete den Satz nicht, und Melville war taktvoll genug, nicht zu fragen.

»Es tut mir leid, dass ich unsere Sitzungen diese Woche verpasst habe«, sagte er stattdessen.

»Das ist in Ordnung«, sagte Eliza. »Das Porträt ist ohnehin beinahe fertig.«

In Melvilles Augen leuchtete Neugier auf. »Kann ich es sehen?«

»Bald«, versprach Eliza.

Das Geräusch eines an ein Glas geklopften Löffels veranlasste sie, sich zu Lady Hurley umzudrehen, die aufgestanden war, um zu verkünden, dass demnächst der Tanz beginnen würde. Die jüngeren Herren und Damen begannen aufgeregt, miteinander zu plaudern, während sie sich von ihren Plätzen erhoben, um in den Salon hinüberzugehen, während Lady Hurley sie in Paare einteilte. Mittlerweile war Eliza so satt, dass sie beinahe froh war, nicht mittanzen zu können. Beinahe.

»Es scheint, als werde ich gebraucht«, merkte Melville an, als Lady Hurley ihm gebieterisch zuwinkte. »Wenn Ihr mich entschuldigen würdet …?«

Einen Moment – einen kurzen, wilden Moment – wollte Eliza ihn fast bitten, zu bleiben, dass er ignorierte, was die Höflichkeit gebot, und noch ein wenig länger bei ihr blieb. Aber sie fing sich, bevor die voreiligen Worte ihren Mund verlassen konnten. Es waren mehr Damen als Herren anwesend, und Melville würde zweifellos den ganzen Abend über gebraucht werden. Es wäre selbstsüchtig, eine solche Bitte auszusprechen – verlockend, aber selbstsüchtig.

»Natürlich«, sagte sie, und Melville trabte gehorsam an Lady Hurleys Seite, die ihm Miss Gould als Tanzpartnerin zuwies. Eliza dagegen … Eliza sank mit einem schwermütigen Seufzen auf eine gepolsterte Sitzbank, während das Streichquartett in der Raumecke einen lebhaften Jig anstimmte. Während sie zusah, wie Melville und Miss Gould sich voreinander verbeugten, war Eliza, als hätte sie die Beschränkungen des Witwenstands noch nie so deutlich gespürt wie in diesem Moment.

20

»Das lässt einen beinahe wünschen, man sei selbst noch einmal jung, nicht wahr?«, fragte Mrs Winkworth, die herangekommen war und sich neben Eliza setzte.

Eliza schaffte es, den unwillkürlichen entrüsteten Protest hinunterzuschlucken und stattdessen ein vages Murmeln anzustimmen. Während der vergangenen paar Wochen war es ihr geglückt, Mrs Winkworths Gesellschaft recht erfolgreich zu vermeiden, und sie hatte fast vergessen, wie geschickt die Dame darin war, derlei Schläge auszuteilen.

»Früher hielt ich den Walzer für eine entsetzliche Anzüglichkeit«, sagte Mrs Winkworth und verfolgte mit den Augen ihre Tochter unter den herumwirbelnden Gestalten. Miss Winkworth bewegte sich mit Eleganz, und Eliza schien es, als hielte sie sich, mit ihrer Mutter in sicherer Entfernung, plötzlich aufrechter. »Aber wenn er bei Almack's getanzt wird, dann ist es wohl wichtig, dass Winnie sich darin übt!«

Wieder antwortete Eliza mit einem unbestimmten Murmeln. Die Wahrscheinlichkeit, dass Mrs Winkworth Einladungskarten zu Almack's bekam, war, da war sie recht sicher, eher gering. Mochte ihre Abstammung auch respektabel sein – Mrs Winkworth erinnerte sie schließlich alle gern daran, dass sie die Enkelin einer Baroness war –, in die heiligen Hallen der Almack's Assembly Rooms wurde nur ein äußerst erlesener Kreis eingeladen.

»Lady Somerset«, sagte Mrs Winkworth plötzlich mit Stahl in der Stimme, »ich muss Euch aufrichtig für die Freundlichkeit danken, die Ihr meiner lieben Winnie zuteilwerden lasst. Sie hat Euch wirklich bereits als eine Art Nenntante ins Herz geschlossen, wisst Ihr.«

Wenn die liebe Winnie das tatsächlich getan hätte, obwohl sie nicht einmal zehn Jahre voneinander trennten, würde Eliza ihr diese Ungeheuerlichkeit wohl ziemlich übel nehmen – aber da sie wusste, wie unwahrscheinlich das war, sparte sie sich ihre Abneigung lieber für die wahre Autorin dieser Bemerkung auf.

»Und es liegt allein an der Zuneigung, die Ihr ihr entgegengebracht habt, dass ich mich in der Lage fühle, mit einer Bitte an Euch heranzutreten, die Ihr sonst vielleicht für entsetzlich übergriffig halten würdet!«, fuhr Mrs Winkworth beharrlich fort.

Das könnte noch Stunden so weitergehen, wenn Eliza es nicht unterband.

»Was kann ich denn für Euch tun, Mrs Winkworth?«, fragte sie.

»Ich bin sicher, ich muss Euch, Lady Somerset, nicht erklären, wie wichtig die erste Ballsaison für ein junges Mädchen ist«, sagte Mrs Winkworth. »Ich beabsichtige, alles zu tun, was in meiner Macht steht, um meiner Tochter ein so erfolgreiches Debüt zu verschaffen wie möglich, aber unsere Kontakte in London sind nicht so zahlreich, wie ich gern hätte. Wenn Ihr vielleicht so freundlich sein könntet, mir ein paar Empfehlungsschreiben auszustellen …«

Eliza hob die Augenbrauen. Mrs Winkworths Instinkt hatte sie nicht getäuscht: Eliza hielt sie tatsächlich für entsetzlich übergriffig. Wenn man eine Gegend oder eine Stadt bereiste, in der man niemanden kannte, war es in der Tat möglich, dass ein befreundeter Mensch mit Beziehungen in der betreffenden Gegend ein Empfehlungsschreiben ausstellte, um sich für den guten Charakter der Neuankömmlinge zu verbürgen und es ihnen einfacher zu machen, im sozialen Gefüge der Stadt aufgenommen zu werden. Aber eine solche Bitte so unverblümt auszusprechen, und das gegenüber jemandem, den man eigentlich kaum kannte … Eliza hätte das Recht, Mrs Winkworth eine deutliche Rüge zu erteilen. Sie blickte zur Tanzfläche und zu Miss Winkworth, so schüchtern und unschuldig. So widerwärtig sie auch ihre Mutter fand, konnte sie nicht abstreiten, dass sie sich für das Mädchen nur das Beste wünschte.

»Ich werde darüber nachdenken«, setzte Eliza an, die bereits überlegte, wen sie anbieten könnte. Es war eine Weile her, dass sie selbst an gesellschaftlichen Anlässen teilgenommen hatte, aber sie glaubte, die Ashbys hatten wohl eine Tochter, die selbst in diesem Jahr ihr Saisondebüt feierte, und die Ledgertons hatten mehrere Söhne im heiratsfähigen Alter, die alle nette und wohlerzogene Jungen sein sollten.

»Ihr seid doch mit den Hanworths verwandt, nicht wahr?«, unterbrach sie Mrs Winkworth.

Oh. Da hatte Mrs Winkworth offensichtlich hehre Ziele.

»*Sehr* entfernt, durch zwei Eheschließungen«, antwortete Eliza. »Aber Mrs Winkworth, ich glaube nicht … Familien mit Titeln heiraten meist in ihren eigenen Kreisen.«

Taktvoller konnte sie es nicht formulieren, aber Mrs Winkworth wurde trotzdem rot.

»Nicht immer«, beharrte sie. »Ich meine, denkt nur an Lady Radcliffe!«

»Natürlich gibt es Ausnahmen«, gab Eliza zu. »Aber –«

»Und Winnie wird eine ansehnliche Mitgift bekommen«, sagte Mrs Winkworth. »Ich möchte nicht damit angeben – *ich* bin nicht derart ordinär –, aber mein Mann hat in Kalkutta ein großzügiges Vermögen angesammelt, und Winnie wird alles bekommen.«

Eliza wusste nicht recht, was sie sagen sollte.

»Und mit den Ardens seid Ihr auch verwandt?« Mrs Winkworth hatte jeden falschen Anschein von Unaufdringlichkeit abgelegt.

»Cousins und Cousinen meines verstorbenen Mannes«, sagte Eliza langsam. »Aber Ihr habt doch sicherlich nicht Lord Arden für Miss Winkworth ins Auge gefasst?«

Arden musste mindestens dreißig Jahre älter sein als Winnie, und auch wenn er wohlbekannt für seine Vorliebe für junge Mädchen in ihrer ersten Blüte war, konnte Mrs Winkworth doch ganz sicher nicht bereit sein, ihre Tochter einem solchen Mann zu opfern? Aber in Mrs Winkworths Augen stand die Gier.

»Wenn Euer Ladyschaft uns ein Empfehlungsschreiben für die Ardens ausstellen würde«, sagte Mrs Winkworth, »wäre ich wirklich höchst erfreut …«

Eliza starrte sie an. Sie kannte die Maschinerie des Heiratsmarktes besser als viele, aber dass man so kalt und berechnend sein konnte, so offensichtlich habgierig! Vielleicht lag es am reichhaltigen Abendessen, das sie gerade zu sich genommen hatte, aber Eliza war übel. Wieder sah sie hinüber zu Miss Winkworth, die sich lachend mit Mr Berwick im Kreis drehte. Ihre kindliche Freude wäre in einem Klassenzimmer nicht fehl am Platz gewesen.

»Mrs Winkworth …«, sagte Eliza in dem Wissen, dass sie nicht so viel Champagner getrunken hätte, wenn ihr bewusst gewesen wäre, dass sie ein solch heikles Gespräch würde führen müssen, aber nicht fähig, auch nur einen Moment länger zu schweigen. »Ich verstehe Euer Bedürfnis nach einem besonderen Ehemann für Eure Tochter gut, sogar sehr gut, aber wenn Ihr Miss Winkworth schon die Würde verwehrt, diesen selbst zu wählen, bitte ich Euch inständig, einen Gentleman auszusuchen, der besser zu ihr passt als Arden.«

Mrs Winkworths Gesicht färbte sich während Elizas Ansprache puterrot vor Empörung.

»Lady Somerset!«, keuchte sie. »Selbstverständlich will ich nur das Beste für meine Tochter – dass Ihr es wagt, anzudeuten, es könnte anders sein …«

»Ich möchte Euch nicht zu nahe treten«, erwiderte Eliza hastig. »Ich möchte nur ehrlich mit Euch sprechen, als jemand, der weiß, wie es ist, auf diese Weise verschachert zu werden …«

»Verschachert?«, wiederholte Mrs Winkworth. *»Verschachert?«*

Vielleicht war »verschachert« nicht ganz das richtige Wort gewesen.

»Alles, was ich sagen möchte, ist«, fuhr Eliza fort, »dass Miss Winkworths Glück doch sicher mehr wert ist als ein Titel?«

Mrs Winkworth sog empört die Luft durch die Nasenlöcher ein.

»Lady Somerset«, sagte sie mit entschiedener Schärfe, »ich hatte gehofft, Ihr würdet mir, wenn ich mit einer solchen Bitte auf Euch zukomme, mit Diskretion und Verständnis begegnen. Genau so, wie *ich Euch* die letzten Wochen über begegnet bin.«

»Ich weiß nicht, was Ihr meint …«, sagte Eliza langsam.

»Ich bin mir bewusst, dass Euer Wohlstand mit gewissen Bedingungen verknüpft ist, Mylady«, entgegnete Mrs Winkworth, den triumphierenden Glanz der Rache im Blick. »Bedingungen, die wohl, so denke ich, eher schlecht mit Melvilles ständiger Anwesenheit am Camden Place in Einklang zu bringen sind, während Ihr noch Trauer tragt – und doch habe ich Euch *bislang* einen Vertrauensvorschuss zugestanden.«

Elizas Herz schlug schneller.

»Lady Selwyn hat ein loseres Mundwerk, als ich dachte«, antwortete sie ruhiger, als sie es je für möglich gehalten hätte. »Wollt Ihr mir drohen, Mrs Winkworth?«

Mrs Winkworths Wangen waren rot, aber sie musterte Eliza mit stechendem Blick.

»Stellt Ihr mir ein Empfehlungsschreiben aus, Mylady?«

Noch vor nicht allzu langer Zeit hätte das bei Eliza funktioniert. Jetzt würde es das nicht mehr.

»Nein, nicht an die Ardens«, sagte Eliza sanft. Sie stand auf. »Genießt Eure Zeit in London, Madam. Ich wünsche Euch das Allerbeste.«

Sie wünschte sich, sie hätte mehr für Miss Winkworth tun können. Aber wenigstens hatte sie es versucht.

Eliza schritt am Rande des Raums entlang – wechselte ein paar belanglose Worte mit Mr Berwick, der, wie ihr auffiel, eine Weste trug, die der Melvilles erstaunlich ähnlich sah –, bevor sie in Richtung der großen Verandatüren ging, die auf die Terrasse führten.

Man hatte sie geöffnet, um ein wenig frische Luft in den Raum zu lassen, denn trotz des kühlen Frühlingsabends war es im Raum mit den vielen Tänzern warm und stickig geworden.

Als Eliza näher kam, sah sie die Melvilles in einer Fensternische stehen, mitten in einer offensichtlich hitzigen Diskussion.

»Ich verstehe einfach nicht, was sich so plötzlich verändert haben könnte«, zischte Caroline ihren Bruder an. »Schon wieder dieses Gerede von Umsicht und Sparsamkeit – du änderst deine Meinung schneller als ein Windrad die Richtung.«

Eliza blieb abrupt stehen, sie wollte nicht lauschen und fragte sich kurz, ob sie in die andere Richtung davongehen sollte, bis Caroline an ihr vorbei in Richtung des Kartenzimmers stürmte.

Langsam näherte sich Eliza Melville. Mit düsterer Miene sah er zu ihr auf, und Eliza überkam der Drang, ihn wieder zum Lächeln zu bringen.

»Habt Ihr heute Abend schon mit Mr Berwick gesprochen?«, fragte sie so unbeschwert, als hätte sie die Unterhaltung nicht mit angehört.

»Das habe ich nicht.« Melville führte sein Glas an den Mund und trank einen Schluck, seine Hand zitterte kaum merklich.

»Er trägt eine außerordentlich schöne Weste«, sagte Eliza. Mit dem Kopf zeigte sie in Richtung des Angesprochenen, und als Melvilles Blick ihr folgte, sah sie zufrieden, wie seine Augenbrauen nach oben schossen und Unglaube den angespannten Ausdruck in seinem Gesicht ersetzte.

»Steckt er etwa mit meinem Kammerdiener unter einer Decke?«, fragte er.

Eliza lachte, aber die Erleichterung war nur von kurzer Dauer: Melvilles Miene hatte schon wieder einen besorgten Ausdruck angenommen.

»Habt Ihr uns gehört?«, fragte er, den Blick auf sein Glas gerichtet.

Ah.

»›Umsicht und Sparsamkeit‹ klingt nicht nach Euch«, sagte Eliza, statt zu lügen. Sie hatte die Worte spaßhaft gemeint, aber Melville schien nicht zu Späßen aufgelegt.

»Vielleicht habe ich mich geändert«, sagte er knapp. »Menschen *können* sich verändern, wisst Ihr.«

»Das können sie«, sagte Eliza. »Aber warum solltet Ihr das tun?«

Wenn Melville – der brillante, verwegene Melville – plötzlich an sich selbst zweifelte, welche Hoffnung bestand dann für die anderen?

»Ich habe keinen Mäzen mehr«, erklärte Melville plötzlich.

Er blickte zu Eliza, dann auf sein Glas, dann wieder zu ihr.

»Lord Paulet ist ein stolzer Mann«, sagte er. »Und ich dachte, ich hätte jemand anders gefunden … aber ich habe mich geirrt.«

»Oh«, sagte Eliza.

Dann stimmte es *doch*. Natürlich hatte Eliza das gewusst, aber sie konnte nicht anders, als sich ob dieser Bestätigung unwohl zu fühlen. Was albern war. Welche Rolle spielte es für sie, dass Melville eine Affäre mit Lady Paulet hatte?

»Ist das so schlimm?«, fragte sie.

»Ohne Mäzen«, erwiderte Melville, »kann ich dieses Jahr nicht veröffentlichen. Und wenn ich dieses Jahr nicht veröffentliche, kann ich das Einkommen nicht generieren, das Alderly für den Winter braucht – ganz zu schweigen vom Luxus eines Phaetons oder eines Aufenthalts in Paris.«

»Caroline sagte, sie würde ins Ausland reisen müssen, wenn sie ihren Roman diesen Sommer fertigstellt«, erinnerte sich Eliza. »Um sich vor den Unannehmlichkeiten zu schützen, die seine Veröffentlichung mit sich bringen wird.«

»Ins Ausland, ja«, sagte Melville und rieb sich über das Kinn. »Aber ein Ort, der weniger Ausgaben mit sich bringt, wäre besser für uns geeignet.«

Uns?

»Ihr würdet mit ihr gehen?«, fragte Eliza. Es sollte sie nicht überraschen, schließlich gab es die Geschwister immer nur im Paar, aber Eliza merkte trotzdem, dass ihr der Gedanke nicht gefiel.

Melville fuhr sich mit der Hand durchs Haar.

»Die Gerüchte über mich nehmen zu, nicht ab«, sagte er. »Ich glaube nicht, dass England ein besonders angenehmer Aufenthaltsort für mich sein wird, wenn ich sozial geächtet und bankrott bin.«

»Das ist nicht gerecht«, murmelte Eliza. Wenn man an all die Skandale dachte, für die Byron andauernd gesorgt hatte, bevor er das Land verlassen musste – die zahllosen Affären, Ausrutscher und öffentlichen Exzesse, alles noch vor seiner Scheidung, die das Fass zum Überlaufen gebracht hatte –, was war dann Melvilles einer Fehltritt dagegen?

»Darüber denkt man am besten gar nicht nach«, erwiderte Melville. »Denn ändern wird es wohl nichts.«

»Vielleicht könnte ich Eure Mäzenin werden«, bot Eliza spontan an. »Ich bin reich, wisst Ihr?«

»Das ist mir zu Ohren gekommen«, sagte Melville mit einem eher reumütigen Lächeln. »Und auch wenn das Angebot sehr freundlich ist, muss ich leider ablehnen.«

»Warum?«, fragte Eliza. »Ich kenne mich mit dem Mäzenatentum nicht gut aus, aber ich könnte es sicher lernen.«

»Ich bezweifele nicht, dass Ihr die Rolle hervorragend ausfüllen würdet«, stimmte Melville ihr zu. »Aber ich kann Euer Geld nicht annehmen. Mein Stolz – und davon habe ich reichlich – verbietet es.«

»Wie lästig«, sagte Eliza, so humorvoll sie konnte.

»Ja, nicht wahr?«

»Nun«, sagte Eliza nachdenklich, »falls mein Porträt in die Ausstellung aufgenommen wird, sollte es Eurem Bekanntheitsgrad doch dienlich sein, oder nicht? Vielleicht wird es dann einfacher für Euch, einen neuen Mäzen zu finden!«

»Vielleicht …« Melville schien diese Aussicht nicht aufzumuntern. »Aber habt Ihr wirklich darüber nachgedacht, was all die Aufmerksamkeit für Euch bedeuten würde, Mylady? Wir können das Gemälde natürlich anonym einreichen, aber die Identität des Künstlers wird großes Interesse hervorrufen.«

»Das habe ich«, sagte Eliza ruhig. »Es war meine Idee. Ich wollte schon dort ausstellen, seit ich das erste Mal davon gehört habe.«

Melville nickte. Einen Moment lang standen sie schweigend da, bis die Tänzer und Tänzerinnen aufhörten, sich zu drehen, und Applaus für die Musiker aufbrandete.

»Ich bin es so leid, nur zuzusehen …«, sagte Eliza mit sehnsüchtigem Blick.

Melville holte tief Luft, dann leerte er mit einem Zug sein Glas und stellte es mit einem entschlossenen Klirren auf dem Fenstersims ab.

»Nun dann«, sagte er und streckte auffordernd die Hand aus, »lasst uns das ändern.«

»Seid nicht albern«, sagte Eliza und schlug seine Hand mit dem Fächer beiseite, während sie sich umsah, ob auch niemand zugesehen hatte.

»Warum nicht?«

»Ich bin in Trauer.«

»Ich glaube nicht, dass Ihr jemals in Trauer wart.«

»Ich *trage* zumindest Trauer.«

Wieder streckte er die Hand aus. Hinter ihm begaben sich die anderen Paare auf die Tanzfläche und bereiteten sich auf das nächste Stück vor. Es würde ein Walzer werden.

»Mylord, bitte nicht. Es verstößt so gegen jegliche Konvention, dass es genauso gut gegen das Gesetz verstoßen könnte«, sagte sie, während sie sich abwandte, um so zu tun, als hätte sie es nicht gesehen.

»Und was ist der Sinn von Konventionen, wenn nicht, sie zu missachten?«, erklärte er. »Der des Gesetzes, wenn nicht, es zu brechen?«

Eliza lachte. Melville hob die Hand noch höher. In seinen dunklen Augen lag eine Herausforderung, provokativ und verführerisch, aber ebenso tiefes Vertrauen – als zweifle er nicht eine Sekunde lang daran, dass sie mutig genug wäre, die Herausforderung anzunehmen. Und wie im Traum legte Eliza die Hand in die seine. Anders als beim letzten Mal, als sie sich so berührt hatten, trugen sie beide Handschuhe, aber Eliza konnte trotzdem die Wärme – und Kraft – seiner Hände durch den Satin spüren. Mit einem schnellen Blick durch den Raum, um sicherzugehen, dass sie nicht beobachtet wurden, zog Melville sie einen Schritt nach hinten, durch die Türen hinaus auf die Terrasse.

»Was habt Ihr …«, setzte Eliza an.

Die Terrasse war nicht beleuchtet – angesichts des wechselhaften Frühlingswetters war Lady Hurley nicht davon ausgegangen, dass jemand mutig genug wäre, sich nach draußen zu begeben –, aber es fiel genügend Licht durch die Fenster, dass sie einander sehen konnten, während die Dunkelheit sie vor den Menschen im Haus verbarg.

Drinnen erklangen die ersten Takte der Musik. Sie konnten sie hier draußen genauso gut hören, als stünden sie immer noch im Raum. Melville berührte mit dem Finger die Lippen, dann verbeugte er sich. Und Eliza, die verstand, was er vorhatte, breitete ihre Röcke in einem Knicks aus, während sich ein Lächeln auf ihr Gesicht legte. Als die Gentlemen drinnen begannen, sich zu bewegen, tat er es ihnen nach, schloss die Entfernung zwischen ihnen mit einem fließenden Schritt, bis kaum noch ein Bogen Zeichenpapier zwischen sie gepasst hätte. Aus dieser Nähe konnte Eliza die winzigen Goldsprenkel im dunklen Braun seiner Augen sehen. Sie hatte sie noch nie zuvor bemerkt.

Dann setzten die Violinen ein, und er legte einen Arm um ihre Taille, zog sie an sich, griff mit der Linken nach ihrer rechten Hand, und obschon sie nicht einmal begonnen hatten, sich zu bewegen, war Eliza atemlos. Gemeinsam begannen sie, sich im Kreis zu drehen. Melville war ein guter Tänzer – natürlich war er das –, sie hätte es wissen sollen. Die Art Tänzer, der seinen Schritten nicht einmal einen Hauch von Aufmerksamkeit schenken musste, dessen Bewegungen so natürlich waren, als würde er sich immer so bewegen und als sei es reiner Zufall, dass heute Abend Musik dazu gespielt wurde. In der Dunkelheit konnte Eliza ihre Füße kaum erkennen; alles, was sie tun konnte, war, dem sanften Druck seiner Hand auf ihrem Rücken zu folgen, sicher, dass er sie führen würde, und sie lachte, atemlos und jubelnd, fühlte als Antwort sein eigenes Lachen an ihrer Wange. Schneller und schneller drehten sie sich, bis ihnen fast schwindlig wurde, und Eliza hatte sich nie so wunderbar unvernünftig gefühlt, so ungestüm und frei.

Sie hätte nicht sagen können, wann genau sie beide aufhörten zu lachen. Hätte nicht sagen können, in welchem Moment ihre Atemlosigkeit nicht mehr von den schnellen Schritten rührte, sondern von … etwas anderem verursacht wurde. Aber es musste ungefähr in dem Moment gewesen sein, als Melville sie fester umfasste, sie noch näher an sich zog – derselbe Moment, in dem er seine Hand bewegte, sodass sich statt der traditionellen Berührung von Handfläche auf Handfläche ihre Finger verschränkten – und ohne genau zu wissen, warum, mischte sich plötzlich fast etwas Verzweifeltes in ihren schwindelerregenden, waghalsigen Tanz.

Sie hörten nicht auf, sich zu drehen, bis die allerletzten Klänge der Violinen erstarben, und selbst dann lösten sie sich nicht voneinander, sondern blieben stehen, wo sie waren, wie ineinander gefangen, den Blick verschränkt, völlig reglos. Eliza konnte Melvilles Miene nicht deuten. Sie hatte so viel Zeit damit verbracht, seinen Ausdruck zu studieren, dass sie der Meinung gewesen war, jede Gefühlsschattierung auf seinem Gesicht zu kennen – aber sie hatte ihn nie so gesehen wie jetzt gerade.

Langsam, schweigend, Zentimeter für Zentimeter traten sie voneinander zurück. Melville erbot Eliza eine letzte tiefe Verbeugung.

In der Stille, die die Musik hinterlassen hatte, war ihr Atem das einzige vernehmbare Geräusch, und er ging schwerer, als die Anstrengung des Tanzes gerechtfertigt hätte.

»Mylady –«

Sie wusste nicht, was er sagen wollte, aber …

»Wir sollten«, begann Eliza und räusperte sich, als sie hörte, wie rau ihre Stimme klang, »wir sollten hineingehen.«

Melville nickte schweigend. Sie stahlen sich zurück in den Salon, Eliza zuerst, Melville ein paar Augenblicke später, nur für den Fall, dass jemand gerade in ihre Richtung blickte. Aber da war niemand. Niemand hatte sie gesehen. Niemand ahnte etwas. Der wildeste Moment in Elizas Leben, und nur sie und er wussten, dass er stattgefunden hatte.

21

Am nächsten Tag vollendete Eliza das Porträt. Tatsächlich schon am nächsten Morgen, denn sobald sie aus ihrem unruhigen Schlaf erwachte, schreckte sie auf, warf sich ihren Morgenmantel über und rannte die Treppen hinunter, als käme sie zu spät zu einer Verabredung. Sie stieß die Wohnzimmertür auf, durchquerte den Raum und öffnete den Sekretär, um ihre Ölfarben zu durchwühlen. Dann schnappte sie sich Gelb, Braun und Weiß und drückte einen Tropfen jeder Farbe auf eine saubere Stelle ihrer Farbpalette.

Sie zog keine Schürze an und befleckte ihren grauen Morgenmantel und das Nachthemd mit Farbe, während sie arbeitete – aber sie merkte es kaum. Als sie endlich genau den richtigen Farbton getroffen hatte, wählte sie ihren kleinsten Pinsel aus feinstem Zobelhaar und trat an das Porträt. Für das letzte Detail, von dem sie nicht einmal gewusst hatte, dass es fehlte, brauchte sie nur einen einzigen Augenblick: ein winziger Fleck Gold in jedem Auge.

Das war es!

Eliza trat genau sechs Schritte zurück, schloss einen Moment lang fest die Augen, sodass sie das Bild mit frischem Blick betrachten konnte, wie das Publikum es tun würde. Die Ähnlichkeit, lobte sie sich, war eindeutig – und besser, als sie sich erhofft hatte. Es war ein Porträt von Kopf und Schultern. Eine Hand lag sanft auf der Brust, als wollte Melville mit seinem Kragen spielen – was er oftmals tat, wenn er nachdachte –, und selbst in der Bewegungslosigkeit des Gemäldes schien Melville Lebendigkeit auszustrahlen: Sein Kopf war leicht zur Seite geneigt, aber die Augen sahen den Betrachter direkt an, eine spielerische Herausforderung im Blick. Genau so, wie er sie gestern Abend vor dem Tanz angesehen hatte.

Das Gemälde vermittelte alles, was sie gewollt hatte: Melvilles Humor und Durchtriebenheit, aber auch seine Wärme und Gemütsruhe. Die Hand auf dem Notizbuch – die Manschetten mit Tinte befleckt – deutete an, er hätte vor, dem Betrachter ein Gedicht zu verfassen, das Kräuseln seiner Lippen, dass er kurz davor war, etwas Ungeheuerliches zu sagen. Eliza fühlte, wie ihre eigenen Mundwinkel zuckten, ebenso unfähig, sich den Neckereien dieses Melvilles zu entziehen wie denen des richtigen.

Eliza trat einen Schritt näher. Ja, nun, da sie Melville gesehen hatte … auf so kurze Distanz, konnte sie tatsächlich sicher sein, dass die Ähnlichkeit *äußerst* groß war. Mit dem letzten Schliff der Augen schien das Porträt lebendig zu werden, und auch wenn es nie so beeindruckend sein könnte, wie er es im echten Leben war, wie er es gewesen war, als er auf der Terrasse ihre Hand gehalten hatte, seine Anziehungskraft so stark, dass sie sich fragte, warum sie nicht noch mehr Leute mit ihnen auf die Terrasse hinausgezogen hatte, so gab es doch einen guten Eindruck davon.

Sie hatte es geschafft, genau wie wenn sie Margaret malte, ihre Zuneigung zu ihrem Objekt zu übermitteln. Da war sie, die Stärke der Achtung, die sie für ihn empfand – offensichtlich zumindest für Eliza, wenn auch für niemanden sonst, lag sie so deutlich auf der Leinwand wie eine eigene Farbschicht. In einem Porträt, bei dem sich alles um Berührung zu drehen schien – was berührten die Finger, Lippen, Augen, schien sogar der Pinsel sein Modell beinahe mit Wärme zu liebkosen, mit Zuneigung, mit …

Und auf einmal, als sei es immer schon so gewesen, wurde Eliza bewusst, dass sie in ihn verliebt war.

Die Erkenntnis kam plötzlich und gleichzeitig langsam. So, wie wenn man ein Wort sucht, das sich dem Bewusstsein tagelang entzieht – aber dann, wenn man es hört, sofort weiß, dass es das richtige ist. Sie liebte Melville. Und es schien fast möglich, dass sie es schon eine ganze Weile tat. Natürlich hatte sie sich von Beginn an zu ihm hingezogen gefühlt – aber das taten ja so viele Menschen, und Anziehung war keine Liebe, ganz gleich, wie aufregend sie auch sein mochte. Sie musste sich eingeschlichen haben, heimlich und unbemerkt, geboren aus ihren langen Gesprächen, seiner Achtung und dem Interesse an ihren Gedanken, Ideen, Talenten, dem Lachen, das sie miteinander geteilt hatten …

Eliza taumelte zurück und ließ sich aufs Sofa sinken. Es war unmöglich! Es war ganz sicher unmöglich. Sie liebte Somerset. Sie war mit Somerset verlobt. Sie konnte *nicht* auch in Melville verliebt sein. Aber wenn sie das Porträt ansah, blickte ihr die Wahrheit ins Gesicht, so klar wie der helle Tag.

»Margaret!«, rief Eliza mit schriller Stimme. »Margaret, könntest du einen Moment herkommen?«

»Ist etwas?«, rief Margaret zurück, auch wenn sie einen Augenblick später gehorsam im Wohnzimmer erschien, ebenfalls in einen Morgenmantel gehüllt. Das rote Haar fiel ihr offen über die Schultern.

»Oh, Eliza!«, sagte sie. »Es ist wundervoll. Die Ähnlichkeit ist unglaublich.«

Eliza musterte ihr Gesicht, es schien kein Anzeichen zu geben, dass sie dieselbe Offenbarung erlebte wie Eliza.

»Es gefällt dir?«, fragte sie. »Es erscheint dir … ganz normal?«

»Normal?«, fragte Margaret argwöhnisch. »Es sieht ihm ähnlich, wenn du das meinst, sehr sogar. Du solltest stolz darauf sein.«

Eliza seufzte. Dann gab es wohl keine Notwendigkeit für ein Geständnis.

»Ich glaube, ich bin in Melville verliebt!«, platzte sie heraus, ihre Stimme so laut, dass Margaret zurückzuckte.

»Himmel, Eliza!«, beschwerte sie sich.

»Hast du gehört, was ich gesagt habe?«

»Ja, du hast es mir direkt ins Ohr geschrien«, sagte sie und rieb es.

»Du wirkst aber nicht schockiert!«, sagte Eliza anklagend.

»Nun, das bin ich auch nicht«, erwiderte Margaret.

»Wie bitte?«

»Komm schon, Eliza«, sagte Margaret, als sei sie ein kleines Kind, das sich weigerte, sich zu benehmen. »So wie ihr miteinander sprecht. Wie ihr miteinander *flirtet.* Du musst doch mittlerweile selbst etwas geahnt haben.«

»Habe ich nicht«, sagte Eliza schwach. »Ich schwöre, das habe ich nicht. Ich war so auf Somerset konzentriert, ich – ich habe Somerset schon immer geliebt… ich habe nicht einmal daran gedacht, dass es überhaupt jemals auch nur annähernd möglich wäre.«

Mit schnellen Schritten durchquerte Eliza den Raum, setzte sich auf die Couch, stand wieder auf, betrachtete das Porträt, schloss die Augen und verbarg das Gesicht in den Händen. Was hatte sie getan? Im Licht dieser Erkenntnis erschien ihr Verhalten während der letzten paar Wochen äußerst verdächtig – das Flirten, die Neckereien, das *Tanzen!* Sie hatte Somersets Vertrauen auf jede erdenkliche Weise missbraucht.

»Was wirst du jetzt tun?«, fragte Margaret.

»Nichts«, antwortete Eliza sofort.

»Du willst es ihm nicht sagen?«

»Ihm sagen? Ihm *sagen? Ihm* sagen?«

»Ich habe das Gefühl, die Antwort lautet Nein«, befand Margaret.

»Margaret, du scheinst den Ernst der Lage nicht zu begreifen«, sagte Eliza. »Ich bin so gut wie verlobt. Mit Somerset. Ich liebe Somerset. Ich liebe *Oliver.*«

Eine Welle aus Schuld brach über sie herein, dass sie auch nur darüber nachgedacht hatte, ob es möglich war, einen anderen zu lieben – als sie sich Oliver versprochen hatte, war es mit ganzem Herzen geschehen. Das musste doch etwas zählen.

»Liebst du ihn wirklich?«, fragte Margaret mit zusammengezogenen Brauen.

Eliza holte tief Luft. Sie dachte an Somerset. Dachte an seine Briefe, die Gefühle, die sie in ihr weckten. Wie es gewesen war, ihn im Januar wiederzusehen. Wie es sich angefühlt hatte, ihn am Abend des Konzerts in der Kutsche zu berühren, ihn zu küssen. Als hätte sie etwas wiedergefunden, das sie einst verloren hatte, lange nachdem bereits alle Hoffnung geschwunden war, es jemals zurückzubekommen.

»Ja«, sagte Eliza.

»Mehr als Melville?«, fragte Margaret.

»Ich …«, setzte Eliza an. »Ich weiß es nicht.«

Wie könnte sie die beiden auch miteinander vergleichen? Den einen trug sie gefühlt bereits ihr ganzes Leben im Herzen. Ihre Liebe beruhte auf Gegenseitigkeit, würde bald für immer ihr gehören. Den anderen hatte sie gerade erst kennengelernt. Und Melville selbst? Jede Frau in England schien eine Schwäche für diesen Mann zu haben. Er könnte jede wählen. Und auch wenn er Eliza möglicherweise – *möglicherweise* – zugetan war, ja, und mit ihr flirtete, das auch, und sie manchmal ansah, als würde ihr bloßer Anblick ihn erfreuen …

»Es spielt keine Rolle«, sagte Eliza. »Ich bin Somerset versprochen. Er ist der Mann, den ich heiraten werde.«

»Ihr seid noch nicht verlobt«, hob Margaret hervor.

»Aber so gut wie«, erwiderte Eliza heftig. »Und ich werde ihn nicht – ich kann ihn nicht – ein zweites Mal enttäuschen, Margaret, ich kann es einfach nicht.«

Der Klang von Hufen auf dem Pflaster vor dem Haus lenkte ihren Blick zum Fenster.

»Caroline!«, rief Eliza. »Das hatte ich ganz vergessen.«

Sie musste heute Morgen lange geschlafen haben. Sie hatte noch nicht einmal gefrühstückt.

Sie sah an sich hinunter, als erwarte sie, auf wundersame Weise passend für eine Ausfahrt gekleidet zu sein. Sie war es nicht.

»Du könntest absagen«, schlug Margaret vor.

»Nein, nein! Das – das will ich nicht«, sagte Eliza.

Sie wollte, dass alles normal weiterlief, dass alles, was gerade geschehen war, wieder dorthin verschwand, wo es hergekommen war.

»Dann halte ich sie auf«, sagte Margaret leichtfertig. »Während du dich umziehst.«

Und obwohl Carolines Ungeduld ob derartiger Verzögerungen berüchtigt war, schien sie nicht verärgert, als Eliza endlich in ihrem schwarzen Kutschkleid, Handschuhen und dem samtenen Kastorhut aus dem Haus trat.

»Sie ist auferstanden!«, rief Caroline und richtete sich auf, nachdem sie zuvor zu Margaret hinuntergebeugt dagesessen hatte.

»Bitte entschuldigt«, sagte Eliza, als Margaret von der Kutsche zurücktrat und Carolines Kutschenjunge Eliza nach oben auf den Bock zog. »Was üben wir heute?«

»Kreuzungen!«, erwiderte Caroline fröhlich und setzte die Pferde in Bewegung.

Trotz all dem, was Eliza im Kopf herumging, war es eine gute Stunde. Eine der wenigen, bei der Eliza sich fühlte, als kutschiere sie tatsächlich mit einem gewissen Können, nicht wie die Male, bei denen sie vor Frustration hätte in Tränen ausbrechen können.

»Sehr gut«, lobte sie Caroline, nachdem sie ein paar Minuten zugesehen hatte. »Ich bin überzeugt, dass Ihr Euch bald einen eigenen Phaeton zulegen könntet.«

»Einen eigenen?«, wiederholte Eliza, die der Gedanke überraschte. »Dafür bin ich ganz sicher nicht verwegen genug.«

»Nun, Ihr könnt ja nicht immer meinen ausleihen!«, gab Caroline zurück. »Dafür bin ich ganz sicher nicht nett genug!«

Eliza lachte. »Eure Nettigkeit habt Ihr bereits oft genug unter Beweis gestellt. Denkt Ihr wirklich, dass ich so weit bin?«

»In der Tat«, erwiderte Caroline sofort. »Ihr fahrt noch nicht perfekt, aber viel fehlt nicht mehr. Vielleicht keinen Hochsitzer, aber etwas ein wenig Seriöseres könntet Ihr schon handhaben, denke ich. Aber natürlich nur in einer hübschen Farbe.«

»Vielleicht ein Violett oder Rosa? Schließlich bin ich eine sehr hochgestellte Dame«, schlug Eliza vor.

»Ach, warum sich entscheiden? Nehmt doch gestreift!«

Eliza lachte. Die Entscheidung, heute auszufahren, war die richtige gewesen. Hier draußen musste sie nicht an Somerset denken, auch nicht an Melville. Es gab zu vieles, auf das sie sich konzentrieren musste.

»Aber vielleicht lohnt sich eine solche Anschaffung auch nicht«, sagte Caroline. »Könntet Ihr eine Kutsche in Harefield überhaupt nutzen?«

Das Lächeln auf Elizas Gesicht erlosch plötzlich.

»Margaret hat nichts verraten«, sagte Caroline hastig und unnötigerweise, denn Eliza wusste, dass Margaret ihre Geheimnisse strenger hütete als ein Drache seinen Schatz, genauso, wie Eliza es mit den ihren tat. »Aber so, wie sie spricht, klingt es, als glaube sie, Eure Zeit in Bath sei bald vorüber. Und es ist nicht besonders schwierig, sich zu denken, warum.«

Eliza, die gerade die Pferde um eine Kurve lenkte, antwortete nicht. Was hätte sie auch sagen sollen?

»Soll ich Euch Glück wünschen?«, fragte Caroline.

»Ein solcher Wunsch wäre wohl … etwas voreilig«, antwortete Eliza schließlich.

Das schien Caroline zu akzeptieren. Einen Moment lang herrschte Schweigen, dann: »Wenigstens müsst Ihr nicht Euren Namen ändern.«

Eliza konnte nicht anders, als zu lachen.

»Wart Ihr nie versucht, Mylady?«, fragte Eliza, als sie sich wieder im Griff hatte. »Zu heiraten, meine ich.«

»Versucht? Ja«, sagte Caroline mit einem durchtriebenen Lächeln. »Zu heiraten? Nein.«

»Habt Ihr denn nie einen Gentleman getroffen, zu dem Ihr Euch hingezogen fühltet?«, fragte Eliza, neugierig wie immer, wenn es um Details aus Carolines Leben ging.

»Nach einem Leben als Zweite hinter meinem Bruder«, antwortete Caroline, »habe ich es nicht eilig, meinen Namen auf den dritten Platz zu verbannen.«

Auf Elizas fragenden Blick hin erklärte sie: »Erst Melvilles Schwester, dann Lord Soundsos Frau – denn wenn ich schon heirate, dann setze ich voraus, dass es mindestens ein Marquis ist – und dann Caroline, als Drittes.«

»Ich wusste nicht, dass Euch das etwas ausmacht«, sagte Eliza. »Melville und Ihr, Ihr scheint so gut miteinander auszukommen.«

»Ach, das ist eine alte Wunde – jetzt sanft am Gebiss!«, sagte Caroline.

Die Unterhaltung pausierte kurz, während Caroline Eliza erklärte, wie sie die Leinen handhaben sollte, dann ging es weiter.

»Ich bin die Ältere, wisst Ihr«, sagte Caroline plötzlich. »Man neigt dazu, es zu vergessen, aber ich bin die Ältere. Die Erste, die mit dem Schreiben angefangen hat. Aber in allem, was zählt, bin ich Zweite. Er hat zuerst veröffentlicht. Ist erfolgreicher. Er wird den Titel erben. Und mein Name wird immer … an zweiter Stelle stehen. Immer nur im Nachwort.«

Eliza schwieg, was hätte sie auch sagen können? Sie konnte nicht sagen, dass es nicht stimmte, denn so war es; sie konnte nicht sagen, dass es vielleicht nicht immer so bleiben würde, denn das würde es.

»Eine Ehe bietet mir keinen Vorteil gegenüber dem, was ich bereits besitze«, sagte Caroline nach einer Pause. »Ich genieße bereits Unabhängigkeit, Rang und Freiheit. Aus welchem Grund sollte ich heiraten?«

»Würdet Ihr die Liebe nicht für einen Grund halten?«, fragte Eliza.

Caroline sah sie leicht missbilligend an.

»Ich hätte gedacht, Ihr wüsstet weitaus besser als die meisten, dass eine Heirat nur selten etwas mit Liebe zu tun hat«, sagte sie.

»Das weiß ich«, gab Eliza zu, »aber das Wissen hat mich weder davor bewahrt, mich noch immer danach zu sehnen – noch so viele andere, von der Vorstellung zu schwärmen.«

»Aber warum schwärmt man denn so von der Romantik der Liebe?«, wollte Caroline wissen. »Es ist die größte Lüge, die ich mir vorstellen kann: Man tut alles, vergibt alles, allein im Namen der Liebe. Der geliebte Mensch kann feige sein, selbstsüchtig, gedankenlos, einen immer an letzte Stelle setzen … und doch wird man aus Bewunderung so gut wie alles für ihn tun, ganz gleich, wie unglücklich es einen macht, ganz gleich, wie unwahrscheinlich es ist, dass diese Bereitschaft jemals erwidert wird.«

Caroline hatte beim Sprechen ihre so charakteristisch unbeteiligte Ausstrahlung verloren. Ihre Stimme klang leidenschaftlich, bitter.

»Ihr hört Euch an wie jemand, der weiß, wovon er spricht«, sagte Eliza.

Caroline tat die Bemerkung mit einer lässigen Handbewegung ab – ihre unbeteiligte Art wiederhergestellt.

»Ich strebe danach, mich zu allen Themen mit Selbstvertrauen zu äußern, das ist alles«, antwortete sie. »Aber es hat sich gut angehört, oder?«

Jedenfalls hatte es Eliza neugierig gemacht, welcher Gentleman Carolines Herz so gründlich gebrochen hatte.

22

In dieser Nacht konnte Eliza nicht schlafen. Sie war mit der Überzeugung von ihrer Ausfahrt mit Caroline zurückgekehrt, sich die ganze Angelegenheit mit Melvilles Porträt nur eingebildet zu haben. Aber als sie hinaufging, um es sich noch einmal anzusehen, musste sie feststellen, dass ihre Liebe noch immer da war, klar wie der Tag und genauso katastrophal wie noch am Morgen. Sie war so offensichtlich, fast schon unsittlich, dass Eliza nicht einmal daran denken konnte, ohne dass ihr die Röte ins Gesicht stieg.

Ihr Körper war müde – so müde –, aber ihr Geist war nie wacher gewesen, sprang mit einer solchen Geschwindigkeit von Melville zu Somerset und wieder zurück, dass Eliza fast schlecht davon wurde. Schließlich, als Schäfchen zählen und Lesen bei Kerzenlicht und stundenlanges Zeichnen nichts genutzt hatten, griff sie auf eine Art Trost zurück, den sie seit Kindertagen nicht mehr gesucht hatte. Nur in ein Nachthemd gekleidet, stand sie auf, lief durch den Flur zu Margarets Schlafzimmer, klopfte sacht an die Tür und steckte den Kopf hinein.

»Eliza?«, flüsterte Margarets verschlafene Stimme.

»Ich kann nicht schlafen«, sagte Eliza.

Margaret grunzte. Eliza verstand es als Aufforderung und hob die Decke an, um neben ihrer Cousine ins Bett zu schlüpfen. Es war groß genug, dass sie einander eigentlich nicht einmal berühren müssten, aber Eliza streckte die Hand aus und verschränkte ihre Finger mit Margarets, genau so, wie sie es getan hatten, als sie Kinder gewesen waren.

»Wenn du schnarchst, schmeiße ich dich raus«, warnte Margaret sie schläfrig, drückte aber dabei ihre Hand. »Ist mir egal, wie durcheinander du bist.«

Eliza lachte leise. Eine lange Weile herrschte Schweigen im Raum. So lange, dass Eliza tatsächlich glaubte, Margaret sei eingeschlafen, und als sie sprach, war es eher, als frage sie die Nacht, nicht Margaret.

»Ist es wirklich möglich«, flüsterte sie, »zwei Menschen gleichermaßen zu lieben, gleichzeitig?«

Noch mehr Schweigen.

»Ich weiß es nicht«, antwortete Margaret sanft. »Ich habe immer nur einen geliebt.«

Eliza brauchte einen Moment, um die ganze Bedeutung der Äußerung zu verstehen.

»Ich dachte ...«, sagte sie langsam, »du hättest nie für jemanden besondere Zuneigung empfunden.«

»So war es auch«, erwiderte Margaret. »Bevor wir hergekommen sind.«

Eine entsetzliche Möglichkeit erschien vor Elizas geistigem Auge.

»Nicht Melville?«, fragte sie eindringlich.

»Nein, du dumme Gans«, sagte Margaret, nicht auf ihre charakteristisch ungeduldige Art, sondern unsicher. Fast ängstlich. »Caroline.«

Es dauerte einen Augenblick, bis Eliza verstand. Einen Moment lang dachte sie, sich verhört zu haben.

»Caroline ...«, wiederholte sie langsam.

Margaret nickte auf dem Kissen. Ihre Finger in Elizas Hand zitterten leicht.

»Oh. *Oh.*«

Elizas Geist begann, Tausende Beobachtungen miteinander zu verknüpfen. So viele Situationen, die ihr aufgefallen waren, sie aber nie auf die wahre Bedeutung gebracht hatten.

»Und du ...? Es ist eine romantische Liebe, ja?«, fragte sie.

»Es ist so, wie du es beschrieben hast, Eliza«, flüsterte Margaret. »Wenn ich sie sehe, ist es ein Gefühl, als hätte mich der Blitz getroffen.«

»Und fühlt sie für dich ebenso?«

»Ich weiß es nicht«, antwortete Margaret. »Es gibt Momente, so viele Momente, da bin ich mir so sicher, da *weiß* ich fast, dass sie es tut, da habe ich das Gefühl, wir verstehen einander blind, aber …«

»Aber?«

»Aber sie tut nichts«, sagte Margaret unglücklich.

»Vielleicht wartet sie darauf, dass du etwas tust?«, schlug Eliza vor.

Margaret stieß ein ungläubiges Schnauben aus.

»Wo sie doch so viel abgeklärter ist als ich?«, fragte sie. »Warum sollte ich das Risiko zuerst eingehen?«

»Abgeklärt ist sie, das stimmt«, erwiderte Eliza langsam, »und weit mehr Unabhängigkeit gewohnt, als wir es sind. Aber sie gehen anders durch die Welt als wir, Margaret. Das tun sie beide.«

Eliza erinnerte sich an das, was Caroline ihr vor mittlerweile so vielen Wochen erzählt hatte, über den großen Unterschied der Standards, mit denen man sie und Caroline Lamb maß – derselbe empörende Unterschied, den es auch zwischen Melville und seinen Altersgenossen gab.

»Über sie urteilt die Gesellschaft viel kritischer«, sagte Eliza. »Vielleicht kommt ihr das Risiko sogar noch größer vor.«

»Ich weiß es nicht«, flüsterte Margaret. »Und ich habe zu viel Angst, sie zu fragen.«

Das konnte Eliza verstehen. Niemand wollte *fragen,* ob die eigenen Gefühle erwidert wurden – und unter Umständen wie diesen drohte noch größere Gefahr als bloße Peinlichkeit. Aber nun, da Eliza die Begegnungen von Margaret und Caroline in neuem Licht betrachtete, konnte sie sich nur fragen, warum sie die pulsierende Spannung zwischen den beiden nicht schon früher bemerkt hatte.

»Sie flirtet mit dir«, beschloss Eliza. »Ganz sicher flirtet sie. Vielleicht gibt es ja einen Weg, es herauszufinden – ich könnte –«

Aber Margaret schüttelte den Kopf.

»Selbst wenn wir es könnten, welchen Sinn hätte es?«, flüsterte sie. »O Eliza, ich habe darüber nachgedacht. Aber wir könnten niemals zusammen sein, nicht wirklich.«

»Könntet ihr nicht?«, fragte Eliza. »Denk an die Ladys von Llangollen.«

»Glaub mir, an die Ladys von Llangollen habe ich gedacht«, sagte Margaret.

»Die Gerüchte wecken den Eindruck«, fuhr Eliza fort, »dass ihre Beziehung romantischer Natur ist, aber solange sie der Gesellschaft die Ausrede der Freundschaft präsentieren, vor aller Augen die Regeln des Anstands befolgen, unternimmt niemand etwas, um dem ein Ende zu setzen.«

»Außer der Tatsache, dass sie Gerüchte in die Welt setzen«, sagte Margaret. »Und sie anstarren und sich die Münder zerreißen und lachen – und die Ladys sind ja vielleicht glücklich, aber lädt sie jemand zu Dinnerpartys ein? Sprechen ihre Familien noch mit ihnen? Sind sie in der Gesellschaft akzeptiert?«

Eliza antwortete nicht, denn welchen Zuspruch hätte sie auch geben können? Es gab einen Grund, so nahm sie an, warum die Ladys von Llangollen so abgeschieden lebten und es nur Gerüchte über ihre Romanze gab – und obschon die Konsequenzen einer solchen Beziehung, sollte sie offiziell bestätigt werden, nicht so fatal wären wie für zwei Männer, war das gesellschaftliche Exil doch keine unbedeutende Angelegenheit.

»Außerdem«, fuhr Margaret fort, »habe ich kein eigenes Einkommen, und in ein paar Wochen nicht mal ein eigenes Zuhause, sondern wohne im Haus meiner Schwester – und Carolines und meine Wege werden sich nicht mehr kreuzen.«

Es war untypisch für Margaret, so geschlagen zu klingen, und Eliza verspürte einen Stich in der Brust. Es musste doch eine Lösung geben, einen Weg, irgendetwas, das Margaret die Zukunft schenken könnte, die sie verdiente.

»Ich finde nicht, dass du schon ganz aufgeben solltest«, flüsterte Eliza. »Wenn man es ganz und gar streng geheim hält, vielleicht …«

»Ich bin müde, Eliza«, sagte Margaret, und Eliza glaubte nicht, dass sie nur die späte Stunde meinte.

Eliza gab einen Moment lang nach und schloss die Augen, aber Margarets Offenbarung hatte sie nur noch wacher gemacht.

»War es das violette Kleid, wegen dem du dich in sie verliebt hast?«, flüsterte Eliza.

Margaret schnaubte. »Es beleidigt mich, dass du mich für so oberflächlich hältst.«

»Andere Anhaltspunkte habe ich ja nicht!«, sagte Eliza. Abrupt drehte sie sich auf die Seite, um Margarets Gesichtsausdruck besser sehen zu können. »Fang vorne an«, befahl sie. »Und lass nichts aus.«

In dieser Nacht blieben sie wach bis in den frühen Morgen, füllten die Dunkelheit zwischen ihnen mit all ihren Gedanken, großen, kleinen und endlos vielen – Geheimnisse, die so groß waren, dass sie niemals einer anderen Seele anvertraut werden könnten, Nichtigkeiten, die so unbedeutend waren, dass sich niemand sonst für sie interessiert hätte. Und auch wenn sie zu keinem Schluss kamen, keine Lösungen fanden, schliefen sie, als die Müdigkeit sie schließlich überwältigte, mit dem sicheren Gefühl ein, dass sie, egal, was der Morgen brachte, es gemeinsam bewältigen würden.

»Du hast gesagt, du würdest niemals noch einmal aus Pflichtgefühl heiraten«, sagte Margaret schlaftrunken. »Aber ist es nicht das, was du mit Somerset tun würdest …«

»Ich liebe Somerset«, sagte Eliza. »Was immer ich auch für Melville empfinde … es sind die Nerven, sonst nichts. Eine vorübergehende Schwärmerei.«

»Wenn du das sagst«, antwortete Margaret zweifelnd.

»Eine vorübergehende Schwärmerei«, sagte Eliza mit einem Gähnen. »Versprochen.«

23

Es war keine vorübergehende Schwärmerei. Vielleicht wäre Eliza in der Lage gewesen, sich selbst zu überzeugen, hätte sie es geschafft, Melville für länger als einen Tag zu entgehen, aber als wollte er seine kürzliche Abwesenheit wiedergutmachen, erschien er pünktlich am nächsten Morgen mit Caroline am Camden Place. Beide waren voller Elan und erklärten, Eliza und Margaret zu einem Besuch im ortsansässigen Kutschenhaus mitnehmen zu wollen, damit Eliza sich ihren eigenen Phaeton kaufen könne. Wäre Eliza in der Lage gewesen, sich auf den Besuch vorzubereiten, wäre es ihr vielleicht leichter gefallen, sich in Melvilles Gegenwart normal zu verhalten, aber so konnte sie ihm nicht einmal in die Augen sehen, ohne rot zu werden. Tatsächlich errötete Eliza selbst während der kurzen Dauer ihres Besuchs so oft und so heftig, dass Melville sich erkundigte, ob sie sich möglicherweise einen kleinen Sonnenbrand zugezogen habe.

»Es ist März!«, erwiderte sie entrüstet.

»So ist es«, stimmte Melville ihr zu. »Aber *ich* bin ja auch nicht derjenige mit dem Sonnenbrand.«

Stattdessen hatte sie Margaret angewiesen, die Sache für sie zu erledigen; sie verstand ohnehin viel mehr von Pferden, und es würde Eliza das übermäßige Erröten ersparen.

Du bist mit Somerset verlobt, rief sie sich in Erinnerung, *du bist mit Somerset verlobt.*

Sie sagte Melville nicht, dass das Porträt fertig war – und nur noch trocknen musste –, aber nach ihrer Rückkehr aus dem Tattersall genügte ein Blick auf Margarets schuldbewusste Miene, um zu wissen, dass es ihr herausgerutscht war. Also bereitete sie sich am darauffolgenden Nachmittag mit grimmiger Entschlossenheit auf einen erneuten Besuch Melvilles vor. Seine Anwesenheit würde sie nicht aus der Fassung bringen.

»Guten Tag!«, sagte sie, als er ins Wohnzimmer trat, und versuchte, ihrer Stimme einen heiteren Klang zu verleihen. »Was für ein schöner Tag heute!«

Er sah von ihr zum Fenster, wo der Regen gegen die Scheibe prasselte. »Ja, wunderschön«, stimmte er zu. »Wo ist es?«

Vor Aufregung wippte er leicht auf den Fußballen auf und ab. Eliza versuchte, es nicht liebenswert zu finden, scheiterte aber.

»Hier drüben«, sagte sie und deutete auf die Staffelei, die sie mit einem weißen Tuch verhüllt hatte.

»Ist es tot?«, fragte er mit spaßhaft hochgezogenen Brauen. »Oder schläft es nur?«

»Nur, damit es niemand sieht«, erklärte sie.

»Und ich dachte immer, das sei der Sinn der Sache.«

»Ist es auch«, sagte Eliza. »Natürlich. Also, ich zeige es Euch – zeige es Euch … Jetzt …« Sie hielt noch einen Moment inne, sammelte sich und zog dann den Stoff beiseite.

Sofort wandte sie sich um, weil sie sein Gesicht sehen wollte, wenn er es betrachtete – sie wollte seine Reaktion sehen, bevor er sie beeinflussen konnte –, aber sie war nicht schnell genug. Schon der kurze Moment hatte ihm ausgereicht, seine Miene bar jeglichen Ausdrucks zu präsentieren, was er nur tat, wenn er verbergen wollte, was er dachte. Es war eine so subtile Veränderung, dass Eliza sie gar nicht bemerkt hätte, wenn sie nicht den Großteil eines Monats damit verbracht hätte, jedes winzigste Detail seines Gesichts zu studieren. Was versuchte er zu verbergen?

»Melville?«, fragte sie unsicher. »Gefällt es Euch nicht?«

Er zuckte leicht zusammen. »Es ist perfekt!«, sagte er schnell. »Mehr … mehr, als ich hätte hoffen können.«

Er sah sie an, dann wieder das Bild, dann wieder sie. Eliza fühlte, wie ihre Handflächen feucht wurden. Warum benahm er sich so seltsam? War es möglich …? Könnte es sein, dass Melville beim Betrachten des Bildes denselben Schluss gezogen hatte wie Eliza?

»Aber wie könnte es auch anders sein, bei der hübschen Vorlage?«, fragte Melville. Plötzlich löste sich die verwirrende Atmosphäre im Raum auf.

»Ich freue mich, dass es Eure Zustimmung findet«, sagte sie. »Denn jetzt müssen wir es einsenden – die Abgabefrist ist bald abgelaufen, und ich würde nicht wollen, dass eine Verzögerung auf der Reise dafür sorgt, dass es zu spät eintrifft.«

»Ich bin ganz Eurer Meinung«, sagte Melville. »Ich werde es gleich morgen abholen lassen.« Sie hatten sich darauf geeinigt, dass Melville das Porträt rahmen lassen und einreichen würde – in Namen des anonymen Künstlers –, um Elizas Identität zu schützen. Das Aufnahme- beziehungsweise Ablehnungsschreiben würde an ihn gehen.

»Ich kann gar nicht glauben, dass es fertig ist«, sagte Eliza leise, die sich plötzlich der Bedeutung des Moments bewusst wurde. Im Schrecken ihrer Erkenntnis hatte sie den Rest ganz vergessen. »Vielen Dank, dass Ihr mich darum gebeten habt.« Sie sah zu Melville auf. »Ich habe Euch für ziemlich verrückt gehalten, als Ihr es getan habt«, gab sie zu. »Aber ich bin so froh, dass ich Ja gesagt habe.«

»Ich auch«, antwortete er schlicht. Er streckte eine Hand aus.

Eliza zögerte, fragte sich panisch, ob er wieder mit ihr tanzen wollte, dann legte sie ihre Hand in die seine. Melville führte ihre Finger an sein Gesicht und hauchte ihr einen Kuss auf die Knöchel, während sein Blick Elizas die ganze Zeit über festhielt, und es gab einen Moment, einen strahlenden, kurzen Moment, in dem Eliza beinahe vergaß, warum sie ihn nicht lieben konnte. Aber dann fiel es ihr wieder ein. Sie zog ihre Hand zurück.

»Ich muss mich von Euch verabschieden, Mylord«, sagte sie mit einem leichten Beben in der Stimme.

Es durfte nicht sein. Es durfte einfach nicht sein.

Melville nickte einmal knapp – fast schon nervös – und ging.

Grosvenor Square
30. März '19

Eliza,

ein schneller Brief – ich kann mich für die Kürze nur entschuldigen – ich bin in London angekommen, wo die Saison in vollem Gange ist und die Vorbereitungen für Annies Ball begonnen haben. Sicher könnt Ihr Euch vorstellen, welchen Aufruhr Augusta veranstaltet – und es nimmt mehr meiner Zeit in Anspruch, als ich geplant hatte.
Noch ein kurzes Wort zu Wassergräben – Mr Penney hat mich bezüglich der drohenden Überschwemmung in Chepstow angeschrieben, und ich habe gestattet, dass unser Graben über die Grenze bis auf Euer Land fortgesetzt werden darf. Da die Ländereien ja bald wieder zusammengehören, macht Euch dies unbefugte Vorgehen sicherlich nichts aus. Schließlich ist bei derlei Angelegenheiten ein schnelles Handeln unabdingbar.
Ich werde noch weitere sieben Tage hier verbleiben und dann zu Euch zurückkehren. Ich zähle bereits die Stunden!

Ganz der Eure,
Somerset

Camden Place
2. April '19

Mr Penney,

aufgrund Eurer direkten Korrespondenz mit Somerset kann ich nur annehmen, dass Ihr meine Postadresse verlegt haben müsst. Bitte entnehmen Sie sie diesem Schreiben. Ich vertraue darauf, dass alle Fragen bezüglich meines Grundbesitzes in Zukunft ausschließlich an mich gehen.

Hochachtungsvoll,
Lady Somerset

24

Der zweite April war ein besonderes Datum. Ein Jahr und einen Tag lag der Tod des alten Earls nun zurück. Es war ein Tag, der zwiegespaltenere Gefühle weckte, als Eliza noch vor wenigen Monaten erwartet hatte. Mittlerweile rechneten sie jeden Morgen damit, dass man nach Margaret schickte, was jeder Postsendung einen bedrohlichen Beigeschmack verlieh, und ohnehin würde in einer Woche auch Somerset zurückkehren, um Eliza fortzuholen. Mit jedem Tag, der verstrich, wuchs Elizas Unruhe. Sie wünschte sich, Somersets Nachrichten trügen noch immer den Klang seines allerersten Schreibens, denn der Empfang immer kürzerer und von immer beunruhigender Überheblichkeit geprägter Briefe – dachte er wirklich, ihr würde eine solche Einmischung nichts ausmachen? – sorgte dafür, dass ihre Bedenken gegenüber seiner Rückkehr immer größer wurden.

Aber wenigstens konnte Eliza endlich ihre Trauerkleidung ablegen und die strengsten Verhaltenseinschränkungen hinter sich lassen. Madame Prevette hatte sich mit Elizas neuer Garderobe wirklich selbst übertroffen – ihr Talent, selbst das bescheidenste Grau und Lavendelblau in die modischsten Schnitte zu verwandeln, die man sich vorstellen konnte, war unglaublich. Jeden Tag entlockte die Wahl ihres Kleides Eliza ein glückliches Seufzen: Sollte sie das aus schiefergrauer Seide mit den halblangen Ärmeln und dem kleinen Spitzenkragen nehmen oder lieber das taubengraue Kreppkleid, verziert mit schwarzen Schleifen, um den hellen Farbton auszugleichen? Für den Abend gab es die eng anliegende Seidenrobe in Lavendel, daneben ein steingraues Reitkostüm, das Oberteil mit weichem Wollstoff verbrämt.

Nach der Monotonie aus Schwarz an jedem Tag des vergangenen Jahres erschien selbst diese zurückhaltende Auswahl Eliza wie eine wahre Farbexplosion, und nach den Monaten, in denen sie sich auf dieselben drei oder vier Lokalitäten in Bath hatte beschränken müssen, stand Eliza nun endlich wieder etwas mehr Abwechslung offen. Lady Hurley war bereits nach London aufgebrochen und fehlte ihnen allen – die Winkworths waren ebenfalls abgereist, fehlten allerdings niemandem –, aber in Elizas Augen war Bath noch immer voller Leben, und am fünften April hatte sie bereits an einem gesellschaftlichen Kartenspiel und an einem Picknick-Ausflug teilgenommen sowie das Theater besucht. Aber am sechsten April erwartete sie ein noch aufregenderes Ereignis: Elizas Phaeton wurde geliefert. Er war weder violett noch rosa, wie Caroline und sie gescherzt hatten, sondern glänzend schwarz mit rotem Innenbeschlag. Eliza hatte das Gefühl, fast vor Stolz zu platzen.

»Seht sie Euch an!«, rief sie Caroline zu, die vorbeigekommen war, um die Kutsche in Augenschein zu nehmen.

»Ich freue mich, dass sie Euch gefällt«, sagte Caroline lächelnd.

»Wir sollten ihr einen Namen geben«, schlug Margaret vor.

»Wie bei einem Boot?«, lachte Caroline.

»Als eleganteste Lady der Kutschen hat sie wohl einen Namen verdient«, stimmte Eliza ihr zu.

»Ach, so jung und schon zur Lady aufgestiegen?«, fragte Melville. »Welch bewundernswerter sozialer Erfolg.«

»Sie ist mindestens eine Herzogin«, verkündete Eliza.

»Wir müssen eine angemessene Ausfahrt arrangieren«, sagte Caroline.

»Könnten wir nach Wells fahren?«, schlug Margaret begeistert vor. »Ich muss mir unbedingt noch das Uhrwerk anschauen, und ich habe überlegt …«

Melville zog die Nase kraus.

»Auf zur Kathedrale!«, erwiderte Caroline, ohne zu zögern, und Eliza sah zu Boden, um ihr Lächeln zu verbergen. »Ich fahre meinen

Phaeton, und Lady Somerset folgt mir mit ihrem eigenen. Gleich heute!«

Kaum eine Stunde später waren sie unterwegs, und als Eliza hinter Caroline durch die Straßen der Stadt fuhr, fühlte sie sich tatsächlich äußerst verwegen. Caroline hatte Melville angewiesen, Eliza zu begleiten, falls sie auf dem Weg auf Schwierigkeiten treffen sollten – Melville war natürlich als Kutscher genauso begabt wie seine Schwester –, und Eliza fand sich damit ab, dass sie den Tag mit beständigem Erröten verbringen würde. Aber als die Kutsche traumhaft ruhig dahinglitt und Melville sich die ganze Zeit über angemessen bewundernd äußerte, während er entspannt neben ihr saß, brachte sie es nicht über sich, das Arrangement zu bedauern.

Schwungvoll bog Eliza auf die Bennett Street ab, dann scharf nach rechts auf den Circus, wo sie ihre Pferde zügeln musste, um vorsichtig über die Hauptverkehrsstraße zu navigieren. Auf dem Weg kamen sie an Mr Berwick vorbei, der grüßend die Hand hob und Eliza völlig fassungslos anstarrte.

»*Was*«, bemerkte Melville mit großer Bestürzung, »trägt dieser Mann da?«

Und obschon sie gleichzeitig die Droschke im Auge behielt, die ihr auf der anderen Straßenseite entgegenkam, musste sie einfach einen schnellen Blick riskieren. Nur um zu erkennen, dass Mr Berwick eine Hose trug, deren Farbton genau den gelben Beinkleidern entsprach, derer Melville sich neulich so gebrüstet hatte.

Melvilles Entrüstung hielt an, bis sie Bath hinter sich gelassen hatten.

»Zuerst meine Frisur!«, beschwerte er sich bei Eliza. »Dann meine Weste – und jetzt auch noch meine Hose!«

»Ihr habt kein Monopol auf gelbe Hosen«, hob Eliza hervor.

»Das ist nicht der Punkt, Lady Somerset!«, gab Melville aufgebracht zurück. »Mich besorgt, wo eine derlei kriminelle Imitation *hinführen* wird. Vielleicht taucht er eines Tages am Kurhaus auf, und

Ihr entdeckt, dass er mir die Haut abgezogen hat, um sie als Anzug zu tragen!«

»Das«, sagte Eliza, »ist das Abstoßendste, was ich jemals gehört habe.«

»Da gebe ich Euch recht«, erwiderte Melville nachdrücklich. »*Ich* würde so etwas ja auch nie tun!«

Eliza brach in Gelächter aus. Eine Woche nach ihrer Erkenntnis war ihr klar, dass es unmöglich war, ihre Gefühle für ihn zu unterdrücken – sie konnte ihre Zuneigung zu Melville nicht mehr ausblenden, als sie es mit der Sonne tun konnte. Mit jedem Moment, den sie mit ihm verbrachte, wuchs ihr Verständnis, warum sie sich fühlte, wie sie es tat: wie sehr sie es mochte, wie er sie zum Lachen brachte, sogar wenn sie schlecht gelaunt war. Sogar wenn er der *Grund* für ihre schlechte Laune war, sogar, wenn sie es gar nicht wollte. Sie mochte seinen umfassenden und vollkommenen Glauben an ihr Können: Sei es beim Kutschieren, beim Malen oder einfach bei gesellschaftlichen Anlässen, er behandelte sie nicht mit der Galanterie oder der Aufdringlichkeit, die sie von anderen Gentlemen kannte, die sie ständig fragten, ob ihr kalt oder warm sei, ob sie etwas zu trinken brauche oder sich erschöpft fühle; und er verdächtigte sie auch nicht ständig jener weiblichen Zerbrechlichkeit, die so viele Leute bei ihrem Anblick für naturgegeben hielten. Und dass sie Somerset noch immer liebte, dass sie noch immer fest entschlossen war, ihn zu heiraten, änderte daran nicht das Geringste.

Im Namen des Anstands vermieden sie die großen Mautstraßen, die ihre Reise zwar schneller gemacht hätten, aber dafür auch jedem Tom, Dick und Harry zwischen Bath und Wells erlaubt hätte, sie anzustarren. So brauchten sie über zwei Stunden, um die Kathedralenstadt zu erreichen, die über achtzehn Meilen durch die Mendip Hills von Bath entfernt lag. Als sie ankamen, ließen sie die Pferde an einem Gasthaus verschnaufen, während sie um die Kathedrale spazierten. Sie war wirklich wunderschön, und die berühmte Uhr enttäuschte Eliza nicht: Über dem Zifferblatt drehten sich Ritterfiguren auf Pferden im Kreis, wenn es zur vollen Stunde schlug, auch wenn Melville gestand, er hätte gehofft, dass sie sich auch um Viertel nach wieder drehen würden. Sie schlenderten so lange umher, bis sie zwei Wiederholungen der Vorstellung gesehen hatten, und nahmen dann ein hervorragendes Nachmittagsmahl zu sich, bevor sie der sich plötzlich verdunkelnde Himmel warnte, dass eine rasche Rückkehr nach Bath ratsam wäre. Wie zu erwarten, begann es bereits eine Stunde nach ihrem Aufbruch zu regnen.

»Ach, verflucht«, sagte Melville. »Friert Ihr?«

»Noch nicht«, sagte Eliza und schlang sich den Mantel enger um die Schultern. Aber als der Regen zunahm und der Himmel immer dunkler wurde – und der Weg immer matschiger –, begann Eliza tatsächlich zu zittern.

»Es ist nicht mehr weit«, sagte Melville ermutigend und legte ihr seinen eigenen Mantel auch noch um.

Es war nicht die Kälte, die Eliza zu schaffen machte, sondern die schlechte Sicht. Mit dem dichten Regen und dem sich violett färbenden Nachmittagshimmel wurde es immer schwieriger, die Straße auszumachen.

»Vielleicht solltet lieber Ihr die Leinen nehmen …«, sagte Eliza nervös, als sie durch ein Schlagloch holperten, das sie nicht gesehen hatte.

»Ihr habt alles gut im Griff«, erwiderte Melville ruhig.

»Könntet Ihr – mit mir sprechen?«, fragte Eliza und umklammerte die Leinen.

»Worüber soll ich denn reden?«

»Ganz egal – wie geht es *Medea?*«

»Sie ist rachsüchtig«, sagte Melville. »Und sehr anspruchsvoll.«

Eliza lächelte abwesend, während sie versuchte, Carolines Kutsche nicht aus den Augen zu verlieren. Ihr Atem ging schnell.

»Ich zweifle jedoch daran«, fuhr Melville unbeschwert fort, als wäre Eliza nicht kurz davor, vor Nervosität vom Sitz zu springen, »dass *Medea* tatsächlich das Tageslicht erblicken wird. Paulet hat es unangenehmerweise für angebracht gehalten, jegliche Möglichkeit zu einer Veröffentlichung meinerseits zu blockieren.«

»Aber trotzdem schreibt Ihr weiter?«

Eliza zügelte die Pferde, um sie durch eine schwierige Kurve zu lenken, dann ließ sie ihnen wieder den Kopf frei, als sie auf der Geraden waren, was Melville ein anerkennendes Murmeln entlockte, bevor er weitersprach.

»Es gab eine Zeit, da hätte ich das Vorhaben aus Trotz aufgegeben, wenn ich keine Möglichkeit gesehen hätte, dass es gedruckt wird. Aber auch wenn es nur für mich ist, halte ich es nicht für weniger lohnenswert.«

Die Worte klangen vertraut, und Eliza grübelte eine Weile darüber nach, wen Melville zitiert haben könnte, bevor sie es erkannte …

»*Ich* habe das gesagt.«

»Das habt Ihr«, bestätigte Melville. »Ich nehme an, Ihr könnt Euch als meine Inspiration betrachten: Zu sehen, wie viel Hingabe Ihr in die Gemälde in Eurem Wohnzimmer gesteckt habt, ohne jemals hoffen oder erwarten zu können, dass sie jemand sieht, hat etwas in mir ausgelöst.«

Und Eliza, wie zu erwarten, errötete – plötzlich dankbar dafür, dass ihr das Wetter eine Ausrede gab, starr nach vorne zu blicken. Es schien, als würde der Regen jetzt endlich nachlassen, und als sie die festeren Straßen in der Umgebung von Bath erreichten, war Eliza in der Lage, sich auf dem Kutschbock wieder zu entspannen. Als sie endlich in Bath ankamen, war es viel später, als sie geplant hatten.

Eliza fuhr Melville bis direkt vor seine Tür. Von Caroline war keine Spur zu sehen – sie war ihnen am Ende einige Meilen voraus gewesen und musste nun weitergefahren sein, um Margaret abzusetzen.

»Ihr seid sehr gut gefahren«, sagte Melville zu Eliza, als sie die Pferde zum Stehen brachte.

»Vielen Dank«, antwortete Eliza und wandte sich zu ihm, um ihn das erste Mal seit vielen Meilen richtig anzusehen.

Melville hatte seinen Hut schon vor einiger Zeit neben sich auf den Sitz gelegt – der Regen war so stark gewesen, dass die Kopfbedeckung nicht viel Schutz geboten hatte – und seine nassen, dunklen Locken nach hinten aus der Stirn gestrichen.

»Ihr seid vollkommen durchnässt«, sagte Melville und musterte sie ebenfalls.

»Ich weiß«, erwiderte Eliza wehmütig. »Ich bin mir nicht sicher, ob mein Hut das überleben wird.«

»Eine Schande«, sagte Melville. »Schließlich ist es ein äußerst bezauberndes Ensemble …«

Er streckte die Hand aus und löste sanft eine Haarsträhne, die nass an ihrem Hals klebte, und steckte sie mit ein paar geschickten Bewegungen wieder in ihrem Zopf fest. Es war die leiseste Berührung, ganz kurz nur strich seine Hand über ihren Hals, aber nichtsdestoweniger und obwohl sie bis auf die Haut durchnässt war, musste sich Eliza große Mühe geben, nicht vollständig in Flammen aufzugehen. Sie zitterte, ob vor Verlangen, Aufregung oder Schuld, konnte sie nicht sagen.

Melville ließ seine Hand einen Augenblick lang sanft auf ihrem Hals liegen. Mit ruhigem Blick sah er sie an, und sie spürte, wie sich ihr Körper beinahe gegen ihren Willen in seine Richtung lehnte. Es wäre so leicht, die natürlichste Sache der Welt, sich zu gestatten …

»Melville«, sagte sie kaum hörbar.

»Ihr könnt mich Max nennen, wenn Ihr möchtet«, sagte er genauso leise.

Und Eliza schloss fest die Augen und riss sich zusammen. Sie konnte es nicht. Sie konnte nicht.

»Mylady –«, begann Melville.

»Nicht«, sagte Eliza, bevor er weitersprechen konnte. »Nicht.«

Denn was es auch war – eine Erklärung, ein Antrag, oder was auch immer – und sosehr sie sich auch mit jeder Faser ihres Körpers danach sehnte, es zu hören, sie konnte es nicht. Sie konnte nicht zulassen, dass er das Wort ergriff, wenn sie doch einem anderen versprochen war.

»Dann werde ich schweigen«, sagte Melville sanft und zog seine Hand zurück.

»Es ist nur«, sagte Eliza in dem Gefühl, ihm eine Art Erklärung zu schulden, auch wenn er nicht danach gefragt hatte, »es ist nur, dass wenn man so etwas nicht erwartet hat, und man nicht kann – weil man bereits – und man an all die Gründe denkt, aus denen es unmöglich ist, selbst wenn man *möchte* …« Ihre Worte waren genauso durcheinander wie ihre Gedanken. »Versteht Ihr, was ich meine?«

»Durchaus nicht«, sagte Melville feierlich. »Ich frage mich sogar eher, ob Ihr versteht, was Ihr meint.«

Eliza stieß ein verzweifeltes Lachen aus.

»Ich weiß es nicht«, sagte sie und fühlte sich plötzlich, als würde sie gleich in Tränen ausbrechen. »Ich weiß es nicht.«

»Das ist in Ordnung«, antwortete Melville, noch sanfter als zuvor. Er ergriff ihre Finger und hauchte einen Kuss in ihre behandschuhte Handfläche. Wieder lief ein Beben durch Elizas Körper. »So verabschiede ich mich von Euch.«

Er kletterte aus der Kutsche, tippte sich noch einmal an den durchnässten Hut und verschwand in seinem Haus am Laura Place.

Dass Eliza es bis nach Hause schaffte, ohne einen Unfall zu verschulden, hatte sie eher den leisen Warnungen ihres Kutschenjungen zu verdanken, der sie auf den Gegenverkehr hinwies, als ihren eigenen Fähigkeiten. Sobald sie den Camden Place erreicht hatten, übergab sie ihm die Fahrleinen und stieg vom Kutschbock. Sie musste aussehen wie eine ertrunkene Ratte und dachte daran, wie gut es war, dass Mrs Winkworth schon lange nach London aufgebrochen war, da sie möglicherweise bei ihrem Anblick einen Schlaganfall erlitten hätte.

Eliza eilte ins Haus, seufzte, als die Wärme sie umfing, und spürte, wie ihr die Tränen in die Augen stiegen.

»Margaret?«, rief sie. »Margaret?«

Sofort kam Margaret die Treppe hinuntergerannt, das Haar immer noch tropfnass.

»Geht es dir gut?«, fragte Eliza. »Was ist denn los?«

»Eliza«, keuchte Margaret. »Es ist Somerset. Er ist hier, im Salon.«

25

»Somerset? Hier? Jetzt?«, fragte Eliza.

»Ja«, beantwortete Margaret alle drei Fragen. »Er ist offenbar heute Nachmittag angekommen und hat darauf bestanden, auf deine Rückkehr zu warten.«

Eliza sah Margaret entsetzt an. Sie hatte ihn erst in frühstens einer Woche erwartet und hatte sich nicht im Geringsten darauf vorbereitet. Sie hatte gedacht, sie hätte mehr Zeit.

»Keine Angst«, sagte Margaret entschlossen. »Er ist ja kein Ungeheuer.«

Aber Eliza spürte, wie abgehackt und keuchend ihr Atem ging. Sie konnte Somerset nicht *jetzt* gegenübertreten. Nicht, wenn ihre Gedanken so durcheinander waren, dass sie fast glauben könnte, sie hätte ihren Verstand bei Melville im Phaeton gelassen. Sie brauchte mehr Zeit. Sie musste nachdenken.

»Was, wenn – was, wenn ich ihn sehe und erkenne, dass ich ihn gar nicht mehr liebe?«, flüsterte Eliza und presste sich eine zitternde Hand an die Stirn.

Was, wenn Somerset sie sah und genau erkannte, was Eliza getan hatte?

»Dann werden wir einen Weg finden, das durchzustehen«, sagte Margaret. »Ich verspreche es.«

Eliza schwankte und blickte verzweifelt auf ihre durchnässten, schlammbespritzten Röcke. Margaret schob sie sanft in Richtung der Treppe. »Geh jetzt, bevor du den Mut verlierst«, sagte sie.

Und Eliza ging. Früher hätte sie wohl versucht, es hinauszuzögern, aber Margaret hatte recht. Ganz gleich, wie schrecklich es sein mochte, wenn sie jetzt nicht ging, hätte sie nicht mehr den Mut dazu. Sie schob die Tür zum Salon auf. Er stand vor dem Kamin, die Hände hinter dem Rücken verschränkt, und als er sich herumdrehte, um sie anzusehen, gab es einen Moment – von hinten erleuchtet von den Flammen, das Gesicht halb in Schatten getaucht –, in dem die Ähnlichkeit zu seinem Onkel so groß war, dass Eliza beinahe aufgekeucht hätte. Dann gewöhnten sich ihre Augen an das Licht. Die Ähnlichkeit verschwand. Und es war nur Somerset, der vor ihr stand, ein kaum merkliches Lächeln auf den Lippen, während er sie ansah.

»Guten Abend, Mylady«, sagte er.

»Somerset«, antwortete sie schüchtern. »Wir – ich hatte Euch nicht vor nächster Woche erwartet.«

»Ich wollte Euch überraschen«, sagte er. »Aber Ihr wirkt nicht sehr erfreut.«

»Ich *bin* erfreut«, sagte Eliza. »Natürlich bin ich das.«

Während sie es aussprach, stellte sie fest, dass es stimmte. Denn als Eliza dastand und seinen Anblick in sich aufnahm, konnte sie fühlen, dass ihre Liebe zu ihm noch immer da war. Und ganz plötzlich verwandelte sich alles, was einen Moment zuvor so kompliziert gewesen war, in etwas ganz Einfaches. Was immer es bedeutete, dass sie in der Lage war, zwei Männer gleichzeitig zu lieben, es spielte keine Rolle. Ihre Gefühle für Melville waren nicht zu leugnen, aber das hier war der Mann, den sie seit Jahren treu, anhaltend und töricht geliebt hatte. Und der Mann, der diese Liebe all die Jahre über erwidert hatte.

Und wenn ihr Herz nicht ganz so schnell schlug, wie es das mittlerweile bei Melville tat, und wenn sie nicht ganz so oft errötete oder ihr Atem nicht ganz so schnell ging … welche Rolle spielte das? Das hier war der Mann, den sie heiraten würde.

Somerset streckte die Arme aus, und sie rannte fast durch den Raum auf ihn zu, lachend vor Erleichterung. Somerset empfing ihre Hände mit den seinen, aber er nutzte die Berührung nicht aus, um sie näher an sich heranzuziehen, stattdessen hielt er sie ein wenig auf Abstand.

»Was ist denn das?«, fragte er. »Ihr seid ja ganz durchnässt.«

»Das kümmert mich nicht«, sagte sie und hob erwartungsvoll ihr Gesicht in Richtung des seinen.

»Aber mich«, erwiderte er und schob sie zurück. »Ihr werdet Euch noch den Tod holen. Ihr müsst Euch schnell umziehen.«

»Mir ist nicht im Geringsten kalt«, protestierte Eliza. »Am Feuer wird es schnell trocknen.«

»Ich werde hier auf Euch warten«, sagte er, und seine Stimme ließ keinen Widerspruch zu.

Eliza blickte kurz Richtung Himmel, verließ aber gehorsam den Raum. Seine Fürsorglichkeit war unvergleichlich, und auch wenn es ihr gerade jetzt nicht gut passte, wäre es unhöflich, über solch beschützerische Sorge verärgert zu sein. In Windeseile war sie zurück, gekleidet in das erstbeste Kleid, das ihr in die Hände gefallen war, das aus lavendelfarbenem Krepp, und er lächelte, als sie den Raum erneut betrat, und streckte ihr die Hände entgegen.

»Euer Haar ist noch immer feucht, meine Liebe.«

»Jetzt werde ich es nicht trocknen«, sagte Eliza. »Also spart Euch die Mühe.«

Wieder hob sie ihr Gesicht dem seinen entgegen, aber wieder enthielt er ihr den Kuss vor, nach dem sie sich sehnte.

»Wo wart Ihr denn bei diesem Wetter?«, fragte er.

Eliza zögerte. In keinem ihrer Briefe hatte sie die Fahrstunden erwähnt, die sie bei Caroline genommen, noch die Kutsche, die sie gerade gekauft hatte, weil sie ihn hatte überraschen wollen. In ihrer Vorstellung war sie in ihrem besten, vorteilhaftesten Kutschkleid zu ihm vorgefahren und hatte ihn weltmännisch gefragt, ob er vielleicht für ein paar Straßen zu ihr nach oben kommen wolle.

»Seid Ihr mit Caroline ausgefahren?«, fragte Somerset. »Ich habe gehört, sie gibt Euch Fahrunterricht.«

Eliza runzelte die Stirn.

»Wer hat Euch das erzählt?«, fragte sie.

»Mrs Winkworth«, antwortete Somerset. »Die ganze Familie hat an Annies Debütantinnenball teilgenommen.«

»Wie unbedacht, meine Überraschung zu ruinieren«, sagte Eliza unbeteiligt, während sie versuchte, seine Miene zu deuten. »Ich wollte, dass Ihr schockiert und erstaunt darüber seid, wie ungeheuer verwegen ich geworden bin.«

»Schockiert war ich ganz bestimmt«, erwiderte Somerset. Einen langen Moment sah er Eliza in die Augen, dann setzte er sich mit einem Seufzen auf das Sofa und zog sie neben sich. »Ich hätte Euch nicht unbeaufsichtigt hier zurücklassen sollen«, sagte er und fuhr sich mit der Hand durchs Haar.

»Unbeaufsichtigt?«, wiederholte Eliza, unsicher, ob sie eher amüsiert oder beleidigt sein sollte. »Ich bin doch kein Pferd, Mylord. Und ich habe Margaret.«

»Ganz eindeutig wisst Ihr nicht, was die Leute sagen«, sagte Somerset.

»Welche Leute?«, fragte Eliza. »Und was sagen sie?«

»Meine Schwester berichtet mir, dass die Gerüchteküche Baths überkocht vor Nachrichten über Lady Somerset, die durch das ganze Land fährt, Tanzgesellschaften und Kartenspiele besucht und die halbe Milsom Street leer kauft.«

Instinktiv sträubte Eliza sich beim tadelnden Klang seiner Stimme, bevor sie sich zwang, nur auf die Besorgnis in seinem Gesicht zu achten. Er machte sich Sorgen um sie.

»Vielleicht habe ich das Leben genossen«, gab sie zu. »Aber Ihr wisst, wie die Klatschmäuler sind. Und mein Vermögen kann ich ausgeben, wie ich möchte. Gefallen Euch die neuen Farben nicht?«

»Doch, das tun sie«, sagte Somerset. »Aber es gibt Gerüchte, dass Melville während der letzten Wochen praktisch bei Euch gewohnt hat. Was ist damit?«

Eliza biss sich auf die Lippe. Sie konnte ihn nicht anlügen. Wenn er sie fragte, ob sie Gefühle für Melville hatte, würde sie nicht lügen. Aber er hatte nicht gefragt.

»Dafür gibt es eine Erklärung«, antwortete sie. »Der Auftrag, von dem ich gesprochen habe – ich muss gestehen, dass er von Melville kam. Ich habe ihn porträtiert.«

»Was?«, keuchte Somerset.

»Ich habe Melville porträtiert«, wiederholte Eliza. »Das ist der Grund, warum er so viel Zeit in meiner Gesellschaft verbracht hat. Ihr müsst Euch also nicht sorg–«

»Eliza!«, rief Somerset. »Wie könnt Ihr so etwas tun und mir nichts davon sagen?«

»Ich habe es Euch gesagt«, verteidigte sich Eliza gekränkt. »Ich habe Euch mitgeteilt, dass ich einen Auftrag erhalten hatte. Damals schient Ihr es für eine gute Idee zu halten.«

»Das war, als ich dachte, es ginge darum, irgendwelche – Blumen zu malen, oder ein Pferd!«, entgegnete Somerset. »Ich dachte nicht, dass es sich um ein *Porträt* handelt. Von einem *unverheirateten* Mann.«

Eliza zuckte zusammen. Sie hatte gewusst, dass er möglicherweise nicht erfreut sein würde, aber mit so eindeutigem Zorn hatte sie nicht gerechnet. Sein Griff um Elizas Hände war unangenehm fest, bis er sie plötzlich losließ.

»Selbstverständlich war eine Anstandsdame anwesend«, sagte Eliza schwach. Was auch stimmte, zumindest für den Anfang.

»Oh, etwa Miss Balfour?«, erwiderte Somerset spöttisch. »Ja, eine beeindruckende Anstandsdame, in der Tat.«

»Ich möchte Euch bitten, nicht in einem solchen Ton über meine Cousine zu sprechen, Somerset«, sagte Eliza mit einer Kälte in der Stimme, die ihr selbst fremd war. Es war eine Sache, dass er seinem Ärger über sie Luft machte, aber auf Margaret würde sie nichts kommen lassen.

Somerset holte tief Luft.

»Ihr habt recht«, sagte er. »Es tut mir leid. Ich sollte Euch keine Schuld geben – keiner von Euch beiden. Natürlich trägt er die Verantwortung für diese Angelegenheit.«

»Melville?«, fragte Eliza.

»Der Himmel weiß, was er gesagt hat, um Euch dazu zu bringen«, murmelte Somerset, »welche Lügen er sich hat einfallen lassen.«

Es war so albern, dass Eliza in Gelächter ausbrach. Somerset zog beleidigt den Kopf zurück.

»Es tut mir leid«, sagte Eliza, immer noch lächelnd. »Es tut mir sehr leid, aber das ist einfach so absurd. Melville hat mich nicht zu irgendetwas gebracht, und er hat auch nicht gelogen. Es war meine Entscheidung, und selbst wenn Ihr sie nicht gutheißt, bedauere ich sie nicht. Und ich kann nicht erkennen, was Euch so dagegen aufbringt.«

»Vielleicht würdet Ihr das anders sehen«, erwiderte Somerset nachdenklich, »wenn Ihr wüsstet, was ich kürzlich erfahren habe.«

»Was meint Ihr?«, fragte Eliza.

Somerset fuhr sich erneut mit der Hand durch die Haare – mittlerweile war seine Frisur ziemlich durcheinander.

»Ich bin mir nicht sicher, ob ich es Euch erzählen soll«, antwortete er.

Eliza spürte, wie Ärger in ihr aufstieg. Derartige bösartige Verleumdungen begleiteten Melville schon sein ganzes Leben und waren genau der Grund, warum er vielleicht bald das Land würde verlassen müssen.

»Derlei Andeutungen macht Ihr schon, seit Ihr Melville das erste Mal getroffen habt«, erklärte sie unwirsch, »aber Beweise dafür habe ich noch nicht gehört. Ich hätte gedacht, haltloser Klatsch wäre unter Eurer Würde, Somerset.«

»Straft Ihr mich für den Wunsch, Euch zu beschützen?«, fragte Somerset aufbrausend.

»Ich brauche keinen Schutz vor Melville«, sagte Eliza.

Dann hielt sie inne, holte tief Luft und riss sich zusammen. Im Grunde spielte es keine Rolle, was andere Leute sagten, was die Gerüchte behaupteten. Wichtig war nur, was sie selbst dachten, selbst fühlten.

»Lasst uns nicht streiten«, sagte sie sanft. »Denn spielt irgendetwas davon jetzt überhaupt noch eine Rolle? Ich trage mittlerweile Halbtrauer. Ihr seid zurück. Wir können uns endlich verloben.«

Somersets Miene wurde sichtlich weicher.

»Das stimmt«, sagte er. »Endlich.«

Die seltsame Spannung, die seit seiner Ankunft in der Luft gelegen hatte, löste sich auf. Somerset zog sanft an ihren Händen, und sie beugte sich zu ihm, bis sich ihre Lippen endlich trafen – und wieder fühlte es sich so vertraut, so natürlich an, dass Eliza kaum glauben konnte, dass sie es nicht all die Jahre schon getan hatten. Es dauerte eine Weile, bis sie sich wieder voneinander lösten, aber als sie es schließlich taten, legte Eliza den Kopf an seine Schulter und seufzte zufrieden. Das Feuer war herrlich warm, und seine Schulter war so bequem, und plötzlich konnte sie sich vorstellen, dass sie genau das noch Tausende Male machen würden.

»Wann sollen wir heiraten?«, fragte sie. »Bald, hoffe ich. Bevor meine Mutter etwas davon mitbekommt.«

Sie fühlte, wie Somersets Schulter sich unter ihr anspannte, und hob den Kopf, um ihn anzusehen.

»Macht Euch keine Sorgen«, sagte sie. »Diesmal hat sie nicht die Macht, mich davon abzuhalten.«

»Das ist es nicht«, sagte Somerset. »Ich habe viel darüber nachgedacht, wie wir mit unserer Verlobung umgehen sollten.«

»Habt Ihr?«, fragte Eliza lächelnd.

»Und ich glaube, es wäre das Beste, wenn Ihr nach Balfour zurückkehrt«, schloss er.

In dem Glauben, er hätte einen Witz gemacht, lachte Eliza auf. Somerset lachte nicht.

»Eliza, unsere Verlobung wird für einen Aufruhr sorgen«, sagte er. »Das wisst Ihr. Wir müssen uns dieser Tatsache stellen.«

»Ja«, stimmte Eliza ihm zu. »Aber warum sollte das bedeuten, dass ich nach Balfour zurückkehren muss?«

»Weil Euer Lebenswandel der letzten Wochen«, sagte Somerset schlicht, »bereits jetzt zu Gerede führt. Daher würde es sich schicken, Euch eine Weile dem Blick der Öffentlichkeit zu entziehen, bevor wir etwas verkünden.«

»So wie Ihr das sagt, klingt es, als wäre ich im Unterrock durch die Straßen getanzt«, sagte Eliza. »Ich versichere Euch, daran würde ich mich erinnern.«

»Seid vernünftig, Eliza«, sagte Somerset ruhig. »Ich versuche, Euch zu schützen.«

»Ich kann nicht nach Balfour zurückkehren«, entgegnete Eliza.

»Was sind schon ein oder zwei Monate der Zurückgezogenheit, wenn wir im Austausch dafür ein Leben voller Glück bekommen?«, versetzte Somerset. »Dann geben wir im Laufe des Sommers unsere Verlobung bekannt, und im Herbst können wir in aller Stille heiraten.«

»Im *Herbst?*«, wiederholte Eliza. Es war gerade mal April.

»Wenn Eure Trauerzeit offiziell vorüber ist. Ganz vorüber«, sagte Somerset. »Wann habt Ihr denn gedacht, dass wir heiraten würden?«

Ganz sicher hatte sie nicht gedacht, dass er derart auf den Traditionen beharren würde. Immerhin hatte Lady Dormer genau ein Jahr nach dem Tod ihres Mannes wieder geheiratet – gut, in gehobenen Kreisen zerriss man sich noch immer den Mund darüber, aber …

»Was, wenn …« Sie ergriff seine Hände. »Oliver, was, wenn wir einfach jetzt heiraten? Die Leute werden reden, ganz egal, wie lange wir warten – was, wenn wir einfach *jetzt* heiraten und die Konsequenzen auf uns nehmen? Dann wären wir wenigstens zusammen.«

Somerset schüttelte den Kopf.

»Ihr wisst, dass ich das nicht kann«, sagte er. »Ich kann es nicht riskieren, meiner Familie solchen Schaden zuzufügen.«

Eliza starrte ihn an. Ein Jahrzehnt später, und sie schienen denselben Streit noch einmal auszutragen. Als führten sie zum zweiten

Mal ein Theaterstück auf, nur dass sie diesmal die Rollen vertauscht hatten, denn sie drängte ihn zu mehr Wagemut, und er sprach von familiären Verpflichtungen.

»Würde das eine Rolle spielen?«, fragte sie. »Wären die Konsequenzen wirklich so schlimm? Sie können es uns nicht verbieten, sie können uns nicht mehr voneinander fernhalten, sie haben keine Macht mehr, tatsächlich … irgendetwas zu tun.«

»Es würde gegen die Regeln des Anstands verstoßen!«, erklärte Somerset.

»Zum Teufel mit dem Anstand!«, rief Eliza. »Mein ganzes Leben lang habe ich nach den Regeln des Anstands gelebt, ich habe genug davon.«

»Reißt Euch zusammen!«, tadelte er. »Eine solche Ausdrucksweise steht Euch nicht. Ihr wisst, dass wir den Anstand nicht zum Teufel wünschen können. Unser beider Leben wäre für immer davon gezeichnet.«

»Ich kann nicht nach Balfour zurückkehren«, wiederholte Eliza und zog flehend an den Händen, die ihre Finger noch immer umschlossen hielten. Sie könnte es ertragen, bis zum Herbst zu warten, könnte es aushalten, ihr Happy End noch ein paar weitere Monate aufzuschieben, aber ihr Leben hier gegen *Balfour* eintauschen? Nein, das könnte sie nicht.

»Ihr könnt es«, sagte er und sah sie so eindringlich an, als könne er sie allein mit seinem Blick überzeugen. »Ihr müsst es. Ihr werdet ein paar Monate zurückgezogen leben, während meine Schwester einen angemessenen Ehemann für Annie findet, und dann werden wir in aller Stille heiraten und nach Harefield zurückkehren. Solange wir uns nicht zur Schau stellen und die meisten gesellschaftlichen Anlässe meiden, wird das Gerede verstummen, und unsere Familien können sich in Sicherheit wiegen.«

»Das heißt, ich soll auch nach der Hochzeit noch in Zurückgezogenheit leben?«, fragte Eliza entsetzt.

Sie zog seine Hände aus den seinen.

»Seid vernünftig, Eliza«, sagte Somerset, der langsam Anzeichen von Ärger zeigte.

»Ich *bin* vernünftig«, beharrte Eliza. »Es ist nur alles so anders, als ich es mir vorgestellt hatte. Ich dachte, wir würden nächsten Monat heiraten, vielleicht auf Hochzeitsreise ins Ausland fahren, die nächste Saison in London verbringen und uns die Galerien ansehen, die Museen, unsere Freunde treffen …«

»Aber ich hasse die Stadt«, sagte Somerset stirnrunzelnd. »Warum in aller Welt sollten wir Zeit in London verbringen, wenn wir das nicht müssen? Wir können ja vor Ort ein paar gesellschaftliche Anlässe besuchen, wenn wir das möchten – was hat London, das Harefield nicht bieten kann?«

»Tausende Dinge!«, rief Eliza sofort. »Freunde. Unterhaltung. Tanz. Kunst. Sucht Euch etwas aus!«

Somerset stieß ein leises, ungläubiges Lachen aus.

»Das meint Ihr nicht ernst?«, fragte er. »Ich weiß, Ihr malt gern, Eliza, aber das kann doch nicht der Grund sein, aus dem wir nicht zusammen sein können. Das ist der einzige Weg, wie wir ein gemeinsames Leben aufbauen können. Das müsst Ihr doch sehen.«

»Ich male nicht nur *gern*«, erwiderte Eliza bissig, »es ist ein Teil von mir. Ein wichtiger Teil.«

»Das war es früher nicht.«

»Wenn Ihr das wirklich glaubt, so habt Ihr nicht zugehört.«

Somerset rieb sich mit der Hand über das Gesicht.

»Seid doch vernünftig«, wiederholte er.

»Ihr versucht nicht einmal, eine andere Lösung zu finden!«

»Früher wart Ihr nicht so widerspenstig«, sagte Somerset.

»Nein, früher habt Ihr mir vorgeworfen, ich hätte keinen Kampfgeist«, erwiderte Eliza. »Was hättet Ihr denn nun gern? Beides kann ich nicht liefern.«

»Ihr seid unmöglich.«

»Diese Bedingungen sind unmöglich«, erwiderte Eliza.

»Ich versuche ja nicht, Euch unglücklich zu machen!«, rief Somerset. »Manchmal muss man eben Opfer bringen.«

»Aber warum muss immer *ich* es sein, die Opfer bringt?«, fragte Eliza und warf die Hände in die Luft. »Ich habe genug geopfert, Oliver, ich kann nicht noch mehr opfern.«

»Es ist der einzige Weg«, sagte Somerset einfühlsam, »wie wir zusammen sein können. Das müsst Ihr einsehen.«

Eliza sah ihn einen langen Augenblick an.

»Vielleicht habt Ihr recht«, sagte sie schließlich. »Vielleicht ist es der einzige Weg. Aber ich kann ihn nicht gehen.«

»Es sind nur sechs Monate«, sagte Somerset.

»Es sind nur sechs Monate – und davor waren es zehn Jahre«, sagte Eliza. »Und davor war es *immer*. Ich habe genug davon, darauf zu warten, dass mein Leben beginnt.«

»Was sagt Ihr da?«, fragte Somerset und wurde blass. »Möchtet Ihr … möchtet Ihr mich nicht mehr heiraten?«

Seine Stimme brach.

»Ich würde Euch sofort heiraten«, sagte sie mit rauer Stimme. »Aber nicht so – ich kann nicht in die Vergangenheit zurückkehren.«

»Ihr wärt meine Frau«, sagte Somerset. »Wäre es das nicht wert? Nach all den Jahren, die wir beide gewartet haben?«

Noch vor wenigen Monaten hätte Eliza ohne Zögern Ja gesagt. Und sie sehnte sich danach, auch jetzt Ja sagen zu können. Aber sie wollte sich nicht wieder selbst aufgeben, keinen Teil von sich – nicht ihre Persönlichkeit, nicht ihre Wünsche, nicht ihr Leben. Nicht einmal für ihn.

Somerset schien ihrem Schweigen die Antwort zu entnehmen. Er stand auf und wandte sich von ihr ab, dem Feuer zu, das Gesicht in den Händen vergraben.

»Ich kann nicht glauben, dass Ihr mir zum zweiten Mal das Herz brecht«, sagte er schließlich, während er sich wieder zu ihr umdrehte und mit schmerzhaftem Gesichtsausdruck den Kopf schüttelte. »Ich kann nicht glauben, dass Ihr das noch einmal tun wollt.«

Eliza wollte sich auf dem Sofa zusammenrollen, den Kopf an die Knie pressen und zusammenbrechen – aber sie stand auf und sah Somerset so direkt in die Augen, wie sie es konnte.

»Damals konnte ich um meiner Familie willen nicht Ja sagen«, erklärte Eliza so deutlich, wie sie es vermochte. Er musste es verstehen. »Diesmal tue ich es um meinetwillen.«

Es auszusprechen war, als risse sie sich ein Stück ihres Selbst aus dem Herzen, aber Eliza biss die Zähne zusammen und ertrug den Schmerz. Es war die Wahrheit.

»Und ich nehme an, das hier hat nichts mit Melville zu tun?«, fragte Somerset aufgebracht.

Eliza starrte ihn an.

»Vor sechs Wochen wart Ihr bereit, mich zu heiraten; war er es, der Eure Meinung geändert hat?«, fragte Somerset. »Liebt Ihr ihn?«

»Ich habe meine Meinung nicht seinetwegen geändert«, sagte Eliza ruhig. »Das müsst Ihr mir glauben.«

Somerset stieß ein spöttisches Lachen aus. Es war kein angenehmes Geräusch.

»Ich kann nicht glauben, dass er Euch so zum Narren gehalten hat«, sagte er. »Wenn Ihr nur *wüsstet* …«

»Ich weiß alles«, sagte Eliza. »Und er ist nicht der Teufel, zu dem Ihr ihn macht.«

Ein leises Klopfen unterbrach sie.

»Mylady«, sagte Perkins und sah zwischen Eliza und Somerset hin und her. »Im Erdgeschoss wartet Besuch. Soll ich ihm mitteilen, dass Ihr beschäftigt seid?«

»Zu dieser Stunde?«, fragte Somerset verärgert. »Wer in aller Welt …?«

»Lord Melville, Sir«, sagte Perkins.

»O Himmel«, hauchte Eliza. Das einzig Denkbare, das diese Situation noch schlimmer machen könnte.

»Das fehlte noch«, knurrte Somerset.

»Sagt ihm, er soll gehen, Perkins«, rief Eliza schnell. »Jetzt gleich.«

»Oje«, erklang Melvilles Stimme, als er neben Perkins im Türrahmen auftauchte. Er trug noch immer seine nassen, matschbespritzten Kleider. »Ich befürchte, ich habe mir die Freiheit genommen – mir war, als hätte ich einen Streit gehört, wisst Ihr.«

»Sich Freiheiten zu nehmen, liegt wohl in Eurer Natur«, sagte Somerset.

»Guten Abend, Somerset«, erwiderte Melville, als hätte Somerset ihn ganz normal begrüßt. »Ich dachte mir doch, ich hätte Eure liebliche Stimme vernommen. Ist alles in Ordnung, Lady Somerset?«

»Oh, es ist alles in *bester* Ordnung, Melville«, sagte Somerset barsch.

Melville schien ihn nicht zu hören, sondern sah stattdessen zu Eliza, die sich mit Schrecken ihrer tränenfeuchten Augen und der Röte ihres Gesichts gewahr wurde. Sie öffnete den Mund, um Melville zu beruhigen, ihn anzulügen, merkte aber, dass sie es nicht konnte.

»Vielleicht kommt Ihr lieber ein andermal wieder«, sagte Somerset mit einer Stimme, die als höflich hätte durchgehen können, wäre sie nicht so laut gewesen. »Lady Somerset und ich waren gerade mitten in einem eher persönlichen Gespräch.«

»Vielleicht kann ich mich ja anschließen«, sagte Melville mit einem entschlossenen Zug um den Mund. »Könnten wir etwas Tee bekommen, Perkins? Das beruhigt die Nerven.«

»Sehr wohl, Mylord«, antwortete Perkins und zog sich langsam zurück. Er ließ die Tür hinter sich offen.

»Melville, Ihr scheint mich nicht verstanden zu haben. Ich habe Euch höflich gebeten, zu gehen«, sagte Somerset.

»Ja, ich weiß«, erwiderte Melville. »Aber seht Ihr, ich habe mich höflich geweigert. Ich bleibe lieber, bis Lady Somerset mich zum Gehen auffordert.«

Somerset lachte erneut auf. »Ihr wollt sie beschützen. *Ihr?*«, rief er.

»Somerset!«, protestierte Eliza. »Melville hat eine derartige Unhöflichkeit nicht verdient.«

»Vielleicht würdet Ihr anders darüber denken, wenn Ihr wüsstet, was ich kürzlich über ihn herausgefunden habe«, sagte Somerset. Dann, den Blick direkt auf Melville gerichtet: »Nun?«

»Was *wollt* Ihr denn, Somerset?«, fragte Melville, wobei sein Ton nicht mehr ganz so belustigt klang.

»Tut Ihr so, als wüsstet Ihr nicht, wovon ich spreche?«

»Sicherlich könnte ich es erraten«, erwiderte Melville, »wenn Ihr noch einmal den Quizmaster spielen möchtet?«

»Macht ruhig Eure Scherze, Mylord«, sagte Somerset. »Ich denke nicht, dass Ihr in ihr noch ein so begeistertes Publikum findet, wenn sie erst einmal Bescheid weiß.«

Melvilles Mund schloss sich schlagartig. Ausnahmsweise hatte er keine geistreiche Erwiderung parat.

»Ich wünschte, Ihr würdet aufhören, in Rätseln zu sprechen!«, sagte Eliza laut. »Würdet Ihr mir einfach sagen, worum es geht?«

»Möchtet Ihr oder soll ich?«, fragte Somerset mit grausamer Höflichkeit.

»Mylady«, sagte Melville, wobei er einen Schritt auf Eliza zuging und bittend die Hände hob, »ich habe Euch tatsächlich etwas zu sagen – etwas, das ich Euch schon vor langer Zeit hätte sagen sollen – aber Ihr müsst wissen, dass es nichts zwischen uns ändert. Ich fühle mich noch immer –«

Er warf Somerset einen finsteren Blick zu, als sei er plötzlich wütend darüber, dass er sich mit ihnen im Raum befand.

»Ich bin heute Abend hergekommen – um Euch zu sagen, wie ich fühle, und mich Euch *vollkommen* zu offenbaren«, sagte er, und in seiner Stimme schwang ein seltsamer Klang von Dringlichkeit mit. »Ich schwöre, genau das hatte ich vor.«

»Was in aller Welt ist hier los?«, fragte Eliza langsam. Sie hatte angenommen, Somerset wolle sie über Lady Paulet in Kenntnis setzen, aber dann hätte Melville – der die Affäre ja bereits so gut wie gestanden hatte – ganz sicher nicht so durcheinander ausgesehen. So verstört hatte er noch nie gewirkt.

»Ach, beeilt Euch, Melville«, drängte Somerset.

Melville holte tief Luft, dann schluckte er – augenscheinlich fehlten ihm zum ersten Mal im Leben die Worte.

»Ach, genug damit«, rief Somerset ungeduldig. »Eliza, Melville ist nur aufgrund meiner Schwester immer noch in Bath. Sie hat ihn angeheuert, um Euch in einen Skandal zu verwickeln. Um Euch zu ruinieren.«

26

Als Eliza neun Jahre alt war, hatte ihr Großvater ihr gezeigt, wie man eine Feder richtig zuschneidet, und als sie versucht hatte, seine geübten Bewegungen nachzuahmen, war das Messer abgerutscht und hatte ihr in die Handfläche geschnitten. Es war eine tiefe Wunde gewesen, ein zorniger Schnitt in einem Rot, so lebendig wie keine andere Farbe, die sie je gesehen hatte. Aber auch wenn Eliza sofort begriffen hatte, was geschehen war, und ihr unmittelbar klar war, dass sie gleich großen Schmerz verspüren würde, hatte es zehn ganze Herzschläge lang gedauert, bis der Schmerz tatsächlich einsetzte.

Genauso war es jetzt, im Nachklang von Somersets Offenbarung. *Das wird wehtun,* schoss es Eliza durch den Kopf, obwohl sie in diesem Moment nur Entsetzen fühlte.

»Wie bitte?«, fragte sie, betont höflich.

»Eliza«, sagte Melville, »das entspricht nicht ganz der Wahrheit –«

»Für Euch ist sie immer noch Lady Somerset, Melville«, fuhr Somerset ihn an.

»Wie bitte?«, fragte Eliza sie beide noch einmal.

»Als Lord und Lady Selwyn im Februar nach Bath gekommen sind«, sagte Somerset, der noch immer finster zu Melville blickte, statt sie anzusehen, »haben sie sich einen furchtbaren Plan ausgedacht, um Euch zu einem Skandal zu verleiten, der groß genug wäre, dass ich mich gezwungen sehen müsste, Euer Erbe zu widerrufen. Sie hielten es für wahrscheinlich, dass Ihr für einen unangemessenen Flirt empfänglich wärt, dass ich in Anbetracht unserer Geschichte darauf anspringen würde und dass Melville gerade verzweifelt genug wäre, ihnen zu helfen.«

Eliza fühlte, wie sie leicht schwankte. Sie sah hinüber zu Melville.

»Ist das wahr?«, fragte sie. »Ihr … habt ihnen Eure Dienste zur Verfügung gestellt?«

Melville schüttelte heftig den Kopf. »Nein«, sagte er. »Es war nicht – so war es nicht. Sie sind auf mich zugekommen, um über ein mögliches Mäzenatentum zu sprechen, und wir … haben eine Vereinbarung getroffen, ja, aber ich wusste nichts von der Sittlichkeitsklausel, das schwöre ich. Alles, was sie mir gesagt haben, war, dass ich Eure Aufmerksamkeit von Somerset ablenken, Euch öffentlich den Hof machen solle – und ich habe nicht zweimal darüber nachgedacht, denn, um die Wahrheit zu sagen, es fiel mir nicht schwer. Ich hätte es ohnehin getan.«

»Wann war das?«, fragte Eliza. Sie war sich nicht sicher, welche Rolle das spielte, warum ein solches Detail von Bedeutung sein sollte, nur, dass sie es wissen musste. »Wann haben sie Euch aufgesucht?«

»Am Abend Eurer Soiree«, sagte Melville widerstrebend. »Sie haben mir hinterher eine Nachricht geschickt – es war ja noch früh. Ich habe Selwyn auf einen Drink getroffen.«

»Und am Sonntag wart Ihr so gut gelaunt«, erinnerte sich Eliza mit einem entsetzlichen Gefühl in der Brust. »Und – und da habt Ihr auch wieder zu schreiben begonnen. Also … war es nicht mein Einfluss, der zu einem solchen Sinneswandel geführt hat. Es war der ihre.«

»Kann es nicht beides sein?«, fragte Melville und hob seine Arme ein Stück, als wollte er sie berühren – dann ließ er sie wieder sinken.

»Alles, was nach diesem Moment kam, war eine Lüge«, sagte Eliza ungläubig.

»Nein, nein, ich schwöre es – meine Motive waren vielleicht zu Beginn vielschichtig, aber alles, was ich gesagt habe, alles, worüber wir gesprochen haben, ist allein meinem Willen entsprungen. Das war *immer* ich, die ganze Zeit über.«

»Ich konnte es auch nicht glauben, Mylady«, sagte Somerset. In seinem Blick lag Verachtung, als er Melville ansah. »Bis meine

Schwester mir ihren Briefwechsel gezeigt hat, habe ich geglaubt, nicht einmal *er* könnte sich auf ein so niederträchtiges Verhalten einlassen.«

Dann hatte Somerset sogar Beweise gesehen. Es gab nicht nur Lady Selwyns Wort. Es hatte Beweise gegeben.

Melville starrte Eliza noch immer an.

»Es war immer ich«, wiederholte er flüsternd.

»Ich hätte es besser wissen sollen, als mehr von einem Mann zu erwarten, der in seinem ganzen Leben noch nicht einen Tag ehrliche Arbeit geleistet hat«, sprach Somerset weiter.

»Lieber Himmel, ja, Ihr wart bei der Marine – das *wissen* wir!« Melvilles Zurückhaltung brach, und er sah Somerset wütend an. »Wenn Ihr Euch danach sehnt, dass Euch jemand auf die Schulter klopft, dann bittet doch einfach darum, es gibt keinen Grund, uns alle beständig daran zu erinnern!«

Mit geballten Fäusten trat Somerset vor. Melville wich nicht zurück.

»Ach, wollt Ihr mich schlagen?«, fragte er. »Und was gedenkt Ihr, damit zu erreichen?«

»Ich gedenke, mich hinterher besser zu fühlen«, sagte Somerset durch zusammengebissene Zähne.

Sie standen sich jetzt fast direkt gegenüber, Auge in Auge, Brust an Brust. Eliza beobachtete sie wie aus großer Entfernung. Wieder einmal war es, als sei sie gar nicht da.

»Die ganze Zeit«, hörte Eliza sich sagen. »Die ganze Zeit über habt Ihr für die Selwyns gearbeitet?«

Melville unterbrach den Blickkontakt zu Somerset, um sie anzusehen. »Nein!«, rief er. Er machte Anstalten, auf sie zuzugehen, aber Somerset streckte die Hand aus und versperrte ihm den Weg. Melville schlug sie beiseite, blieb aber stehen, wo er war. »*Nein*. Ich habe die Vereinbarung aufgekündigt, sobald Ihr mir von der Sittlichkeitsklausel erzählt habt.«

Er sah zurück zu Somerset.

»Das hat Euch Lady Selwyn sicher auch berichtet, nicht wahr?«, fragte er. »Dass ich die Vereinbarung beendet habe?«

»Das entspricht nicht ihrer Schilderung«, erwiderte Somerset.

»Lügner«, sagte Melville mit einem Kopfschütteln. »Ihr und sie, alle beide.«

»Wer wusste noch davon?«, fragte Eliza. »Caroline?«

Sie stellte sich die beiden vor, wie sie kichernd die Köpfe zusammensteckten.

»Nein«, sagte Melville. »Caroline weiß nichts.«

»Und deshalb wart Ihr so erpicht darauf, dass ich Euch porträtiere?«

»Als ich Euch das erste Mal darum bat«, entgegnete Melville, »stand die Vereinbarung noch gar nicht im Raum.«

»Aber danach …«

Melville zögerte und zog damit eine hässliche schwarze Linie durch Elizas glückliche Erinnerungen an seine Anerkennung, seinen Respekt, an all die Porträtsitzungen, die nun durch diese entsetzliche Erkenntnis unwiederbringlich befleckt waren. In diesem Moment fühlte sie sich wieder so klein wie eh und je. Wieder einmal hatte sie alles falsch gemacht. *Du dummes Mädchen,* hörte sie den alten Earl in Gedanken flüstern. *Du dummes Mädchen.*

»Jedes Mal, wenn Ihr mir Eure Begleitung angeboten habt«, sagte Eliza mit dem Entsetzen der Erkenntnis. »Jedes Mal, wenn Ihr mir ein Kompliment gemacht, mir geschmeichelt habt, mich herausgefordert habt, alle Bedenken über Bord zu werfen …«

»Es klingt so viel schlimmer, als es war«, sagte Melville flehentlich. »Meine Motive waren nicht derart verwerflich: Ich wollte Euch kennenlernen, Zeit mit Euch verbringen, das wollte ich wirklich.«

Eliza schüttelte den Kopf, als habe sie Wasser im Ohr. Sie dachte an jeden Moment, den sie miteinander geteilt hatten: ihre Gespräche, die Tändelei, seine Ermutigungen, immer und immer wieder, gegen die Beschränkungen ihrer Trauerzeit aufzubegehren. Hinweise hatte es genug gegeben. Es war alles eine Lüge.

»Was für eine Närrin ich doch gewesen bin«, flüsterte sie. »Ihr habt Euch nie etwas aus mir gemacht.«

Jetzt kam der Schmerz. Pulsierend, wie der Schlag ihres Herzens, und mit sich brachte er eine Wut, so sengend heiß, wie sie es noch nie gefühlt hatte.

»Doch, das *tue* ich«, sagte Melville verzweifelt. »Es war nur, dass –«

»Sobald ich es erfahren hatte«, unterbrach Somerset Melville, »wusste ich, dass ich es Euch sagen musste. Das ist der Grund, warum ich früher zurückgekehrt bin.«

»Oh, wie könnt Ihr es wagen«, brauste Eliza auf, und Somerset nickte mit finsterem Blick und sah hinüber zu Melville. »Nein, wie könnt *Ihr* es wagen!« Sie zeigte anklagend auf Somerset. »Wie könnt Ihr es wagen, hier zu sitzen und mich über Anstand zu belehren, wenn es doch Eure eigene Schwester ist, um deren bösartiges Verhalten es geht. Wie *könnt* Ihr es wagen! Wenn ich den Leuten erzählen würde, was Eure Familie vorhatte, bin nicht *ich* es, die den Preis dafür bezahlen müsste!«

»Ihr dürft es niemandem erzählen!«, rief Somerset sofort. »Eliza, das dürft Ihr nicht, die Schande –«

»Oh, ich könnte es«, drohte Eliza. »Und es wäre nicht weniger, als Ihr alle verdient!«

»Ich bin hier nicht der Schuldige!«, sagte Somerset. »Wir wollen nicht vergessen, dass er es ist, der –«

»Das ist mir gleichgültig«, erwiderte Eliza und stampfte mit dem Fuß auf. »Ihr habt mich *beide* dastehen lassen wie eine Närrin!«

Mit jedem Wort wurde ihre Stimme lauter.

»Sprecht leiser, Eliza«, zischte Somerset. »Die Dienerschaft –«

»Sie hat jedes Recht zu schreien, Somerset, Ihr Tölpel«, erwiderte Melville zornig.

»Raus! Alle beide!«, rief Eliza.

Somerset und Melville starrten sie bewegungslos an.

»Oh, verschwindet einfach«, sagte sie, plötzlich schwach und mit brechender Stimme. »Ich kann Euren Anblick nicht mehr ertragen.«

Das Klirren von Geschirr ließ sie alle zur Tür blicken, wo Perkins aufgetaucht war.

»Gentlemen«, sagte er mit mehr Autorität, als Eliza jemals bei einem Mann für möglich gehalten hätte, der gerade ein Tee-Service trug, »darf ich Euch zur Tür geleiten?«

»Das wird nicht nötig sein, Perkins«, sagte Somerset und trat in Richtung Flur.

»Wenn ich auch nur das leiseste Gerücht darüber vernehme, dass die Sittlichkeitsklausel gegen mich zur Anwendung kommt«, sagte Eliza zu seinem Rücken, ihre Stimme so voller Gift, wie sie es noch nie gewesen war. »Dann erzähle ich allen, was die Selwyns vorhatten. Das verspreche ich Euch.«

Somerset wandte sich um und sah sie einen Moment lang an. In seinen Augen lag keine Wärme, als ihre Blicke sich maßen. Schließlich nickte er und verließ den Raum.

»Mylord«, sagte Perkins streng.

Melville hatte sich nicht gerührt. Er stand noch immer da und sah Eliza an, als hielte sie die ganze Welt in ihren Händen.

»Ich hätte niemals zustimmen sollen«, sagte er. »Aber sie haben mich hintergangen, m-mir nicht gesagt, dass –«

Er stammelte. Noch nie hatte Eliza ihn so außer Fassung gesehen.

»Ihr habt alle meine Geheimnisse gehört«, sagte Eliza. »Ihr habt mich ermuntert, sie mir von der Seele zu sprechen. Habt mir geschmeichelt und mit mir geflirtet und mir irgendeinen Unsinn über meinen Wert vorgeschwindelt – alles, damit ich mich selbst zur Närrin mache.«

Melville presste sich eine Hand an die Stirn.

»Es tut mir leid«, hauchte er. »Nie hatte ich vor – es war kein Unsinn, Ihr müsst mir glauben!«

»Ich glaube Euch nicht«, sagte Eliza mit einem langsamen Kopfschütteln.

Melville schloss kurz die Augen, als müsse er sich schützen.

»Ich weiß nicht, wie ich das hier … wiedergutmachen kann«, sagte er. »Ich bin hergekommen, um…«

»Bitte geht einfach«, flüsterte Eliza.

Melville sah sie an.

»Ich liebe Euch«, sagte er.

Das versetzte Eliza den Todesstoß. Tränen begannen ihre Wangen hinabzuströmen, und sie umklammerte mit den Händen ihre Ellbogen, als würde sie sich in nichts auflösen, wenn sie sich nicht selbst festhielt.

»Ich glaube Euch nicht«, sagte sie mit bebendem Kinn.

Melville nickte stumm, den Blick an die Decke gerichtet, als kämpfe er selbst mit den Tränen.

Und dann ging auch er.

27

Eliza verließ den Camden Place eine Woche lang nicht. Auszugehen hätte bedeutet, ein gesellschaftsfähiges Verhalten an den Tag zu legen, und Eliza … war das Herz aus der Brust gerissen worden. Es war keine Wunde, die sie verstecken konnte, nur um Small Talk zu führen. Und so wurde der Camden Place zu ihrem sicheren Hafen, wie er es schon seit ihrer Ankunft hier war, und innerhalb seiner Mauern brach Eliza zusammen, wie sie es noch nie getan hatte.

Melville und Somerset beide auf einen Schlag zu verlieren, an einem einzigen Abend, war, als sei es nicht zu bewältigen, und zu Beginn konnte Eliza nicht einmal sagen, welcher Schmerz zu welchem Verlust gehörte. Sie weinte um sie beide, um das Leben, das sie geglaubt hatte, mit Somerset verbringen zu können, um die Monate des Glücks, die sie geglaubt hatte, mit Melville zu teilen. Um die Liebe, die sie aufgegeben, und um die Liebe, die es nie wirklich gegeben hatte.

»Es war alles eine Lüge, Margaret«, flüsterte Eliza ihrer Cousine in dieser ersten Nacht zu. »Es war alles eine Lüge.« Sie lagen in Elizas Bett, und Margaret streichelte ihr Haar. Sie hatte Eliza nicht gefragt, ob sie Gesellschaft wolle – sie war ihr einfach, seit sie sie auf dem Boden des Salons gefunden hatte, nicht mehr von der Seite gewichen.

»Es tut mir so leid«, sagte Margaret und wischte Eliza sanft mit dem Daumen die Tränen von der Wange. »Es tut mir so leid, mein Schatz.«

Eliza hielt Margarets Hand fest, als sie einschlief, in der vergeblichen Hoffnung, es würde ihr Halt geben, und als sie am nächsten Morgen aufwachte – so früh, dass der Himmel draußen gerade erst hell zu werden begann –, waren ihre Finger noch immer ineinander verschlungen. Eliza starrte mit leerem Blick an die Decke, bis der Tag anbrach, ohne auch nur einen Muskel zu rühren.

Wer war sie jetzt, fragte sich Eliza, wenn der Mensch, zu dem sie geworden war, auf Lügen fußte? Zu was machte sie das? Der Wunsch, sich nicht für Somerset kleinzumachen, kam ihr fast lächerlich vor, denn jetzt war sie kleiner als je zuvor. Kleiner als die mausgraue Miss Balfour, in die er sich einst verliebt hatte, kleiner noch als die klägliche Countess, die sie gewesen war, bevor Melville sie abgestaubt und ihr wieder das Gefühl geschenkt hatte, zu glänzen.

Und genauso wenig war sie eine Künstlerin, denn woher sollte sie wissen, ob sie überhaupt Talent besaß? Vielleicht war sie so aufgeblasen wie Mr Berwick und stolperte durchs Leben, ohne zu merken, dass man hinter ihrem Rücken über sie lachte. Wenn sie sich jemals für begehrenswert gehalten hatte, weil sich zwei Gentlemen um sie stritten, was war sie dann jetzt, wo keiner von beiden mehr da war?

Die Zimmerdecke hielt keine Antworten für sie bereit, aber sie starrte trotzdem immer weiter hinauf.

»Sollen wir zum Frühstück hinuntergehen?«, flüsterte Margaret, als sie aufwachte – ob es Sekunden, Minuten oder vielleicht Stunden später war, wusste Eliza nicht.

»Nein, vielen Dank«, erwiderte sie höflich. Sie würde noch etwas im Bett liegen bleiben, dachte sie. Vielleicht für immer.

Die Zimmerdecke färbte sich gelb, rosa, violett und schließlich blau, während der Tag vorüberging, nur unterbrochen von Margaret, die regelmäßig vorbeikam, um ihr Tee, Zitronenküchlein oder eine Zeitschrift anzubieten, die ihr vielleicht Freude machen würde – und Eliza tat ihr Bestes, um gehorsam zu nippen, zu knabbern und zu blättern, schließlich war es nicht Margarets Schuld, dass die Dinge einen so schrecklichen Lauf genommen hatten, und sie sollte wirklich nicht dazu gezwungen sein, sich während der letzten paar Tage der Freiheit, die ihr noch blieben, so um sie zu kümmern. Andererseits war Eliza nicht in der Lage, sich um sich selbst zu kümmern – wobei, sie war wohl schon in der Lage, aber sie sah einfach keinen *Sinn* mehr darin. Sie konnte sich schlichtweg nicht vorstellen, jemals wieder etwas anderes zu empfinden als Schmerz, und bislang gab es auch nichts in ihr, das bereit gewesen wäre, es zu versuchen.

Zwei weitere Tage dauerte es, bis Margaret ihren sanften Umgang mit Elizas depressiver Verstimmung zu verwerfen begann, und am vierten Tag musste Eliza sich gefallen lassen, dass Margaret sie entschlossen in ein weites Kleid steckte und hinunter in den Salon schubste.

»Lavinias Baby würde mir nicht solche Schwierigkeiten machen!«, schimpfte Margaret in dem Versuch, Eliza zum Lächeln zu bringen, aber Eliza konnte nur elend dreinblicken.

Sowohl Melville als auch Somerset waren in diesem Raum gewesen, oft sogar, und vor gar nicht allzu langer Zeit. Es gab keine Richtung, in die Eliza blicken konnte, die sie nicht an einen von ihnen erinnerte, und sie fühlte eine heiße Welle der Wut in sich aufsteigen, dass sie es geschafft hatten, den Zufluchtsraum, den Margaret und sie sich hier geschaffen hatten, zu beschmutzen. Endlich wich der Schmerz – zumindest kurz – dem Zorn. An diesem Tag hielt es Eliza nur eine Stunde unten aus, bevor die Erschöpfung sie überwältigte und sie sich wieder in ihr Schlafzimmer zurückziehen musste, wo sie die Fensterläden schließen und das Feuer löschen ließ, damit sie im Dunklen liegen konnte, um auf den Schlaf zu warten, der nicht kam.

Am fünften Tag schaffte es Eliza, mehrere Stunden außerhalb ihres Schlafzimmers zu verbringen – und das Fünkchen Stolz, das sie ob dieser Errungenschaft fühlte, war aberwitzig. Die Trauer hatte sie zu der kränklichen Witwe gemacht, die sie zuvor allen vorgespielt hatte – und tatsächlich hatte es nie eine Zeit gegeben, zu der Eliza mehr danach gewesen wäre, Schwarz zu tragen und Heilwasser zu trinken, als jetzt. Dass einer der beiden ihr das Herz brach, hätte gereicht, um sie niederzustrecken. Beide gleichzeitig schien ihr schlichtweg unmäßig.

Die Tür wurde ein Stück aufgeschoben, und Perkins trat ein, mit einem Tablett in der Hand.

»Vielleicht sollten wir Feuer machen, Perkins«, sagte Margaret.

»Ich werde Polly sofort nach oben schicken«, nickte er. Dann, nach einer kurzen Pause, fügte er hinzu: »Unten ist Besuch für Euch.«

»Falls es Lord Melville ist«, erwiderte Eliza, »sagt ihm, er soll gehen.«

Melville war die ganze Woche über jeden Tag am Camden Place erschienen, und Eliza hatte sich jedes Mal geweigert, ihn zu empfangen.

»Es ist nicht Lord Melville, Mylady, sondern Lady Caroline«, sagte Perkins ruhig.

Eliza lag die Zurückweisung bereits auf der Zunge, aber Margaret, die ihr gegenübersaß, war nicht in der Lage, die Sehnsucht in ihrem Blick zu verbergen. Eliza holte zitternd Luft.

»Ich werde nicht bleiben«, sagte sie. »Aber bitten Sie sie herauf, Perkins.«

»Bist du sicher?«, fragte Margaret.

»Ja«, antwortete Eliza, auch wenn sie nicht wusste, ob es stimmte.

Sie machte sich nicht einmal die Mühe, ihre Frisur zu richten, und als Caroline in der Tür erschien, wie zu erwarten umwerfend in ihrem primelfarbenen Kleid aus feinstem Sarsenett, das Mieder rundum mit Rüschen aus hellem Spitzenstoff eingefasst, fühlte sie fast Ärger in sich aufsteigen ob dieser Belanglosigkeit.

»Guten Morgen, Eliza, Margaret«, sagte sie knapp. »Da hat mein Bruder wirklich ein schönes Durcheinander angerichtet.«

Um den heißen Brei herumzureden, war offenbar nicht ihre Sache.

»Ich nehme an, Ihr habt eine Menge Fragen«, sagte Caroline und sah Eliza direkt an.

»Nein«, erwiderte Eliza. »Nein, die habe ich eigentlich nicht.«

Wenn ihr an einer weiteren Erklärung gelegen wäre, hätte sie Melvilles Besuch akzeptiert. Hatte sie aber nicht. Denn was könnte er schon sagen, das die Tatsachen, so wie sie waren, verändern würde? Und was könnte Caroline ihr wohl erzählen, das Eliza helfen würde? Nichts. Eliza erhob sich. Sie stellte fest, dass sie Carolines Anwesenheit nicht länger ertrug. Auch wenn sie schuldlos war, erinnerte sie Eliza doch viel zu sehr an Melville.

»Ich befürchte, ich kann nicht verweilen, Lady Caroline – macht es Euch etwas aus, wenn ich Euch mit Margaret allein lasse?«

»Natürlich nicht«, sagte Caroline. »Aber – wartet.« Sie zog einen Brief aus ihrem Pompadour und streckte ihn Eliza entgegen.

Eliza griff nicht danach. »Was ist das?«, fragte sie misstrauisch.

»Ein Schreiben der Royal Academy«, sagte Caroline. »Euer Porträt ist angenommen worden. Glückwunsch.«

Eliza starrte auf den Brief. Es war wirklich seltsam. Vor nicht einmal einer Woche hätte diese Nachricht sie begeistert. Sie hätte sich über alle Maßen gefreut. Melville ebenso – er hätte erklärt, dass er die ganze Zeit über gewusst habe, dass sie es schaffen würde, und das hier nun der Beweis sei. Wäre es eine Lüge gewesen? Hätte er seinen Betrug so weit getrieben, selbst Elizas Triumph zu teilen?

Nach einer Ewigkeit sah Eliza von dem Brief in Carolines Hand auf. Zwanzig Jahre lang hatte sie sich nach einem solchen Ritterschlag gesehnt, und nun … nun war es nur ein weiteres Ereignis, dem sie nichts mehr abgewinnen konnte. Eliza zwang ihre Beine dazu, sich zu bewegen, und ging ohne ein weiteres Wort zur Tür. Sie schloss sie fest hinter sich, aber während sie es tat, wurde ihr fast schwarz vor Augen. Ihr Körper war keine Anstrengung mehr gewohnt, und sie war viel zu schnell aufgestanden. Mit der Hand stützte sie sich einen Moment lang an der Wand ab und holte tief Luft.

»Wusstet Ihr es?«, hörte Eliza Margaret durch die Tür fragen.

»Natürlich nicht!«, erwiderte Caroline. »So etwas hätte ich nie zugestimmt, was wohl genau der Grund ist, aus dem ich annehme, dass Melville es geheim gehalten hat. Wenn sie ihn nur erklären lassen würde …«

»Was gibt es da zu erklären?«, fragte Margaret. »Wir wissen alles. Melville hatte eine Affäre mit Lady Paulet, Paulet hat es herausgefunden, und Melvilles finanzielle Notlage war so ernst, dass er dringend einen neuen Mäzen brauchte. Es mag Melvilles Motivation erklären, nicht aber sein Handeln rechtfertigen.«

Ihre empörte Stimme drang etwas gedämpft durch die Tür, aber Eliza konnte sie gut hören, von dort, wo sie lehnte. Als sie wieder klar sehen konnte, richtete Eliza sich auf und wollte gerade die Treppe hinaufgehen, als …

»Es war nicht Melville, der die Affäre mit Lady Paulet hatte«, sagte Caroline leise. »Sondern ich.«

Oh. *Oh.*

»Warum denken dann alle, dass …?«, fragte Margaret.

»Wir konnten schließlich schlecht die Wahrheit sagen, oder?«, erwiderte Caroline scharf, als sei Margaret besonders schwer von Begriff. »Es schien uns ratsamer, Paulet glauben zu lassen, dass Melville ihr Liebhaber gewesen war, aber wir hatten nicht damit gerechnet, dass er derart wütend wird. Jeden Verleger würde es einiges kosten, sich gegen ihn zu stellen. Daher war das Angebot der Selwyns –«

»Liebt Ihr sie noch?«, unterbrach Margaret sie. »Lady Paulet?«

Das war nicht für Elizas Ohren bestimmt. Leise entfernte sie sich von der Tür und lief zur Treppe, als sie Polly, eines der Hausmädchen, sah, die gerade von unten die Stufen zum Salon hinaufging.

»Polly«, flüsterte Eliza. »Was macht Ihr …?«

»Perkins sagte, ich solle das Feuer anzünden, Mylady«, erwiderte Polly, die ein wenig verwirrt schien, Eliza auf der Treppe herumstehen zu sehen.

»Es gab einmal eine Zeit, zu der –«, drang Carolines Stimme durch die Tür, und obwohl sie ihre Stimme gesenkt hatte, waren ihre Worte noch immer schwach hörbar.

»Das ist nicht mehr nötig«, sagte Eliza.

Gehorsam drehte sich Polly wieder um. Mit mehr Energie, als sie seit Tagen verspürt hatte, spähte Eliza die Treppe rauf und runter. Wie wahrscheinlich war es, dass ein anderes Mitglied der Dienerschaft nach oben geschickt wurde – um Erfrischungen zu servieren oder sonst irgendetwas? Lady Caroline und Margarets Stimmen waren leise genug, um nicht gehört zu werden, es sei denn, man stand direkt vor der Tür, und Eliza vertraute ihren Angestellten, dass sie nicht lauschten, aber reichte das, um eine solche Enthüllung zu riskieren?

Nein. Eliza baute sich vor der Tür auf und hielt Wache.

»Es gab einmal eine Zeit«, begann Lady Caroline gerade von Neuem. Eliza versuchte, nicht zuzuhören, aber … »zu der ich dachte, ich würde sie für den Rest meines Lebens lieben. Aber das war, bevor ich Euch kennenlernte.«

Eliza hörte, wie Margaret ein kleines Schluchzen ausstieß, und verspürte einen bittersüßen Stich im Herzen.

»Ihr auch?«, flüsterte Margaret. Ihre Stimme zitterte.

»Natürlich ich auch«, erwiderte Caroline mit einem ungeduldigen Unterton, der so typisch für sie war, dass Eliza trotz allem lächelte. »Die ganze Zeit über *warte* ich –«

Aber Eliza würde nie erfahren, worauf Caroline gewartet hatte – denn aus Gründen, die Eliza nicht hören, wenn auch wohl erraten konnte, brach Caroline mitten im Satz ab. Am Fuße der Treppe kam Staves, ihr Hausdiener, durch den Flur, aber gerade, als Eliza ihm mit einer Geste bedeuten wollte, weiterzugehen, bog er in Richtung Küche ab.

Die Stille hinter der Tür währte noch ein, zwei Herzschläge, dann hörte man wieder Carolines leise Stimme. »Nächste Woche breche ich nach Paris auf.«

»Paris?«, wiederholte Margaret.

»Mein Buch ist fertig«, sagte Caroline. »Ich hoffe, es erscheint noch dieses Jahr. Paris war immer mein Plan.«

»Ja … natürlich«, sagte Margaret, aber sie klang, als hätte man ihr einen Schlag in die Magengrube versetzt. »Vielleicht, wenn Ihr zurückkehrt …«

»Kommt mit mir«, sagte Caroline drängend. »Ihr könnt Euer Französisch üben, richtig üben, und Paris ansehen, und wenn wir uns langweilen, fahren wir einfach nach Brüssel oder Frankfurt oder *wohin auch immer*.«

Eliza presste eine Hand auf den Mund und versuchte, Margaret stumm, aber mit all der Kraft ihrer Gedanken dazu zu bringen, Ja zu sagen. Die Chance auf eine Zukunft zu ergreifen, die Eliza verloren hatte.

»Ich kann nicht«, sagte Margaret. »Meine Familie …«

»Ihr würdet Eure Chance auf Glück für eine Familie aufgeben, die Ihr nicht leiden könnt?«, fragte Caroline ungläubig.

Eliza stimmte ihr stillschweigend zu.

»Sie würden mir niemals vergeben«, sagte Margaret. »Und ich hätte niemanden, der mich unterstützt, falls Ihr und ich –«

»Ihr hättet Eliza, oder nicht?«

Ja, dachte Eliza mit aller Macht. *Das hätte sie.*

»Es ist nicht nur das. Wie würde es – wie würden wir …«, stammelte sie und klang plötzlich sehr jung.

Caroline seufzte, und ihre Stimme wurde sanft. »Unseren Freunden – denjenigen, denen wir vertrauen – könnten wir vielleicht die Wahrheit sagen. Und für den Rest der Welt wären wir nur sehr, *sehr* gute Freundinnen.«

»Und würde die Gesellschaft uns akzeptieren?«

»Wir müssten natürlich diskret sein, aber Paris ist liberaler als London.«

»Diskret genug, um Gerüchte zu vermeiden?«, fragte Margaret. »Um es sogar vor den Hausangestellten zu verheimlichen?«

»Meiner Dienerschaft vertraue ich vollkommen«, sagte Caroline mit leicht tadelndem Unterton. »Es wird immer Leute geben, die uns nicht empfangen, wenn sie etwas ahnen, aber mir war nicht klar, dass Euch die Meinung anderer so wichtig ist.«

»Das ist sie auch nicht«, widersprach Margaret leise. »Es gibt nur so viel zu bedenken …«

»Ich habe Euch so viel zu zeigen«, entgegnete Caroline. »Margaret, *kommt mit mir.*«

Eliza stellte sich vor, wie Caroline bittend Margarets Hände ergriff – wie sie selbst es mit Somerset getan, wie Melville es bei ihr versucht hatte. Sie kniff die Augen zusammen, um die Erinnerung auszusperren.

Sag Ja, Margaret.

»Ich weiß nicht«, sagte Margaret kleinlaut. »Ich … ich muss nachdenken. Könnt Ihr Eure Abreise hinauszögern, nur ein klein wenig?«

Eine Pause trat ein, so lang, dass Eliza sich schon halb fragte, ob sie jemals zu Ende gehen würde.

»Ich habe schon so viel Zeit mit Warten verbracht«, sagte Caroline. Plötzlich klang sie sehr müde. »Ich habe mir geschworen, es niemals wieder zu tun.«

»Aber Ihr müsst meine Bedenken doch verstehen«, flehte Margaret. »Bitte, sagt mir, Ihr versteht.«

»Ich verstehe Euch«, sagte Caroline. »Aber ich kann nicht länger bleiben. Ich kann nicht warten.«

»Nicht mal ein klein wenig? Für mich?«

»Ich liebe Euch, Margaret.« Jetzt lag eine Schwere in ihrer Stimme, die von Tränen sprach. »Aber ich … einmal im Leben, möchte *ich* die erste Wahl sein.«

»Aber –«

Eine lange Pause – ein Kuss?

»Ich hoffe, wir sehen uns wieder«, sagte Caroline.

»Bitte – geht nicht!«

»Ich muss.«

Das Geräusch von Schritten auf den Dielen. Eliza hastete von ihrem Wachposten auf den nächsten Treppenabsatz und beobachtete, wie Caroline aus dem Salon trat. Vor der Tür blieb sie kurz stehen, um tief Luft zu holen. Dann ging sie.

Langsam lief Eliza die Treppen wieder hinunter, die Füße so schwer wie ihr Herz. Drinnen saß Margaret allein auf dem Sofa, die Wangen trocken, aber sehr blass.

»Ist alles …«, begann Eliza, ohne recht zu wissen, was sie fragen wollte, aber Margaret schüttelte den Kopf.

»Es ist alles in Ordnung«, sagte sie. Ihre Stimme klang schrill. »Es ist alles in Ordnung.«

»Ich verstehe«, sagte Eliza. Sie nahm neben ihr Platz.

»Es ist alles in Ordnung.«

»Es wäre auch in Ordnung, wenn nicht alles in Ordnung wäre«, erwiderte Eliza sanft.

»Sie wollte nicht auf mich warten«, sagte Margaret mit erstickter Stimme.

»Sie kann nicht bleiben, wenn sie ihren Roman veröffentlichen will«, sagte Eliza. »Man würde ihr das Leben zur Hölle machen.«

»Ich weiß«, nickte Margaret mit zitterndem Kinn und Tränen in der Stimme. »Ich … ich dachte nur, ich würde mutiger sein.«

Und Eliza, die während der letzten Tage vielleicht nicht mehr gewusst hatte, wer sie überhaupt war, ob sie recht damit getan hatte, Somerset ihre Hand zu verweigern, ob ihre Liebe für Melville überhaupt echt gewesen war, wusste plötzlich, dass sie – noch vor all diesen Dingen – eine Freundin gewesen war. *Das* hatte sie nicht verloren. Sie lehnte sich vor, um Margaret fest in die Arme zu schließen, und Margaret – die Eliza nicht mehr hatte weinen sehen, seit sie zehn Jahre alt gewesen war – brach schluchzend in Tränen aus und vergrub ihr Gesicht an Elizas Schulter.

»Ich möchte weg aus Bath«, sagte sie in Elizas Kleid hinein. »Ich kann hier einfach nicht mehr bleiben.«

»In Ordnung«, sagte Eliza und umarmte sie noch fester.

»Ich kann es nicht«, wiederholte Margaret.

»In Ordnung.«

»Können wir einfach irgendwo hinfahren? Irgendwo anders?«

»Natürlich«, sagte Eliza. In diesem Moment hätte sie allem zugestimmt, was Margaret sagte. »Natürlich. Ich lasse mir etwas einfallen …«

Ihr Blick fiel auf das Schreiben, das Lady Caroline auf dem Tisch liegen gelassen hatte – den Brief der Royal Academy.

»Vielleicht … nach London?«

Balfour House
Kent
10. April 1819

Eliza –

Lavinia hat sich zur Geburtsvorbereitung zurückgezogen, wir rechnen also damit, Margaret demnächst zu brauchen. Da dein erstes Trauerjahr nun vorüber ist, hättest du wohl die Güte, deine Mutter darüber zu unterrichten, wann du nach Balfour zurückzukehren gedenkst? Du musst doch mittlerweile genug Heilwasser getrunken haben – ich hoffe wirklich, du wirst nicht zu einer dieser kränklichen Frauen, die ständig irgendwelche Wehwehchen haben. Man muss sich dem Leben stellen, Eliza!

Deine Mutter

28

Eliza und Margaret reisten mit einer Mietkutsche nach London, nur in Begleitung ihrer Dienstmädchen; Perkins und der Rest des Haushaltes sollten in Bath bleiben, um ihre Rückkehr zu erwarten – auch wenn Eliza sich nicht vorstellen konnte, wann das jemals sein sollte. Wenn man davonlief, dachte man nicht gern über so vernünftige Fragen wie eine Rückreise nach.

Als Margaret und sie nach Bath aufgebrochen waren, war Eliza ängstlich, aber glücklich gewesen, da sich Nervosität und Vorfreude die Waage gehalten hatten. Diesmal lag ein Hauch manischer Entschlossenheit darin, wie sie die hundert Meilen lange Reise nach London so schnell arrangierte wie nur irgend möglich. In zwei Wochen der Eröffnung der Sommerausstellung beizuwohnen – und Elizas Porträt dort mit eigenen Augen zu sehen –, war bei Weitem der am wenigsten wichtige Grund für ihre Abreise. Viel dringender schien es Eliza, Margaret und sich selbst in so viele Abenteuer zu stürzen, dass sie ihre gebrochenen Herzen vergaßen.

Als London vor ihnen am Horizont erschien, war Eliza sich sicherer als je, dass das hier die richtige Entscheidung gewesen war. In der ruhigen Eleganz Baths konnte man nicht anders, als die Gedanken nach innen zu wenden, aber in der aufdringlichen Pracht Londons – Baths lauterer, dreckigerer, fordernder älterer Schwester – konnte man nicht anders, als sich ablenken zu lassen.

Die Kutsche brachte sie bis zum Russel Square, wo sie begeistert von niemand anderem begrüßt wurden als Lady Hurley persönlich.

»Wie wunderbar, Euch beide zu sehen!«, flötete sie und streckte die Hände zum Willkommensgruß aus. »Hobbe, kümmert Euch sogleich um das Gepäck der Damen!«

Eliza hatte Lady Hurley geschrieben, sobald Margaret dem Plan noch unter Tränen zugestimmt hatte, und in ihrem Antwortbrief hatte Lady Hurley sie sofort eingeladen, in dem Haus zu logieren, das sie für die Saison angemietet hatte. Zwar war Lady Hurley gewiss weder die einzige Person, die Eliza in London kannte, noch war sie die hochrangigste – ihre Unterkunft, wenn auch geräumig und verschwenderisch ausgestattet, lag nicht am beliebten Grosvenor oder Berkeley Square, sondern am weniger angesehenen Russel Square –, aber sie war die einzige Bekanntschaft, die Eliza momentan wieder auffrischen wollte.

»Zuzulassen, dass Ihr ins Grübeln geratet, wäre katastrophal«, rief Lady Hurley gleich nach ihrer Ankunft und klatschte in die Hände – ohne über irgendwelche Details informiert worden zu sein, schien sie sich ein ausreichend akkurates Bild der Ereignisse gemacht zu haben. »Lasst uns ins Theater gehen.«

Und obschon Eliza in jedem Knochen ihres Körpers eine bleischwere Müdigkeit verspürte, stimmte sie sofort zu: Ins Grübeln zu geraten, wäre tatsächlich katastrophal. Lady Hurleys Loge im *Theatre Royal* war gut gelegen, um sowohl die Bühne als auch – was genauso wichtig war, denn nicht einmal *The Beggar's Opera* konnte Elizas ruhelosen Geist lange fesseln – den Rest des Publikums zu betrachten.

»Gestern Abend haben wir den Duke of Belmond gesehen«, teilte Lady Hurley Eliza und Margaret vertraulich mit, während sie das Opernglas an die Augen führte und begann, die gegenüberliegenden Logen abzusuchen. »Unter anderem in Begleitung einer Lady, die ganz sicher *nicht* seine Frau war, wenn ich das hinzufügen darf.«

»Unmöglich«, sagte Mr Fletcher mit unverhohlener Begeisterung. Er hatte sich für die Saison in der Duke Street eingemietet und schien in London genauso dauerhaft als Lady Hurleys Anhängsel aufzutreten wie in Bath.

Während Eliza den kunstvoll ausgestalteten Innenraum betrachtete, bemerkte sie das Aufblitzen einer ganzen Reihe von Operngläsern, die sich auch in ihre Richtung drehten.

»Warum schaut man denn zu uns?«, fragte sie Lady Hurley.

Lady Hurley ließ ihr Opernglas sinken und sah Eliza an, als sei sie etwas schwer von Begriff.

»Meine liebe Lady Somerset«, antwortete sie höchst amüsiert. »Ihr seid eine ungewöhnlich junge Witwe mit großem Vermögen. Habt Ihr wirklich geglaubt, Ihr könntet zur Ballsaison hier auftauchen, *ohne* Aufsehen zu erregen?«

Die Worte klangen so ähnlich dem, was Melville ihr vor gar nicht langer Zeit gesagt hatte, dass Eliza sich kurz eine Hand auf die Brust legen musste, um den Schmerz zu lindern, bevor sie antworten konnte.

Während der zwei Wochen, die sie vor der Ausstellungseröffnung in London verbringen sollten, stellte sich heraus, dass Lady Hurley und Melville in dieser Angelegenheit höchst richtiggelegen hatten. Als Eliza das letzte Mal zur Ballsaison in London gewesen war, als Miss Balfour, war es allein der eiserne Wille ihrer Mutter gewesen, der dafür gesorgt hatte, dass überhaupt jemand Notiz von ihr nahm. Diesmal war sie jedoch die verwitwete Lady Somerset, und reich noch dazu, und nicht einmal, dass sie Halbtrauer trug, hielt die Adelsriege davon ab, sie zu bemerken. Am nächsten Morgen wurden sie mit Einladungen überschüttet, und schon bald scheuchte Lady Hurley sie von Frühstücksgesellschaften zu Vormittagsbesuchen, zu Picknicks und Spaziergängen. Am Abend folgte dann das Theater, die Oper und sogar ein paar Bälle – denn auch wenn Eliza noch nicht tanzen durfte, so durfte sie doch ganz sicher zusehen, sie durfte sich ganz sicher unterhalten und, wie die Dinge standen, sich ganz sicher dem einen oder anderen Flirt hingeben.

Denn auch wenn Melville nicht dazu beigetragen hatte, Elizas Glauben an die Vertrauenswürdigkeit der Männerwelt zu bestärken, so hatte er ihr doch beigebracht, wie man flirtete. Und sobald sie ihr Erstaunen über die Zahl der unverheirateten Gentlemen überwunden hatte, die ihr plötzlich aufzuwarten schienen, war ihr überwältigendes Bedürfnis nach Ablenkung Motivation genug, um sich – fast schon verzweifelt – in so viele Tändeleien zu stürzen, wie sie nur konnte.

»Die armen Lämmchen könnten einem fast leidtun«, sagte Lady Hurley mit einem Zungenschnalzen, als bei ihrem zweiten Theaterbesuch gleich mehrere solcher Lämmer widerstrebend ihre Loge verließen, weil die Glocke das Ende der Pause ankündigte. »Die Konkurrenz ist so unglaublich hart.«

»Mir tun sie nicht im Geringsten leid«, erwiderte Margaret. »Sie erhalten von der Gesellschaft ohnehin von Geburt an ein unangemessenes Maß an Lob, Aufmerksamkeit und Wertschätzung.«

Ganz langsam fand Margaret zurück zu ihrer charakteristischen Bissigkeit.

»Mir ist aufgefallen, dass auch Ihr eine Reihe Bewunderer habt, Miss Balfour«, merkte Lady Hurley mit einem belustigten Funkeln in den Augen an.

Was auch stimmte. Und obschon Margaret mit beinahe bösartiger Freizügigkeit Absagen und Zurückweisungen verteilte, schien sie doch eine Art wahnhafte Begeisterung aus der Übung zu ziehen.

»Habt Ihr schon einen Lieblingsverehrer, Lady Somerset?«, fragte Lady Hurley, ohne sich die Mühe zu machen, die Stimme zu senken, als sich der Vorhang wieder hob. Diesmal waren es *The Two Spanish Valets,* und Eliza wandte den Blick von der Bühne ab – Melville hatte das Stück bei der Aufführung in Bath so gut gefallen –, um verneinend den Kopf zu schütteln.

Da war natürlich der liebreizende Mr Radley, der mit Komplimenten wettmachte, was ihm an Lebendigkeit fehlte; der grauhaarige und distinguierte Mr Pothelswaite, ein gewandter Gesprächspartner mit hervorragenden Manieren; der gut aussehende, aber langweilige Sir Edward Carlton. Aber keiner von ihnen – ganz gleich, wie amüsant, interessant oder mitreißend – löste auch nur einen Bruchteil der Gefühle aus, die sie für Melville oder Somerset empfunden hatte. Und sosehr sie auch versuchte, sich von London ablenken zu lassen, ertappte sich Eliza immer wieder dabei – während sie im Bett lag oder eine Oper ansah –, wie sie noch immer an genau diese beiden Gentlemen dachte. Allem voran an den einen.

Die Beziehung zu Somerset zu beenden, war ihr eigener Entschluss gewesen. Sie allein hatte diese Entscheidung getroffen, und bevor jener entsetzliche Abend seinen Lauf genommen hatte, war sie der Meinung gewesen, es sei die richtige. Sie würde ihm immer nachtrauern – dem, was sie verloren, was sie einst miteinander geteilt hatten –, und auch wenn er stets einen besonderen Platz in ihrem Herzen einnehmen würde, konnte sie es verstehen. Es gab gute Gründe, warum sie nicht zusammen sein konnten. Aber Melville … Bis zu dem Moment, in dem Somerset ihr die Wahrheit verkündet hatte, hatte sie ihn gewollt. Wollte ihn jetzt noch immer, trotz allem. Und keins der Freizeitvergnügen Londons konnte sie auch nur einen einzigen Moment von dieser Tatsache ablenken.

Sie würde sich einfach mehr Mühe geben müssen. Und wenn die anstandsgemäßen Vergnügungen nicht ausreichten, zu denen Lady Hurley sie bislang getrieben hatte, dann brauchte sie vielleicht einige der aufregenderen Abenteuer, die London zu bieten hatte.

»Ich kann Euch nicht genug für Eure Gastfreundschaft danken, Mylady«, flüsterte Eliza ihrer Sitznachbarin zu.

»Gern geschehen, mein Kind«, sagte Lady Hurley abwinkend. »Genießt Ihr Euren Aufenthalt?«

»Das tue ich«, sagte Eliza. »Wobei ich mich gefragt habe … Wäre es wohl möglich, dass wir morgen Abend im Royal Saloon speisen?«

Unter der strengen Aufsicht von Mrs Balfour war der Royal Saloon in Piccadilly eine der vielen Örtlichkeiten gewesen, deren Besuch Eliza streng verboten war, aber Lady Hurley war eine Anstandsdame ganz anderen Schlags. Und so verbrachten sie am nächsten Abend einige wunderbare Stunden mit einer stark geschminkten Cousine Lady Hurleys beim Dinner in einem der öffentlichsten Separees des Hauses, bevor sie zu einem recht ausufernden Kartenspiel im Hause ebenjener Cousine aufbrachen, bei dem man Eliza und Margaret in die zuvor geheimnisvollen Regeln zu Loo, Faro und Whist einweihte. Am Tag danach fuhren sie gemeinsam mit einer anderen Gruppe aus Lady Hurleys Bekanntenkreis mit dem Dampfschiff nach Margate, und am Tag *da*nach verbrachten sie einen unterhaltsamen Nachmittag in ihren einfachsten Kleidern auf einem Frühlingsmarkt, mischten sich unter die anständigen und weniger anständigen Schausteller und Händler und bewunderten die Attraktionen.

Und wenn sich mehr Köpfe nach Eliza umdrehten, als ratsam war, wenn in London Gerüchte aufkamen, wie locker Lady Somerset es mit den Regeln des Anstands hielt, und Eliza mit jedem Tag weniger Einladungen zu *aristokratischen* Gesellschaften bekam, so schien es ihr ein gerechter Preis für ihr Abenteuer zu sein. Denn wenn sie lachend im Restaurant saß, unterhaltsam mit einer Reihe Gentlemen schäkerte oder im Opernhaus zu viel Punsch trank, konnte sie wenigstens für ein paar gesegnete Augenblicke so tun, als vermisse sie nicht noch immer den Mann, den jemand dafür bezahlt hatte, sie in den Ruin zu treiben.

Am Tag vor der Ausstellungseröffnung, als Eliza all diese Möglichkeiten und noch mehr erschöpft hatte und ihr kein einziger Ort, den sie hätten besuchen, und keine einzige Aktivität mehr einfiel, der sie hätten nachgehen können, schlug sie vor, dass sie sich maskieren und gemeinsam das Ridotto in den Vauxhall Pleasure Gardens besuchen könnten. Bei diesem Vorschlag hatte sogar Lady Hurley innegehalten. Öffentliche Ridotti dieser Art empfand man in der gehobenen Gesellschaft als grässlich vulgär.

»Möglicherweise ist es etwas wenig … vornehm«, warnte sie, aber Eliza ließ sich nicht davon abbringen. Je ungeheuerlicher die Veranstaltung, desto mehr Ablenkung bot sie – und je mehr sie abgelenkt war, desto weniger fühlte sie sich, als hätte man ihr das Herz aus der Brust geschnitten.

Schließlich ließ sich Lady Hurley überreden, und am Abend machten sie sich in ihrer Kutsche auf den Weg. Und falls Eliza sich gar nicht besonders aufgeregt, sondern eher wie ausgehöhlt fühlte, nun ja … es waren ein paar ereignisreiche Wochen gewesen.

»Ich habe heute Morgen einen Brief von Caroline erhalten«, sagte Margaret plötzlich.

Eliza spürte, wie ihr Herz zu rasen begann.

»Ach ja?«, fragte sie und versuchte, unbeteiligt zu klingen.

»Sie sind in London angekommen«, sagte sie. »Nur für einen Tag, bevor sie für die Überfahrt weiter nach Dover reisen. Melville begleitet sie nach Paris.«

»Ich verstehe«, sagte Eliza, als hätte Margaret sie gerade darüber in Kenntnis gesetzt, dass Hüte mit Blumenschmuck jetzt wieder als modern galten.

»Er möchte dich sehen«, sagte Margaret. »Dir alles erklären.«

Lady Hurleys Augen wanderten von Margaret zu Eliza und wieder zurück.

»Das mag wohl sein, ich will ihn aber nicht sehen«, entgegnete Eliza heftig. »Der Himmel weiß, was er sich einfallen lässt, so viel Zeit, wie er jetzt hatte, um sich auf ein solches Treffen vorzubereiten.«

»Glaubst du nicht, es wäre vielleicht einfacher«, fragte Margaret, »mit ihm zu sprechen, statt zu versuchen, so viel zu unternehmen, dass du nichts mehr fühlst?«

»Nein«, sagte Eliza.

»Eliza …«

»Nein, Margaret«, wiederholte Eliza. »Nein.«

Der Klang von Musik in der Luft verriet ihnen, dass sie sich Vauxhall näherten, und Eliza beugte sich zum Fenster, wenn auch mehr, um der Unterhaltung mit Margaret zu entgehen, als aus irgendeinem anderen Grund. Aber als ihr Blick auf das große Gelände der Pleasure Gardens fiel, die verwobenen Wege erhellt von tausend goldenen Lampen, auf den Strom all der Menschen, die in den Pavillons und Zelten aus und ein gingen, fühlte Eliza, wie sich echte Aufregung in ihrer Brust regte. Sie wandte sich wieder zu Margaret, ihrer besten Freundin auf der ganzen Welt, und gestattete sich einen Moment der Dankbarkeit über das Glück, mit einem solch wunderbaren Menschen verwandt zu sein.

»Sollen wir uns noch einmal in den Kampf stürzen?«

Margaret nickte mit glänzenden Augen.

»Auf jeden Fall«, stimmte sie zu.

»Großartig«, sagte Mr Fletcher emphatisch.

Sie setzten die Masken auf und hüllten sich in ihre Dominos. Unter diesen halblangen, mit Kapuzen versehenen Umhängen trugen sie Abendkleider: Margaret eines aus wunderschöner blauer Seide, Eliza die bronze und grün schimmernde Kreation von Madame Prevette. Auch wenn es noch Monate zu früh war, als dass Eliza eine solche Farbe hätte tragen können, die Maske würde ihre Identität verbergen. Lady Somerset mochte Halbtrauer tragen, aber heute Abend war sie einfach nur Eliza.

Sie kletterten aus der Kutsche, und sofort umfing sie der Klang von Musik und Fröhlichkeit, von lauten Stimmen und noch lauterem Gelächter, von mehr Akzenten und Sprachen, als Eliza sie je gehört hatte. Außerhalb der engen Grenzen der Aristokratie war dies ein Versammlungsort für weit mehr unterschiedliche Schichten und Nationalitäten, als sie es gewohnt war: Es war ein London, das sie so noch nie gesehen hatte, und es war wundervoll.

Zunächst nahmen sie in einem der offenen Separees ein einfaches Abendessen, bestehend aus geschnittenem Braten, Brötchen und

Puddingtörtchen, zu einem Glas Bordeaux ein, dann gingen sie hinüber zur Rotunde, um sich dem schillernden Strom der Tanzenden anzuschließen.

Hier konnte Eliza zum ersten Mal erkennen, warum der Adel diese öffentlichen Ridotti für so anstößig hielt. Die Manieren waren weitaus lockerer, als sie es kannte, und das betraf alles: Die Tänzer und Tänzerinnen warfen sich zotige Bemerkungen zu, Hände wurden fester, und tiefer, gehalten, als es in einem Ballsaal der gehobenen Gesellschaft jemals gestattet gewesen wäre, hier und da kam es wegen eingebildeter Beleidigungen zu Raufereien zwischen den jungen Männern, und der Punsch floss in Strömen. Es war wohl ohne Zweifel der ausgelassenste Abend, den Eliza je verbracht hatte, und im Kreis ihrer vier Vertrauten tanzte Eliza Quadrillen, Kotillons und einen Kontratanz nach dem anderen, während sie lachend versuchten, mit der Musik und dem ständigen Partnerwechsel Schritt zu halten.

Als der erste Walzer aufspielte, brach Chaos aus. Man tanzte ihn hier enger und schneller als alles, was Eliza je zuvor erlebt hatte, und strahlend flog sie so schnell über die Tanzfläche, dass sie gar nicht mehr auf ihre Tanzpartner achtete, ja nicht einmal richtig hinsah. Zum ersten Mal seit Wochen fühlte Eliza, wie die Schwere ihrer Gedanken sich hob, und die Erleichterung war so groß, dass ihr fast schwindlig wurde und sie sich kaum mehr darum kümmerte, welche Arme sie auffingen, während sie über die Tanzfläche flog, zuerst von einem Mann in einem schwarzen Domino herumgewirbelt wurde, dann in einem roten, einem violetten und schließlich in den Armen eines Tanzpartners landete, der anmutiger war als die anderen. Der nicht einfach nur ihre Hände aneinanderlegte, Handfläche an Handfläche, sondern seine Finger geschickt mit den ihren verschränkte. Und Eliza sah auf in dunkelbraune Augen, genau in der Mitte gesprenkelt mit dem winzigsten Hauch von Gold – Augen, die sie überall wiedererkannt hätte.

29

Als sie in Melvilles Augen starrte, verschwand das Lächeln aus ihrem Gesicht, und ihr Herz begann, noch schneller zu schlagen. Während die Tänzer um sie herum die Partner wechselten, hielt Melville, maskiert und in einen schlichten schwarzen Domino gehüllt, Eliza umso fester, weigerte sich, sie der Menge freizugeben, und unwillkürlich, instinktiv folgte sie seinen Schritten, während ihre Gedanken rasten. Was machte er hier? Die glückselige Gedankenlosigkeit der letzten Minuten löste sich in nichts auf, und ihr Verstand sprang von einem widersprüchlichen Gefühl zum nächsten: Sie freute sich, ihn zu sehen, sie wünschte, er wäre nicht gekommen; sie sehnte sich danach, seine Stimme zu hören, sie würde kein Wort mit ihm sprechen. Endlich, als die letzten Klänge der Geige alle dazu brachten, auseinanderzutreten und sich zu verbeugen, ließ Melville los. Nur widerstrebend glitten seine Hände von ihrer Taille, während Eliza zwei schnelle Schritte zurücktrat. Wenn sie auch nur die Chance haben wollte, klar zu denken, musste sie einen gewissen Abstand wahren.

Schweigend streckte Melville die Hand aus, und Eliza war einen langen Moment im Widerstreit ihrer Gefühle gefangen, bevor sie die ihre hineinlegte. Sie hatte zu viele Fragen. Melville zog sie sanft durch die Tänzer und Zuschauer und blieb erst stehen, als sie die relative Stille der von Laternen erleuchteten Wege erreicht hatten.

Ein kicherndes Paar eilte an ihnen vorbei, eindeutig auf unschicklicher Mission, und Eliza löste ihre Hand aus Melvilles Griff.

»Woher wusstet Ihr, dass wir hier sein würden?«, fragte Eliza.

»Miss Balfour«, sagte er. »Sie hat Caroline über einen Botenjungen eine Nachricht geschickt – also sind wir hier.«

»Ich bin nach London gereist, um von Euch fortzukommen«, sagte Eliza.

»Ich weiß«, antwortete Melville. »Aber … ich musste die Gelegenheit nutzen, um mich zu erklären. Vorher kann ich England nicht verlassen.«

Er zog sie hinüber zu einer steinernen, von beiden Seiten mit Bäumen gesäumten Bank, und sie setzten sich.

»Als die Selwyns an mich herangetreten sind«, begann Melville ohne lange Vorrede und so schnell, als fürchtete er, man könne sie jeden Moment unterbrechen, »war ich verzweifelt. Ich hatte bereits mehrere Wochen damit verbracht, durchs Land zu reisen, um irgendeinen wohlhabenden Mäzen dazu zu bringen, mich zu unterstützen, und war gerade auf dem Rückweg eines wiederholt erfolglosen Besuchs. Mit Paulet wollte sich niemand anlegen: Ich war mir sicher, meine Karriere sei vorbei, meine Hoffnungen zerschlagen, sicher, Caro und ich würden von nun an unser Dasein am Rande der Gesellschaft fristen müssen, Alderley zerfallen.«

Eliza wappnete ihr Herz gegen das Mitgefühl, das sich in ihr regen wollte. Er war ein Poet, sie hätte damit rechnen müssen, dass er seine Geschichte gut verpacken würde.

»Als Selwyn mir erklärte, was er von mir wollte«, sagte Melville nun etwas langsamer – dieser Teil der Erzählung ging ihm nicht so leicht von der Zunge, »schien es mir nicht besonders schändlich. Ihr hattet mein Interesse bereits geweckt, und er ließ es klingen, als müsse ich einfach nur … weitermachen. Weiter Zeit mit Euch verbringen, mit Euch flirten, und ja, Euch vielleicht in Versuchung bringen, die Regeln der Gesellschaft ein wenig zu biegen – aber nur, um eine Beziehung zwischen Euch und Somerset zu verhindern. Ich hatte keine Ahnung, dass Euer Erbe auf dem Spiel stand. Selwyn sagte mir, es geschehe nur zu dem Zweck, eine Allianz zwischen Euch beiden zu verhindern, und ich hatte kein Problem damit, Somerset im Weg zu stehen. Ich fand schon immer, er hatte Euch nicht verdient.«

Es klang tatsächlich nach genau der Art von Manipulation, die den Selwyns entsprach, aber …

»Habt Ihr denn zu irgendeinem Zeitpunkt einmal darüber nachgedacht, welchen Schaden Ihr mir zufügen könntet?«, fragte Eliza. »Der Ruf einer Dame ist ein zerbrechliches Gut.«

Melville zögerte, und Eliza betrachtete ihn aufmerksam.

»Zunächst nicht«, gestand er. »Über meinen eigenen Ruf hatte ich nie viel Kontrolle: Er folgt mir, was immer ich tue, und ich musste lernen, mich nicht von etwas einschränken zu lassen, das sich meinem Einfluss entzieht. Wenn die Klatschmäuler Lügen über mich und Euch verbreiten wollten … nun, ich dachte wohl, die Schuldigkeit läge allein bei ihnen.«

Die Art, wie er sprach, so langsam, als sei ihm jedes Wort unangenehm, zeugte davon, dass er sich große Mühe gab, aufrichtig zu sein – und trotz all ihrer Entschlossenheit spürte Eliza, wie sie ein wenig nachgab. Sie hatte selbst miterlebt, wie Melville schon bei seiner Ankunft in Bath von Gerüchten, Gerede und Vorurteilen verfolgt wurde, lange bevor er die Selwyns überhaupt kennengelernt hatte.

»Erst als Ihr mir die Wahrheit über die Sittlichkeitsklausel offenbart habt, habe ich erkannt, wie sie mich manipuliert haben«, fuhr Melville heftig fort. »Ich habe die Vereinbarung noch am selben Tag aufgekündigt, das verspreche ich.« Er sah auf und fing ihren Blick ein, deutlich standen der Schmerz und die Sehnsucht in seinen Augen geschrieben. »Und dann, an dem Abend, als wir miteinander tanzten, habe ich erkannt …«

»Was erkannt?«, fragte Eliza atemlos.

»Dass der Grund, warum ich Zeit mit Euch verbringen wollte, warum mich die Nachricht über Eure Verlobung so aus der Bahn geworfen hat, nichts mit den Selwyns zu tun hatte. Es lag daran, dass ich dabei war, mich in Euch zu verlieben.«

Eliza ließ das Gesicht in die Hände sinken. Zu hören, wie er diese Worte aussprach! So schmerzlich schön. Sie fühlte, wie sich Melvilles Hand sanft auf ihren Rücken legte, und das Gefühl war so tröstlich … Es wäre so leicht, ihm zu glauben, zuzulassen, dass er sie hielt, aber –

»Woher weiß ich, dass Ihr die Wahrheit sagt?«, fragte sie und richtete sich auf. »Ich könnte es nicht ertragen, erneut zum Narren gehalten zu werden. Ihr habt mich so oft angelogen, so oft und so gut und so überzeugend – und ich musste so vieles infrage stellen, seit –«

»Eliza, seht mich an!« Melville zog sich die Maske vom Gesicht, damit sie ihn richtig sehen konnte, und ergriff ihre Hände mit den seinen. »Wenn es um uns ging, um Euch und mich, habe ich nie gelogen. Als wir über unsere Träume gesprochen haben, unsere Familien, unser Leben, da habe ich nicht gelogen. Das verspreche ich Euch.«

»Aber Somerset sagte, Ihr hättet die Vereinbarung nie aufgekündigt«, wandte Eliza ein.

»Er hat gelogen«, erwiderte Melville.

»Aber –«

»Ich liebe Euch«, unterbrach Melville Eliza, bevor sie weitersprechen konnte. »Alles, was Ihr mir sagen müsst, ist dies: Erwidert Ihr meine Gefühle?«

Eliza schwieg einen Augenblick und schob dann seine Hände weg.

»Welches Recht habt Ihr, mir Antworten abzuverlangen?«, fragte sie. »*Ihr* seid es, der meine Fragen beantworten muss, Melville.«

»Erwidert Ihr meine Gefühle?«, fragte Melville erneut, so fordernd, dass Eliza nur noch mehr Ärger empfand.

»Ich werde mich nicht dazu drängen lassen, mich Euch zu erklären, solange Ihr mir nicht Rede und Antwort steht«, sagte Eliza mit einem Kopfschütteln. »Wie sonst soll ich wissen, dass ich nicht schon wieder manipuliert werde? Wieder belogen werde?«

»Warum sollte ich jetzt lügen?«, fragte Melville. »Was würde mir eine Lüge denn jetzt noch einbringen?«

»Dasselbe, um das es Euch bereits zuvor ging«, gab sie zurück. »Eure Lage hat sich nicht verändert, oder doch? Ihr braucht immer noch Geld oder einen Mäzen. Nach allem, was geschehen ist, könnte es jetzt *mein* Vermögen sein, hinter dem Ihr her seid.«

Sie hatte es nicht einmal wirklich ernst gemeint – Zorn und Enttäuschung hatten ihre Worte befeuert –, aber Melville zuckte zurück.

»Ist es das, was Ihr von mir denkt?«, fragte er. »Dass ich irgendein gemeiner Heiratsschwindler bin?«

»Könnt Ihr es mir vorwerfen?«, entgegnete Eliza und fühlte, wie sich an der Stelle, die sein Körper gerade noch berührt hatte, Kälte ausbreitete. »Nach dem Geständnis, was Ihr bereits für Geld getan habt?«

»Ihr müsst wissen, dass ich niemals –«

»Muss ich das?«, rief Eliza. »Ich dachte, ich kenne Euch; monatelang dachte ich, ich kenne Euch, und dann finde ich heraus, dass alles eine Lüge war. Woher soll ich es jetzt wissen, Melville? *Beweist* es mir.«

»Wenn Ihr mir nicht vergeben könnt, ist all das hier sinnlos«, sagte Melville.

»Wenn Ihr es mir nicht beweisen könnt, dann *ist* es das vielleicht«, erwiderte Eliza.

»Ihr versucht es nicht einmal«, sagte er.

»*Ihr* versucht es nicht!«, rief sie. »Ihr seid es, der Schuld auf sich geladen hat. Ihr seid es, der mich so in die Irre geführt hat, dass mein Leben genauso vor dem Ruin steht wie das Eure!«

In diesem Moment war alles, was Eliza wollte, ihn zu verletzen, so wie er sie verletzt hatte, und Melvilles Gesicht verzerrte sich vor Schmerz und Zorn.

»O ja, wie viel einfacher ist es doch, mir die Schuld zu geben, nicht wahr?«, erwiderte er bissig. »Sagt mir, welchen Teil Eures Lebens habe ich ruiniert? Den Teil, in dem Ihr Jahre damit verbracht habt, Euch nach einem Mann zu verzehren, der Euch nicht einmal *sieht?* Oder den Teil, in dem Ihr brav auf die Erlaubnis der Gesellschaft wartet, endlich glücklich zu sein?«

Eliza sprang auf, Tränen schossen ihr in die Augen.

»Den Teil, in dem ich Euch geliebt habe«, brachte sie erstickt hervor. »*Das* ist der Teil, den ich bedauere.«

Sie machte auf dem Absatz kehrt und rannte zurück zur Rotunde, halb blind vor Tränen. Panisch sah sie sich nach Margaret um, während sie sich durch die Menge drängte, aber zu versuchen, sie in diesem Meer aus Tänzern zu entdecken, war so vergeblich, wie einen einzelnen Regentropfen im Ozean finden zu wollen. Jedes Mal, wenn Eliza eine Frau in einem rosafarbenen Cape entdeckte, hatte sie entweder die falsche Größe oder Statur, oder war einfach überhaupt *falsch*.

Und dann, endlich, sah sie sie. Mitten auf der Tanzfläche drehte sich Margaret bei einem Kontratanz im Kreis, wirbelte Hand in Hand mit einer jungen Frau herum, die eine rote Maske zu ihrem roten Domino trug. Caroline. Eliza sah ihnen einen Moment lang zu, wie verzaubert, ihre Tränen versiegt. Sie waren nicht die einzigen Damen, die miteinander tanzten, denn es waren weit mehr Frauen anwesend als Männer, und in der Sicherheit ihrer Masken und Umhänge – frei von der Angst, beobachtet zu werden – tanzte und lachte Margaret vollkommen ungezwungen. Wie man es eben tat, wenn man mit dem Menschen tanzte, den man liebte.

Eliza wartete, bis der Tanz vorüber war, bis sie Margaret auf sich aufmerksam machte. Margaret hatte, anders als Eliza, keine Schwierigkeiten, sie zu erkennen. Sofort verließ sie Carolines Seite und eilte zu ihr herüber.

»Hat Melville dich gefunden?«, fragte sie.

»Ja«, sagte Eliza.

»Was ist –«, fing Margaret an, aber Eliza unterbrach sie.

»Ich gehe nach Hause«, sagte sie.

»Ich begleite dich!«, rief Margaret sofort.

»Nein«, sagte Eliza sanft. »Bleib. Tanz. Fahr später mit Lady Hurley nach Hause.«

»Bist du sicher?«, fragte Margaret. Über die Schulter sah Eliza, wie Caroline in einiger Entfernung wartete und sie aufmerksam beobachtete.

»Ja.«

»Ich weiß nicht, was ich hier tue«, gab Margaret mit bebender Stimme zu. »Ich weiß nicht, ob das hier überhaupt *möglich* ist.«

»Heute Abend tanzt ihr einfach«, sagte Eliza, und ihr ganzer Körper schmerzte, so sehr strengte sie sich an, ruhig zu sprechen. »Und jetzt los mit dir!«

Eliza drehte sich um und lief auf die Kutschen zu, um in eine Droschke zu steigen, unbeobachtet und allein, und erst als sie die Tür hinter sich geschlossen hatte, gestattete sie sich, zu weinen.

30

Mit langsamen Schritten betrat Eliza Lady Hurleys Haus, löste endlich mit zitternden Händen die Bänder ihrer Maske und legte ihren Umhang ab. Noch nie in ihrem Leben hatte sie sich so sehr nach Schlaf gesehnt.

»Mylady.« Hobbe, Lady Hurleys Butler, näherte sich schnellen Schrittes.

»Guten Abend«, sagte Eliza müde. »Könnte ich wohl eine Tasse Tee in mein Schlafzimmer gebracht bekommen, bitte?«

»Mylady, Mrs Balfour wartet im Salon.«

Eliza war sich sicher, sich verhört zu haben.

»M-Meine Mutter?«

Hobbe nickte.

»Hier? Jetzt?«

»Im Salon, Mylady«, wiederholte Hobbe.

»Wann ist sie angekommen?«, fragte Eliza, plötzlich mit trockenem Mund.

»Gegen sieben Uhr abends.«

Jetzt war es nach elf.

»O nein«, sagte Eliza schwach. Ohne zu wissen, warum und weshalb ihre Mutter ihr einen Besuch abstattete, war Eliza vollkommen sicher, dass es kein guter Grund sein konnte – und dass sie nicht da gewesen war, um sie zu empfangen, machte es noch viel schlimmer.

»Ich habe erklärt, dass Ihr bei einem Konzert seid und nicht sicher wart, wann Ihr zurückkehren würdet … Aber sie hat darauf bestanden, auf Eure Rückkehr zu warten.«

»Grundgütiger!«

Einen Augenblick stand Eliza reglos da und fragte sich, was in aller Welt sie tun könnte, um diese äußerst unvorteilhafte Konstellation zu entschärfen.

Sie starrte hinab auf ihr Kleid, ihr bronze schimmernd grünes Kleid, und fragte sich, ob ihre Stimme so laut gewesen war, dass ihre Mutter sie gehört hatte, oder ob sie es schaffen würde, nach oben zu schleichen und sich umzuziehen.

»Eliza!«, drang Mrs Balfours Stimme aus dem Salon, und Eliza setzte sich wie unter Zwang in Bewegung, ohne sich bewusst dafür entschieden zu haben.

An der Tür hielt sie kurz inne, holte tief Luft und trat ein.

»Mutter, was für eine schöne Überraschung!«, rief sie fröhlich.

Mrs Balfour stand nicht auf, um sie zu begrüßen. Mit fein säuberlich drapierten Röcken saß sie auf dem Sofa und nippte an einer Tasse Tee. Wie sie es in dieser Pose schaffte, so bedrohlich auszusehen, war Eliza ein Rätsel, aber sie konnte den Effekt nicht abstreiten.

»Es tut mir so leid, dass wir nicht hier waren, um Euch zu empfangen. Wir –«

»Bitte, nimm Platz«, unterbrach Mrs Balfour ihre Tochter. Es spielte keine Rolle, dass das hier Lady Hurleys Haus und sie nur zu Gast war – der Raum hatte ihr gehört, sobald sie eingetreten war.

Eliza setzte sich auf das gegenüberliegende Sofa, die Hände im Schoß verschränkt.

»Als ich deinen ersten Brief bekam«, begann Mrs Balfour mit bedächtiger Stimme, »in dem du erklärtest, du hättest vor, dich für eine Weile in Bath niederzulassen, hatte ich Bedenken.«

Das wusste Eliza natürlich: Die Bedenken waren vollumfänglich dokumentiert worden.

»Aber ich habe mich zurückgenommen«, fuhr Mrs Balfour fort, »und mir in Erinnerung gerufen, dass du dich dein ganzes Leben lang gut benommen hast. Du hast immer das Richtige getan, immer mit Anstand gehandelt, warst dir deiner Pflichten bewusst, hast deine Familie in Ehren gehalten. Ich konnte mich immer auf dich verlassen. Musste mir nie Sorgen machen.«

»Ich –«, setzte Eliza an.

»Aber einen berüchtigten Schwerenöter in deinem Haus zu empfangen? Vor aller Augen selbst mit einem Phaeton durch die Stadt zu kutschieren? Sobald du nur noch Halbtrauer trugst, nach London zu reisen und mit jedem Gentleman zu tändeln, der dir über den Weg läuft, während die ganze Stadt über deinen Namen spricht, als seist du eine dahergelaufene Dirne und keine Balfour – keine *Countess?* Ich hätte mir mehr Sorgen machen sollen, Eliza.«

Sie hob ihre Stimme nicht an – das tat sie nie –, aber sie hatte eine Art zu sprechen, einen so beißenden, verurteilenden Ton, der viel wirkungsvoller war, als hätte sie geschrien.

»Mama«, sagte Eliza, »du darfst nicht auf die Klatschmäuler hören – sie stellen alles viel schlimmer dar, als es ist.«

»Warst du bei einem Faro-Spiel, Eliza? Logierst du bei einer Frau, die nach Geldadel stinkt?«, fragte Mrs Balfour. »Wo warst du den ganzen Abend über, in einem Kleid, das deiner Lebenssituation völlig unangemessen ist?«

Eliza antwortete nicht. Jetzt zu lügen, wäre fatal.

»Es spielt keine Rolle«, sagte Mrs Balfour. »Es spielt nicht einmal wirklich eine Rolle, was ich denke – auch wenn ich gestehe, dass ich sehr enttäuscht bin. Aber es spielt eine Rolle, was die Gesellschaft denkt, was Somerset denkt – und beide sind sich einig, dass dein Verhalten weit über das entschuldbare Maß hinaus untragbar geworden ist.«

»Somerset?«, wiederholte Eliza fassungslos. *Schrieben* sich Somerset und ihre Mutter etwa?

»Was hat er denn damit zu tun?«

»Alles, Eliza«, sagte Mrs Balfour und beugte sich vor. »Zweifellos wartet in Bath bereits ein Brief von Mr Walcot auf dich. Das Versäumnis, zu veranlassen, dass dir deine Post nachgeschickt wird, sollte ich wohl meiner Liste deiner Verfehlungen hinzufügen. Glücklicherweise hielt Somerset es für angebracht, vor einer Woche deinem Vater zu schreiben, um uns zu warnen, was dir bevorsteht.«

»W-Was hat er gesagt?«, fragte Eliza schwach.

»Dass ihm in Anbetracht deines derzeitigen Gebarens keine Wahl bleibt, als dein Erbe zu widerrufen«, sagte Mrs Balfour. »Er wird alle Ländereien wieder auf seinen Namen übertragen lassen, sobald die notwendigen Papiere dafür beisammen sind – und das sollte nicht länger dauern als ein paar Tage.«

»Aber – aber das kann er nicht!«, protestierte Eliza.

»Ich versichere dir, er kann«, erwiderte Mrs Balfour, und Eliza fragte sich, wie viel ihrer Wut sich durch eine Rechtfertigung mildern ließe. »Das Testament war eindeutig: Es obliegt ihm, über dein Verhalten zu urteilen, und er verurteilt es, genau wie ich, als erbärmlich.«

»Aber er hat gesagt, er würde es nicht tun!«, rief Eliza. »Er hat zugestimmt, damit ich nicht –«

Sie brach ab, weil ihr plötzlich mit Gewissheit klar wurde, dass niemand einen Vorteil davon hätte, wenn Mrs Balfour vom Plan der Selwyns erfuhr. Aber es ergab keinen Sinn – Somerset wusste, was Eliza über seine Familie verraten konnte, wusste, welche Schande sie mit nur ein paar Worten über ihn bringen konnte. Bei ihrem letzten Gespräch hatte er entschlossen gewirkt, eine solche Situation zu vermeiden – was war geschehen, dass er seine Meinung gehändert hatte?

»Dann hat möglicherweise die wiederholte Beschämung seines Namens seine Einstellung dazu geändert.« Nun, da sie ihr den Todesstoß versetzt hatte, lehnte sich Mrs Balfour zurück. »Man kann nicht mit einem Mann quasi unter einem Dach leben, so wie du es mit Melville getan hast, und ihn stundenlang in der Abgeschiedenheit des eigenen Hauses unterhalten, ohne dass Anschuldigungen der schwersten Art gegen einen erhoben werden.«

»Ich fahre nach Harefield«, sagte Eliza und sah sich blinzelnd im Raum um, als hielten die Wände eine Antwort für sie bereit. »Ich bringe ihn zur Vernunft.«

»Nein, das wirst du nicht«, sagte Mrs Balfour knapp. »Ich habe eine Zimmerflucht im Pultney's angemietet. Du wirst mich dorthin begleiten, jetzt sofort, und morgen wirst du mit mir zurück nach Balfour kommen, Margaret reist zu Lavinia, und dann wirst du Perkins damit beauftragen, dein Haus in Bath zu räumen.«

»Nein.«

»Nein?« Mrs Balfour blinzelte.

»Das kann ich nicht«, sagte Eliza.

Mrs Balfour starrte sie an.

»Das kannst du nicht?«, wiederholte sie. Offensichtlich hatte sie nicht auch nur im Entferntesten damit gerechnet, dass Eliza ihr widersprechen könnte. Tatsächlich hatte das nicht einmal Eliza getan. Sie hatte immer gedacht, sie würde sofort kapitulieren, sollte ein solcher Moment einmal eintreten.

»Eliza, ich dachte nicht, dass es notwendig ist, dir zu erklären, was genau dein Verhalten für den Namen unserer Familie bedeutet. Aber vielleicht ist es das doch.« Wieder beugte sie sich vor, die Augenbrauen streng zusammengezogen. »Wenn sich verbreitet, dass Somerset dir dein Vermögen weggenommen und warum er das getan hat, wird die Schande auf uns alle zurückfallen. Das Beste, auf das wir hoffen können, ist, die ganze Sache so diskret wie möglich zu behandeln und Somerset zu bitten, es uns gleichzutun.«

»Nein, Mama – das ist nicht das Beste, auf das ich hoffen kann«, sagte Eliza. Mrs Balfours Nasenlöcher weiteten sich, und Eliza sprach weiter, bevor sie unterbrochen werden konnte. »Denn morgen – morgen werde ich die Eröffnung der Sommerausstellung besuchen. Ein Gemälde von mir ist in die Ausstellung aufgenommen worden, ein Porträt von Melville.«

In ihrer Stimme schwang keine Scham ob dieser Offenbarung mit, nur stiller Stolz, und Eliza berührte mit bebenden Fingern ihre Lippen. Sie hatte gedacht, alle Freude über diese Errungenschaft verloren zu haben, dass Melvilles Betrug sie ihrer beraubt hatte – aber da war sie. Bis gerade eben noch verborgen, aber nicht verschwunden.

»Eliza …«, keuchte Mrs Balfour. »Was hast du *getan?* Hast du es unter deinem Namen eingereicht?«

»Es ist anonym.«

»Bis jetzt«, flüsterte Mrs Balfour. »Aber zweifellos wird es irgendjemand in Erfahrung bringen und …« Sie hob eine Hand an die Stirn.

»Ich weiß, es entzieht sich Eurer Vorstellungskraft, Mama«, sagte Eliza, »aber ich konnte eine solche Chance nicht verschenken.«

Mrs Balfour starrte sie an, als sei sie eine völlig Fremde.

»Wann ist der Glaube in dir gewachsen, dass dein Vergnügen über deiner Verpflichtung der Familie gegenüber steht, Eliza? Dass du unser aller Leben aufs Spiel setzt, für dich selbst, überschreitet jegliche Vernunft«, sagte sie schließlich. »Du hast Brüder, Nichten und Neffen – es ist deine Pflicht, nicht nur in deinem, sondern auch in ihrem Interesse zu handeln.«

»Und das habe ich!«, rief Eliza. »Zehn lange Jahre! Ich habe den Großteil meines Lebens dafür geopfert, Mutter! Alles getan, worum Ihr mich je gebeten habt, alles aufgegeben. Ich habe es getan, für Euch alle, und ich habe es getan, ohne mich zu beschweren. Aber jetzt bin ich fertig damit. Ich will mehr von meinem Leben als Pflichterfüllung.«

Ihr Atem ging schwer. Sie hatten sich beide erhoben, auch wenn Eliza nicht recht wusste, wann das geschehen war.

»Und du glaubst nicht, dass *ich* auch einmal mehr wollte?«, fragte Mrs Balfour. »Dass deine Großmutter mehr wollte? Dass all die Frauen dieser Straße mehr für sich wollen? Aber es geht nicht. Also machen wir einfach weiter.«

Eliza starrte sie an. Sie hatte nie geahnt, dass Mrs Balfour jemals etwas anderes gewollt haben könnte als das Leben, das sie hatte, für das sie immer noch jeden Tag kämpfte. Und plötzlich wünschte sich Eliza, sie hätten ein so ehrliches Gespräch in einem anderen, sanfteren Moment führen können. Gern hätte Eliza diese frühere Version ihrer Mutter gekannt.

Mrs Balfour schloss die Augen und versuchte sichtlich, sich zu beruhigen. »Alles, was ich will – alles, was ich *je* gewollt habe –, ist das Beste für meine Kinder«, sagte sie leise. »Glaubst du das?«

Auf einmal hatte Eliza einen schmerzhaften Kloß im Hals.

»Das tue ich«, sagte Eliza, und sie konnte die Tränen in ihrer Stimme hören. Denn es stimmte. So übermächtig und bedrängend und rechthaberisch sie auch war, Eliza wusste, dass alles, was Mrs Balfour tat, in ihrer aller Interesse lag, und dass es nicht immer wie eine Falle erschienen war. Nie hatte man sich Gedanken darüber machen müssen, was das Richtige war, was man tun sollte, denn sie hatte es einem gesagt. Eliza könnte ihren Willen an den ihrer Mutter anlehnen und zulassen, dass er den ihren trug – und ein Teil von ihr sehnte sich selbst jetzt noch danach. Sich in den Schoß der Familie zurückzuziehen, der sie schelten, sie formen, sie herumschubsen würde – ihr aber gleichzeitig Schutz vor allen äußeren Einflüssen bot. Es wäre ein kleineres Leben, aber ein sichereres.

»Morgen reisen wir nach Balfour«, sagte ihre Mutter ohne jeglichen Zweifel in der Stimme. »Und Margaret nach Bedfordshire.«

Eliza holte tief Luft. »Nein, Mama«, sagte sie. »Morgen werde ich die Ausstellung besuchen. Es ist eine Chance – eine Möglichkeit, die Ihr vielleicht nie hattet –, und ich werde sie nutzen.«

Ein sicheres Leben war nicht das, was sie wollte. Und wenn man ihr ohnehin das Vermögen wegnahm, so konnte sie genauso gut in all dem Glanz und all der Glorie untergehen, die sie aufbringen konnte.

Sie schluckte und fügte unter größten Schwierigkeiten hinzu: »Das bedeutet nicht, dass ich die Opfer, die Ihr für mich gebracht habt, nicht wertschätze. Dass ich andere Entscheidungen treffe, geschieht nicht aus Verachtung der Euren.«

»Ich werde dir niemals vergeben, wenn du das tust«, flüsterte Mrs Balfour.

Eliza schloss fest die Augen, zwang sich, stark zu bleiben.

»Ich muss es tun, Mama – ich hoffe, Ihr werdet es eines Tages verstehen.«

»Dann haben wir einander nichts mehr zu sagen«, sagte Mrs Balfour, und im nächsten Moment war sie verschwunden und Eliza vollkommen allein.

31

Am nächsten Morgen wachte Eliza früh auf, noch vor dem Rest des Haushalts, und Pardle half ihr in ein einfaches Kleid aus taubengrauer Seide, bevor sie ohne Frühstück das Haus verließen. Eliza hatte beschlossen, die Royal Exhibition allein zu besuchen, gleich am Morgen, weil sie nicht wusste, wie sie reagieren würde, wenn sie das Porträt wiedersah. Das letzte Mal hatte sie das Gemälde vor der Abholung betrachtet, voller Aufregung, Stolz und *Liebe.* Heute war ihre Stimmung deutlich düsterer, denn der Schatten von Mrs Balfours Besuch am Abend zuvor und die Nachricht über den Verlust ihres Vermögens hatten ihre Zukunft in ein dunkles, ungewisses Licht getaucht.

Die Schwierigkeit mit mutigen Taten war, dachte Eliza, dass sie nicht im Geringsten so befriedigend waren, wie man es sich vorstellte. Stattdessen fühlte man sich danach fast genauso schuldig, ängstlich und entsetzlich wie nach einer feigen Tat. Aber nur fast. Denn unterschwellig, unter der Angst vor dem, was sie erwartete, unter der Sorge, dass ihre Familie ihr niemals vergeben würde, spürte Eliza einen Hauch von Befriedigung: Selbst wenn sich das hier als der schlimmste Fehler ihres Lebens erweisen würde, dann wäre es wenigstens ein Fehler, der auf einer Entscheidung beruhte, die niemand für sie, sondern die sie selbst getroffen hatte.

Die Droschke wurde langsamer, als sie sich Somerset House näherten. Dass die Ausstellung in einem Gebäude stattfand, das vor zweihundert Jahren der Familie ihres verstorbenen Mannes gehört hatte, war eine Ironie, die Eliza seltsamerweise erst jetzt auffiel. Sie fragte sich, ob es ihr einen besseren Platz in der Ausstellung eingebracht hätte, wenn sie das Porträt mit Namen eingereicht hätte. Die

Anordnung der Gemälde unterlag dem Ausstellungskomitee, und die Positionen reichten von sehr gut (auf Augenhöhe in den ersten Räumen, normalerweise reserviert für Mitglieder der Royal Academy) über durchschnittlich bis zu wirklich schlecht (ganz oben an der Decke im für seine schlechte Beleuchtung berühmten Octagon Room), und Eliza hatte keine Ahnung, wo sie ihr Porträt wiederfinden würde.

Sie fuhren in den Hof, und Eliza straffte die Schultern. Es war Zeit. Als Eliza die Ausstellung das letzte Mal besucht hatte, als Kind, waren die Räume voller Leute gewesen, aber heute musste Eliza eine der ersten Besucher sein. Gleich nach dem Eintreten bot man ihr eine Ausgabe des Ausstellungskatalogs an, aber obschon sie wusste, dass das Heft unverzichtbar war, wenn man in der Fülle von Bildern ein bestimmtes Gemälde finden wollte, kaufte Eliza es nicht. Sie hatte das Gefühl, der Moment war zu groß für eine Abkürzung.

Stattdessen ging sie langsam von Raum zu Raum, gefolgt von einer schweigenden Pardle, die Augen groß und so voller Bewunderung wie bei ihrem ersten Besuch vor so vielen Jahren, die Hand fest in der ihrer Mutter, während sie versucht hatten, die Werke ihres Großvaters zu entdecken. Die Wände und Decken waren so dicht behängt, dass man kaum wusste, wo man hinsehen sollte, und Elizas Blick glitt von Porträts über Landschaften zu Meeresszenen und historischen Gemälden, die alle eng an eng durcheinander hingen. Sie ließ ihre Aufmerksamkeit frei schweifen, ohne den jeweiligen Künstlern allzu viel Aufmerksamkeit zu schenken, verweilte aber, wo sie den Drang dazu verspürte. Sie betrachtete Miniaturen, Radierungen und Skulpturen, und staunte über die zahllosen talentierten Hände, die solch wunderschöne Objekte schaffen konnten.

Sie lief durch den fünften Raum – bewunderte die riesige historische Kampfszene an der östlichen Wand – und in den sechsten, wo sie noch in der Tür abrupt stehen blieb. Denn dort, ihr gegenüber, in direkter Sicht, hing ihr Porträt. Und auch wenn Eliza mit der ausdrücklichen Absicht gekommen war, es anzusehen, traf es sie trotzdem wie ein Schlag in die Magengrube. Da war es. Es war wirklich hier.

Sie hatte es geschafft.

Und während Eliza es anstarrte und der Porträt-Melville ihren Blick ein wenig fragend erwiderte (als wolle er sagen: »Was hast du denn erwartet?«), fühlte Eliza, wie sich ein Lächeln auf ihrem Gesicht ausbreitete. Trotz all dem, was geschehen war, trotz all der Unsicherheit ihrer Zukunft, spürte sie in diesem Moment nichts als Hochgefühl. Dort hing eines ihrer Gemälde, zwischen einigen der größten Künstler Europas, in einer Ausstellung, die ihr als Kind so unerreichbar erschienen war, dass sie genauso gut nach dem Himmel hätte streben können. Es war fast zu viel, um es zu begreifen.

Sie hätte nicht sagen können, wie lange sie dort vor ihrem Bild stand, nur, dass nach einer Weile ein paar weitere Leute in den Raum traten. Sie schienen größtenteils – ihren Unterhaltungen nach zu urteilen – selbst Aussteller zu sein, und an der Art, wie einige von ihnen vor derselben Wand verharrten wie Eliza, schien es, als hätte ihr Porträt bereits angefangen, für Diskussionen zu sorgen.

»Wer, glaubst du, hat es gemalt?«, fragte einer der Gentlemen seinen Begleiter. Die Farbflecke auf seinen Händen verrieten Eliza, dass wahrscheinlich auch eines seiner Gemälde hier an der Wand hing. »Sieht fast aus wie ein Jackson – meinst du, er hat es anonym eingereicht, um sich einen Spaß daraus zu machen?«

»Nein, nein«, widersprach sein Freund. »Die Farben passen gar nicht zu einem Jackson – ich glaube viel eher, es ist ein Etty. Sieh dir doch mal den Ausdruck an, herrje.«

Sie betrachteten es noch eine Weile und versuchten, den Namen des Künstlers zu erraten – selbstverständlich waren alle in Betracht gezogenen Namen männlich –, bevor sie weitergingen. Melvilles

Porträt sah Eliza von der Seite an, äußerst amüsiert, und Eliza erwiderte das Lächeln ein wenig traurig.

»Lady Somerset?«

Eliza drehte sich um und erblickte Mr Berwick.

»Guten Tag«, sagte sie und lächelte zur Begrüßung.

»Guten Morgen!«, erwiderte er. »Ihr seid früh unterwegs.«

»Ich wollte der Menge entgehen«, sagte Eliza schlicht.

»Wie ich sehe, habt Ihr bereits das diesjährige Mysterium entdeckt!«, sagte Mr Berwick scherzhaft und nickte in Richtung des Porträts.

»Das habe ich«, erwiderte Eliza.

»Ich nehme an, Ihr habt keine Idee, wer der Künstler sein könnte?«, fragte Mr Berwick.

Eliza schüttelte den Kopf.

»Das ist ein *sehr* guter Platz«, sagte Mr Berwick neidisch. »Aber manchmal müssen sie den schlichteren Porträts ja diese Plätze zugestehen – neben etwas Anspruchsvollerem würden sie schnell an Eindrücklichkeit verlieren, versteht Ihr.«

»Ich verstehe«, sagte Eliza. »Und wo hängt Euer Porträt?«

»Oh, dieses Jahr durfte ich die Platzierung selbst wählen«, sagte Mr Berwick hochnäsig. »Es wirkt am besten aus einem bestimmten Winkel, wisst Ihr – es muss *unbedingt* weit oben hängen.«

»Selbstverständlich«, sagte Eliza lächelnd. »Nun, es war gut, Euch zu sehen, Mr Berwick – schön, einem bekannten Gesicht aus Bath hier zu begegnen.«

»Da bin ich ganz Eurer Meinung«, sagte Mr Berwick mit einem heiteren Lächeln. »Und niemand hat daran gedacht, mir von Eurem Aufenthalt hier zu erzählen! Ich musste Somerset heftig rügen …«

»Somerset?«, horchte Eliza plötzlich auf. »Ich dachte, er sei auf dem Land.«

»Nein, nein«, widersprach Mr Berwick mit einem liebenswürdigen Lächeln. »Erst vor einer Stunde habe ich mit ihm gesprochen –

er wäre wohl gern länger geblieben, um zu plaudern, aber er musste zu einem wichtigen Treffen am Grosvenor Square – Lady Somerset?«

Aber Eliza hatte sich mit beispielloser Unhöflichkeit mitten im Satz von ihm abgewandt. Sie hatte gedacht, Somerset sei in Harefield. Sie konnte nicht glauben, dass er die ganze Zeit über keine Meile von ihr entfernt gewohnt hatte.

Er musste gewusst haben, dass sie in der Stadt war. Musste gewusst haben, wo er sie hätte finden können. Aber stattdessen hatte er seine Nachricht von Mrs Balfour überbringen lassen.

Die Ruhe, die Eliza noch am Morgen gespürt hatte, war verflogen. Schnellen Schrittes lief sie zurück durch die Räume von Somerset House, hinaus in den Hof und hinein in ihre Droschke, während ihre Wut immer größer wurde.

Wie konnte er es wagen!

Wie *konnte* er es wagen!

»Zum Grosvenor Square, bitte!«, rief sie dem Kutscher zu. »Und beeilt Euch!«

32

Eliza hatte nie viel Zeit im Stadthaus ihres verstorbenen Mannes verbracht – der alte Earl hatte, wie der neue, die Einsamkeit des Landlebens der Geschäftigkeit der Stadt vorgezogen –, aber nicht einmal eine halbe Stunde später stieg sie am prächtigsten Platz Londons aus der Droschke. Als sie vor dem herrschaftlichen, hoch aufragenden und schrecklich streng wirkenden Haus stand, erinnerte sich Eliza daran, wie unzulänglich sie sich in seinem Inneren immer gefühlt hatte. Zum zweiten Mal an diesem Tag straffte sie die Schultern und klopfte an. Der Gesichtsausdruck des Dieners, als er die ehemalige Hausherrin erkannte, grenzte schon fast ans Komische.

»Mylady!«, keuchte er.

»Ist Somerset im Haus?«, fragte Eliza, während sie die Eingangshalle betrat.

»Er unterhält gerade eine Frühstücksgesellschaft, M-Mylady«, stammelte er. »Er hat Gäste.«

»Wunderbar! Teilt ihm doch bitte mit, dass ich hier bin und wünsche, einen Augenblick seiner Zeit in Anspruch zu nehmen.«

Der Hausdiener verbeugte sich und ging. Ein paar Minuten später tauchte er mit Barns wieder auf, dem Butler der Somersets.

»Lady Somerset«, sagte er. »Welch ungewöhnliche Zeit für einen Besuch.«

»Ich bin mir sicher, diese Herausforderung können wir meistern«, sagte Eliza kühl, und ihre Stimme klang einen Moment lang der ihrer Mutter erstaunlich ähnlich. »Bitte unterrichtet Seine Lordschaft über meine Anwesenheit.«

Barns zögerte, ging und kehrte nach ein paar Augenblicken wieder zurück.

»Seine Lordschaft dankt Euch für den Besuch und bittet darum, Ihr möget später noch einmal wiederkommen, da er momentan Gäste hat.«

»Ihr könnt Eurer Lordschaft mitteilen, dass Ihre Ladyschaft nicht später wiederkommen wird, da sie ein dringliches Anliegen zu besprechen hat; tatsächlich wird Ihre Ladyschaft ihn gleich im Frühstücksraum aufsuchen, wenn Seine Lordschaft nicht unverzüglich erscheint«, sagte Eliza mit einem breiten, falschen Lächeln.

Barns sah sie an, dann blickte er kurz hinüber zu Pardle, die hinter Elizas Schulter stand, als hoffe er, in ihr eine Verbündete zu finden. Pardle erwiderte seinen Blick mit einem basiliskenartigen Starren.

»Dürfte ich Mylady dann bitten, in der Bibliothek zu warten, während ich die Nachricht überbringe?«, kapitulierte Barns.

»Ihr dürft«, antwortete Eliza großzügig. Sie ließ Pardle in der Halle warten. Dies war kein Treffen, bei dem sie Zuhörer haben wollte, nicht einmal sie.

Nur einen Augenblick nach Barns' Verschwinden öffnete sich die Tür zur Bibliothek erneut, und Somerset trat ein. Eliza hatte sich gegen das gewappnet, was sie bei seinem Anblick wohl empfinden würde, aber als ihr Herzschlag sich beschleunigte, lag das eher an ihrer Wut, nicht an ihrem gebrochenen Herzen. Die Erkenntnis verlieh ihr Mut.

»Eliza!«, sagte er. »Ich muss Euch bitten, später noch einmal wiederzukommen, ich bin mitten in einer Frühstücksgesellschaft und –«

»Wie könnt Ihr es wagen?«, unterbrach Eliza ihn. »Wie könnt Ihr es wagen, meinem Vater zu schreiben und ihn über Euer Vorhaben zu informieren, bevor Ihr mir selbst schreibt! Wie könnt Ihr es wagen, eine solche Nachricht nicht selbst zu überbringen, wenn Ihr ohnehin in London seid und von meiner Anwesenheit hier gewusst haben müsst – wie könnt Ihr es wagen, mir mein Vermögen wegzunehmen? Ich versichere Euch, Mylord, ich habe jeden Penny davon verdient.«

»Wie –«

Wütend versuchte er, sie zu unterbrechen, aber sie ließ sich nicht aufhalten.

»Ihr wollt mich dafür bestrafen, dass ich Euren Antrag abgelehnt habe. Das verstehe ich. Aber wird eine solche Strafe, eine solche Verurteilung Euch wirklich die Befriedigung schenken, nach der Ihr strebt?«

»Es – es geht nicht um eine Bestrafung!«, fauchte er wütend. »Auch wenn ich durchaus das Recht hätte, verärgert zu sein, geht es nicht im Geringsten darum – Ihr tut mir unrecht! Was für eine Frechheit, mir so etwas zu unterstellen!«

»Einst habt Ihr mich für meinen Mangel an Kampfgeist verurteilt. Nun scheint Ihr ein Problem damit zu haben, dass ich zu viel davon besitze«, sagte Eliza. »Offenbar kann ich es Euch nicht recht machen, ganz egal, was ich tue.«

Somerset biss die Zähne zusammen. »Euer Vermögen wurde Euch von meiner Familie überschrieben, geknüpft an Bedingungen, die Ihr wieder und wieder gebrochen habt – auf eine so empörende Weise, dass ich mich frage, wie Ihr Euch traut, hier aufzutauchen!«

»Wie habe ich sie denn gebrochen?«

»Oh, auf jede erdenkliche Art, Eliza«, erwiderte Somerset. »Indem Ihr mit jedem alleinstehenden Gentleman in ganz London geflirtet habt – Euch an den unschicklichsten Orten der ganzen Stadt habt blicken lassen, obwohl Ihr noch Halbtrauer tragt – und als Ihr, noch ganz in Schwarz, mit Melville getanzt habt.«

Der letzte Punkt nahm Eliza den Wind aus den Segeln.

»Wer hat Euch das erzählt?«, fragte sie.

»Ich sehe, Ihr streitet es nicht ab«, bemerkte Somerset bitter. »Ihr wurdet gesehen, Eliza, nicht dass es Euch in jenem Moment auch nur im Geringsten zu interessieren schien! Ich habe Euch gewarnt, dass Ihr nicht so viel Zeit mit einem Mann verbringen könnt, ohne dass Gerede aufkommt. Euer Ruf wird mit jedem Tag schlechter, aber Ihr wart zu sehr damit beschäftigt, Melville anzuhimmeln, um es zu bemerken!«

»Und ich habe Euch gewarnt«, antwortete Eliza. »Euch gesagt, was ich tun, was ich den Leuten erzählen würde, solltet Ihr versuchen, mir mein Vermögen wegzunehmen. Wie groß wird erst das Gerede sein, wenn sie hören, welchen Plan die Selwyns geschmiedet haben, Mylord?«

Somerset sah sie an, plötzlich wieder ruhig.

»Wer wird Euch glauben?«, fragte er leise. »Eliza, Ihr habt den Beweis Eurer Affäre mit Melville in Somerset House ausstellen lassen, wo ihn die ganze Welt sieht. Das Porträt ›anonym‹ einzureichen, wird es nicht lange geheim halten, lasst Euch das gesagt sein. Die Gerüchteküche beginnt bereits jetzt zu brodeln, und wenn die Wahrheit erst ans Licht kommt, werden alle Eure Anschuldigungen gegen Lady Selwyn für pure Rachsucht halten.«

Eliza starrte ihn an. »Wie könnt Ihr so grausam sein?«, flüsterte sie.

»Gegenteilig zu dem, was Ihr offenbar von mir denkt, Eliza, habe ich es nicht getan, um Euch für die Ablehnung meines Antrags zu bestrafen«, sagte Somerset traurig. »Aber Euer Verhalten hat sehr reale Konsequenzen für meine Familie – für *mich*.«

»Welche Konsequenzen?«

Er zögerte. In seinen Augen lag ein Ausdruck, als überlege er, wie er es am besten sagen könnte, als wisse er, dass es sie verletzen würde, und versuche selbst jetzt noch, das zu vermeiden … Eliza erriet, was er sagen würde, noch bevor er weitersprach.

»Ich habe einen Heiratsantrag ausgesprochen, Mylady. Und ihre Eltern zögern, ihn anzunehmen, während Ihr den Namen der Familie Somerset beschmutzt – sie sind besorgt, zu Recht besorgt, über die Richtung, in die Ihr die Familie treiben könntet.«

»Ihr wollt heiraten?«, fragte sie mit zugeschnürter Kehle. »Es ist erst drei Wochen her!«

»Irgendwen muss ich heiraten, Eliza«, sagte Somerset und warf hilflos die Arme in die Luft. »Und wenn Ihr es nicht seid, dann … Sie ist freundlich und liebreizend, und ich empfinde große Zuneigung zu ihr. Aber ihre Eltern werden nicht zustimmen, solange ich Eurem Verhalten kein Ende gesetzt habe.«

»Wer ist sie?«

Wieder zögerte er. Eliza runzelte die Stirn.

»Ich werde es ohnehin irgendwann herausfinden«, sagte sie. »Ihr könnt nicht erwarten, dass es ein Geheimnis bleibt.«

»Mylord?«

Beim Klang der leisen, schüchternen Stimme drehte sich Eliza um.

Mit jähem Schrecken erkannte sie, wer Somersets Frühstücksgäste waren.

»Miss Winkworth!«, rief Somerset überrascht.

»Ich habe Euch aus Versehen gehört«, sagte Miss Winkworth mit sanfter Stimme, den Kopf durch den Türrahmen gesteckt, eine Hand am hölzernen Rahmen. »Ich lief gerade durch die Halle, und Ihr habt so laut gesprochen. Guten Morgen, Lady Somerset – was für ein wunderschönes Kleid.«

»Vielen Dank«, antwortete Eliza automatisch. So viel hatte sie das Mädchen noch nie am Stück sprechen hören.

»Nun lauft zurück ins Esszimmer. Ich schließe mich Euch gleich wieder an«, wies Somerset sie an, als wäre sie ein kleines Mädchen.

Miss Winkworth zögerte, ihr Blick ging zwischen ihnen hin und her.

»Bitte beeilt Euch«, flüsterte sie. »Meine Mutter wird gleich wieder meine Haltung tadeln, ich bin mir ganz sicher.«

Ein schüchternes Lächeln brachte kurz ihre Grübchen hervor, bevor sie sich gehorsam zurückzog, und Somerset schmolz sichtlich dahin.

Mit offenem Mund starrte Eliza ihn an.

»Ihr heiratet *Miss Winkworth?*«, fragte sie, zu durcheinander, um verärgert zu sein. »Wie kann das sein?«

»Nun, Ihr habt uns einander auf Eurer Soiree vorgestellt ...«, begann Somerset und schien sich der Peinlichkeit eines solchen Anfangs schmerzlich bewusst. »Und dann hat meine Schwester sie zu Annies Ball eingeladen, und wir haben uns ein wenig unterhalten, und in derselben Woche bei Almack's miteinander getanzt, und da Ihr ... da wir ... So haben wir uns näher kennengelernt.«

Ganz wie die Tradition es verlangte. Genau, wie es bei ihnen gewesen war. Bis auf ...

»Oliver, sie ist so jung«, hauchte Eliza.

Er wurde rot.

»Sie ist erwachsener, als ihre Jahre erwarten lassen«, gab er zurück. »Sie weiß, was sie will und ... sie bedeutet mir schon jetzt sehr viel – mit der Zeit wird die Liebe wachsen.«

Offenbar lag die Schwäche für junge, schüchterne Mädchen in der Familie. Wie er da stand, in vollem Ornat, in diesem Haus, sah er seinem Onkel unglaublich ähnlich...

Aber dann begannen sich die Rädchen von Elizas Verstand, die kurz stehen geblieben waren, wieder zu drehen.

»Und Mrs Winkworth behauptet, sie könnten nicht zustimmen, bis Ihr Euch meines Verhaltens angenommen habt«, sagte sie langsam, »weil sie mich hasst.«

»Nein, weil sie sich Sorgen um ihre Tochter machen«, widersprach er.

»Lasst Euch versichert sein, dass dem nicht so ist«, sagte Eliza mit einem bitteren Lachen. »Ihr seid die beste Partie Englands – natürlich wird Mrs Winkworth Euer Angebot nicht ausschlagen! Sie *manipuliert* Euch, um sich an mir zu rächen, weil ich ihr kein Empfehlungsschreiben ausstellen wollte.«

»Um sich zu rächen?«, schnaubte Somerset. »Ihr sprecht von ihr, als sei sie die Schurkin eines Melodrams!«

»Ihre Motive wären der Rolle jedenfalls angemessen«, gab Eliza zurück. »Sie hatte vor, Winnie mit Lord Arden zu verheiraten.«

»Arden?« Somersets Kiefer klappte herunter. »Das kann sie doch nicht wirklich geplant –«

»O doch, das hatte sie«, erwiderte Eliza. »Sie hat mich ausdrücklich nach einem Empfehlungsschreiben für ihn gebeten, da er ja mit Euch verwandt ist. Und als ich es wagte, anzumerken, dass eine solche Ehe möglicherweise unvorteilhaft für ihre Tochter sein könnte, ist sie in Rage geraten.«

»Aber Arden … sicher könnte nicht einmal Mrs Winkworth …«, sagte Somerset, und der Klang seiner Stimme verriet deutlich, was er von der genannten Dame hielt.

»Sie ist zweifellos dazu fähig«, sagte Eliza. »Ihr könnt mir doch nicht sagen, dass sie nicht auch Euren Titel höchst motiviert verfolgt hat?«

Somerset antwortete nicht.

»Oder dass nicht Miss Winkworth entsetzliche Angst vor ihr hat?«

»Je schneller ich Winnie aus ihren Klauen befreien kann, desto besser«, murmelte Somerset zustimmend.

Dann sah er Eliza nachdenklich an, sein Ärger schien verflogen.

»Ihr habt mir nichts von Arden erzählt«, sagte er schließlich.

»Ihr habt mir nicht erzählt, dass Ihr eine Schwäche für das Mädchen habt«, sagte Eliza mit hochgezogener Braue und genoss die Genugtuung, Somerset erröten zu sehen.

»Nun, ja«, sagte er. »Aber nur, weil Ihr hinsichtlich Mrs Winkworth richtigliegen mögt, macht das Euer eigenes Verhalten nicht ehrenwerter. Habt Ihr vor, Euer unschickliches Verhalten fortzusetzen?«

»Das habe ich noch nicht entschieden«, antwortete Eliza aufrichtig.

Sie wusste nicht, was die Zukunft bringen würde.

Somerset lachte trocken auf.

»Wenigstens seid Ihr ehrlich«, sagte er. »Wenn Ihr … Euer Verhalten ein wenig anpasst, kann ich den Prozess möglicherweise aufhalten. Aber …« Er sah sie an. »Eliza, Ihr müsst einwilligen, jeglichen Kontakt zu Melville abzubrechen. Vieles kann ich vergeben, aber das kann ich nicht hinnehmen. Könnt Ihr dem zustimmen?«

Eliza fuhr sich mit den Zähnen über die Unterlippe. Das war wahrscheinlich das versöhnlichste Angebot, das sie von ihm erhalten würde. Und hatte der gestrige Abend nicht bewiesen, dass sie und Melville ohnehin keine gemeinsame Zukunft hatten? Aber trotzdem … wollte sie wirklich noch irgendeinem Mann erlauben, solche Forderungen an sie zu stellen? Zulassen, dass ihr Leben bis in alle Ewigkeit von ihren selbstherrlichen Urteilen oder unberechenbaren Launen bestimmt wurde?

»Nein, das kann ich nicht, Mylord«, antwortete Eliza mit sanfter Stimme.

Es war dumm. Es war unverantwortlich. Es war notwendig.

»Ich kann nicht zulassen, dass mir diktiert wird, was ich – oder wen ich will«, fuhr sie fort. »Und wenn mein Vermögen der Preis ist, den ich für diese Freiheit zahlen muss, dann werde ich ihn zahlen.«

Somerset starrte sie ungläubig an.

»Also lebt wohl«, sagte Eliza und raffte ihre Röcke. Sie sah ihn noch einmal an, lange. Ein Teil von ihr würde ihn immer lieben, das wusste sie. Ihre Geschichten waren über zu lange Zeit zu sehr miteinander verwoben gewesen, als dass diese Liebe sich in nichts auflösen könnte. Ihre Wurzeln waren ineinandergewachsen und ließen sich nicht mehr voneinander trennen. Aber Eliza hätte zu viel aufgeben müssen, um mit ihm zusammen zu sein. Und das konnte sie nicht mehr.

Sie ging auf die Tür zu. Als sie die Schwelle erreichte, hielt sie inne.

»Seid gut zu ihr, Oliver«, sagte sie, ohne sich umzudrehen. »Sie ist sehr jung, und wer sie ist … mag sich noch einmal ändern.«

33

Auf der Fahrt zurück zum Russel Square fühlte Eliza sich wie losgelöst von der Realität. Das Band, das sie mit der Normalität verband, war schon wieder durchtrennt worden, diesmal von ihr selbst, und obwohl die Welt um sie herum genauso aussah wie noch Minuten zuvor, war doch alles anders. Eliza war nicht mehr die reiche Lady Somerset. Es war geschehen. Es gab kein Zurück, und sie *wollte* auch nicht zurück – aber wie sollte sie von hier an weitermachen? Ihr standen noch immer fünfhundert Pfund pro Jahr zu – dieses Erbe konnte ihr niemand nehmen, und das war doch schon mal etwas. Es würde zumindest ausreichen, um ein kleines Haus anzumieten und für die alltäglichen Ausgaben aufzukommen, wenn sie auch das Leben, das sie in den letzten Monaten so genossen hatte, die gedankenlosen Ausgaben, die neuen Kleider und glänzenden Kutschpferde, würde hinter sich lassen müssen.

Vielleicht könnte sie sich als Porträtmalerin verdingen – Geld verdienen, wie manche Gentlemen es taten? Eliza biss sich auf die Lippe. Sie wusste nicht einmal, wie sie das anstellen sollte. *Ich halte Euch für vollkommen in der Lage, eine solche Herausforderung zu bestehen,* hatte Melville einmal zu ihr gesagt. Und auch wenn der bloße Gedanke an ihn wieder eine Welle bitteren Zorns in ihr aufsteigen ließ, half er ihr doch, sich wieder etwas aufzurichten. Sie konnte es. Sie konnte das alles – und sie *würde* es tun.

Doch all die mühevoll gewonnene Gelassenheit wurde wieder zerschmettert, als sie den Frühstücksraum betrat.

»Oh, Lady Somerset, wie gut, dass Ihr da seid!«, rief Lady Hurley und sprang auf, um Elizas Hände zu ergreifen.

»Was ist denn geschehen?«, fragte Eliza.

»Es ist Miss Balfour«, sagte Lady Hurley und senkte die Stimme, als ein Hausmädchen mit einem Tablett hereinkam. »Sie ist letzte Nacht nicht nach Hause gekommen.«

Einen Moment lang war Eliza sicher, sich verhört zu haben.

»Vom Maskenball?«, fragte sie schwach. »Nein, nein! Sie sollte mit Euch in der Kutsche nach Hause fahren.«

Aber Lady Hurley schüttelte den Kopf, und Eliza spürte, wie ihr Herz zu rasen begann und ihr übel wurde.

»Wir sind vor ihr aufgebrochen – sie sagte, Lady Caroline würde sie nach dem Tanz nach Hause begleiten«, erzählte Lady Hurley unglücklich. »Aber ihr Bett ist unberührt.«

»Ihr habt sie bei Caroline zurückgelassen?«, fragte Eliza. »Weiß *sie,* wo…?«

»Ich weiß nicht, wo die Melvilles logieren«, antwortete Lady Hurley. »Und ich kann es auch nicht herausfinden, ohne jede Menge Fragen aufzuwerfen.«

»Lasst die Kutsche vorfahren«, unterbrach Eliza sie, ohne sich darum zu kümmern, ob es unhöflich war, und rannte die Treppe hinauf, bevor Lady Hurley antworten konnte.

Es gab keinen Anlass zur Sorge. Margaret war mit Caroline zusammen gewesen, und Caroline würde nicht zulassen, dass ihr etwas passierte. Das war alles ein einfaches Missverständnis. Etwas, worüber sie in ein paar Jahren lachen würden, da war sie sich sicher.

Eliza stieß die Tür zu Margarets Schlafzimmer auf, rannte zum Schreibtisch hinüber und begann, ihn zu durchwühlen. Sie warf einen Brief von Margarets Mutter beiseite, dann ein Theaterprogramm und – da! Carolines Handschrift – und, ganz oben auf dem Briefbogen, ihre Adresse. Berkeley Square! Sie rannte die Treppen wieder hinunter, vorbei an Lady Hurley, die in der Eingangshalle stand und die Hände wrang.

»Ich werde nicht lange weg sein!«, rief sie über die Schulter und sprang in die Kutsche, während sie dem Kutscher »Berkeley Square« zurief und stillschweigend um Eile flehte.

Ich hätte sie nicht dort lassen sollen. Das hier war nicht Bath, wo man jeden kannte, alles nur einen Steinwurf von zu Hause entfernt und jede Veranstaltung so ungefährlich war wie die Morgenandacht. Das hier war London, und auch wenn es Margaret sicher gut ging – ganz sicher ging es ihr gut –, hätte Eliza sie nie zurücklassen sollen.

Eliza hämmerte geradezu an die Haustür der Melvilles, nur um an diesem Morgen zum zweiten Mal einem verblüfften Butler gegenüberzustehen.

»Ich befürchte«, sagte der Butler, »Mylady weilt gerade beim Frühstück – und empfängt noch keinen Besuch.«

Aber mittlerweile hatte Eliza Erfahrung darin, sich Einlass in fremde Häuser zu verschaffen. Sie konnte hören, wie Caroline ganz in der Nähe lachte.

»Mich wird sie empfangen«, erklärte sie, duckte sich unter dem Arm des Butlers hindurch und stieß die Tür auf.

»Mylady!«, schrie der Butler auf und beeilte sich, ihr hinterherzukommen. »My*lady*!«

Aber Eliza hatte bereits die nächste Tür geöffnet, war zwei Schritte in den Raum geeilt und –

»Dem Himmel sei Dank«, keuchte sie.

Denn dort saß Margaret neben Lady Caroline am Frühstückstisch, nippte an einer Tasse Tee und blätterte in einer Zeitung. Keine der Damen war bereits für den Tag gekleidet; stattdessen trugen sie beide äußerst modische Morgenmäntel – wäre Eliza nicht so entsetzlich erleichtert gewesen, wäre sie wahrscheinlich errötet.

»Guten Morgen, Eliza«, sagte Margaret. »Ich wusste gar nicht, dass wir heute Morgen verabredet waren.«

»Das waren wir auch nicht«, sagte Caroline. »Wie furchtbar modern, unangekündigt hereinzuplatzen.«

Ihre Stimme klang genauso träge amüsiert wie sonst auch, aber heute war der Effekt ein ganz anderer, da der Schwung ihrer Lippen weicher, ihre Augen heller waren – und Margaret neben ihr strahlte so breit, dass es aussah, als müsse es wehtun.

»Eine frühe Französischlektion?«, fragte Eliza, ließ sich, ohne zu fragen, auf einen Stuhl fallen und legte eine zitternde Hand an die Braue.

Es war alles in Ordnung. Margaret ging es gut.

»Etwas in der Art«, sagte Margaret fröhlich.

»Hast du nicht daran gedacht, dass vielleicht eine kurze *Nachricht* angebracht gewesen wäre?«, fragte Eliza. »Beinahe hätte ich geglaubt, du bist ermordet worden!«

»Welch Dramatik am frühen Morgen«, murmelte Caroline in ihre heiße Schokolade.

»Ich habe nicht nachgedacht«, antwortete Margaret – eher eine Erklärung als eine Entschuldigung. »Eine Strategie, mit der ich bislang recht gut gefahren bin.«

Caroline strich sanft mit den Fingern über Margarets Handgelenk. Eliza setzte sich auf. Sie hatte genug gestört.

»Ich werde Lady Hurley wissen lassen, dass sie ganz beruhigt sein kann«, sagte sie. »Dass es gestern einfach zu spät war, um die Dienerschaft aufzuwecken – oder – oder so etwas.«

»Ach, schick ihr doch eine Nachricht und bleib zum Frühstück«, bat Margaret sie. »Es ist sowieso viel zu viel für uns beide.«

Es war verlockend, schließlich war Eliza schon seit Stunden auf den Beinen, und die Mahlzeit sah sehr gut aus – weiche Brötchen und mehrere duftende Fleischgerichte, die Eliza nicht erkannte –, aber jetzt, da die Angst verflogen war, ihr Herz nicht mehr so wild schlug und ihre Hände nicht mehr ganz so feucht waren, war sie sich gewahr, dass Melville jeden Moment auftauchen könnte. In Sorge um Margarets Wohlergehen hatte eine solche Begegnung natürlich keine Rolle gespielt, aber nun, da es Margaret ganz offensichtlich besser ging als je zuvor, würde Eliza das lieber vermeiden. Der Tag war schon anstrengend genug gewesen.

»Er ist nicht hier«, sagte Caroline, die genau erkannt hatte, in welche Richtung Elizas Gedanken gingen.

»Ach nein?«, fragte Eliza erleichtert. Sehr erleichtert sogar, aber doch irgendwie auch ein winziges bisschen enttäuscht – was genau der Grund war, *warum* sie jetzt gehen musste, denn es verwirrte sie ja schon, nur hier zu sitzen.

»Er ist ein paar Minuten vor Eurer Ankunft zum Russel Square aufgebrochen«, sagte Caroline.

»Um mit dir zu sprechen«, fügte Margaret hinzu, als sei das nicht offensichtlich.

Fast wollte Eliza der Atem stocken – aber sie ließ es nicht zu.

»Wir haben uns gestern Abend bereits ausführlich unterhalten«, sagte sie entschlossen. »Es gibt nichts mehr zu besprechen.«

»Wenn du das sagst«, erwiderte Margaret zweifelnd. »Dann sehen wir uns später am Russel Square.«

Ein wenig schuldbewusst schlüpfte Eliza am Butler vorbei – er stand am Fuß der Treppe Wache, als sei er besorgt, sie könnte etwas stehlen – und trat hinaus auf die Straße. Lady Hurleys Kutscher war ausgestiegen, um sich mit einem der Hausdiener auf der anderen Straßenseite zu unterhalten, und als er Eliza entdeckte, hastete er zu ihr zurück, gerade als ein offener Zweispänner um die Ecke gerattert kam, gezogen von zwei tänzelnden Grauschimmeln und mit Melville auf dem Kutschbock.

»Beeilung, wir wollen los«, rief Eliza dem Kutscher zu und streckte ihm ungeduldig einen Arm entgegen – die Stufen der Kutsche waren zu hoch, um sie ohne Hilfe erreichen zu können.

Vor ihnen kam Melville abrupt zum Stehen und sprang auf die Straße. Er trug keinen Hut, und in der Hand hielt er einen versiegelten Brief.

»Mylady«, sagte er atemlos, »ich komme gerade vom Russel Square.«

»Glückwunsch«, erwiderte Eliza. »Dort fahre ich gerade hin.«

»Darf *ich* Euch Geleit anbieten?«

»Ich habe bereits eine Kutsche.«

Melville trat eilig einen Schritt vor. Er sah abgekämpft aus, müde und – wenn auch sein mit einem Schultercape versehener Reitmantel, die hohen Stiefel und die lederbesetzten Hosen perfekt saßen – ein wenig derangiert, denn sein Halstuch war lose, als hätte er daran gezerrt. Sein Anblick weckte allerdings eher Verärgerung in Eliza als Mitleid; wenn sie nicht gut geschlafen hatte, wirkte sie verhärmt und kränklich blass, war es da nicht ungerecht, dass Melville sogar müde noch so gut aussah?

»Eliza –«, sagte er leise.

»Lady Somerset«, korrigierte sie.

»Lady Somerset«, stimmte er zu. »Ich möchte mich nur entschuldigen.«

»Das hat gestern Abend auch nicht gut geklappt«, merkte Eliza an.

Melville zuckte zusammen.

»Ich habe mich furchtbar benommen«, sagte Melville. »Ich möchte nur mit Euch sprechen – ohne Vergebung zu erwarten – und ich komme demütig mit dem Hut in der Hand.«

Elizas Blick streifte Melvilles unbedeckten Kopf.

»Ein metaphorischer Hut«, fügte er mit dem Hauch eines Lächelns hinzu – und Elizas Blick verfinsterte sich. Sie würde sich nicht von charmantem Geplauder und einem vorteilhaften Äußeren besänftigen lassen. So leicht manipulierte sie niemand mehr.

»Ich hätte mich geweigert, Euch zu empfangen, wenn ich zu Hause gewesen wäre.«

»Damit habe ich gerechnet«, erwiderte Melville. »Deshalb habe ich auch noch diesen Brief geschrieben.«

Er hielt ihr die Nachricht hin. Eliza nahm sie nicht. Sie wusste wohl, was für ein wunderbarer Schriftsteller er war; es würde ihr sicher nicht helfen, diesen Brief zu lesen. Melville ließ die Hand sinken.

»Lady Somerset – bitte, könnte ich Euch einfach zurück zum Russel Square fahren?«

Eliza seufzte und fummelte an den Knöpfen ihres Mantels herum. Sie war so müde, aber … nach all der Tapferkeit des Morgens, sollte das hier der Moment sein, in dem sie den Mut verlor? Ohne aufzusehen, nickte sie. Dann nahm sie sich einen Moment, um Lady Hurleys Kutscher über ihr Vorhaben zu informieren und ihm aufzutragen, seiner Herrin mitzuteilen, dass alles in Ordnung sei, bevor sie ohne ein weiteres Wort Melvilles Hand ergriff, um sich auf den Kutschbock helfen zu lassen.

»Möchtet Ihr fahren, oder soll ich das tun?«, fragte Melville mit ausgesuchter Höflichkeit.

»Es sind Eure Pferde«, sagte Eliza.

»Das stimmt wohl«, bestätigte Melville.

Er versetzte sie in einen flotten Trab. Dann holte er scharf Luft, als wollte er etwas sagen – zögerte einen Moment und setzte wieder an.

»Ich schulde Euch … gleich mehrere Entschuldigungen«, sagte er. »Gestern Abend hatte ich solche Angst, Ihr könntet jeden Moment davonlaufen, dass mich das Gefühl der Eile überwältigt hat. Natürlich, *natürlich,* könnt Ihr mir alle Fragen stellen, die Ihr wollt.«

Eliza musterte Melville misstrauisch. Seine Rede wirkte allzu flüssig.

»Ich habe Euer Vertrauen missbraucht. Ich muss es mir erst wieder verdienen«, fügte er hinzu, als sie noch immer nichts sagte.

»Wer hat Euch zur Vernunft gebracht?«, fragte Eliza.

»Ach – Caro«, antwortete Melville. »Dann Margaret. Dann wieder Caro.«

Eliza schnaubte.

»Und jetzt wiederholt Ihr den Text, den sie Euch beigebracht haben?«

»Nein, nein!«, erwiderte Melville. »Es ist das, was ich fühle: Ich möchte, dass Ihr mich all das fragt, was Ihr mich fragen müsst.«

Eliza vergrub das Gesicht in den Händen. Es war viel schwieriger, auf einen ruhigen, demütigen Melville wütend zu bleiben, und wenn sie es nicht schaffte, an ihrem Zorn festzuhalten, müsste sie sich stattdessen entsetzlich fürchten. Sie würde es nicht aushalten, auch nur einen Teil ihres Schmerzes noch einmal durchleben zu müssen. Es war schon so qualvoll genug.

»Es muss auch nicht jetzt sein«, sagte Melville, als sie den Russel Square erreichten und er die Pferde zügelte.

»Jetzt ist genauso gut wie jeder andere Zeitpunkt«, sagte Eliza, das Gesicht noch immer halb in den Händen vergraben. Es war sinnlos – wahrhaft sinnlos –, denn der Versuch, allein eine Freundschaft auf derart zerrütteten Grundfesten wieder aufzubauen, war unvorstellbar, aber Melville würde ganz offensichtlich keine Ruhe geben, bis sie das Ganze endgültig geklärt hatten. Wenigstens würde es ihnen ersparen, diese Unterhaltung später noch einmal führen zu müssen.

»Vielleicht nicht ganz die Einstellung, auf die ich gehofft hatte«, murmelte Melville, der es selbst jetzt nicht lassen konnte, zu spaßen, aber er wendete gehorsam die Pferde und lenkte sie stattdessen in Richtung Hyde Park.

»Alles, was Ihr mir gesagt habt«, begann Eliza, »über mein Talent – über Eure Bewunderung für mich … war das wahr?«

»Jedes Wort«, antwortete Melville, wieder ganz ernst. »Und ich sehe es immer noch so. Was Ihr selbst in der kurzen Zeit, die wir uns kennen, erreicht habt? Das ist unvergleichlich. Und damit meine ich nicht nur das Porträt.«

Eliza zuckte kurz mit dem Kopf – nicht ganz ein Nicken, nicht ganz ein Kopfschütteln.

»Und habt Ihr … habt Ihr den Selwyns vom Porträt erzählt?«, fragte sie.

Sie war sich nicht sicher, warum das eine so große Rolle spielte – die Vorstellung, dass Lady Selwyn die ganze Zeit über selbstzufrieden grinsend Bescheid gewusst hatte, während sie der Meinung gewesen war, es handle sich um ein Geheimnis, das allein sie und Melville teilten –, aber so war es nun mal. Einen Herzschlag lang war es still in der Kutsche. Eliza musterte Melvilles Gesicht von der Seite. Wenn er versuchen würde, ihr eine hübsche Lüge zu verkaufen, würde sie es erkennen.

»Ich hatte es vor«, sagte Melville langsam. »Ich kann nicht so tun, als wäre es anders, denn ich hatte es vor. Aber ich habe es nicht getan. Es fühlte sich zu sehr nach einem Betrug an.«

Das wäre es auch gewesen. Eliza atmete langsam aus. Das Bild vor ihrem geistigen Auge, wie die Selwyns und Melville lachend die Köpfe zusammensteckten, verblasste ein wenig – so wie Ölfarbe, wenn man sie dem direkten Sonnenlicht aussetzt.

»Ihr sagtet, Ihr liebt mich«, flüsterte sie, so leise, dass sie sich über dem Geklapper der Hufe und dem Rattern der Räder kaum selbst hören konnte.

»Ja«, sagte er.

»War das wahr?«

»Ja.«

»Wann habt Ihr … wann hat es angefangen?«, fragte sie.

»Ich weiß nicht, ob es ein bestimmter Moment war«, antwortete Melville sanft. »Ich habe mich schon von dem Augenblick an zu Euch hingezogen gefühlt, als wir uns das erste Mal sahen. Das war nie eine Lüge. Ihr wart so verschlossen, und ich wollte Euch kennenlernen. Herausfinden, was Ihr hinter all dem Anstand, all der Vorsicht denkt, was Ihr Euch wünscht.«

Eliza hätte den Blick nicht von ihm abwenden können, selbst wenn sie es versucht hätte. Sie versuchte es gar nicht erst.

»Es hat eine Weile gedauert, bis ich es verstanden hatte. Es war viel zu leicht, mein Interesse dem Plan der Selwyns zuzuschreiben, aber irgendwann habe ich begriffen, dass – dass es Euer Blick war, den ich auffangen wollte, wenn etwas Amüsantes passierte; Eure Meinung, die ich hören wollte, zu allem. Ihr seid es, mit der ich all meine Geheimnisse teilen möchte, Ihr, mit der ich spazieren gehen, neben der ich sitzen, mit der ich tanzen will«, fuhr Melville fort. »Es wart schon immer nur Ihr – im Großen wie im Kleinen –, und die Stunden, die wir gemeinsam in diesem winzigen Salon verbracht haben, gehören zu den glücklichsten meines Lebens.«

Er sah sie von der Seite an.

»Beantwortet das Eure Frage?«

Das tat es, aber … Eliza war sich nicht sicher, ob es reichte.

»Ich möchte Euch glauben«, flüsterte sie, die Augen voller Tränen. »Ich … weiß nur nicht, wie.«

»Was, wenn ich es Euch noch einmal sage? So oft, wie Ihr es hören müsst.«

»Das wird schwierig aus Paris«, merkte Eliza an und fuhr sich mit der Hand über das Gesicht.

»Ich gehe nicht nach Paris«, sagte Melville.

»Nicht?«

»Wie könnte ich – wenn Ihr doch hier seid?«

Eliza stockte der Atem. Er sagte all die Worte, nach denen sie sich so gesehnt hatte – und alles, von dem sie nicht wusste, dass sie es hatte hören müssen.

»Ich habe kein Vermögen mehr«, sagte sie, weil ein Teil von ihr sich selbst jetzt noch fragte, ob *das* der Grund war. »Somerset hat das Erbe zurückübertragen lassen.«

»Hat er?«, fragte Melville. *»Warum?«*

»Das Gerede, die Gerüchte – jemand hat uns tanzen sehen«, sagte Eliza. »Und während der letzten zwei Wochen ließ mein Betragen wohl zu wünschen übrig.«

»Ich gehe zu ihm. Erkläre ihm, dass das alles meine Schuld war«, sagte Melville sofort.

»Das habe ich bereits getan«, erwiderte Eliza. »Er sagte, er würde die Überschreibung rückgängig machen, wenn ich verspräche, jegliche Beziehung zu Euch zu beenden. Ich habe ihm gesagt, das würde ich nicht tun.«

Melville brachte die Pferde abrupt zum Stehen, mitten auf der Straße.

»Eliza …«, sagte er, fast schon erstaunt. Er klang nicht bestürzt, verunsichert oder beunruhigt. Er sah sie an, als hätte sie ihm soeben das wertvollste Geschenk der Welt gemacht.

»Ich habe es nicht für Euch getan«, sagte sie. »Sondern für meine Freiheit – meine Unabhängigkeit – *für mich.*«

»Und dafür gebührt Euch aller Applaus«, sagte er. »Aber … war es vielleicht auch für mich, ein klein wenig?«

Eliza starrte ihn an. Er saß vollkommen reglos da, schien kaum zu atmen. Wieder erfasste sie dieses Gefühl, als stünde sie an einem Abgrund, als würde die Entscheidung, die sie jetzt traf, ihr ganzes Leben beeinflussen. Und es war ihre Entscheidung. Allein ihre.

»Ja«, flüsterte sie, und ihr Herz schlug so laut, dass sie ihre Stimme fast nicht hören konnte.

»Gottlob!«, sagte er. »Und ich dachte, nach dem gestrigen Abend gäbe es keine Hoffnung mehr.«

»Das dachte ich auch«, gab sie zu.

Er ließ die Fahrleinen fallen, um nach ihren Händen zu greifen.

»Würdet Ihr mich für den ungehobeltsten Menschen der Welt halten, wenn ich Euch sage, dass ich froh bin, dass Ihr Euer Vermögen verloren habt?«, fragte Melville und drückte sanft ihre Finger.

»Nein«, flüsterte sie mit zugeschnürter Kehle. »Aber es macht Euch zum schlechtesten Heiratsschwindler der Geschichte.«

Sie lächelte, wenn auch mit bebenden Lippen, um zu zeigen, dass sie scherzte.

»Unmöglich«, sagte Melville. »Ich bin der Beste bei allem, was ich tue.«

Melvilles Mundwinkel zierte wieder das übliche leichte Lächeln. Eliza hatte es vermisst.

»Vielleicht war es gut, dass ich nicht Euer Ego gemalt habe«, sagte sie. »Es hätte niemals auf die Leinwand gepasst.«

Melville lachte, lauter, als der Witz es rechtfertigte.

»Heiratet mich, Ihr wunderbares Ding!«

»Ich verfüge nur noch über fünfhundert Pfund pro Jahr«, warnte Eliza ihn.

»Das kümmert mich nicht im Geringsten«, sagte Melville und fing ihren Blick auf. »Heiratet mich.«

»Wir werden furchtbar sparsam sein müssen«, sagte Eliza.

»Wir sind zwei der außergewöhnlich schlausten, talentiertesten und bestaussehenden Menschen, die ich kenne«, erwiderte Melville. »Ich bin mir sicher, wir finden einen Weg. *Heiratet mich.*«

»Einverstanden«, sagte Eliza.

»Einverstanden?«, wiederholte Melville mit einem breiten Lächeln. Er ließ ihre Hände los, nahm die Fahrleinen wieder auf und ließ die Pferde so übermütig antraben, dass Eliza ihren Hut festhalten musste.

»Wo fahren wir hin?«, fragte sie lachend.

»Ich weiß genau, wohin, keine Sorge«, sagte er. »Dort können uns ganz sicher keine Gaffer gefährlich werden.«

»Ihr entführt mich an Euren Ort für ein geheimes Stelldichein?«, fragte sie entrüstet.

»Entweder das, oder ich kann Euch nicht küssen, ich bin mir also etwas unsicher, was Ihr von mir erwartet«, sagte er.

»Wie viele Frauen habt Ihr dort bereits hingeführt?«, wollte sie wissen.

»Ach – ich würde es vorziehen, darüber zu schweigen«, antwortete er und brachte die Pferde zwischen zwei Bäumen in einem kleinen, uneinsichtigen Hain zum Stehen. »Aber ich versichere Euch, Ihr seid die Einzige, der ich je vorher einen Heiratsantrag gemacht habe.«

»Melville!«, rief sie halb lachend, halb tadelnd.

»So heiße ich nicht«, sagte er, ergriff ihre Hände mit den seinen und zog sie sanft über die Sitzbank zu sich hin.

»Max«, sagte Eliza schüchtern.

Zärtlich legte er die Hände an ihr Gesicht.

»Ich werde mein Allerbestes geben«, sagte er, »um Euch zur glücklichsten Frau zu machen, die je gelebt hat.«

»Das klingt etwas unrealistisch«, erwiderte Eliza.

»Habt Ihr nicht gehört, dass man mich landläufig für brillant hält?«, fragte er und fuhr sanft mit dem Daumen über ihre Unterlippe.

»Ach, das ist doch nichts weiter als gemeines Geschwätz«, sagte Eliza. »Ihr solltet nicht alles glauben, was die Leute sagen, Mylord.«

Sie lachten, als sie sich küssten – sie konnte sein Lächeln an ihren Lippen spüren und lächelte selbst noch mehr, viel zu glücklich, als sich darum zu scheren, dass sie das Vorhaben eher erschwerte, als dazu beizutragen. Doch dann legte Melville eine Hand an ihr Kinn und neigte ihren Kopf leicht nach links und öffnete seine Lippen und –

Nun, danach fühlten sich eine ganze Menge Dinge wichtiger an, als zu reden.

34

An einem Dienstag verließ Eliza Bath zum letzten Mal. Und auch wenn es aus dem glücklichsten aller Gründe geschah, mischte sich doch etwas bittersüßes Blau in das helle Rosarot ihrer Freude. Denn heute, wenn sie mit Perkins und den anderen Hausangestellten zurück nach London zog, würde Margaret nicht dabei sein, um sie zu begleiten.

Aber sie würde auch nicht nach Kent zurückkehren.

»Ich habe Mama und Lavinia gesagt, dass ich nicht kommen werde«, hatte sie Eliza erzählt und dabei nervös ihre Finger verknotet. »Sie sind schockiert – sie sagen, sie würden niemals wieder mit mir sprechen. Aber ich kann mir mein eigenes Leben nicht länger vorenthalten. Ich gehe mit Caroline nach Paris.«

»Wie werdet ihr …?«, fragte Eliza, ohne recht zu wissen, wie sie die Frage formulieren sollte.

»Diejenigen, denen wir vertrauen, werden die Wahrheit erfahren«, sagte Margaret. »Die anderen werden annehmen, dass wir nur Freundinnen sind. Ich werde zulassen müssen, dass Caroline mich finanziell unterstützt – sie hat die Rechte für *Holland House* für einen guten Preis verkauft, und alles andere … werden wir wohl noch herausfinden.«

Margaret holte tief Luft, um sich zu fassen, und lächelte.

»Ich bin aufgeregt«, gestand sie. »Selbst mit der Geheimniskrämerei ist es eine vielversprechendere Zukunft, als ich sie mir in meinen kühnsten Träumen je ausgemalt habe.«

Einen Augenblick lang hatte Eliza nicht sprechen können, stattdessen hatte sie Margaret in eine feste Umarmung gezogen. Sie war so glücklich für sie – so atemberaubend glücklich für sie –, aber gleichzeitig konnte sie sich nicht vorstellen, wie sie in der Lage sein sollte, auch nur einen einzigen Tag ohne sie zu überleben.

»Wie lange wirst du fortbleiben?«, fragte sie in Margarets Schulter hinein.

»Ach, bevor du merkst, dass ich weg bin, bin ich schon wieder da«, sagte Margaret. »In *unserer* gemeinsamen Geschichte wird es die unbedeutendste aller Pausen werden, weißt du – und wenn ich zurückkomme, fangen wir mit dem nächsten Akt an, der noch viel aufregender wird als alle vorherigen.«

»Dann wird es wohl ein sehr langes Stück«, sagte Eliza mit zitternder Stimme.

»Das allerlängste«, antwortete Margaret. »Wir sind noch lange nicht fertig.«

Eliza löste sich aus der Umarmung und fuhr sich mit den Fingern unter den Augenlidern entlang, um eine entkommene Träne aufzufangen.

»Du wirst das wunderbarste aller Abenteuer mit Caroline erleben, dessen bin ich mir sicher«, sagte sie. »Es wird großartig.«

»Genau das wird auch London sein«, erwiderte Margaret und drückte ihre Hand. »Tatsächlich wage ich sogar, vorauszusagen, dass Lady Melville schon bald als *très chic* gelten wird.«

Eliza lächelte. Sie war noch nicht Lady Melville, aber sie würde es bald sein, so hoffte sie. Sehr bald. Seit jener magischen Stunde im Hyde Park war kein Tag vergangen, an dem Melville nicht am Russel Square erschienen war. Gleich am nächsten Morgen hatte er Eliza noch einmal nach Somerset House begleitet, um sich das Porträt ein zweites Mal anzusehen – wieder zu so früher Stunde, dass nicht viele Leute sie sehen und Melville nicht von einer Schar Damen belagert werden würde, die ihn um ein Autogramm baten.

»Es sieht wirklich sehr gut aus«, sagte Melville und sah zu sich selbst auf. »Wenn das jetzt nicht sehr eingebildet ist.«

»Eingebildet, Ihr?«, sagte Eliza. »Ganz sicher nicht.«

»Ihr habt mir nie einen Preis für den Auftrag genannt, wisst Ihr«, sagte Melville mit einem breiten Lächeln. »Was bin ich Euch denn schuldig?«

Eliza tat, als würde sie darüber nachdenken.

»Wärt Ihr mit zehntausend Pfund pro Jahr einverstanden?«, fragte sie.

»Ein wenig teurer als erwartet«, erwiderte Melville. »Und – wenn ich fragen darf – ist es üblich, dass in jährlichen Raten abgerechnet wird?«

»Vielleicht betrachtet Ihr es besser eher als eine Art Mietsache denn als Erwerbskauf«, riet sie ihm.

Er lachte.

»Da muss ich Euch an meine Frau verweisen«, sagte er, immer noch grinsend. »Ich weiß aus sicherer Quelle, dass sie bald eine berühmte Porträtmalerin und somit reich genug sein wird, um mich als armen Heiratsschwindler auf eine Weise auszuhalten, die mir noch nie zuteilwurde – auch wenn ich es mir sehnlichst wünsche.«

»Eure Frau?«, wiederholte Eliza mit hochgezogenen Brauen. »Mir war nicht bewusst, dass Ihr verheiratet seid, Mylord.«

»Die Angelegenheit ist noch offen«, gab Melville zu.

»Offen?«, sagte Eliza. »Das solltet Ihr wirklich ändern.«

»Das habe ich vor«, versprach er.

Sie näherten sich einander an, bevor ihnen plötzlich einfiel, dass sie sich immer noch in aller Öffentlichkeit befanden und immer noch sehr unverheiratet waren.

Melville räusperte sich und drehte sich wieder nach vorne zu sich selbst.

»Ich wünschte wirklich, Ihr würdet aufhören, ständig zu versuchen, mich abzulenken«, sagte er affektiert. »Diese Art Earl bin ich nicht, das solltet Ihr doch wissen.«

»Wie schade«, erwiderte Eliza. »Ich hatte gehofft, Ihr wärt *genau* diese Art Earl.«

Melville lachte. Nach und nach betraten mehr Kunstliebhaber den Raum, und tatsächlich liefen viele direkt auf Melvilles Porträt zu, woraufhin Melville sich ein Stück zurückzog, damit man ihn nicht entdeckte. Wieder hörte Eliza zu, während das Publikum die neusten Theorien darüber diskutierte, wer hinter dem Bild steckte. Diesmal wurden nur weibliche Namen in den Ring geworfen, aber Eliza wusste es besser, als zu denken, dies bedeute einen Fortschritt im Respekt gegenüber den Kunstschaffenden ihres Geschlechts – die Gerüchte kamen der Wahrheit einfach nur immer näher, und es war wohl nur eine Frage der Zeit, bis man Elizas Namen in Verbindung mit dem Bild brachte. Es kümmerte sie nicht.

Vielleicht würde sie die Nachricht in Adelskreisen sogar selbst verkünden, als Beginn ihrer neuen Karriere. Ganz gleich, welchen Skandal es bedeuten würde, ganz sicher würde ihre Hochzeit das Ganze abmildern – schließlich konnte man eine Dame schlecht dafür tadeln, eine Affäre mit ihrem eigenen Ehemann zu haben, nicht wahr? Und selbst wenn doch, so trug sie alles, was sie brauchte, um einem solchen Sturm standzuhalten, in sich. Es machte ihr keine Angst mehr.

»Ich habe bereits Angebote von mehreren Graveuren erhalten«, sagte Melville leise, als er wieder an ihre Seite trat, nachdem die Gruppe weitergezogen war, »die gern die Erlaubnis hätten, das Bild zu kopieren und zu vertreiben – und die Verleger meiner bereits veröffentlichten Werke werden wahrscheinlich eine Neuauflage bezahlen, selbst wenn Paulet etwas dagegen hat. Es sollte eine zuverlässige Einkommensquelle darstellen.«

Eliza nickte.

»Ich werde meine Diamanten verpfänden«, flüsterte sie zurück. »Den Phaeton verkaufen, um ein Atelier anzumieten …«

»Wir könnten das Haus am Berkeley Square verkaufen – uns etwas Kleineres suchen«, fügte Melville hinzu. »Und Alderley über den Sommer wieder vermieten …«

In Adelskreisen würde man sich den Mund über sie zerreißen, sich über ihr Unglück lustig machen – aber auch das machte ihr keine Angst. Eliza fühlte sich so schwindlig aufgeregt, als besprächen sie ihre Hochzeitsreise, nicht ihre finanzielle Notlage.

»Wir werden zurechtkommen«, sagte sie mit einem leidenschaftlichen Nicken.

»Wir werden *hervorragend* zurechtkommen«, korrigierte Melville sie.

Noch nie waren Sparsamkeit und Vernunft so romantisch gewesen. Alles, was Eliza und Margaret jetzt noch zu tun blieb, war, ihre Sachen im Camden Place zusammenzupacken. Im Vergleich mit der Leichtigkeit, mit der sie Harefield verlassen hatten, schien diese Aufgabe allerdings weitaus mehr Zeit und Überlegung zu beanspruchen, denn während ihrer drei Monate in Bath hatten offenbar alle Mitglieder des Haushalts eine Unmenge an Besitztümern angehäuft. Am Ende mussten sie zwei komplette Postkutschen mieten, um alles zu transportieren, denn Eliza sollte sich um Margarets Sachen kümmern, während sie im Ausland weilte – und die Dienerschaft brauchte fast einen ganzen Tag, um die Kisten zu verladen.

Es war, als sie gerade Anweisungen zum Verpacken der Staffelei gab, als Perkins ihr leise mitteilte, dass sie Besuch habe – und er so frei gewesen sei, den Gast in den Salon zu bitten. Eliza war nach unten gelaufen und hatte die Tür aufgestoßen, um dort Miss Winkworth vorzufinden – eine Erscheinung in pastellfarbenem Batist, wie sie dort stand und gedankenverloren mit den Fingern über die Tasten des Pianofortes strich.

»Miss Winkworth«, sagte Eliza mit großer Überraschung. »Ich dachte, Ihr wärt noch in London!«

Miss Winkworth sah auf.

»Ich habe Mama gebeten, ob wir unsere Reise kurz in Bath unterbrechen könnten«, sagte sie. »Morgen fahren wir weiter nach Harefield, zur …«

»Hochzeit«, beendete Eliza den Satz für sie. Die Ankündigung war letzte Woche in der Zeitung erschienen. »Ja. Es tut mir leid, dass ich nicht dabei sein kann.«

Miss Winkworth lächelte sacht, als wisse sie um die Lüge.

»Ich weiß, dass Ihr Euch geweigert habt, meiner Mutter zu helfen«, flüsterte sie. »Ich habe gehört, was Ihr zu ihr gesagt habt, über Arden.«

Sie schenkte Eliza eines ihrer Grübchen-Lächeln.

»Ich habe sie noch nie so zornig erlebt«, gestand sie, aber die Erinnerung schien sie nicht so sehr zu ängstigen wie früher.

»Ich wünschte, ich hätte mehr tun können«, antwortete Eliza aufrichtig. Sie sah Miss Winkworth an. Es wäre unschicklich, sie nach ihren Gefühlen für Somerset zu fragen, selbst wenn sie nicht bereits selbst in einer romantischen Beziehung zu ihm gestanden hätte, aber …

»Ich hoffe«, sagte Eliza, »Ihr habt während Eurer Zeit in London die Möglichkeit gehabt, eine aufrichtige Zuneigung zu einem der Kandidaten zu entwickeln?«

Miss Winkworths rosige Wangen verrieten Eliza, dass sie verstanden hatte.

»Das habe ich«, antwortete sie schlicht.

Eliza nickte. Sie passten gut zueinander, erkannte sie plötzlich, Miss Winkworth und Somerset, Winnie und Oliver. Er brauchte jemanden zum Beschützen, und sie brauchte einen Beschützer. Er zog seinen Wert daraus, für jemanden zu sorgen, sie daraus, umsorgt zu werden. Sie würden glücklich sein.

»Ich habe Somerset angewiesen, Euer Erbe nicht anzufechten«, sagte Miss Winkworth mit leiser Stimme.

»Ihr habt was getan?«, fragte Eliza, unsicher, ob sie richtig gehört hatte. »Ihr habt ihn *angewiesen?*«

»Ich bin nicht gern anderer Meinung als er, überhaupt nicht. Aber Ihr wart so nett zu mir, und ich hatte ein zu schlechtes Gewissen, um zu schweigen«, sagte Miss Winkworth und verzog leicht das Gesicht, als könne sie ihre Unverfrorenheit selbst kaum glauben.

»Ein schlechtes Gewissen?«, wiederholte Eliza. »Warum solltet Ihr …?«

»Weil ich es war, die ihm von Eurem Tanz mit Melville erzählt hat«, sagte sie mit gesenktem Kopf. »Ich habe Euch an diesem Abend gesehen und nichts gesagt, wochenlang … aber nach Eurem Streit, als er und ich begannen, einander kennenzulernen …«

Sie verstummte, ihre Wangen nahmen ein noch tieferes Rot an.

»Ich wollte ihn so sehr, versteht Ihr«, sagte sie. »Ich musste dafür sorgen, dass er sich von Euch entliebt, zumindest ein wenig.«

Eliza starrte sie an, leicht schockiert. Sie wusste nicht, was sie sagen sollte. Nichts davon hätte sie einem so verschreckten Mauerblümchen zugetraut.

»Das habt Ihr ganz sicher geschafft«, sagte sie, plötzlich mit trockenem Mund. Ihre Gedanken rasten. Es war nicht, als würde das etwas ändern – schließlich hatte sie jetzt am Ende gar nicht den Wunsch, dass sich alles anders abgespielt hätte, aber …

»Somerset hat zugestimmt, Euer Vermögen unangetastet zu lassen«, sagte Miss Winkworth. »Ich musste mich eine Weile sehr traurig geben … und meine Mutter ist nicht gerade glücklich darüber –, aber er hat zugestimmt.«

»Ihr seid deutlich durchtriebener, als ich Euch eingeschätzt hätte«, sagte Eliza langsam, und Miss Winkworth schenkte ihr ein liebreizendes, schelmisches Lächeln. »Vielen Dank, denke ich – ja, vielen Dank.«

Was auch immer der Grund für Miss Winkworths Handeln gewesen war, es war tatsächlich ein Geschenk. Sie würde ihre Angestellten nicht entlassen müssen, Melville könnte *Medea* veröffentlichen, sie könnten das Haus am Berkeley Square behalten, sie würde ihren Schmuck nicht verkaufen müssen und – und …

Als Eliza zu begreifen begann, wie unglaublich viel leichter als erwartet ihr Leben nun werden würde, keuchte sie auf. Sie hätte es auch ohne das Geld geschafft. Das hätte sie. Aber eine solch unerwartete Begnadigung zu erhalten …

»Vielen Dank«, sagte sie noch einmal.

»Wisst Ihr«, sagte Miss Winkworth, »die Formulierung im Testament scheint mir ohnehin äußerst spezifisch. Ich frage mich, wenn Ihr nicht länger Teil der Familie Somerset seid, ob die Klausel dann nicht ohnehin … vielleicht hinfällig wäre?«

Einen Moment lang war sich Eliza sicher, die Züge der Frau auf ihrem Gesicht sehen zu können, die Winifred Winkworth einmal werden würde. Sie würde sich gut machen als die neue Countess of Somerset. Weit besser, als es Eliza gelungen war. Die Stärke finden, die Eliza erst jetzt in sich entdeckt hatte.

»Gibt es sonst noch etwas, das ich für Euch tun könnte?«, fragte Miss Winkworth.

»Ich könnte nicht um mehr bitten«, sagte Eliza halb lachend. »Ich –« Sie hielt inne. »Eigentlich – das Landschaftsgemälde im Salon des ersten Stocks in Harefield … Mein Großvater hat es gemalt, und ich würde es gern kaufen. Nennt mir einen Preis.«

Jetzt konnte sie es sich – wieder – leisten. Miss Winkworth nickte mit einem letzten hübschen Lächeln.

»Guten Tag, Lady Somerset.«

Sie knickste leicht und schwebte davon.

»Weniger ein Lämmchen als eine Löwin«, sagte Margaret, als Eliza es ihr, Caroline und Melville später am Tag erzählte, aber Eliza blickte zu Melville. Er lächelte.

»Ich kann Euch mit nach Alderley nehmen«, sagte er zufrieden – als hätte die Nachricht keine lebensverändernderen Konsequenzen als das. Eliza nahm an, das hatte sie auch nicht. Denn sie hätten es auch so geschafft, ohne das Vermögen, gemeinsam. Und zudem würde Geld nicht alles Ungemach, das vor ihnen lag, aus dem Weg räumen. Elizas Wahl eines Ehemannes würde nicht auf umfassende Zustimmung treffen: Ein Leben voller Blicke und Geflüster war das Mindeste, das sie erwartete, und sie nahm an, der Unmut der Balfours ob der Pfade, die Margaret und sie eingeschlagen hatten, würde weitaus lautstarker ausfallen.

»Aber wenigstens werden wir gut gekleidet sein«, murmelte Melville, als hätte er ihre Gedanken gelesen. Sie lächelte, verschränkte ihre Finger mit den seinen und drückte zur Antwort seine Hand.

»Wir müssen aufbrechen«, sagte Caroline sanft.

Die Häuser am Camden und am Laura Place waren beide leer. Zwei Kutschen standen auf der Straße, beladen mit Reisekisten. Eine würde Richtung London fahren, eine Richtung Dover.

»Ich werde dich vermissen, Caro«, sagte Melville und ergriff ihre Hand.

»Das will ich hoffen«, sagte Caroline, legte aber dann ihren Kopf ganz sacht an seine Schulter.

Der Augenblick wirkte unerträglich privat. Eliza und Margaret zogen sich ein Stück zurück.

»Ich werde mich nicht noch einmal verabschieden«, sagte Margaret entschlossen. »Ich will auf der Reise keine verweinten Augen haben – aber wirst du mir schreiben?«

Eliza nickte, ihr Kinn bebte. Sie streckte Caroline die Hand entgegen, als sie zu ihnen herüberkam, aber Caroline schlug sie mit einem Schnauben beiseite und zog sie stattdessen in eine feste Umarmung.

»Passt gut für mich auf ihn auf, ja?«, flüsterte sie Eliza ins Ohr.

»Nur, wenn Ihr dasselbe tut«, gab Eliza flüsternd zurück.

Und dann waren sie fort. Eliza und Melville waren endlich allein. Melville wandte sich ihr zu, wobei er sich übertrieben tief verbeugte und mit der Hand einen unnötigen Schnörkel beschrieb.

»Eure Kutsche wartet«, sagte er. »Ich habe eine Menge Dinge vorbereitet, die ich Euch auf der Reise zu sagen gedenke.«

»Warum mache ich mir da sofort Sorgen?«, sagte Eliza lächelnd. »Ich hoffe doch, es ist nichts Unschickliches.«

»Wie könnte es, wenn wir doch die ganze Reise über von einer höchst aufmerksamen Anstandsperson begleitet werden?«, sagte er laut in Richtung der Straße, während er Eliza auffällig zuzwinkerte.

Keine zehn Minuten später waren sie unterwegs, und Eliza lehnte sich aus dem Fenster, um zuzusehen, wie der Camden Place außer Sicht verschwand. Es war der erste Ort, an dem sie jemals wahrhaft, vollständig und strahlend glücklich gewesen war. Aber wie alle guten Dinge im Leben konnte man sie nicht für alle Ewigkeit auf dieselbe Weise genießen.

Ich werde zurückkommen, versprach sie Bath. *Bald.*

Es würde immer die schönste Stadt bleiben, die sie je gesehen hatte.

»Würdet Ihr St Paul's oder St Mary's für unsere Hochzeit vorziehen?«, fragte Melville, als auch Bath langsam am Horizont verschwand.

»Ich habe mich gefragt …«, sagte Eliza und löste den Blick vom Fenster, um ihren Verlobten anzusehen. Man hätte denken können, dass sie nach all den vielen, vielen Stunden, die sie ihn bereits betrachtet hatte, seines Anblicks langsam müde war. Sie war es nicht.

»Ihr habt Euch gefragt?«

»Wie schwierig es wohl ist, eine Sondererlaubnis zu bekommen?«, fragte Eliza. »Ihr scheint mir die Sorte Mann, die so etwas weiß.«

»Welch Anschuldigung Ihr auch immer erhebt«, sagte Melville, »es kümmert mich nicht.«

Er sah sie an, ein Blitzen in den Augen und ein Lächeln auf den Lippen. Wenn Eliza die Szene malen müsste, so würde sie nur ihre wärmsten, hellsten Farben auswählen – aber sie würde es nicht tun. Manche Momente konnte man nur leben.

»Ihr wollt keine große Zeremonie mit allem Pomp und aller Glorie, die wir aufbringen können?«, fragte Melville.

»Eine solche Hochzeit hatte ich bereits«, sagte Eliza. »Ich würde lieber durchbrennen.«

»Darüber muss ich erst nachdenken«, sagte Melville. »Nun, da ich kurz davor bin, der ehelich gebundene Lord Melville zu sein, beschließe ich vielleicht, furchtbar anständig und langweilig zu werden.«

»Ihr entsetzt mich«, sagte Eliza und biss sich auf die Lippe, um ihr Lächeln zu verbergen. »Denn nun, da ich die ehelich gebundene *Lady* Melville sein werde, habe ich eine ganz andere Entscheidung getroffen.«

»Wird Mylady Melville eine besonders verwegene Kreatur sein?«, erkundigte sich Melville höflich.

»O ja – *entsetzlich* wild«, antwortete Eliza. »Ich bemitleide Euch.«

Melville lachte und beugte sich vor, um das Lächeln auf ihrem Gesicht zu küssen.

»Ich freue mich darauf, sie kennenzulernen.«

Danksagung

Ein zweites Buch zu schreiben, ist eine ganz andere Hausnummer als das erste. Plötzlich echte Leser, echte Lektoren und eine äußerst echte Deadline zu haben, war bizarr, herausfordernd und wunderbar – und die Zeit und Möglichkeit, noch tiefer in die Recherche einzutauchen, war die größte Freude. Wenn ihr jemals nach London kommt und Lust auf ein bisschen Kunst aus der Zeit um King George habt, geht auf jeden Fall in die fantastische – und kostenlose – Tate Britain, wo ich (unter der sachkundigen und hochgeschätzten Anleitung von Dara Dibb) meine Forschungsreise begonnen habe. Und wenn ihr euch für die Kolonialgeschichte Großbritanniens und die Erfahrungen indischer Menschen im England der Regency-Zeit interessiert, kann ich euch nur die großartigen Bücher von Rozina Visram, Dr. Arup K. Chatterjee und William Dalrymple empfehlen. Ich liebe Geschichten, aber die Erzählungen realer Menschen, die zu dieser Zeit gelebt haben, sind weit komplexer und wichtiger als alle Romane. Und ich bin überaus dankbar für die Chance, sowohl mit Ann Witheridge von den London Fine Art Studios als auch mit Dr. Arup K. Chatterjee von der O. P. Jindal Global University gesprochen zu haben, die meine Fragen so unglaublich umfangreich und schnell beantwortet haben. Alle Fehler gehen natürlich auf mich zurück, und alle Abweichungen von ihrem sachkundigen Rat geschahen unter dem Einfluss romantischer Vorstellung.

Dieses Jahr mehr Zeit und Raum für das Schreiben zu haben, bedeutete auch mehr Gelegenheit für Selbstzweifel, daher gilt mein größter Dank meinen Lektoren Martha Ashby und Marie Michels, die mich mit einem unmöglichen Maß an Geduld, Humor und

Aufmerksamkeit vom ersten bis zum letzten Entwurf begleitet haben. Es war eine ausgesprochen lustige Ehre, mit euch zusammenzuarbeiten, und ich schätze mich so glücklich, dass ich neben meiner wunderbaren Agentin Maddy Milburn (und all den anderen großartigen Menschen bei MM!) und den Energiezentren des Verlagswesens Pam Dorman und Lynne Drew, mit einem so talentierten und modernen Lektoratsteam arbeiten darf. Ein großes Dankeschön geht natürlich auch an Georgina Kamsika und Kati Nicholl für ihre Einsichten und scharfen Augen – ich weiß sie sehr zu schätzen!

Als Nächstes möchte ich dem gesamten Team bei HarperFiction für all die scharfsinnige, schnelle und äußerst talentierte Arbeit danken, die in der Veröffentlichung eines Buches steckt: Vielen Dank Meg Le Huquet, Emilie Chambeyron, Roisin O'Shea, Sian Richefond, Sophie Waeland, Izzy Coburn, Harriet Walker, Fliss Porter, Alice Gomer, Holly Macdonald, Melissa Okusanya, Hannah Stamp, Dean Russel und all den Menschen in der Lieferkette, die Himmel und Hölle in Bewegung setzen, um mein Buch überall dorthin zu bekommen, wo es sein muss. Ein großes Dankeschön an all die Buch-Blogger, die mit ihren Reviews so viel Freude nach außen tragen, es ist immer wieder ein Vergnügen mit euch, und auch an die Buchhandlungen, die nicht aufhören, so wunderbare Orte an unserer Hauptstraße zu erschaffen.

Viel schulde ich auch meinen äußerst duldsamen Freunden, denen ich für Folgendes danken muss (bitte nach eigenem Gutdünken streichen): die Negronis, die Pasta, das Beantworten wahlloser Fragen über klassische Literatur, dafür, dass ihr meine Bücher lest und danach auch noch eure Mütter dazu bringt. Vielen Dank für die Margheritas, den Wein, dafür, dass ich zu meiner eigenen Belustigung Charaktere nach euch benennen darf und ihr mir vergebt, wenn ich unsere Verabredungen absage, für die Begleitung auf all den Museumsbesuchen und die Hinweise, wenn ich in einer normalen Unterhaltung schon wieder »Regency« spreche. Vielen Dank, ich liebe euch, lasst uns bald wieder etwas zusammen unternehmen.

Mehr Dank, als ich hier aussprechen kann, geht wie immer an meine wunderbare Familie, meine beständige Quelle für Ruhe und Trost, sogar wenn – vor allem, wenn – ich gerade am wenigsten liebenswert bin. An Myla und Joey, die mein erstes Plot-Board mit derart unnötigem Enthusiasmus zerstört haben: Ich danke euch nicht, aber ich vergebe euch.

Und zu guter Letzt, vielen Dank an meine Leser*innen! Hallo! Vielen Dank, dass ihr mein Buch ausgesucht habt – ich hoffe, es hat euch mindestens einmal zum Lächeln gebracht. Ich liebe es, von euch zu hören – ich kann euch gar nicht sagen, wie froh ich bin, dass ihr real und nicht mehr eingebildet seid – also kommt vorbei und hinterlasst mir einen Gruß auf Social Media, wenn ihr einen Moment Zeit habt!

Sophie x

SOPHIE IRWIN

WIE MAN SICH EINEN LORD ANGELT

ROMAN

Nichts wird Kitty Talbot davon abhalten, ihre Schwestern vor dem Armenhaus zu bewahren – denn das steht den jungen Frauen im England des Jahres 1818 bevor, nachdem ihr Vater ihnen lediglich einen Berg Spielschulden hinterlassen hat. Also wagt die clevere Kitty sich auf das gefährlichste Pflaster Londons, um einen gutsituierten Ehekandidaten zu finden: die Bälle der vornehmen Gesellschaft. Tatsächlich erliegt bald ein reicher Junggeselle Kittys Charme, doch dessen älterer Bruder durchschaut ihr Spiel und unternimmt alles, um eine Hochzeit zu verhindern. Lord Radcliffe wäre ein wunderbar ebenbürtiger Gegner für Kitty – hätte die Liebe nicht längst ihre eigenen Pläne …

»Eine köstliche Geschichte mit einer brillanten, furchtlosen Heldin ... Ich habe Kitty die ganze Zeit gefeiert!« *Sophie Kinsella*

KNAUR

Eine zweite Chance für die Liebe.
Die neue große RomCom von Bestsellerautorin
Emily Henry – voller Charme, Witz und großen Gefühlen

EMILY HENRY

HAPPY PLACE

URLAUB MIT DEM EX

Harriet und Wyn sind schon seit dem College das perfekte Paar, das sagt jeder, der die beiden kennt. In Wahrheit aber hat sich das ehemalige Traumpaar schon vor sechs Monaten getrennt – nur haben sie noch niemandem davon erzählt.
Als sie zu der Hochzeit ihrer besten Freunde eingeladen werden, bringen die beiden es nicht übers Herz, ausgerechnet jetzt ihren Freunden die Feier zu vermiesen. Deshalb beschließen sie, ihre Trennung weiter zu verschweigen. Denn wie schwer kann es schon sein, nach so vielen gemeinsamen Jahren eine weitere Woche ein Bett zu teilen und verliebt zu spielen?

»Magisch, entzückend und absolut einzigartig. Emily Henrys Bücher sind ein Geschenk an die Welt. Jedes neue Buch mochte ich noch lieber als das vorangegangene. Was wird ihr nächster Roman wohl mit mir anstellen!« *Ali Hazelwood*

KNAUR

Das Leben auf der wunderschönen Farm der McCarthys wird durcheinandergewirbelt!

LILLY LUCAS

A PLACE TO BELONG

ROMAN

Als die Journalistin Maggy Gardner auf Cherry Hill eintrifft, wird sie von den McCarthy-Schwestern mit offenen Armen empfangen: Sie soll für mehr Publicity für das neue Baumhaus-Hotel sorgen. Flynn, der die gemütlichen Baumhäuser auf der Farm entworfen hat, soll ihr gleich alles zeigen.
Obwohl Flynn Journalisten nicht ausstehen kann, beginnt es zwischen ihm und Maggy bald zu knistern. Ehe sie es sich versieht, fühlt sich Maggy auf Cherry Hill wie zu Hause. Wie soll sie Flynn und den McCarthy-Schwestern, die sie ins Herz geschlossen hat, jetzt noch die Wahrheit sagen: warum sie wirklich hergekommen ist …

Die New-Adult-Reihe »Cherry Hill« der Bestsellerautorin Lilly Lucas ist in folgender Reihenfolge erschienen:

- A Place to Love (June & Henry)
- A Place to Grow (Lilac & Bo)
- A Place to Belong (Maggy & Flynn)

KNAUR